D1674021

Reinhold Bilgeri

Der Atem des Himmels

Reinhold Bilgeri

Der Atem des Himmels

Roman

Die Deutsche Bibliothek – CIP-Einheitsaufnahme

Bilgeri, Reinhold
Der Atem des Himmels – Roman/Reinhold Bilgeri
Wien: Molden Verlag, 2005
6. Auflage, 2007
ISBN 978-3-85485-146-2

© 2005 by Molden Verlag GmbH & Co KEG, Wien
www.molden.at
Umschlagentwurf: Emanuel Mauthe
Umschlagfoto: Reinhard Mohr
Die Abbildung auf Seite 280 wurde mit freundlicher Genehmigung entnommen aus:
Eugen Dobler: Leusorg im großen Walsertal. Die Lawinenkatastrophe 1954, Seite 85
Herstellung: Barbara Peyer
Druck: Freiburger Graphische Betriebe GmbH

ISBN 978-3-85485-146-2

Für M.

„…have I told you lately…"

Dieses Buch widme ich meiner Mutter
(Urenkelin des Friedrich Graf von Gaderthurn) und meinem Vater,
die sich im Großen Walsertal kennen und lieben lernten, und ferner
den Blonsern, die geblieben sind. Die dramatischen Ereignisse des
Winters 1953/54 waren der Ausgangspunkt für die folgende Geschichte.
Die darin auftretenden Personen sind (trotz unvermeidlicher
Namensähnlichkeiten) frei erfunden.

R.B.

Die leeren Gänge

„Erna, komm! Der Papa stirbt."

Mutters Stimme hallte durch die Gänge. Heiser und fordernd. Ihr Befehlston fuhr Erna noch immer in die Glieder, obwohl er an Schärfe verloren hatte, seit es mit Papa zu Ende ging. Erna stand auf, ein Schwindel erfasste sie.

„Erna, unser Papa."

Erna stützte sich auf den Küchentisch, schloss die Augen. Die Welt war aus dem Gleichgewicht. Vornüber lehnte sie und versuchte geraspelte Zwiebel unter fein zerhackte Karotten zu mischen, unter sehr fein zerhackte Karotten. Papa würde nicht sterben, solange sie mit dem Salat beschäftigt war. Er wartete auf sie. Immer neue Nuancen fügte sie dem alten Rezept bei, nur nicht zu Ende bringen. Alles roch nach Abschied, jede Wand, jeder Vorhang, jeder Stuhl, als wüssten auch die Dinge, dass sich hier jemand auf den Weg machte. Schon vor dem Zwiebelschneiden hatten sich vereinzelt Tränen in den Salat gemischt. Unter der Schürze trug sie ihr Blaues, für den Sommer, Papas Lieblingskleid.

Der Föhn, der schon eingeschlafen war, öffnete jetzt mit sanftem Ruck die Küchentür. Erna lehnte sich an den Rahmen, um die Brise festzuhalten, der Schwindel hatte sich gelegt. Sie füllte noch einmal ihre Lungen, wie ein Krieger, der sich zum Kampf rüstet, entschlossen und angstvoll zugleich. Dann ging sie hinaus auf den Gang. Alle Fenster im Erdgeschoß standen offen, die Stores bauschten sich, winkten hoch und weit ins Schloss hinein. Sie setzte sich auf eines der breiten Simse, putzte sich die Nase, die sich zu röten begann, sah sich um – der Kreuzgang war leer und kahl. Die endlosen, roten Läufer, die Truhen und Kommoden, die hier einst an den Wänden standen, waren längst verkauft. Staub überall. Das Haus war zu groß geworden, das Personal zu klein, das Geld verschwunden.

Viel vergeudetes Leben hing in allen Ritzen, jetzt bröckelte das letzte noch versammelte aus den Mauern. Auf leisen Sohlen ging sie wieder zurück zu ihrem Salat, sie war noch nicht so weit, wollte noch einmal Kräfte sammeln.

Papa durfte noch nicht sterben. Sie war sich gewiss, wenn sie jetzt zu ihm ginge, ihm die Hand hielte, es wäre das letzte Mal, dann würde er loslassen. Er wartete nur auf sie.

Der schale Geruch aus seinem Zimmer, der sich im Gang mit Mutters Pfeifenrauch mischte, war selbst in der Küche noch zu spüren. Sie begann wieder im Salat zu stochern.

Seit einem Jahr schon konnte man sich keine Bediensteten mehr leisten, Erna hatte selbst Hand anzulegen. Durch die Folgen des Krieges und besondere Umstände war man in eine höchst prekäre Lage geraten. Diese besonderen Umstände meinten einen einzigen Namen: Valerie.

Mutter sah in dieser unseligen Person sogar den eigentlichen Grund für die rapide Verschlechterung in Papas Gesundheitszustand, was Papa immer scharf zurückgewiesen hatte. Er konnte keinen Zusammenhang mit seinen angegriffenen Lungen erkennen. Jedenfalls hatte Großvater diesen betörenden Störenfried mit dem „singenden Namen" ins Haus gebracht. Obschon dreiundachtzigjährig, hatte er, nach dem Tod seiner ersten Frau, partout noch einmal auf ein „junges Wesen" an seiner Seite bestanden. Ernas Mutter hatte den alten Mann für diese Groteske – Valerie war vierzehn Jahre jünger als Papa und gleichzeitig dessen Stiefmutter – hundertmal verflucht.

So war also dieses „kapriziöse, flapsige Ding" in den Genuss des ersten Erbanspruchs gekommen, womit der Niedergang der Familie endgültig besiegelt war. So sah es jedenfalls Ernas Mutter, Karoline von Gaderthurn, die das Erbe zu Recht für ihren Mann und sich erwartet hatte und nun zusehen musste, wie vor ihren Augen zerrann, was ihre Zukunft hätte sichern sollen. Denn Valerie war Geschäftssinn so fremd wie Arbeitseifer. Sie war Gnädige Frau und genügte sich darin.

Die Erinnerungen an diese Person zogen sich heute wie Schlieren durch Ernas Kopf, ganz ungerufen lenkten sie ab von Papa, der auf sie wartete. Immer schon hatte Valerie das Talent, im ungünstigsten Moment durch anderer Leute Angelegenheiten zu hampeln und Unruhe zu stiften. Dass sie allerdings an Papas jetzigem Zustand die alleinige Schuld tragen sollte, mochte auch Erna bezweifeln. Alles in allem aber markierte sie wohl den Anfang vom Ende.

Seit die „Flatterhafte" im Haus war, verrauchte Mama die doppelte Menge vom bulgarischen Kraut. Speziell nach Großvaters Tod eskalierten die Zustände empfindlich. Karoline, selbst keine Koryphäe in Sachen Haushalt (als Spross kleinen böhmischen Landadels aber an ein Minimum an Luxus gewöhnt), machte selbst gar kein Hehl aus der Verachtung, die sie für derlei Arbeiten hegte.

Aber Valerie, diese Valerie, die als Klavierlehrerin pro forma einmal im Monat mit ihrem Schüler klimperte, ließ dem täglichen Schlendrian so freien Lauf, dass sich in kürzester Zeit ein unerträgliches Chaos eingestellt hatte. Einnahmen und Ausgaben standen in keinem Verhältnis mehr. Buchhalterisches empfand sie als lästige Marginalie, ganz abgesehen von ihren sonstigen Eigenheiten. Getragene Wäsche etwa ließ sie liegen, wo sie sich ihrer gerade entledigt hatte, oder sie bündelte alles zu einem Knäuel und verstaute ihn in einer Ecke auf dem Dachboden, der – bequem – direkt über ihrem Salon lag. Da konnte sozusagen en passant entsorgt werden. Eine Angewohnheit, die sich zusehends zu einem Problem auswuchs, da sie sich wöchentlich mit neuen Kleidern eindeckte, die sie sich eigentlich gar nicht mehr leisten konnte.

Ernas Mutter sah diesem Treiben lange Zeit argwöhnisch und schließlich verzweifelt zu und wäre längst eingeschritten, hätte nicht Papa zur Besonnenheit gemahnt. Er war zwar die meiste Zeit außer Haus gewesen – als Meteorologe in seinem Dienstzimmer auf der Wetterstation am Ritten bei Bozen –, aber keinesfalls gewillt, den ohnehin fragilen Hausfrieden zu gefährden. Ein verschlossener, friedliebender Mann war er. Anfangs gönnte er seinem Vater sogar diese junge Blüte, die, zugegeben, ihre Reize hatte. Mit der Häufung abstruser Vorkommnisse aber war auch seine Skepsis erwacht. Allerdings hatte er über die Jahre schon genug Streit gesehen und schluckte deshalb hinunter, was zu verdauen war.

Auch Erna hatte sich tunlichst herausgehalten, bis sich die Wolken abermals und diesmal endgültig verfinsterten, als sie eines Tages durch Zufall entdeckte, dass hinter gewissen Merkwürdigkeiten die generöse Hand eines Wohltäters wirkte, der inkognito bleiben wollte. Die kursierenden Gerüchte waren schlagend geworden. Ein gewisser Graf Wehrberg war offensichtlich schon vor Jahren in Valeries Leben getreten, was zu einer Liaison geführt hatte, die nicht nur platonischer Natur geblieben war. Mit parfümierter Tinte geschriebene, an Valerie gerichtete Verse waren Beweis genug. Erna hatte die duftenden Ergüsse eines Tages zwischen einem Stapel gebrauchter Unterwäsche entdeckt. Peu à peu trat nun zu Tage, was bisher bloße Vermutung war. Mutter erlitt einen veritablen Nervenzusammenbruch, hatte wochenlang Kreislauf- und Magenprobleme, ja selbst die geliebte Pfeife blieb, auf Rat der Ärzte, kalt. In der Tat bedurfte es großer Anstrengung, die Wahrheit zu ertragen.

Dieser Graf Wehrberg hatte monatliche Zahlungen an Valerie getätigt, eine Art Apanage, und ließ sich jeden Scheck als Anzahlung für einen künftigen Kauf des Schlösschens gutschreiben. Die Verwunderung hielt sich daher in Grenzen, als es eines Tages zum Offenbarungseid kam und sich Wehrbergs Anwälte mit dem in Kraft getretenen Kaufvertrag vorstellig machten. Der gevivte Charmeur hatte, in kürzester Zeit und zu einem Spottpreis, sozusagen anonymiter, das ganze Anwesen in seinen Besitz gebracht.

Jetzt ging es endgültig ans Familiensilber, und Mutters Alpträume, in denen stets Gerichtsvollzieher mit Pfändungsprotokollen durchs Haus hasteten, rückten näher an die Wirklichkeit.

Erna spürte ihren Magen beim Gedanken an jene Tage. Sie schob, entschlossen diesmal, die Salatschüssel und die Erinnerungen an die unselige Valerie von sich und trat auf den Gang hinaus.

Zwei Türen weiter nur dämmerte ihr Vater dem Tod entgegen. Die Lungen, von Tuberkulose zerfressen, brannten ihm den Atem weg.

„Erna, du musst kommen."

Mutters Stimme klang jetzt ungehalten.

Als Erna die ersten Schritte Richtung Zimmer tat, fror ihr das Herz.

Es war das erste Mal in ihrem Leben, dass sie das langsame Sterben eines geliebten Menschen gefasst, bewusst begleiten musste. Als sie das letzte Mal bei ihm war, vor einer Stunde? einer halben Stunde? – sie hatte die Zeit verloren –, da hatte er sich mit seinen kalten Fingern in ihre Hand verkrallt und genickt: Du kommst gleich wieder, du kommst doch. Flackernde Unruhe in seinen Augen, als hätte er schon die andere Seite gesehen und wüsste schon mehr als die Lebenden. Sie konnte jetzt, nachdem sich die wimmernden Föhnböen wieder gelegt hatten, seinen schweren Atem hören, je näher sie kam.

Wie wird es sein, lässt er sich fallen, wird er geholt? Wie wird es sein?

Das letzte Wort, der letzte Blick, lieber Herrgott, wer tröstet wen vor dem letzten Atemzug. Erna blieb stehn, drückte ihr Ohr an die Mauer und hörte ihrem Herzschlag zu. Die wenigen Meter noch. Das Sterbezimmer stand offen.

Es war das Gefühl der Abschlussprüfungsangst, das sie von früher kannte, das ihr jetzt die Kehle zuschnürte und den ganzen Körper zittern machte.

Er wartete auf SIE, nicht auf Mama.

Und wenn sie dann bei ihm sein wird, wird er sterben. Mit ihrem Zögern wollte sie ihn im Leben halten. Eine Weile noch. Ein paar Schritte noch.

Mutter rauchte an jenem Tag mehr als sonst. Ihre Pfeife verqualmte den ganzen Vormittag. Aufrecht saß sie auf ihrem geliebten Thonet-Stuhl. Wie ein Wächter saß sie vor der offenen Tür. Erna hielt inne, beugte sich zu ihr, tätschelte ihr die Schulter.

„Mama, willst du nicht hineingehn?“ Sie schüttelte stumm den Kopf.

„Der Papa stirbt, Mama. Er wartet auf dich, du musst seine Hand halten. Das will er jetzt.“

Wieder schüttelte sie den Kopf, wie ein trotziges, kleines Mädchen, in dieser frösteligen Linksrechtsbewegung.

„Ich kann nicht, mein Kind, ich kann nicht.“ Sie beugte sich dabei in einer seltsam wippenden Bewegung vor und zurück, wie jemand, der Prügel erwartet. Erna kniete sich resolut vor ihre Mutter, ergriff sie mit beiden Händen an den Schultern und schüttelte sie, bis sie ihrem Blick standhielt.

„Was kannst du nicht?“

„Der Schweiß auf seiner Stirn, ich hab's versucht … an seinen Händen, der kalte Schweiß … Ich würd' ihn so gerne berühren, ich schäme mich so, mein Kind, ich schäm' mich.“

Erna löste resigniert ihren Griff. Fast tonlos fielen ihr die Worte aus dem Mund.

„Aber es ist doch … Papas Schweiß, Mama, dein Mann … er stirbt.“

Mutter nickte, zuckte verlegen mit den Schultern, nuckelte an ihrer Pfeife, verzweifelt wie ein gescholtenes Kind, und nahm wieder in dieser wiegenden Bewegung Zuflucht. Dann holte sie in schnellem Griff mit Daumen und Zeigefinger Speichel von der Zunge, Tabakspeichel, und wischte einen imaginären Fleck von Ernas Wange. Eine Verlegenheitsgeste, die Erna seit je zur Weißglut gebracht hatte. Sie wich angewidert zurück.

„Er stirbt … und du ekelst dich vor seinem Schweiß?“, sagte sie.

Mutter nickte. Ihre Stirn legte sich entschuldigend in Falten, die Brauen zu einem kleinen Zelt hochgezogen, in dem sie ihr Selbstmitleid verbergen konnte. Erschrocken über sich selbst, starrte sie auf die Glut in der Pfeife, die sie mit beiden Händen umklammert hielt. Ihre Daumen nestelten nervös am Glutrand.

„Gott, vergib mir, du weißt, wie lieb ich ihn hab.“

„Du ekelst dich vor unserm Papa."

Sehr schroff sagte das Erna, hob die Arme in einer hilflosen Geste. Das Blut sackte aus ihrem Gesicht. Sie war weiß vor Wut, war völlig verblüfft. Das hatte sie nicht erwartet. Nie hatte sie diese dominante Frau in Demut, außer in gespielter, oder in der Defensive gesehen. Sie war streng, eine stolze, forsche Person, die alles, was sich in ihren Zügeln verfing, hart an die Kandare nehmen konnte. Anders als bei Valerie war ihr Auftreten nicht bloßes Gehabe, sondern gewachsene Haltung, Persönlichkeit, die auf echter Grandezza beruhte, dachte Erna.

„Ich schäm' mich so", flüsterte Mutter. Und wieder diese Bewegung, nach vorn gekrümmt, als bitte sie um Vergebung.

In rigider katholischer Tradition erzogen, disziplinierte Kirchgängerin und gebetet in alle Sakramente, empfand sie schlechtes Gewissen als die schlimmste aller Torturen. Und doch war sie außer Stande, sich aus eigener Kraft vom Joch zu lösen, indem sie sich einfach aufgerafft und ans Sterbebett ihres Mannes gesetzt hätte. Statt dessen versuchte sie die Tilgung sozusagen zu delegieren, indem sie für ihn, telefonisch via Pfarramt, gleich mehrere Messen bestellte, was die Haushaltskassa durchaus belastete. Ein Umstand, der in ihren Augen sehr ins Gewicht fiel. Dadurch konnte sie sich zumindest einer gewissen Fürsprache der Kirche bei einer posthumen Gerichtsbarkeit sicher sein. Ein Mechanismus, der, wie die Beichte auch, eine gewisse Ruhe in ihre Seele brachte.

Erna fasste sich und ging ins Zimmer, die Wut hatte ihr Kraft gegeben. Papas Röcheln war lauter geworden, er war noch bei Bewusstsein. Erna und Mama hatten, aus Rücksicht die eine, aus Scham die andere, soweit es ihre Erregung erlaubte, im Flüsterton gesprochen, er würde also mit Sicherheit nichts davon gehört haben.

Erna setzte sich leise zu ihm ans Bett. Er spürte sie sofort, öffnete die Augen, lächelte.

„Gut, dass du da bist, mein Engel."

Die Worte kamen deutlicher und kraftvoller, als sie erwartet hatte, als versuchte er noch einmal all seine Energie für eine letzte, große Anstrengung zu versammeln. Erna beugte sich über ihn, küsste seine Stirn, auf der ein kalter Schweißfilm glänzte. Sie umarmte ihn innig und lange, wie nie zuvor, als könnte sie wiedergutmachen, was Mutter jetzt und über die Jahre verabsäumt hatte. Sicherlich, Mama und er, sie hatten sich wohl geliebt, ja, aber es war nicht die eine, nicht die große Liebe, die unverbrüchlich blüht, vielmehr war es ein korrektes Arrangement der Gefühle, in dem Auswüchse wie sinnliche Leidenschaft oder selbstvergessene Hingabe ausgeklammert waren.

„Ich hör' die Valerie nicht mehr spielen, … ist sie außer Haus?" Holprig und gelöchert kamen die Worte, unterbrochen von stöhnendem Luftholen. Erna nickte.

„Nur für eine kleine Weile", log sie. Sie wollte ihn nicht mit einem Herzen voller Sorgen um die Zukunft seiner Lieben sterben sehen, also umging sie die Wahrheit, so gut sie konnte.

Valerie hatte sich nämlich schon zwei Tage zuvor so „französisch" verabschiedet wie das Gesinde, grußlos und ohne irgendeine Nachricht zu hinterlassen, geschweige denn eine Adresse. Erst viel später brachte Erna in Erfahrung, dass sich Graf Wehrberg nach langem Bitten und Betteln erbötig gemacht hatte, ihr eine winzig kleine Zimmer-Kabinett-Mansarde in Innsbruck zur Verfügung zu stellen. Dort soll sie sich die erste eigene Suppe ihres Lebens gekocht haben.

Erna vermied es, Papa mit derlei Details zu belasten, und beruhigte ihn mit salopp hingeworfenen Notlügen, wie etwa: der Wehrberg habe der Valerie gestattet, ihn auf eine fünftägige Fangokur nach Meran zu begleiten, oder sie hätten gemeinsam eine Scarlatti-Konzertreihe beim Bozener Juni-Festival besucht, Genaueres wisse man eben nicht usw. Jedenfalls konnte sie ihm den Eindruck vermitteln, die beiden stünden nach wie vor in bestem Einvernehmen, und das Schloss bzw. vor allem sein Inventar käme, so Gott will, noch nicht so bald in andere Hände oder gar unter den Hammer. Dabei war das genaue Gegenteil der Fall. Die beiden gingen schon längst getrennte Wege. Valerie war mit ihrem vermeintlichen Schüler in flagranti ertappt worden, wobei das Klavier eine delikate Nebenrolle gespielt haben soll. Seit diesem Eklat habe die Gute sowohl Großmut als auch Zuneigung des Grafen endgültig verspielt, hieß es aus wohl informierten Kreisen. Wie gesagt, die winzige Mansarde in Innsbruck soll das letzte Adieu des gehörnten Edelmanns gewesen sein.

Papa nickte angestrengt und winkte ab, als wollte er sagen: Soll sie bleiben, wo der Pfeffer wächst. Offenbar war er zufrieden mit Ernas erfundenen Varianten, und die wenige Luft in seinen Lungen wollte er für Wichtigeres opfern.

„Luft, mein Schatz, frische Luft wär' jetzt schön."

„Und ein bisschen vom Heu da unten, ja?" – Erna wusste, wie sehr er den Duft frisch eingebrachten Heus liebte, im Gegensatz zu

Mama. Papa nickte, kniff dabei beide Augen zu. Er hatte während der ersten achtzehn Jahre seines Lebens, auf Großvaters Wunsch (der im Vorarlbergischen geboren war) viel Zeit im Bregenzerwald verbracht, in Krumbach, prägende Jahre, ohne Vater zwar, der seine Zeit gänzlich dem Kaiser gewidmet hatte, aber zwischen prächtigen Viehhöfen und Weiden und saftigen Matten.

Und später dann konnte Papa, wenn ihm danach war, durch einfaches Fensteröffnen nach der Westseite des Schlosses, nasevoraus in die Kindheit segeln. Das Heimweh nach diesen Gerüchen hatte ihn sein Leben lang begleitet. Mama freilich war durchaus bemüht, sich auch geruchlich von den bäuerlichen Nachbarn, den „schweißelnden" Menschen, abzusetzen. Sie hatte seine Affinität zu ihnen nie begreifen können.

„Was willst du, der Adel furzt halt vornehm vor sich hin", war sein knapper Kommentar, wenn sie ihn darauf ansprach. In besseren Tagen, als Luxus noch zu den Selbstverständlichkeiten der Gaderthurns gehört hatte, waren die Wände hier, im Elternschlafzimmer, mit parfumbedampften Wandtapeten bespannt. Später mussten die längst zerschlissenen Stoffe durch einfache Kirschholztäfelung ersetzt werden. Merkwürdigerweise hatte sich, trotz dieser Maßnahme, ein hartnäckiger Rest einer Moschusmischung gehalten. Der simple Charme der Lavendelwässerchen, die Mama allmonatlich in die Räume sprühte, verlor sich nach wenigen Tagen. Der Moschusrest aber hielt sich über all die Jahre in vornehmer Sturheit, als wäre es ihm ein Anliegen, die Noblesse des Hauses wenigstens duftlich zu wahren. Erna konnte, trotz oftmaligen Abschnupperns des Zimmers, nie exakt die Quelle des Duftes eruieren (die Wände – sonderbar – waren es nicht), er war einfach da, als wehte die gute, alte Zeit herüber in das Jammertal, in das sie geraten waren.

Erna schlich übers knarrende Parkett zum Fenster, so wie sich jemand bewegt, der Rücksicht nehmen will auf einen Schlafenden.

Aber Papa war hellwach. Mit weitaufgerissenen Augen starrte er seiner Tochter nach, bis sie die schattenspendenden Läden entriegelt und einen Fensterflügel geöffnet hatte. Warmes, gelbes Sonnenlicht flutete das Zimmer im Bruchteil eines Herzschlags und machte Papas lichtentwöhnte Augen blinzeln. Er streckte sich, zog die Bettdecke hoch bis zum Hals und verschränkte die Hände über der Brust, wie ein Kind, das sich wohlig zurechtkuschelt, wenn es eine Gute-Nacht-Geschichte erwartet.

Sein Kopf lag, Blick zur Decke, nackenwaagrecht im Kissen, als wär' er schon aufgebahrt. Dann schloss er die Augen, blähte die Nüstern – um seine Mundwinkel zog ein Lächeln.

„Kann's schon riechen."

Und wirklich, allmählich gewannen die Stallgerüche, der Duft frischer Heuburden und das Tennholz, das in der Julisonne zu atmen begann, die Überhand über Moschus, Lavendelwasser und Tabak. Erna setzte sich aufs Fensterbrett, genoss mit ihm die Landbrise, die jetzt durchs Zimmer zog (sie hatte sich längst auch geruchlich auf Papas Seite geschlagen), und erzählte ihm, ohne zu sprechen, was sie sah. Und er hörte ihr zu, zum letzten Mal.

Ihre Wahrnehmung war heute eine andere als sonst, wacher, von beinah schmerzhafter Intensität. Die Nachmittagssonne ging träge über den Grubbachkamm, der schon erste Schatten in die Hänge warf.

Papas Atem wurde schwerer, der Zeigefinger seiner rechten Hand, die wie zum Gebet verschränkt in der Linken lag, hob sich kaum merklich. Er wollte sie noch einmal nah bei sich. Erna schlug das Herz bis zum Hals, als sie sich dem Bett näherte, es war ihr, als ginge sie aufs eigene Schafott. Er schlug die Augen auf. Sie konnte keine Angst mehr sehen in seinem Blick, nur Zuversicht und überzeugte Gelassenheit.

In diesem Moment wusste sie, dass er im Glauben fester war als Mama, die den ihren stets wie eine Monstranz vor sich hertrug. Erna setzte sich an die Bettkante, beugte sich näher zu ihm. Sie fühlte den rasenden Puls an seinem Hals. Er hatte hohes Fieber. Seine Lippen, blass und aufgebrochen vom trockenen Atem, klebten aneinander. Sie tauchte einen kleinen Schwamm in eine Wasserschale, die auf dem Nachtkästchen stand, netzte behutsam seinen Mund und tupfte seine Stirn ab. Seine Augen nickten dankbar. Eine Handbreit war ihr Gesicht nun vor dem seinen.

„Heute ist die große Wende, mein Kind", flüsterte er.

Erna wusste, dass er Recht hatte, aber sie schüttelte den Kopf, hatte sich fest vorgenommen, stark zu sein, wenn es so weit wäre, nicht zu weinen, nicht vor seinen Augen, sie wollte ihm Hoffnung geben, bis zuletzt. Doch vergeblich ihre Anstrengung, jetzt, so nah in seinem Blick, der im Fieber flimmerte. Mit letzter Anstrengung hob er seine rechte Hand, führte sie zu ihrer Stirn und beschrieb mit dem Daumen das Kreuzzeichen, eine vertraute Geste, auf die er bei keinem

Abschied je vergessen hatte, dann auf ihren Mund, das Kreuz. Um auch ihr Herz zu segnen, reichte seine Kraft nicht mehr, seine Rechte sank schlaff in Ernas Schoß. Sie beugte sich über seine Hand, küsste sie, klammerte sich an ihr fest, vergrub ihr Gesicht in ihr, damit er die Tränen nicht sehen konnte. Sein Mund war nun ganz nah an ihrem Ohr und er brauchte wieder nur zu flüstern.

„Alles auf … Erna … bitte … beide Flügel."

Erna war froh um diesen wie ein Kommando hervorgestoßenen Wunsch, denn die Nähe zu seinem brennenden Körper nahm ihr die Luft. Seine Nasenspitze war in den letzten Minuten blutlos weiß geworden. Jeder Atemzug eine Marter. Durch die dünnen Gaumenwände konnte er sein eigenes Blut riechen, davon hatte er oft gesprochen, den pulsenden Lebenssaft, so nah am Tod. Erna stand auf, ging rückwärts zum Fenster, um auch den zweiten Flügel zu öffnen. Sein Blick blieb unentwegt an ihr haften.

Sie drehte sich zum Fenster hin, schnappte nach Luft. Der Anblick der abendlichen Koloraturen, die das wechselnde Licht ins Land zauberte, tat ihr wohl. Die sinkende Sonne hielt der Grubbachspitze ein gleißend gelbes Barett an die Schulter, und die langgezogenen Schatten, die rasch talwärts strichen, hatten den Föhn wieder aufgeweckt. Vom Berg her sackte nun der Wind in rhythmischen Wellen übers struppige Hochland, auf dem vom Blitzschlag skelettierte Wettertannen nach oben trotzten wie verlassene Totems. Wie ein Riesenkamm fuhr er über die Wipfel der Wälder, fiel in die Maisfelder am Talgrund, die sich gehorsam wie eine Kompanie nach Osten neigten und wieder zurück in strammes Habtacht. Gebannt verfolgte Erna den Lauf der näherrückenden Windfront. Die ersten Ausläufer schossen schon durchs weit offene Fenster, an dem sie stand, wuchsen zu solcher Stärke an, dass ihr bang wurde, wäre es doch nicht das erste Mal gewesen, dass ganze Ziegelreihen des Schlossdachs vom Sturm vertragen und so die oberen Stockwerke zu heulenden Tunnels geworden wären. Die Vorhänge flatterten wild ins Zimmer, und die Glasgehänge im venezianischen Luster begannen ein zerbrechliches Geläut. Der Wind fuhr Papa respektlos ins Haar und riss an seiner Zudecke. Eine wertvolle Vase wurde von ihrem Sockel geblasen und barst in hundert Stücke. Sekunden später stand Mutter in der Tür. Ihr entsetzter Blick galt den Scherben, die sie umgehend zusammenklaubte, laut schluchzend, war es doch ein Prunkstück sardischer Töpferkunst, mit dem sie sich hier die Hände blutig machte.

Erna hatte den Vater keine Sekunde aus den Augen gelassen. Eine kräftige Bö hatte ihn abgedeckt, sein abgemagerter Leib, in ein weißes Nachthemd gehüllt, lag nun bloß und steif in den Linnen. Wie angewurzelt stand sie, starrte aufs Bett und hielt die Luft an, wie früher in der Schule, wenn sie sich wichtigen Lernstoff merken wollte. Luft anhalten hieß auch Zeit anhalten, hieß auch probieren, ob das Leben aufhört. Es hörte nicht auf. Bei Papa aber schon. In einem letzten langgezogenen Seufzer hatte sich sein Brustkorb gesenkt, ohne sich wieder zu heben, sein Mund blieb weit geöffnet, und als sie näher kam, sah sie, dass seine Augen gebrochen waren. Sie schloss seine Lider und bekreuzigte seine Stirn. Dann trat sie einen Schritt zurück und verharrte eine lange Weile in dieser instinktiven Geste des Respekts. Als wär' der Tod im Laufschritt vom Berg getrampelt und hätte den Papa in einem einzigen rabiaten Armschwung aus dem Leben geholt. Soviel Pathos wäre nicht in seinem Sinn gewesen.

Mutter fuchtelte noch immer über dem Scherbenhaufen, ihr langes Haar, vom Sturm zerzaust, wehte in wirren Strähnen vom Scheitel. Inzwischen hatte sie die Blutstriemen der Hände auch im Gesicht, sie hatte sich den Schweiß von der Stirn gewischt. Es war ein groteskes Schauspiel, diese vornehme Frau händeringend über den Boden kriechen zu sehen, außer sich und, wenn man so will, bar aller sakramentalen Camouflage. Der Anblick machte Erna so wütend, dass sie ihre Mutter anschrie.

„Mama!" Die Betonung lag scharf auf dem zweiten A.

„Was zum Teufel willst du mit der Vase?"

„Kaputt, alles hier geht kaputt."

„Papa ist tot … hörst du … Papa … ist … tot!" Die letzten drei Worte kamen, jedes einzeln, für sich gebrüllt, wie Gewehrschüsse. Mutter stand auf, strich sich die Strähne aus dem Gesicht und stierte auf ihren toten Mann. Ihr Atem ging schnell, sie hüstelte verlegen, als wollte sie etwas aus dem Hals bekommen.

„Gib ihm, o Herr, die ewige Ruhe." Hastig dahin gezischelt sagte sie das und bekreuzigte sich dreimal. Sie vermied es, ihrer Tochter in die Augen zu sehen, kramte in ihrer Rocktasche nach einem Rosenkranz. „Im Namen des Vaters und des Sohnes und …"

„Beten kannst später, Mama, wir müssen Papa herrichten jetzt … für den Sarg." Sie erschrak selbst über die kühle Resolutheit in ihrer Stimme.

Die seltsame Situation erlaubte es nicht, sich der Trauer um Papa hinzugeben. Noch überwogen Wut und Scham das aufkommende Mitleid, das sie für ihre Mutter zu empfinden begann.

„Gut", nickte Mutter gehorsam. „Gut."

Erna nahm ein Stück weißen Leinens, schnitt damit eine provisorische Bandage zurecht, mit der sie Papas Kinn hochbinden konnte. Sie fixierte es mit einer Masche über seinem Kopf, damit der Mund geschlossen bleibt, wenn die Totenstarre eintritt. Als Kind hatte sie das in einem Krankenhaus gesehen und dabei schmunzeln müssen, weil es so aussah, als hätte die Leiche noch Zahnschmerzen. Beim Gedanken an dieses Bild hatte sie jetzt, für den Bruchteil einer entgleisten Sekunde, das Gefühl, als wär' ein Lächeln um Papas toten Mund.

Erna schloss das Fenster im Sterbezimmer und auch alle Fenster im Gang, denn noch immer tobte der Sturm durchs Haus. Sie war überrascht, wie gefasst und ruhig sie jetzt, da es vollendet war, zu funktionieren begann. Kein Sturz ins Leere, nicht ratlose Konfusion, wie sie erwartet hatte, keine blinde Verzweiflung, sondern ein klarer, überschauender Blick ließ sie das notwendige Procedere, das im Todesfall ansteht, klaglos in die Wege leiten.

Binnen einer Stunde würde der Bestattungsdienst im Haus sein, um die Aufbahrung vorzubereiten.

„Wir müssen ihn ausziehen und waschen, und seinen besten Anzug wird er tragen."

Fast devot akzeptierte Mutter den schroffen Ton ihrer Tochter, legte den Rosenkranz aufs Nachtkästchen und half ihr, dem Leichnam das Nachthemd über den Kopf zu ziehen. Erna musste kurz innehalten, nachdem dies geschehen war, denn zum ersten Mal in ihrem Leben hatte sie Vaters Geschlecht gesehen, das verschrumpelt und blass am Schenkelansatz lag. Damit hat er dich ins Leben gebracht. Dieser Akt, von Mama stets mit strengstem Tabu belegt, erschien ihr noch immer als Mysterium, sie konnte sich Mutter in nackter Umarmung mit einem Mann einfach nicht vorstellen. Noch immer starrte sie auf seine Scham. Ein vager Anflug von Rührung überkam sie, irritierte sie, war ihr peinlich, denn sie spürte, wie Mutter stutzte, also kaschierte sie den vermeintlichen Fauxpas, indem sie wieder den Kommandoton anschlug.

„Wasser! Wir werden ihn jetzt waschen."

„Ich kümmere mich um den Anzug", sagte Mutter.

Erna wusste, dass sie sich nur vor der Prozedur drücken wollte, und so begann sie allein die Leiche des Vaters zu waschen.

Wie es der Brauch war, würde er drei Tage und drei Nächte in diesem Zimmer aufgebahrt bleiben, um dann begraben zu werden. Als Mutter nach einer Weile wieder in der Tür erschien, mit Papas pedantisch gebügeltem Anzug überm Arm, war Ernas Zorn verflogen. Sie nahm Mama in den Arm, drückte sie, wie sie zuvor Papa gedrückt hatte.
„Ich soll dich von ihm grüßen."
„Das hat er gesagt?!"
„Ja, das hat er gesagt."
In Ernas Tonfall schwang sich, ganz ohne Koketterie, ein Hauch melancholischer Erhabenheit. Eine kleine Lüge war es wieder, die wie Balsam wirkte. Der Bann war gebrochen, und Mama begann in ihren Armen hemmungslos zu weinen.
Nachdem die Leichenbestatter eingetroffen waren, konnte Erna die Zügel endlich aus der Hand geben, um den Rest den zwei Professionisten zu überlassen. Auch Mutter kam das Auftauchen dieser Herren sehr zupass, konnte sie sich doch guten Gewissens in den Hintergrund verfügen, um sich dem Rosenkranz zu widmen, den sie in hörbarem Flüsterton betete. Erna setzte sich zu ihr auf das kleine Sofa in der hintersten Ecke des Zimmers und staunte über die routinierten Griffe der Männer, deren täglich Brot der Tod ist, und sie sah, dass es beinah pietätloser Grobheit bedurfte, einen leichenstarren Arm für die korrekte Aufbahrung zurechtzubiegen. Beim Knacksen der Sehnen zuckte sie, stellvertretend für Papa, zusammen. Das von den Bestattern zurechtmodellierte schlafende Lächeln in seinem Gesicht aber blieb stabil.
Er kam ihr jetzt größer vor, fremd fast, majestätisch gestreckt ins weiße Satin des offenen Sarges. Sie konnte ihren Blick nicht von ihm wenden. Gottlob hat er nicht mehr das ganze Ausmaß der Misere erfahren, in die seine Familie geraten war, dachte Erna, er war, mit Rücksicht auf seine Krankheit, nur am Rande eingeweiht in die Dinge, wenn überhaupt, und nur mit beschönigten Zahlen. Dabei war der Bankrott so gnadenlos wie der Bazillus in seinen Lungen.
Wertpapiere, Anleihen, selbst die in Gold versicherten Staatsanleihen, Bilder, Geschirr, Schmuck, die Bücher, die vielen Bücher, die kostbaren Lampen – Ernas Kleinode – Lalique- und Muranoglas, selbst das stolze „von" in ihrem Namen, alles lang schon verlo-

ren, verschludert, vorbei. So weit war es gekommen. Man hieß nun schlicht Gaderthurn. Für Mutter eine Schmach, unter der sie litt wie ein degradierter Offizier und sie ließ es die Familie täglich wissen.

Erna hatte sich damals, nach einem Wutanfall, an den Schreibtisch gesetzt und ein Stellengesuch geschrieben, selbstredend ohne Mutters Wissen, und hatte es zwei Tage später, obwohl der Zorn schon verraucht war, abgeschickt – nach Bregenz, an den Landesschulrat für Vorarlberg. Merkwürdigerweise blieb es ohne Antwort, was Erna einigermaßen verwundert hatte. In Anbetracht der eskalierenden Ereignisse um Valerie aber kam ihr das behördliche Schweigen, das sie auf organisatorische Nachkriegswirren zurückgeführt hatte, nicht ganz ungelegen.

Es gab noch zuviel Schutt auszuräumen in ihrer Familie, auf die sie einst so stolz gewesen war. Großvater hatte es immerhin zum Landeshauptmannstellvertreter von Tirol gebracht und war in dieser Funktion vom Kaiser geadelt worden. Nicht dass ihm die Hofburg ein zweites Zuhause geworden wäre, aber geraume Zeit war er unter den Privilegierten, die ihrer Majestät dortselbst, an der kaiserlichen Tafel, huldigen, Ratschläge empfangen und, selten aber doch, Kaiserin Elisabeths graziöses Nippen am Veilcheneis bestaunen durften. Nur wenige Jahrzehnte konnte sich das öffentliche Ansehen, das Großvater seiner Sippe beschert hatte, in diesen Mauern halten. Onkel Fritz hatte noch verzweifelt und mit großer Ambition versucht, Humanismus und Geistesadel auf Schloss Gaderthurn zu bewahren, indem er eine umfangreiche, mit kostbaren Raritäten veredelte Bibliothek zusammenkaufte und schließlich ein Dutzend Genies (von Dante bis Shakespeare) in Wandfresken bannte, inklusive seiner Wenigkeit, als Createur dieser gehobenen Versammlung. Im Kreuzgang des Untergeschoßes, inmitten seiner Heroen, war sein Bildnis, er, Onkel Fritz, lebensgroß und seine Gründungstat in lateinischen Lettern verewigt: Fridericus Graf de Gaderthurn … fundator hujus publicae Bibliothecae, cui dedicatum est hoc castellum … Erna liebte an ihm sogar diesen narzisstischen Hang zur Selbstüberschätzung. Ein guter, ein kultivierter Mensch wollte er sein, und zum Teufel noch eins, es wär nicht die schlechteste Absicht gewesen, dachte Erna. Aber selbst Onkel Fritz hatte am Ende begriffen, dass die Welt nicht zu retten war.

Nur wenige Jahre waren dem Armen beschieden, den sakralen Odem seiner Bücherburg zu genießen. Er starb lange vor der Zeit. Eine Reise nach Ägypten, eine harmlose Ausfahrt auf dem Nil – sein

Weg in den Tod war von neckischem Lilienduft begleitet. Irgendwo entlang der grüngesäumten Wasserstraße hatte sich ein Fluch in sein Leben gefressen: Billharziose, die gefürchtete Augenkrankheit, die ihm eine wild wuchernde Geschwulst durch die Stirnhöhle trieb und die Schädeldecke, einem Elefantenmenschen gleich, so grässlich ausbeulte, dass sie am Ende den Lebensnerv zermalmte.

Mit Fritzens Tod hatte das Sterben im Hause Gaderthurn begonnen. Großvaters Herz konnte den Verlust des geliebten Sohnes nicht verwinden. Er folgte ihm, noch ehe Fritz begraben war. Erna war fünfzehn damals, und die spöttischen Kommentare der Bauern, die in ihren breiten Gehöften das Schlösschen umlagerten wie aaswitternde Geier, lagen ihr lange noch schmerzlich im Ohr. „Der Totenvogel kreist über euerm Haus", krähten die Kinder. „Der Totenvogel, der Totenvogel."

Den Bauern waren die feinen Herrschaften über Jahrzehnte ein Dorn im Auge gewesen und zuallerletzt diese Klaviertante mit ihren roten Fingernägeln, „Valerie Valera" – die „gschtudierten Pinkel", die nur in Büchern blättern und den Tag verrauchen, am Ende der Weisheit, die Herrschaften, am Ende. Jetzt witterten sie ihren Abgang und sie rieben sich die Hände.

Ernas Vater war es jetzt, der – als wollte er Fritzens Mission fortsetzen – mit den gottlosen Verirrungen der Menschen haderte. Die boshafte Schadenfreude der Nachbarn, die immer neue Blüten trieb, hatte ihn oft gekränkt. Zwei Weltkriege haben der Zivilisation das Gesicht entstellt, beschwor er den lieben Gott, die Herzen der Menschen seien verwüstet wie die Städte, erlöst, aber verwüstet. Man habe das Abendland überschätzt, Gott sei's geklagt, müsse die Menschheit jetzt mit neuen Maßstäben messen usw. usw. Er konnte sich nicht sattreden am Schock, der auf ihm lastete, seit er die Leichenhaufen von Auschwitz gesehen hatte, die via Wochenschau über Österreichs Kinoleinwände geflimmert waren.

Die ethischen Appelle an den Wänden, in den Gängen des Schlosses, erschienen ihm jetzt blauäugig und lächerlich, und beim Gedanken an Valerie klang ihm selbst der Wahlspruch des Gaderthurnschen Familienwappens (im großen Bogenfenster am Ende des Ganges) wie blanker Zynismus – „labor nobilitat", in Zierschrift auf fliegendem Band, getragen von goldnen Adlerfängen. Zappenduster werde die Zukunft, schimpfte er, zappenduster, als wäre Gott wahrhaftig tot. Er hatte sich abgekoppelt, angewidert von der verwahrlosten Welt, hockte eingeschlossen in seiner Wetterstation am Ritten und versteckte sich hinter Niederschlagsmengen, Millibar, Windstärken und Feuchtigkeitsgehalt.

Und doch, man hatte überlebt, schon zwei Weltkriege hatte man überlebt. Der Kriegsstaub hatte sich verzogen und ließ wieder Sonne durch. Friede herrschte jetzt, von Amerikanern, Russen, Briten und Franzosen kontrollierter Friede. Die Jahre gingen ins Land, und die Zeit breitete zaghaft ihren heilenden Mantel über die Wunden. Vor uns liegt Zeit, Zeit zum Leben, hatte Papa gesagt. Atemholen war die Parole der Stunde. Atemholen. 1953.

Papa, obwohl damals schon schwer lungenleidend, musste wieder in sein Dienstzimmer in der Drachenstation (der Name rührte von den täglich aufsteigenden Wetterballons), das er auch während des Krieges kaum verlassen hatte, tüftelte an den Geheimnissen der atmosphärischen Zirkulation und dem regionalen Wetter im Besonderen oder dozierte an der Universität Innsbruck über Klimatologie. So war es, bis vor wenigen Wochen.

Jetzt war Papa tot und alles in der Schwebe.

Seine Seele wird noch im Raum sein, wollte Erna glauben, und mit Sicherheit würde er geschmunzelt haben ob des üppig dekorierten Brimboriums, das man seinen Überresten angedeihen ließ. Drei wuchtige Kerzenständer auf jeder Seite des Sarges, dazwischen ausladende Blumengebinde und Kränze, die den Aufgebahrten in eine Wolke aus Lorbeer und Rosenduft hüllten. An der Wand dahinter lehnte, der Länge nach aufgestellt, der schwarze Sargdeckel der, flankiert von zwei eingetopften Thujen, einen gespenstischen Schatten an die Decke warf, einen Kreuzesschatten. Zufall wohl, denn soviel gestalterische Raffinesse hätte sie den beiden dumpfen Gesellen nicht zugetraut. Das Design tat dennoch seine Wirkung. Irgendwie war ihr nicht ganz geheuer, und sie musste an Onkel Fritz denken. Auch er war damals drei Tage lang aufgebahrt gewesen, im Nebenzimmer, und sie hatte sich gleich in der ersten Nacht aus ihrem Zimmer gestohlen, um ihn in seinem Sarg zu besuchen. Man hatte in der Verwandtschaft soviel Schauerliches über seine ausgewölbte Stirn erzählt, dass Ernas Neugier stärker brannte als ihre Angst vor dem Unheimlichen.

Der Sarg war schon verschlossen, als sie (es war ein Uhr nachts) ins Zimmer kam, als hätte man das Vorhaben der kleinen Erna geahnt. Sie hatte einen schweren Kerzenständer vom Schemel gehoben und ihn näher zum Sarg gerückt, um mehr Licht zu haben. Das kleine

Fensterchen, in Gesichtshöhe in den Deckel eingefasst, war ihr bei der Lieferung des Kastens nicht entgangen.

Sie stieg also auf den Schemel, beugte sich über den Sarg, wobei sie sich mit beiden Händen aufstützen musste, und schaute durchs Fenster: Mund, Nase und das halbgeschlossene Auge des Toten konnte sie jetzt ausmachen. Das andere Auge war, bis auf eine vom Tumor zerfressene Höhle, praktisch nicht mehr vorhanden. Um aber das eigentliche Ungetüm in ihren Blick zu bekommen, musste sie sich regelrecht auf den Sarg legen, das Gesicht hart am Glas, denn das Kerzenlicht ließ nur schattende Konturen erkennen.

Sie drückte Wange und Nase am Guckfenster platt und grimassierte ins Innere, um endlich der ominösen Ausbeulung des Kopfes gewahr zu werden. Just in dem Moment, als sie glaubte, das Unsägliche zu sehen, verrutschte der Sargdeckel, offenbar noch unverschraubt, um eine ganze Ellenlänge nach links, wodurch Erna auf Onkel Fritzens Brust zu liegen kam. Sie erschrak dermaßen, dass sie vergaß, jetzt, da es endlich offenlag, das Corpus Delicti ins Auge zu fassen, statt dessen versuchte sie so rasch wie möglich den Sargdeckel in seine ursprüngliche Position zurückzuschieben und sich schleunigst davonzumachen. Auf Zehenspitzen zurück ins Zimmer und die Decke über den Kopf! Der Schreck über ihren eigenen Mut war ihr tief in die Knochen gefahren.

Tagsdarauf war verblüfft festgestellt worden, dass Onkel Fritzens Hände nicht mehr zum Gebet verschränkt und das Kreuz, das er in Händen gehalten hatte, auf den Bauch gerutscht war. Der Diskurs über die Gründe für diesen gespenstischen Vorfall war mindestens so merkwürdig wie der Vorfall selbst. Die Sache mit dem Lazarus-Syndrom (wonach Nervenreflexe an Extremitäten selbst lange nach dem Hirntod auftreten sollen) hatte sich Erna ins Gedächtnis gebrannt. Irgendeine entfernte Verwandte hielt allerdings stur dagegen. Diese auswärtige Tante, eine vorlaute, dumbe Vettel, schwafelte, mit Seitenblick auf Erna, irgendwas von Lausbubenstreich, aber die übrige Verwandtschaft hielt sich lieber an die spannendere Version, die gewisse transzendente Aspekte bot. Lazarus und sein Mysterium war allemal willkommener als das profane Geschwätz einer blöden, alten Kuh.

Mutter war indessen beim letzten Gesätzchen des Rosenkranzes angelangt, und Ernas Gedanken waren zu Papa zurückgekehrt. Die Bestatter hatten ihren Dienst erledigt, im Haus war es wieder still geworden. Mutter steckte ihren Rosenkranz in den Ärmel, wie sie es immer tat, wenn er in Griffweite zu sein hatte.

„Ich werd' jetzt ein Schlafmittel nehmen, Liebes, bin zu nervös, um einzuschlafen." Erna nickte vor sich hin, ohne sie anzusehen.

„Tu das, Mama."

„Gute Nacht, mein Kind."

„Gute Nacht."

Die Machtverhältnisse hatten sich merklich verschoben. Mutter schien, zumindest vorübergehend, das Zepter aus der Hand gelegt zu haben. Papa war noch keine drei Stunden tot, und schon hatten sich die Dinge verändert.

Erna spürte, dass es nicht nur Trauer war, die jetzt in ihrem Herzen nistete. Schon als der Sturm durchs Haus fuhr, während Papa starb, ja während er starb, hatte eine merkwürdige Leichtigkeit sie angeflogen, die sie nicht wahrhaben wollte, weil es nicht wahr sein durfte, fast Beschwingtheit war es, als käme ihr gleich ein Liedchen auf die Lippen. Nichts passte zusammen in diesem fatalen Moment, als hätte sie den Verstand verloren, hatte sie ihn doch geliebt, aus der Distanz, ja, aber aus tiefster Seele. Erst seine gebrochenen Augen und Mutters ernüchternder Auftritt auf dem Scherbenboden hatten ihre Gefühle wieder ins Lot der Vernunft gerückt.

Fraglos waren auch Ernas Nerven angeschlagen, was nicht wundert, die Ereignisse der letzten Wochen hatten ihr sehr zugesetzt, und doch fühlte sie sich stark, wie nie zuvor, als sie jetzt draußen auf dem Gang vor dem mannshohen Spiegel stand. Sie musterte sich, als wäre sie eine Fremde, legte sich ihre Haare zurecht, maß ihre Taille mit den Händen, drehte sich nach links, nach rechts, wie eine, die ein Kleid anprobiert. Sie gefiel sich. Die Spuren, die einundvierzig Jahre hinterlassen, hatten ihr die Schönheit nicht nehmen können. Im Gegenteil. Der unschuldige Glanz ihrer frühen Jahre war harmlos ebenmäßig, verglichen mit der gelassenen Anmut ihrer Reife. Sie wehrte sich gegen die Zeit, die ihr Werkzeug schon ausgelegt hatte, ganz nach Plan. Sie wehrte sich gegen die Kümmernisse, die sie über die Jahre unermüdlich verfolgt hatten. Seit über acht Jahren schon war sie Witwe. Ihren gefallenen Mann, Rudolf, konnte sie nie begraben, er war irgendwo in einem Vorort von Athen von griechischen Partisanen, zu denen er übergelaufen war, verscharrt worden. Das war 1944, im September. Erna hatte daraufhin – Frau eines Deserteurs – ihre Stelle als Lehrerin an der Hauptschule Steinach am Brenner verloren und musste

24

sich bis weit übers Kriegsende hinaus mit Nachhilfestunden und als Bibliothekarin in Bruneck durchschlagen. Erst Jahre später hatte sie von den mysteriösen Umständen seiner Ermordung Bericht erhalten. Und jetzt, da die Wunden des Krieges zu vernarben begannen, hatte sich wieder der Tod ins Haus gesetzt, wie ein alter Bekannter. Diesmal aber hatte sich eine Facette zum vertrauten Besuch gesellt, die Erna noch nicht kannte – ein merkwürdiger Optimismus, der um ihre Trauer schlich, ja sie in Aufbruchstimmung versetzte. Etwas geschah mit ihrem Leben, als wiesen ihr unverhoffte Gabelungen eine neue Richtung. Nur eine Ahnung war's, aber sie sollte Recht behalten, denn das Jahr 1953 schlug eine Schneise, die alles veränderte, für immer veränderte.

Auf der schneeweißen Bühne einer Katastrophe sollten ihr, nach einer dicht gelebten Spanne weniger Monate, größter Schmerz und zugleich höchstes Glück begegnen.

Und buchstäblich würde kein Stein mehr auf dem andern bleiben.

Noch wusste Erna nichts von dieser Zukunft, dem anderen Leben, aber sie fühlte es, wie Morgentau, als begänne für sie eine neue Zeitrechnung.

Leicht, mit tänzelnden Schritten, ging sie die Stiegen hoch, öffnete eines der Fenster im Obergeschoß und genoss die klare Nacht. Schloss Gaderthurn lag friedlich, devot fast, an den Fuß der altehrwürdigen Michelsburg geschmiegt, unterm Mond von St. Lorenzen im Pustertal. Sie lehnte sich aus dem Fenster, streichelte mit der Hand über die Außenmauer, aus der noch Tageswärme strahlte. Sie wollte den Augenblick sichern mit ihren Gedanken, irgendwann vielleicht erzählen davon.

Ein solider Bau war Gaderthurn, ganz im Gelb der Schwarzmanderkirche (so hatte es Mutter gewollt), drei Stockwerke hoch, im festen Griff von Efeuranken, die Erna ertasten konnte, wenn sie sich weit genug hinauslehnte. Vier pentagonale Türmchen (eines für jede Himmelsrichtung), deren steile Giebel das Dach des Hauses um etliche Zoll überragten, umfassten die Mauern. Eben dieses Spezifikum verlieh dem Bau den Charakter eines Schlösschens, einer kleinen, vornehmen Trutzburg, umgeben von mächtigen Kastanienbäumen und einem schilfumkränzten Weiher. Zwischen dem zweiten und dritten Stock war in die Nordmauer eine Nische eingelassen, in der eine geschnitzte Marienfigur thronte, zum Schutz und Wohle des Hauses und seiner Bewohner. Für einen Moment war Erna versucht zu glauben, die heilige Maria hätte, vorübergehend, ihren Dienst quittiert.

Sie konnte nicht einschlafen in jener Nacht. Seit Stunden lag sie wach. Wie damals, bei Onkel Fritz. Unentwegt stand ihr das Bild der aufgebahrten Leiche vor Augen, die zwei Stockwerke unter ihr im Zitterlicht der Kerzen lag … Noch war die Verwirrung nicht zu Ende. Wie lästige Dämonen schlichen sich unstatthafte Regungen in ihre Trauer. Nicht nur der Optimismus, auch anderes Teufelszeug. Papa ist tot, Erna, und Mama wird es überleben, nicht den Zug versäumen, deine Pflicht ist getan, Schwester, und das Feld für deine Kür liegt brach vor dir, hörst du! Jeder Tag zählt. Jeder Tag.

Sie drehte sich zur Seite, wo ihr Nachtkästchen stand, um die Einflüsterer loszuwerden. Rudolf lächelte sie an, in Uniform, lässig auf einem Ankertau sitzend, im Hafen von Piräus. Auf seinem Schoß, mit Tuschfeder ins Foto gekritzelt, die lächelnde Erna. Eine sehr gelungene Collage, nicht umsonst war er der talentierteste unter den technischen Zeichnern seiner Kompanie. September '43 stand unter seiner Signatur, ein Jahr vor seinem Tod also … Die Fotografie war mit einem seiner letzten Briefe gekommen. Das Lalique-Lämpchen auf dem Nachttisch hielt ein mildes Braun in sein Gesicht, ließ ihn aussehen, als wär' er auf Erholungsurlaub …

Wenn sie lange genug in seine klaren Augen sah, tat ihr noch immer das Herz weh. Einen Sohn hatten sie sich gewünscht. Und einen Friedensschluss mit Mama. Der Krieg hatte sich beides verbeten. Nicht nur der Krieg. Erna wusste das. Ein Friedensvertrag mit Mutter war so utopisch wie der idiotische Endsieg.

Kaum im heiratsfähigen Alter, war Erna zur alleinigen Trumpfkarte in Mutters ehrgeizigen Zukunftsplänen geworden, und eines Tages, in voller Blüte stehend, würde die Karte stechen und den verlorenen Glanz in Mutters Leben zurückbringen. Männer edelblütiger Herkunft würde Erna in einem Lehrerkollegium niemals finden, prophezeite sie, weshalb sie alles daransetzte, ihre hübsche Tochter in eine renommierte Brunecker Bibliothek zu vermitteln, deren Mitbesitzer ein distinguierter Gelehrter war, mit besten Verbindungen zu hohen und höchsten Kreisen aristokratischer Provenienz. Zudem waren durch dessen temporäre Korrespondenz mit Onkel Fritz schon gewisse Bande zur Familie geknüpft. Sie wollte ihre Tochter in eleganten Salons brillieren und nicht im täglichen Trott einer Schule versauern sehen. Dabei wusste sie, wieviel Erna an ihrer Arbeit gelegen war, dass sie nicht Bibliothekarin oder gräfliche Gattin, sondern schlicht Lehrerin sein wollte, mit Leib und Seele.

Aus Rücksicht auf Mutters angegriffene Nerven lenkte Erna ein und begann ihre Arbeit in der vornehmen Bücherklause, die in einem Seitenflügel des Kapuzinerklosters untergebracht war.

Sie hatte ihre Stelle an der Hauptschule Steinach zwar verloren, aber nicht verhindern können, dass ihr Wesen damals auch auf nicht aristokratische Gemüter inspirierend wirkte. Und auch Erna hatte sich verliebt, in einen Kollegen, der, noch bevor sie sich duzten, hundert Porträts von ihr gezeichnet hatte. Monatelang funktionierte die diskrete Liaison, bis sich Erna schließlich aufraffte und der Geheimnistuerei ein Ende setzte.

An einem frostigen Novembertag des Jahres 1939, die Ereignisse in der Welt draußen hatten sich längst überschlagen, stand sie mit Rudolf vor der Eingangstür des Schlosses. Er war schon eingezogen worden, sah stattlich aus in seiner Uniform und war voll der Zuversicht, auf seine zukünftige Schwiegermutter einen angemessenen Eindruck zu machen.

Mutter hatte die beiden kommen sehen und öffnete die Tür, noch bevor Erna den Schlüssel ansetzen konnte. Erna versuchte verbissen einen fröhlichen Ton anzuschlagen.

„Mama, ich möchte mir erlauben, dir meinen Verlobten vorzustellen, er ist Lehrer in Steinach und eigentlich ist er ein Künstler, du wirst …"

Sie konnte nicht zu Ende sprechen, denn Mutter hatte ihr, ohne Rudolf eines zweiten Blickes zu würdigen, links und rechts eine geschmiert, regelrechte Maulschellen versetzt.

Dann fiel die Tür ins Schloss.

Erna war 27 damals und in diesen demütigenden Sekunden endgültig erwachsen geworden. Das geschmähte Paar heiratete heimlich, und der Krieg schrieb den Rest der Geschichte.

Verzichten, das hatte Erna gelernt, darin war sie Expertin. Verzichtet hatte sie Zeit ihres Lebens, verzichtet auf die kleine Wohnung in der Boznerstraße, Mutter zu Liebe, verzichtet auf ihre geliebte Schule, verzichtet auf den Ravel-Abend, weil Mama einen kleinen Empfang im Pfarramt vorzog, verzichtet auf das süße Abendkleid, weil Mama das Dekolleté zu gewagt fand, verzichtet auf die Zeit, die sie benötigt hätte, um Atem zu holen, den ihr die Mutter nahm, verzichtet aus Loyalität, aus Pflichtgefühl, aus Mitleid, aus Liebe wohl auch, verzichtet allemal.

Sie zog Rudolfs Fotografie näher zu sich und legte sich wieder auf den Rücken. Ihr war, als beobachte er sie tatsächlich. Das Odeur der eingehäkelten Lavendelpölsterchen unter ihrem Kissen mischte sich mit dem Duft, den ihre Haut verströmte. Zornig erregt war sie. Ihr Blut begann sie wieder zu beleben, ohne ihr willentliches Zutun, prickelte bis in die Fingerspitzen. ES geschah mit ihr, und sie ließ es geschehn. Als hätten sich die Einflüsterer wieder frech und unbemerkt auf Ernas Zug geschwungen, um nun unaufhaltsam von Waggon zu Waggon stürmend endlich das Führerhaus zu erobern. Erna konnte sie schon hören, wie sie von Deichsel zu Deichsel huschten, kichernd und siegesgewiss, selbst über die Dächer kamen sie und wie klebrige Spinnen entlang der Außenwände, eine entschlossene, fröhliche Armee, die sich ungestüm in ihren Körper mischte. Es waren nicht die Argumente der Dämonen diesmal, sondern einzig ihr lüsternes Siegerlächeln, das Erna kapitulieren ließ. Sie ließ sie gewähren, ja mehr noch, ließ sich, betört von ihrem lasziven Charme, das Kommando bewusst entreißen. Und schon griffen Hände, Arme und Blicke ihren Körper ab. Die Finger eilten zur Scham und wieder zum Mund und zurück. Das kleinlaute „nein" ihres Gewissens wurde übertönt vom Seufzen, das ihr in den Atem kam. Nichts wollte verzichten, nicht mehr verzichten, alles pochte auf sein Recht, mit den Händen die Brüste zum Mund, nichts wollte mehr ungeküsst bleiben, alles spreizte sich frivol, umarmte sich. Rudolfs Fotografie hatte sie aus dem Blick verloren im Schauer, der über sie gekommen war, so ansatzlos. Sie erwachte, verschreckt und nüchtern, von Scham keine Spur.

Ein Räuspern draußen am Gang ließ sie hochfahren. Es war nicht der innere Tumult, der sie zurückgeholt hatte, sondern ein profanes, irdisches Geräusch, als klatschte etwas an Glas und Wände, ein Plumpsen und Poltern war es und dazwischen nervös gefächelte Luft. Dann wieder Ruhe.

Erna stand auf. Auf dem Weg zur Tür begegnete sie sich im Spiegel. In ihren Brauen glitzerten Schweißperlen, und jeder Wimpernschlag schickte ein kleines Rinnsal über die Wangen. Nasse Haarsträhnen klebten am Hals. Sie erschrak ein wenig über die blasse Frau, die noch immer bebte, als hätte sie eben, auf Tod und Leben, einen Eindringling in die Flucht geschlagen. Die frechen Flüsterer waren längst über alle Berge, und Ruhe hatte sich übers Haus gelegt, unterbrochen nur, jetzt wieder, vom Poltern draußen am Gang. Für Lazarus ist es schon zu spät, dachte Erna, und Geister gibt es keine, also öffnete sie die Tür. Nein, Angst hatte sie keine, die Nacht war seit je ihre Vertraute, und seit Onkel Fritz konnte sie nichts mehr schrecken. Als sie auf den Gang hinaustrat, war ihr, als stünde sie in einer Gruft. Die schweren, aufdringlichen Düfte, die das Sterbezimmer verströmte, hatten inzwischen auch die oberen Stockwerke erfasst, überall roch es, als wäre das Haus eine Kirche.

Sie zog den Morgenmantel über und begann das Geräusch zu verfolgen, das auf jeden ihrer Schritte reagierte. Über den Gang, durchs Stiegenhaus, das Luftfächeln rührte wohl von Flügelschlägen, soweit war die Sache überschaubar, dann den zweiten Stock entlang und wieder das Stiegenhaus, immer zorniger schlugen die Flügel gegen Wände und Fenster auf dem Weg nach unten, dann wieder Ruhe.

Das einzige Geräusch, das jetzt noch zu hören war, drang aus Mutters Schlafzimmer. Wie immer, wenn sie Tabletten genommen hatte, war sie in narkotische Bewusstlosigkeit gesunken und schnarchte wie ein alter Mann.

Erna schlich auf Zehenspitzen ein paar Schritte weiter, durch die halb offene Küchentür, und hatte den Kobold schließlich im Visier. Eine junge Elster, die sich, vom Sturm ins Haus verweht, wohl in den Vorhängen verheddert hatte. … Sie saß in Ernas Salatschüssel und stocherte einen Silberlöffel aus den schlaffen Karotten. Als Erna die Küche betrat, flatterte das Tier zur Deckenlampe hoch. Sie öffnete das Fenster und hielt den Löffel hinaus ins matte Licht.

„Hau ab, Totenvogel!"

Eine Zeitlang sahen sie einander in die Augen. „Aber subito!" – und weg war die Elster.

Erna sah dem Vogel nach, bis er, noch unschlüssig kreisend, hinter einem der Bauernhöfe verschwunden war. Dann schloss sie das Fenster.

Was jetzt? Für die nächsten Stunden würde sie keinen Schlaf mehr finden, so gut kannte sie ihren Körper, zuviel Adrenalin im Blut. Wie ferngesteuert begannen ihre Hände die Küche aufzuräumen, den Salat zu entsorgen, Geschirr abzuwaschen, zu trocknen, Anrichte und Herd von Resten zu säubern. Bei jedem Messer, jeder Gabel, die sie ins Besteckfach schob, sagte sie sich, adieu ihr Freunde, das war's. Sie tätschelte die Zitronenpresse, stellte Salz und Pfeffer zwillingsgleich in ihr Fach, hauchte übers Glasfenster des Geschirrschranks, polierte den alten Glanz hinein. Sie nahm Abschied von der Küche, von ihrer Küche. Abschied nehmen, das machte sie zum Programm jener Nacht.

Sie wusste, es blieb nur wenig Zeit, Graf Wehrberg würde sie, aus Pietätsgründen, noch eine Weile im Schloss gewähren lassen, wenigstens bis kurz nach der Beerdigung. (Die Bibliothek im Kloster hatte Erna seit Vaters kritischem Zustand sowieso arbeitsfrei gestellt.)

Später dann würden ein Notartermin und die Verlesung des Testaments alles Künftige entscheiden.

Erna schloss die Küchentür hinter sich. Als sie am Totenzimmer vorbeikam, verlegte sie ihren Gang unbewusst auf die Zehenspitzen, zu oft hatte sie Rücksicht genommen auf seinen leichten Schlaf. Friedlich lag er, tief in seinem schweren Sarg, und gerne hätte sie sich jetzt zu ihm gesetzt und ihm, ganz ohne Hemmung und Vorbehalt, von ihren unschicklichen Anwandlungen erzählt. Von dort, wo er jetzt war, kann nur Barmherzigkeit kommen, dachte Erna, wer soll denn dort noch den Drohfinger erheben gegen ein schwächelndes Menschenkind? Papa lächelte.

Niemals hätte sie zu seinen Lebzeiten, in seiner Gegenwart, ihr Innerstes nach außen gekehrt, zu viele Tabuschilder standen zwischen ihnen, aber jetzt, diesem anderen Papa, befreit vom irdischen Kleingeist, ihm würde sie auch das letzte Geheimnis anvertrauen, und er würde verstehn und er würde vergeben. Sie streichelte ihm übers Haar, über die Wangen, die gefalteten Hände, setzte sich an den Fuß des Sarges und überlegte, aber der treffende Erzählton ließ sich nicht finden, die immer aufdringlicher werdenden Geräusche aus Mutters Schlafzimmer ließen die rechte Stimmung nicht aufkommen, das grunzende Schnarchen nahm dem Ritual jegliche Würde.

Erna erhob sich wieder von ihrem Stuhl und ging in ihr Zimmer hinauf. Mit geübtem Griff zog sie ihr Mahagoni-Grammophon aus der Kommode, fingerte übers Regal, wo zwischen Brockhausband VIII und IX Ravels Bolero stehen musste. Sie hatte ihn dort versteckt, nachdem ihr aufgefallen war – es muss kurz vor Valeries überstürzter Abreise gewesen sein –, dass sich ihre Schallplattensammlung quasi in Luft aufgelöst hatte. Glücklicherweise konnte Valerie nicht ahnen, dass Ernas erklärter Liebling, dem sie so oft mit Papa gelauscht hatte, gerade einer Spezialreinigung unterzogen wurde und deshalb nicht am gewohnten Platz zu finden war. So kam es, dass Maurice Ravels Meisterstück zum einzig verbliebenen Tonträger im Hause Gaderthurn geworden war.

Erna nahm die schwarze Scheibe andächtig aus der Hülle. Der erste Kontakt zwischen Nadel und Schellack ergab ein dezentes Knistern, schon rhythmisiert durch die kreiselnde Bewegung, dann die Celli, die den Teppich legten, bis sich die Fagotte aufschwangen zum eigentlichen Thema. Erna kickte ihre Hauspantoffeln unters Bett und drehte barfuß ein paar schüchterne Pirouetten. Lass dich nicht stören, Erna, dreh dich nur, dreh dich, unüberlegt sind wir doch alle, hatte Papa gesagt, wenn er dich und deine Streiche entschuldigen musste, wir kommen schon unüberlegt zur Welt. Dreh dich nur. Keiner sieht's.

Papa wusste Bescheid, irgendwie wusste er immer Bescheid. Eine Instanz der Sicherheit, wenn er im Hause war, trotz seiner Weltfremdheit, und oft genug war er die weise Antwort, beruhigend und heimelig, wie ein alter Chesterfield.

Sie streifte um den kostbaren Sekretär, in dessen Schubladen sie Rudolfs Skizzen gestapelt hatte, drehte eine Sitzpirouette auf dem bauschigen Schemel vor ihrem Schminktischchen (die Verführte hatte wieder Farbe im Gesicht), streichelte über die Rokokopuppe, die ihr Papa vor 30 Jahren zu Weihnachten geschenkt hatte, tanzte vorbei an der Jugendstilnymphe aus Muranoglas, die zugleich eine Lampe war, dann hinüber zur Bücherwand, zu den alten Gefährten, und schließlich hinaus zur Tür, die sie weit offen ließ, um auch der Musik freie Fahrt durchs Schloss zu lassen. Im Gang draußen hallten die Töne wider an den dicken Steinmauern, Dante und die andern hörten zu, wie sich die Kontrabässe ihren Weg durchs Stiegenhaus bahnten, und als sich Erna wieder am Fuß des Sarges niederließ, echote der Bolero noch immer hinterdrein. Mamas Schnarchen hatte sich in Ravels Musik aufgelöst, verwoben mit dem Knistern, das die Musik vor sich hertrug wie ein Heiligtum. Das wäre nun der rechte Rahmen, dachte Erna, das Kerzenlicht mischte sich allmählich mit dem Silber, das vom Himmel draußen kam, dann hob sie an zu erzählen, und die Worte flogen ihr zu … eine leichtfüßige Beichte, ganz ohne Strafgericht und Buße, denn Zeuge war nur der Mond, der Schweiger.

Zwei Tage später wurde Papa im engsten Kreis zu Grabe getragen. Eingehängt in Mama, folgte Erna dem schwankenden Sarg, der auf ungleichen Männerschultern schwebte. Zornig machte sie das Bild

– mit einem Sarg kannst du kein Gespräch mehr führen, nur stumme Sätze ins Eichenholz bohren, bis die Tränensäcke leer sind, anstatt sich zu Lebzeiten gegenseitig die Seelen durchzulüften.

Papas Nachfolger auf der Wetterwarte hatte sich eingefunden, zwei Kollegen aus Innsbruck, zwei Ministranten, zwei Totengräber, der Pfarrer, Mama und Erna. Valerie war nicht gekommen. Eine Kreuzreihe entfernt duckten sich zwei der Bauersleute aus der Nachbarschaft hinter einen steinernen Engel, der mit gespreizten Flügeln den Friedhof überwachte, und sie bekreuzigten sich, als der Sarg zur Erde gelassen wurde. Vielleicht wussten sie, dass Papa sie eigentlich gemocht hatte, und vielleicht ahnten sie, dass sie mit den Düften ihrer Scheunen sein Leben ein wenig versüßt hatten. Als Erna sich von den beiden ins Auge genommen fühlte, nickte sie ihnen ein Lächeln zu.

Friedlich fühlte sich der Tag an, allein durch die kleinen Gesten der Einsicht und Vergebung, der Gang der Dinge hatte eben seine schmerzhafte Ordnung, wieder war der Vorhang gefallen hinter einem zu kurzen Leben, man hatte geweint, gebetet und Respekt gezollt, und man ging ins Leben zurück. Erna wusste, jetzt stand sie mit Mama im Niemandsland.

Am Freitag, dem 31. Juli 1953, sollte in der Notariatskanzlei Kleewein zu Bozen das Testament ihres Vaters verlesen werden. Schon auf der Busfahrt dorthin wunderte sich Erna über die bleierne Ruhe, die sich in ihr ausbreitete, während Mama neben ihr unaufhörlich schluchzte, in der Annahme wohl, dass nichts Besonderes von diesem Termin zu erwarten sei.

„Was wird bloß werden aus uns, mein Gott?"

Ihr Kopf lehnte apathisch am Busfenster. Graf Wehrbergs Kulanz würde wohl bald erschöpft sein. Das Recht war, grazie Valerie, auf seiner Seite, so abstrus das auch sein mochte, und sie würden im buchstäblichen Sinne bald kein Dach mehr über dem Kopf haben. Panik wäre in dieser Situation eine nachvollziehbare Regung gewesen. Doch nichts von alledem bei Erna. Wie ausgeklinkt aus der unbestechlichen Logik des Lebens, fühlte sie sich sicher, mehr noch, sie versprühte Zuversicht, tätschelte immer wieder Mamas Hand und redete ihr gut zu.

„Wird schon werden, Mama, wird schon werden", leierte sie hin, wie zu einem kleinen Kind, das Angst vor dem ersten Schultag hat.

Zwei Gefühle, wie sie unterschiedlicher nicht sein konnten, berührten sich in ihr, zum einen war ihr, als wär' sie selbst gestorben, als hätte sie das Leben schon überstanden, zum andern schlug ihr das Herz, als wollte es sagen: Wir sind neugeboren, Erna, unser Leben hat eben erst begonnen. Vielleicht war es dieser Widerspruch, der ihr diese wohlige Lähmung bescherte.

Erst als sie die Kanzlei betraten, die im vornehmen Halbdunkel unter einer Fülle massiver Holzmöbel ächzte, begann Ernas Sensorium für die Wirklichkeit wieder zu erwachen.

Der distinguierte Herr im Nadelstreif, der da mit beamtischer Wichtigkeit in seinen Ledersessel glitt, war viel zu klein für den wuchtigen Schreibtisch, der sich vor ihm ausbreitete wie ein Kasernenplatz. Aber seine Stimme versuchte den Dimensionen, mit denen er sich umgab, gerecht zu werden. Wie loses Fahrradblech schepperten seine Vokale durch den Raum, als er zur Begrüßung anhob, und die rollenden „R" exerzierten so brachiales Südtirolerisch, dass die beiden Frauen im ersten Moment beeindruckt zurückwichen.

Anwesend sind hier und heute vor Zeugen (am einen Ende des Tisches kauerte eine Stenotypistin devot in ihrem Stuhl) die Damen Karoline von Gaderthurn, geboren usw. usw. (Papa hatte das „von", als kleine Verneigung vor Mama, belassen), der Kasernenton verlor erst an Schärfe, als der Notar begann, Vaters geschriebenes Wort zu verlesen:

Ich, Viktor von Gaderthurn, im Vollbesitz meiner geistigen Kräfte, erkläre für den Fall meines Ablebens meinen letzten Willen wie folgt: Die Eigentumswohnung, Pradlerstraße 21/V/3 zu Innsbruck, Bezirk Pradl, vollmöbliert und lastenfrei seit Mai dieses Jahres 1953, vermache ich meiner Frau Karoline sowie meiner Tochter Erna zu gleichen Teilen, außerdem gehen die noch verbliebenen Bücher …

Nach den ersten zwanzig Worten hörte Erna gar nicht mehr hin, denn die Wucht der Eröffnungssalve hatte alles Folgende vernebelt. Der kleine Mann im Nadelstreif entschwand allmählich in den Hintergrund, mitsamt dem rumpelnden Stakkato seiner Vorlesung, die er ständig fachlich kommentierte, sie hörte es nicht mehr, immer kleiner wurde er, proportional zur Entfernung, denn er bewegte sich weg von ihr, sie ließ ihn mit seinem Schreibtisch und den Akten rückwärts durchs Fenster segeln, über die Hausdächer hinweg und hinter die Wolken und ersparte sich so Kaskaden sperriger Juristenprosa.

In Mutters Ohren klang seine Frohbotschaft wie das Zusammenläuten am Ostersonntagmorgen. Tränen rannen ihr über die Wangen.

Auch Ernas Herz tanzte nur noch um den einen, den Kardinalsatz, der Mutters Leben wieder in geordnete Bahnen lenken würde. An sich selbst hatte sie dabei nicht im entferntesten gedacht, denn sie wusste, und auch die Flüsterer nickten eifrig, dass sie niemals in dieser Wohnung würde wohnen bleiben. Dennoch: Vollmöbliert, Pradl, schuldenfrei. Gesegnete Mama.

In ihre Fassungslosigkeit mischte sich Mutters ungläubiges Kichern, das verschämt durch die Kanzlei flatterte, bis endlich alles tonlos war, und Erna ganz allein …

Zum letzten Mal machte sie sich wohlig breit im Chesterfield, der sie posthum noch einmal umarmt hatte, und sie flüsterte in sich hinein, du lieber lieber Schlawiner von einem Papa, du hast alles längst gewusst, und unsrer Schonung nie bedurft, auf Valerie gepfiffen hast du, statt dessen still und leise, ganz ohne Gedanken an Applaus, Nägel mit Köpfen gemacht. Chapeau. Papa. Chapeau. Erna hielt die Luft an, um den Moment nicht gleich zu verlieren.

Mit dem Ausatmen kam auch schon der Ton in die Welt zurück, und nachdem der kleine Mann wieder mit seinem Schreibtisch gelandet war und seine bellende Stimme letzte Anweisungen zu den Formalitäten gegeben hatte, erhob sich Erna, schickte Papa einen Kuss in den Himmel, nahm Mama an der Hand und begann den ersten Tag in ihrem neuen Leben.

Bonjour, Madame

Hätte jemand Erna über das Innenleben der Wohnung befragt, das Arrangement der Möbel, die Farbe der Vorhänge, das Design der Tapeten, sie hätte passen müssen, ach ja, die Lampen, die kostbaren Fetische aus Murano, aber sonst? Keine Spur. Sie hat die Wohnung wahrgenommen, wie man einen Bahnhof wahrnimmt, der für einen Kurzhalt am Zugfenster steht. Sie war, während Mutter aufgeregt Pläne schmiedend von Zimmer zu Zimmer wieselte, geradewegs auf eines der Nordfenster zugegangen, hatte es geöffnet und eine Lunge voll Innsbrucker Föhn genommen, der wummerig wie eine Qualle über der Stadt hockte, als wär's für immer, unbeweglich fast, bis auf die sporadischen Windhosen, die Staub durch die Gassen fegten.

Sie kannte den Blick von früher, aus ihrer Studentenzeit. Die Höttinger Villen und das Hafelekar erschienen ihr heute, im grellen Mittagslicht, noch immer vertraut, vielleicht gelber als sonst. Ein schwüler Propfen lastete über Innsbruck. Hinter flimmernder Hitze bleckte die Nordkette, als hätte sie selbst Migräne.

„Schloss Gaderthurn ist es nicht, aber es ist ein Neuanfang."

Erna nickte, sie spürte, wie Mutter sie von hinten fasste und an sich drückte.

„Alles geht so schnell", versuchte Erna eine neutrale Antwort. Dabei hatte sie große Lust, mit ihr für diesen blassen Kommentar, der erkennen ließ, dass die Anfangseuphorie bereits verflogen war, härter ins Gericht zu gehen. Aber sie wollte an derlei Dispute keine Energie mehr verschwenden, hatte abgeschlossen, war müde, vom Föhn, und auch sonst.

„Ja, alles geht so schnell", sagte Mutter. Sie hatte ihren Kopf an Ernas Schulter gelegt.

„Ich weiß noch genau, wie du die Zeit zurückgedreht hast, mein Kind."

Erna musste schmunzeln.

„Der Uhrmacher hatte uns schon für verrückt erklärt ... weißt du noch?"

Erna wusste noch. Als kleines Mädchen hatte sie die Angewohnheit, die Uhren im Schloss, die für sie mit Stuhl oder Schemel erreichbar waren, zurückzudrehen, um fünf Minuten jeweils. Nicht nur der Uhrmacher stand zunächst vor einem Rätsel.

Immer wenn sie besonders glücklich war, wollte sie der Zeit den Garaus machen, ihr den Hals umdrehn. Wenigstens für fünf Minuten sollte die Tickerin das Maul halten. Immer muss man sich verabschieden von allem und jedem, das ganze Leben ist ein Abschied, nichts war der Kleinen lieber, als der Zeit eins vor den Latz zu knallen.

„Ich hab' Angst vor dem Altwerden, Mama. Mir rennt die Zeit davon."

„Ja, himmelblauer See, das tut sie allen, Mädel, die paar Lachfalten, Kind Gottes." Himmelblauer See war ein Fluch, im Übrigen. So wie andere Menschen Herrgottsakrament sagen, erlaubte sich Mutter diese straffreie Alternative.

Vielleicht sollte man ans Meer fahren, dachte Erna, nur zwei drei Tage, Atem holen, Zeit holen. Am Meer geht die Zeit nicht so schnell, den Eindruck hatte sie, als kleines Mädchen.

Das Meer ist zu mächtig, es macht sein Metrum selbst.

„Es läutet!"

„Was?"

„Es hat geläutet, unten an der Tür", sagte Mutter.

Erna wollte sich nicht losreißen vom Fenster, nicht vom Meer, dem sie gerade die Schoten geöffnet hatte, auf dass sie mit ihm untergehe, für eine ungestörte Zwiesprache, um ein wenig Ruhe zu haben von der Welt, von Mama und allen Störenfrieden. Es läutet schon wieder. Wer läutet Sturm in einer Innsbrucker Wohnung, die eben erst bezogen worden ist? Vielleicht ein lieber Nachbar, der sich mit einem Fläschchen Portwein Einblicke ergattern will.

Erna hatte das Leben, das sie hinter sich zu lassen im Begriff war, zugenagelt mit schweren Brettern, ausgeräumt, sogar die Leitungen gekappt, was nichts anderes hieß als: Auf Nimmerwiedersehn. Die Vorsichtige in ihr hatte für winterfest plädiert, nicht für abbrechen oder abfackeln, die andere Erna, die Tänzerin, die auch auf eigene Faust getürmt wäre, hätte alles verbrannt. Die beiden lagen sich in letzter Zeit in den Haaren.

Erna, die wilde Erna, hatte so vieles vor, wollte keine Schranken mehr, keine Schranken.

Immerhin, schlafen konnte sie gut in dieser neuen Wohnung, offenbar keine Wasseradern, störungsfreie Erdschwingungen, liebe Nachbarn mit Portwein. Oh ja, guter, langer Schlaf. Papa hätte gesagt, du schläfst wie jemand, dem was bevorsteht. Menschen, die was vorhaben, legen Schlafjahre ein, oder so ähnlich … was hast du denn vor, Mädel?!

Sie blieb eisern am Fenster stehn, während Mama zur Tür ging, um dem Besucher zu öffnen.

Erna nickte hinauf zur Nordkette, die ungerührt thronte – wir werden uns bald verabschieden müssen, sagte sie zu ihr.

Wo sie diese Bestimmtheit hernahm, die blinde Zuversicht in eine Zukunft, die völlig im Dunkeln lag. Sie stand mit dem Rücken zur Wand, ohne Arbeit (Bruneck war jetzt weit), ja ohne Aussicht auf Arbeit, das war die Wirklichkeit. Außerdem, Mutters Fürsorge würde sie in diesen 70 Quadratmetern wie ein Schraubstock in die Zange nehmen. Erstickungsgefahr, das war die realste aller Optionen. Die Tänzerin aber hatte sich aller Bedenken entledigt und machte sich schon auf den Wolken breit, die heute nach Westen glitten, was im Inntal eher selten geschieht.

Sie hob die Freiheit über alles, ihre Hoffnung und ihre Träume reckten sich schon weit vor in die Zukunft, losgelöst von St. Lorenzen. Das war auch der vernünftigen Erna recht so.

Und nun geschah, was beide Ernas Staunen machte, die eine, weil sie nie daran geglaubt hätte, die andere, weil ihr Wolkentraum, und zwar im wahrsten Sinne postwendend, schon Wirklichkeit geworden war. Die Ereignisse kulminierten mit einer zeitlichen Präzision, die selbst den Ungläubigen einen höheren Plan dahinter vermuten ließ.

Draußen vor der Tür stand der Bote, der, ohne es zu ahnen, Ernas Zukunft in Händen hielt.

„Graf Wehrberg … ja himmelblauer See!"

Mutter rang nach Luft.

„Sie entschuldigen, Gnädigste, aber ich habe mir erlaubt, die Post der letzten Woche nachzuliefern. Die Ummeldung habe ich mir gestattet gleichfalls vorzunehmen."

Und er überreichte ihr einen mit blauem Stoffband zusammengebundenen Briefstapel.

Erna schickte ein Stoßgebet zum Himmel, Mama möge ihn um Himmels willen nicht hereinbitten, denn sie würde Gefahr laufen, diesem Herrn den Hals umzudrehen, oder besser, ihn zu vierteilen und dann verschwinden zu lassen in irgendeinem Modersumpf.

„Kommen Sie doch auf einen Sprung herein!"

Das Echo schmerzte bis ins Mark. Es gibt Dinge, die liegen einfach im Blut, die Konvention, dieser alte Tyrann.

„Das ist sehr freundlich von Ihnen, Frau von Gaderthurn, aber ich bin in größter Eile."

Erna bekreuzigte sich dankbar und verzog sich in die hinterste Ecke der Wohnung, um mit Sicherheit außer Reichweite zu sein. Nur bruchstückhaft konnte sie noch hören, wie die eine oder andere Höflichkeit ausgetauscht wurde, dann fiel die Tür ins Schloss. Die hallenden Schritte draußen im Stiegenhaus verebbten. Das klang beruhigend, was man von Mutters Reaktion auf den überraschenden Postwurf nicht behaupten konnte. Erna hörte sie das Band öffnen und die Briefe einzeln auf die Konsole im Vorraum schichten, zwei, drei unzufriedene Seufzer waren dabei, dann plötzlich ein Stuhlrücken und Stille. Mutter hatte sich offensichtlich hingesetzt, oder besser, etwas hatte sie hingesetzt.

„Was ist Mama? Schlechte Nachrichten?"

„Nein nein, das Übliche, paar Rechnungen, nichts Besonderes", dann nach einer Pause, die ihr offensichtlich zur Pulsberuhigung diente. „Ach ja, für dich ist auch was dabei."

„Die Faaahrscheinebittefahrscheineee." Schroff wie die Berge, die rings aufragten, riss der Schaffner die Schiebetür über die Fugen und Erna aus einem Tagtraum. Sie war allein im Abteil und hätte auch auf einen dezenteren Weckruf reagiert. Der Charme der österreichischen Bundesbahnen schien sich mit zunehmender Meereshöhe auszudünnen.

„Nächste Station – Landeck, Aufenthalt St. Anton, Langen am Arlberg, Bludenz, Feldkirch (Anschluss Buchs–Sargans–Zürich)."

Das alles kam so wichtig und schrill, als hätte er eine KDF-Gruppe zu schulmeistern. Erna sah sich aufzeigen, mit Zeigefinger, wie ein Zögling, als sie zur Frage ansetzte.

„Ins Große Walsertal, da muss ich doch in Bludenz raus, richtig?"

„Aussteigen Bludenz, Anschluss Postbusludeschthüringerberg."

„Danke, kennen Sie Blons?"

„Nein Frau, kenn i nit."

Je näher die Berge zusammenrückten, desto knapper wurden die Wortspenden. Wieder rasselte die Tür über die Gleitschiene.

Erna lehnte sich in ihren Sitz zurück. Schwüle Hitze lag im Abteil, selbst durch den halbgeöffneten Fensterspalt wirbelte warmer Fahrtwind. Mit dem Brief, der Mutter von den Beinen geholt hatte, fächelte sie sich vermeintliche Kühle zu.

Der Briefkopf war es, natürlich der Briefkopf und der Wappenstempel von Vorarlberg, da schon hatte Mutter den Absender gekannt, ohne ihn gelesen zu haben. Wie sonst war dieses herzflatternde Déjà vu gestern zu erklären.

Als Erna nämlich in den Vorraum gekommen war, um sich ihren Brief zu holen, war Mutter kreidebleich. Ernas damalige Theorie von den organisatorischen Nachkriegswirren beim Landesschulrat für Vorarlberg hatte sich in Luft aufgelöst. Mutter war das Problem. Sie ganz allein. Doch beide Ernas waren sich auf der Stelle einig und breiteten großzügig, da in Erwartung positiver Nachrichten, den Mantel der Vergebung über Mutters kleine Unterschlagung. Ohne auch nur ein Atom ihrer Wallung preiszugeben, überging Erna die Peinlichkeit, um sich und ihr demütigende Rückzugsgefechte zu ersparen. Während sie ungeduldig das Kuvert aufriss, hatte Mutter noch ein paar Sekunden, um der niederprasselnden Fragezeichen Herr zu werden. Abstreiten? Zugeben? Ahnt sie? Weiß sie? Erna wusste und sie wusste auch, wie der Stachel des schlechten Gewissens Mamas Hautfarbe verändern und die Poren vergrößern konnte, als würde sie transparent und lesbar.

„Die wollen mich!" sagte Erna.

„Wo wollen sie dich?" Natürlich wusste sie, wo, nachdem schon im ersten Schreiben davon die Rede gewesen war.

„In Blons."

„Was ist Blons?"

„Ein Ort im Großen Walsertal. Über Nacht ist eine Stelle vakant geworden. Die wollen mich, Mama!"

Es loderte in Erna und sie sah schon alle Brücken hinter sich brennen. In diesem Zustand war es ein Leichtes, auch noch Barmherzigkeit auszustrahlen.

„Schön für dich … schön, ein bissl weit weg halt, da sagen sich ja Fuchs und Henn' Gutnacht."

Sie hatte sich entschlossen, Ernas Euphorie mit mütterlichem Verständnis zu begegnen, zumindest mittelfristig.

Langfristig würde sie, wenn der erste Zorn verraucht war, wohl mit den alten Geschützen auffahren (als ausdauernde Briefschreiberin), bestückt mit der alten Munition: Gesellschaftlicher Abstieg, Versauern in der Provinz, vergiss nie, wo du herkommst… et cetera …

Aber der Zug war abgefahren, es gab kein Zurück mehr, und die Reichweite der Geschoße würde ins Leere zielen.

Draußen wischten die riesigen Stahlträger der Landecker Brücke vorbei, die sich kühn über die dunkle Klamm spannt, an deren Grund der junge, wilde Inn mit der grünen Sanna verschmilzt. Für Sekunden sah sie den reißenden Wassern nach, die sich autoritär ihr Bett bahnten, und sie fühlte sich stark und reuelos. Sie hatte ihre Kaserne verlassen, ein letztes Mal salutiert, Mama mit Tränen und versteinertem Ratschlag im Gesicht. Auf der Flucht war sie, auf der Flucht und im Reinen mit sich.

Sie hievte ihren schweren Koffer aus dem Gepäcksnetz, legte ihn auf ihre angewinkelten Knie und umarmte ihn wie den letzten verbliebenen Gefährten. Durch die Bewegung hatte sich die Spielmechanik der Rokokopuppe in Gang gesetzt, wollte ihr italienisches Liedchen trällern, was Erna durch eine simple Gegenbewegung unterband. Als sie den Koffer ganz öffnete, grinste Rudolf sie an, der Rudolf auf dem Ankertau, und sie schenkte ihm ein Komplizenlächeln. Bin auch desertiert, flüsterte sie in den Koffer. Fühlt sich gut an.

Unter der gerahmten Fotografie lagen seine gebundenen Tagebuchblätter, die sein Kamerad Toni Müller handschriftlich zu Ende geführt und in die Heimat zurückgebracht hatte. Mit der Linken den Kofferdeckel halb offen haltend, mit der Rechten durch die Seiten blätternd, wurde sie zum letzten Mal sein Fluchtkumpan.

„2. September 1944, der endgültige Entschluss war gefallen, heute sollte uns Dina, unsere griechische Dolmetscherin, die sich als Spionin der Partisanen entpuppt hatte, auf die andere Seite bringen."

Ernas Zeigefinger glitt über die gestochene Zeichnerschrift, als wäre sie aus Fleisch und Blut. Lesen musste sie nicht mehr, denn jede Silbe hatte sich längst in ihr Gedächtnis gebrannt, aber ihre Augen folgten unwillkürlich der Tintenspur.

„… Denn wir hatten den Befehl, eine Spezialkarte von Korinth und Übersichtspläne der Verteidigungsanlagen im Hafen von Piräus und der Insel Ägina, die ich letzte Nacht fertiggestellt hatte, zum Pionierstab VI am anderen Ende der Stadt zu bringen. Das war die ersehnte Gelegenheit, unseren Plan auszuführen. Vorsicht war geboten. Alle Offiziere waren schlechter Laune. Durch Bulgarien näherten sich die Russen der griechischen Grenze, und Titos Truppen torpedierten ständig die Verbindungswege zwischen Saloniki und Belgrad.

Jetzt galt's ernst. Wir wollten es heute hinter uns bringen, unter Vortäuschung eines Überfalls durch Partisanen. Zwischen denen und Einheiten der Wehrmacht gab es ständig Scharmützel in Athen. Wäre also nichts Abwegiges gewesen, wenn's auch uns erwischt hätte. Die größte Gefahr lag aber in unseren eigenen Reihen. Sollte einer unsere Pläne durchkreuzen, würden auch unsere Familien daheim größten Repressalien ausgesetzt sein. Escher, der dritte Zeichner, der im Zimmer des Hauptmanns arbeitet, ist ein fanatischer Nazi, und der Spieß nicht minder, also mit größter Vorsicht zu genießen."

Dieser Escher war Erna noch lange durch den Kopf gespukt. Nach dem Krieg hatte sie in Erfahrung gebracht, dass seine (also auch Rudolfs) Kompanie beim Rückzug von serbischen Partisanen aufgerieben worden war. Die Zeilen, von diesem Punkt an Toni Müllers Zeugenschaft, verschwammen ihr vor Augen …

„… Mit Einbruch der Dämmerung gingen wir los. Immer wieder gerieten wir in wütende Straßenkämpfe zwischen Partisanen und der griechischen Polizei. Aber unsere Dina geleitete uns sicher durch versteckte Gassen, zu einem kleinen Friseurgeschäft, in dessen Hinterzimmer uns der Partisanenkommandeur von Pancrati erwarten sollte – Bedingung: Wir mussten unverzüglich Waffen und Munition an seine Leute übergeben und bekamen im Gegenzug Zivilkleider. Während Rudolf sich schon übermütig in Khakihose und grauem Hemd in den Drehstuhl vor den Spiegel setzte, war ich im Hinterzimmer noch mit der Aushändigung der Patronengurte beschäftigt. Als ich ebenfalls in den Arbeitssalon trat, kamen von der gegenüberliegenden Straßenseite zwei Männer, eine Steige Tomaten tragend, auf das Geschäft zu, hielten vor der großen Glasfront, griffen sich eine unter den Tomaten verborgen gehaltene Maschinenpistole und feuerten mehrere Salven durchs Fenster auf Rudolf, der sich durch die Wucht der Feuerstöße wild mit dem Stuhl nach unten drehte, mehrmals um die eigene Achse rotierend. Nachdem der Stuhl zum Stillstand gekommen war, konnte ich aus meiner Deckung heraus Rudolfs Gesicht im Spiegel sehen, seine Augen noch immer ungläubig …"

Erna klappte Tagebuch und Koffer zu. Wie immer wenn sie sich in diese Zeilen gewagt hatte, erwachte die alte Wut und riss die gestaute Energie aus jener Todessekunde ihres Mannes herüber in ihr eigenes Leben, gab ihr neue Richtung, tankte sie auf damit, machte sie glauben, jetzt allen Ängsten trotzen zu können.

Mit Schwung hob sie den Koffer ins Gepäcksnetz zurück, öffnete die Abteiltür und trat in den Gang hinaus. Dann begann sie zu gehen, den Gang entlang, den nächsten Gang, über die Außenplattform in den folgenden Waggon, wieder den Gang entlang, an verdutzten

Gesichtern vorbei, die ihre forsche Zielstrebigkeit nicht verstanden, war doch weit und breit keine Station in Sicht.

Erna ging und ging, sie ging mit der drohlichen Entschlossenheit des Schaffners, der einem blinden Passagier auf den Fersen ist, ging, bis sie schließlich, am Ende des Zuges angelangt, durch das Rückfenster des Schlusswaggons, die Schienenbalken in die Ferne rattern sah. Hier war der Zug am lautesten, selbst ein Gewitter hätte diesen Lärm nicht brechen können, denn sämtliche Gangfenster des letzten Waggons waren geöffnet, so dass die brüllende Zugluft ihr grob die Haare ins Gesicht peitschte. Die fortrasenden Balken zwischen den Strängen machten sie schwindelig.

Sie drehte sich um, vergewisserte sich, dass sie tatsächlich allein war, hier, am Rücklicht des Zugs. Dann schrie sie, ohne auch nur von einer Seele gehört zu werden, schrie in kindlichem Übermut an, gegen den Wind und das Stahlrauschen des Zuges, so laut sie nur konnte, und lachte, lachte ins Tirolerland hinaus, das ihr davonflog. Schwarz wurde es dann, und Erna wurde bang. Es gab kein Licht im letzten Waggon, und ihre klaustrophobische Schwester trommelte von innen an Schädel und Brustkorb. Sie hielt ihren Kopf aus einem der offenen Gangfenster ins Dunkel des Tunnels. Der Fahrtwind nahm ihr fast den Atem, aber es war die einzige Möglichkeit, die innere Trommel zu besänftigen. Es roch nach feuchtem Stein und frischen Schweißnähten, während fünf Handbreit vor ihren Augen kantiger Fels vorbeiwischte, sie konnte ihn nicht sehen, aber sie roch es, das kühle Gedärm des Arlberg. Der Geburtskanal fiel ihr ein, blöde Metapher, und der Psychiater damals, in Bruneck. Fahr schneller, fahr schneller. Zehn Kilometer dauert die Ewigkeit. Das Problem war die Plötzlichkeit des schwarzen Schocks, der ansatzlose Überfall, der keine Vorbereitung zuließ, da war nur noch die Tänzerin im Kommandostand, die vernünftige Erna schon ausgeblendet, der Ohnmacht nah. Schneller, lieber Gott, schneller. Reiß dich am Riemen, Erna, wir fahren durch einen simplen Eisenbahntunnel und Punkt!

„Langen am Arlberg, Langen am Arlberg", blecherte ein Lautsprecher über den kleinen Bahnsteig. Gerettet.

Himmlisches Licht, als stünde eine Armada von Flakscheinwerfern bereit, empfing sie in Vorarlberg, das Blau da oben war gründlich und grell, fast unverschämt, und die pralle Sonne gab Ernas Entree in die neue Heimat eine befreiende Feierlichkeit. Langsam, wie ein ausgelaugter, aber glücklicher Langstreckenläufer, schlenderte sie durch die Waggons zurück zu ihrem Abteil. Allmählich begann sich ihr Puls zu beruhigen, und bis zum Bahnhof Bludenz würde sie sich wieder im Griff haben.

Die zwei Intervalle, die das Horn des Postautos blies, kannte sie aus den Erzählungen von Papa, ein Dur-Dreiklang aufgelöst in G E G C. Als der Bus, auf der Fahrt nach Thüringerberg, die erste unübersichtliche Kurve anhupte, wurde ihr warm ums Herz, Dida Dido. In der Zeit, als Papa noch verliebt um Mama geworben hatte, war dies, mit dezentem Tremolo gepfiffen, sein Lockruf, wenn er nachts unter ihrem Fenster gestanden war, um eine heimliche Verabredung zu ertrotzen. Später wurde es ein Routinepfiff, den Erna nicht missen wollte. Als sie das erste Richtungsschild „Großes Walsertal" vorbeifliegen sah, begann sie ihr Herz wieder zu spüren.

Erna stand noch immer in der Staubwolke, die der abfahrende Bus uncharmant hinterlassen hatte. Den Walgau und Thüringerberg schon im Rücken, stand sie nun auf der hügeligen Schwelle, inmitten des weitgespannten Portals zum Großen Walsertal. Bis auf den fächelnden Wind war Stille um sie. Kein Mensch, kein Haus weit und breit. Sie streckte sich lange und genüsslich, hielt dabei die Luft an und fühlte mit jeder Faser ihres Körpers, dass ihr ganzes Leben, das bisher still vor sich hingeplätschert war, sich ins Hohlkreuz straffte, wie ein Athlet vor dem Start.

Das kleine Aluminiumschild der Haltestelle, schwarzes Posthorn auf gelbem Grund, blitzte im Nachmittagslicht. Darunter zwei verwitterte, aber kräftige Bretter, auf Betonsockel geschraubt, die Wartebank. Daneben, etwa mannshoch, ein Marienbildstock aus dem Jahr 1936, mit frischen Blumen bestückt. Erna setzte sich auf den größeren ihrer beiden Koffer. Die Mahagonikiste, die ihren kostbarsten Schatz barg, platzierte sie vor sich, wie einen kleinen Schrein.

In einer halben Stunde sollte der Anschlussbus nach Blons kommen, das hatte der Chauffeur beim Wegfahren aus dem Fenster gerufen. Wie es Wartende tun, die gedankenverloren Hieroglyphen in den Boden kritzeln, griff ihre Hand in den Staub der Schotterstraße und ließ eine Handvoll rieseln, übers Knie und den kleineren Koffer, der an ihrem Schienbein lehnte, begrüßte die neue Erde, mit Handschlag sozusagen. Dann blies und putzte sie sich wieder sauber, ein wenig ärgerlich über sich selbst, denn sie hatte sich, dem Anlass entsprechend, in ihr bestes Kostüm gezwängt, beiges Leinen, sehr tailliert, mit Gürtel, dazu einen weißen Sommerhut, umkränzt von einem zart durchbrochenen Schleier, der ihr bis über die Nasenspitze reichte. Bis zum Mund lag ihr Gesicht im Schatten der Krempe. Im Zug noch hatte sie sich die Wangen gepudert und ganz dezent die Lippen nachgezogen. Ihre dunklen Haare schmiegten sich in feinen Wasserwellen über den Ansatz der Backenknochen bis zur Schulter. Ihre mandelbraunen Augen schauten selbstbewusst in die neue Welt. Hübsch war sie und elegant. Ein anmutiges Fremdgewächs in der fast drohenden, spröden Schönheit der Landschaft, die vor ihr lag.

Das Tal zieht sich in nordöstlicher Richtung bis hinauf zu den mächtigen Schroffen, jenseits der 2000, zur Stirn der Lechtaler Alpen. Die südliche Talflanke dominieren zwei pyramidische Wächterberge, der Hohe Frassen und das Kellerhorn, über deren Fußregion sich breite, hügelige Matten ziehen, von unregelmäßigen Waldstücken gerahmt, aus denen sich nackter Fels schält. Die Nordflanke führt über langgezogene Kämme, beherrscht vom Riesenrücken des Mont Calv und dem Falvkopf, dessen spärlich bewaldete Hänge steil ins Bett der Lutz fallen. Das Rauschen des Flusses ist an windstillen Tagen die klassische Musik im Tal.

In die brütende Stille mischte sich das Rattern eines Motors. Erna erhob sich von ihrem Koffer, drehte sich in die Richtung, aus der das Geräusch kam. Ein Militärjeep, in rasanter Fahrt, hielt direkt auf sie zu, ohne Anstalten zu machen auszuweichen. Wieder eine Staubwolke, diesmal verursacht durch die Bremsspur, die der junge Soldat am Steuer in den Schotter zog. Erna ließ sich verärgert auf ihren Koffer fallen.

„Bonjour, Madame", grinste der Soldat, „je suis Marocain."

„Bonjour, Sergent." Eine Nuance zu kokett geriet es ihr aus dem Mund, das Französische.

Der Marokkaner sah einigermaßen erstaunt aus seiner Uniform.

„Oh … Sie kennen die Dienstgrade?"

Sehr französischer Akzent, aber sein Deutsch klang fließend.

„Mein Mann war auch Soldat."

„Je ne suis pas un ennemi … kein Feind."

Erna zuckte mit der Schulter. „Den Feind hatten wir im eigenen Haus."

Er musterte sie ziemlich ungeniert, wie jemand, der eine ausgestellte Skulptur betrachtet. Sie fühlte sich beleidigt und geschmeichelt zugleich.

Fremde Soldaten waren seit Jahren etwas Alltägliches in Österreich, aber sie war noch nie so direkt von einem angesprochen worden. Hätte sie vielleicht schweigen sollen? Wird ja nicht gleich ein Verbrecher sein. Mama hatte selbst mit diesem Wehrberg die Etikett gewahrt. Genau betrachtet aber grenzte die Aktion hier schon ans Lümmelhafte, denn durch das übertriebene Bremsmanöver war sie jetzt von einem flächendeckenden Staubfilm überzogen. Sie konnte sich ja nicht schütteln wie ein Hund, der aus dem Wasser steigt.

„Wo ist Ihr Mann?"

Natürlich, was sonst … Die Arroganz des Befreiers. Wäre er in Zivil und man träfe sich in Paris oder sonstwo in der Zivilisation, es würden ihm die Knie schlottern.

„Mein Mann ist tot", sagte sie abweisend.

Der Soldat stieg aus. Er war vielleicht sechsundzwanzig, mehr nicht, krause, schwarze Haare, bis über die Ohren geschoren, buschige Brauen, die sich über dem Nasenrücken trafen, ein schmales Oberlippenbärtchen, Alabasterzähne und ein freundliches Augenpaar, hinter dem man nichts wirklich Böses vermuten konnte.

„Ist er gefallen?"

Erna nickte. Er warf in einer Art entschuldigender Geste die Hände hoch.

„Désolé, Madame."

Erna schaute ihn überrascht an, er schien zu meinen, was er sagte.

„Es waren Deutsche, die ihn erschossen haben. Sie müssen sich nicht entschuldigen."

Der Sergent setzte sich ungeniert auf Ernas zweiten Koffer, zündete sich eine Zigarillo an, nickte vor sich hin.

„La guerre c'est de la merde …"

Eine klare Aussage, die sie stumm mit ihm teilte. Dann hielt ihr dieser Kerl, als läge man im Schützengraben, seine Zigarillo hin, in so nonchalanter Kumpelhaftigkeit, dass Erna tatsächlich ihre Contenance vergaß und einen kräftigen Zug nahm. Ihr Hustenanfall dauerte noch an, als sie längst schon auf dem Beifahrersitz und ihr Gepäck auf dem Rücksitz verstaut war, in voller Fahrt Richtung Blons. Sie genoss den Fahrtwind, der sie zwang, mit einer Hand den Hut am Kopf festzuhalten. Wenn mich Mama jetzt sehen könnte!

Dabei hatte sie sich selbst überrumpelt und erst nach einiger Zeit realisiert, dass sie über ihren eigenen Schatten gesprungen war, die

Tänzerin hatte wieder die Oberhand. In diesem offenen Jeep, an der Seite eines ziemlich frivolen Nordafrikaners, bekam ihr Gefühl, im Grunde auf der Flucht zu sein, tatsächliche Brisanz.

„Ich bin Maurice", sagte er mit einem breiten Grinsen und stieg noch kräftiger aufs Gas.

Wie sich herausstellte, hatte er eine österreichische Mutter, die einst als Gouvernante in Paris gearbeitet und seinen marokkanischen Vater ebendort geheiratet hatte.

Sie summte mit dem Gegenwind, ein paar Takte vom Bolero. Die Straße, ein holpriger Schotterweg, wurde immer enger, Ausweichplätze waren kaum vorhanden. Immer abschüssiger wurden die Schluchten, die mit klobigen Bruchstein- und Holzkonstruktionen überbrückt waren (zu einer Zeit erbaut, da das Auto noch nicht erfunden war). Die Straßentrasse, stellenweise in siebzig Grad steilen Fels gehauen, schlängelte sich in scharfkurvigen Mäandern von Tobel zu Tobel, nach oben, bis zur nächsten Siedlung, St. Gerold, einem tausendjährigen Benediktinerkloster, umgeben von einer Handvoll Häusern, die sich um die Kirche duckten.

Immer eindrucksvoller erschien Erna der Wagemut der Postbusfahrer, die ihre gelben Ungetüme durch diese engen Pfade lenken mussten. Erna war bei mancher Kurve mulmig zumute, obwohl wenig Gegenverkehr zu erwarten war, denn ein Automobil konnte sich im Tal kaum einer leisten. Und wenn sich ein Fuhrwerk oder ein Motorrad auf den Weg ins Land hinaus machte, so kannte man den Postfahrplan und konnte sich, wenigstens an trockenen Tagen, an der Staubwolke, die der bergwärts fahrende Bus hinter sich herzog, orientieren. Darauf konnte man sich einstellen wie auf die Uhr.

Der Soldat musterte Erna immer wieder von der Seite, nur kurz allerdings, denn die abenteuerliche Route verlangte vollste Konzentration.

„Warum haben Deutsche Ihren Mann erschossen?", fragte er mit stierem Blick auf die Straße.

„Er ist desertiert ... zu den griechischen Partisanen."

Der Soldat spürte, wie unangenehm ihr das Thema war, und begann verlegen zu pfeifen. Seltsamerweise kam Erna die Melodie bekannt vor, jedenfalls klang es nach einer improvisierten Fassung dieses Cancans, zu dem im Moulin Rouge in Paris halbnackte Damen tanzen. Um gegen Fahrtwind und Motorenlärm anzukommen, musste er sehr kräftig pfeifen, und bei jeder Frage, die er ansetzte, stupfte sein rechter Zeigefinger an Ernas linken Schenkel, um sich ihre Aufmerksamkeit zu sichern.

Er wies mit einer Kopfbewegung ins Tal hinein.

„Ici il n'ya rien … Madame … rien … was macht eine schöne Frau … allein hier, im Nichts?!

Erna lächelte, und sie konnte nicht verhindern, dass in ihrem Blick ein Quäntchen Verklärung lag.

„Arbeiten", sagte sie. „Hier werde ich Lehrerin sein."

Der Soldat stülpte seine Unterlippe vor und nickte anerkennend. Erna begann so etwas wie Stolz zu fühlen, Stolz auf ihre Entschlossenheit, ihren jungfräulichen Fatalismus, als würde in diesem Moment eine andere aus ihr, und ein Gefühl stieg in ihr hoch, nach dem sie sich gesehnt hatte, seit sie denken konnte … Freiheit. Frei von Kommandos, frei von Gewissensbissen, frei von Angst … frei von Mama.

Der Soldat reichte ihr nochmals seine Zigarillo, sie nahm tapfer einen Zug, und siehe da, es klappte, ganz ohne Husten diesmal. Den Schwindel verschwieg sie ihm, verscheuchte ihn mit ihrer Neugier auf das Kommende. Der Tabak brannte ein wenig auf der Zunge, sie musste an Mama denken. Wie geht es dir, mir geht es gut …

Beängstigend steil der Fels zur Linken, rechts, geländerlos, ein dräuender Abgrund. Selbst der Marokkaner hatte während der letzten zwei Kehren die Zigarillo über Bord geworfen und durch pausbackiges Auspusten dem Abenteuer Respekt gezollt, dann noch eine halsbrecherische Rechtslinkskurve, und man stand, Knall auf Fall, vor der Kirche und damit vor Blons. Blons/Zentrum – denn hier schmiegte sich Haus an Haus, vier an der Zahl, unter eine jäh aufragende Kuppe, die nach oben hin Schutz bot. Im Schatten von Kirche und Friedhof fünf weitere Häuser. Alles zusammen: das Kirchdorf, Ur-Blons.

Der Soldat blieb abrupt stehn, ein mitleidiges Lächeln im Gesicht, als wollte er sagen: Das meinen Sie nicht im Ernst, Madame.

Inzwischen war Wind aufgekommen.

Aus dem Westen kam er, schon seit urdenklichen Zeiten kam er von dort, hatte den Schweiß und Pioniergeist mutiger Männer und Frauen aus dem schweizerischen Wallis in dieses Tal gebracht, die ihm schließlich den Namen gaben. Ein wetterhartes Volk, verschlossene Leute, die, vor siebenhundert Jahren, den hier ansässigen Rätoromanen schnell das Wasser abgegraben und sich eine neue Heimat ertrotzt hatten. Sie besiedelten das raue Land, wagten sich in die unwirtlichsten Hänge und machten sie urbar. Die alten Flurnamen bezeugen die Geschichte. Die steilsten Hänge hatten Walsernamen, die vermeintlich lawinensicheren Halden hatten romanische. Der Geist dieser Hasardeure war herübergeweht bis in die Gegenwart und hing noch immer zwischen den Giebeln, die frech ins Blau ragten.

Heute aber trug der Wind den Duft einer Frau ins Tal, der sich hartnäckiger als Moschus am Blonserberg halten sollte.

Der Soldat ließ den Jeep vor ein Gebäude rollen, in dem offensichtlich Gemeindeamt, Schule und Gendarmerieposten zugleich untergebracht waren.

„Voilà, das Ende der Welt, Madame."

Als der Sergent ausstieg, um sich um Ernas Gepäck zu kümmern, stutzte er. Hinter einem Mauervorsprung blitzte der Kotflügel einer eleganten Limousine im Sonnenlicht. Ein „uncroyable" entfuhr ihm.

Ein prächtiger Bentley stand da, edel und unnahbar, wie aus einer andern Welt. Er musterte das Kunstwerk, die hochpolierten Zierleisten, das dezent geschwungene Chromgestänge ums Chassis, die blitzenden Radkappen, im Ganzen eine bordeauxrotlackierte Erhabenheit, die baffen Respekt forderte. R Type. Innen wie außen ein Altar. Maurice musste anerkennend durch die Zähne pfeifen.

„Doch nicht das Ende der Welt, Madame."

Er fuhr dem Prachtkerl andächtig übers spiegelnde Vollaluminium, hob dann Ernas Gepäck aus dem Jeep und trug es wortlos bis ins Vorzimmer des Bürgermeisters. Erna drehte sich einmal um ihre Achse, um das ungewohnte Szenario festzuhalten, und folgte ihm ins Haus.

Eine Wartebank stand da, an der kahlen Wand, daneben ein kleiner Schreibtisch und ein Stuhl. Der Soldat zückte eine Füllfeder aus der Rocktasche und schrieb zwei Telefonnummern auf ein Exemplar der „Vorarlberger Nachrichten", die hier auflagen (privat in Marseille, Kaserne in Österreich).

„Wer weiß, Madame, vielleicht brauchen Sie irgendwann die französische Armee."

In der Tat ein angenehmer Besatzer, dachte Erna, dieser Maurice aus Marokko. Sie hatte längere Augenkontakte befürchtet oder platte Galanterien, doch nichts dergleichen. Entweder der Bentley hatte seine Hormone paralysiert oder er war ganz einfach ein Chevalier.

Er nahm ihre Hand, verneigte sich wie ein höfischer Galan und machte sich, ohne ihr weitere Avancen zu machen, auf den Weg.

Erna steckte die „Vorarlberger Nachrichten" ins Seitenfach ihres Koffers und postierte sich an der Eingangsschwelle, um Abschied zu winken.

„Merci, Monsieur … und vive la France!", rief sie ihm nach. Ihre Verblüffung über seine Freundlichkeit und Zurückhaltung war noch größer als ihre Dankbarkeit.

„Non, non, non: Le Maroc! Vive Le Maroc!", gab er mit gespielter Empörung zurück. „Au revoir, Madame!"

Dann drehte er laut lachend eine Ehrenrunde und war verschwunden. Die Menschheit war noch nicht verloren.

Nachdem sich seine Staubwolke verzogen hatte, ging Erna ins Vorzimmer zurück und setzte sich auf die Wartebank, um sich zu sammeln und sich, mit Hilfe eines kleinen Handspiegelchens, zu adjustieren. Ende der Welt – das hatte sie noch im Ohr. Die Herausforderung kam ihr grade recht. Ich bin ausgeschlafen und werde die Sache jetzt angehn, Papa steh mir bei.

Als sie eben aufstehen wollte, um an die Tür zu klopfen, hörte sie Männerstimmen, durch verschlossene Türen hindurch, zwei Männerstimmen, deren Lautstärke in einer Dynamik schwankte, die vermuten ließ, dass sie beide auf und ab gingen, während sie sich anschrien. Offensichtlich war ein rechter Disput im Gang. Erna zog den schon zum Klopfen bereiten Zeigefinger wieder zurück und hielt statt dessen ihr Ohr an die geschlossene Tür. Gedämpft zwar, aber ausreichend verständlich, konnte sie nun dem Dialog folgen.

„… Sie nehmen das alles zu persönlich, Herr Baron, niemand hier will Sie in ein Verlustgeschäft zwingen, keiner, gell, aber Sie wissen, dass da oben neue Schutzbauten nötig sind, und wenn Sie jetzt ihre Weiden am Falvkopf verkaufen …"

„Zu persönlich!? Sie haben Nerven! Dieser Artikel ist eine einzige Rufschädigung, und das auf Seite eins, Herr Bürgermeister." Er knallte eine Zeitung auf den Tisch, so hörte sich das zumindest an.

Der Bürgermeister versuchte mit einer künstlichen Pause und gedämpfterer Stimme, die Wogen zu glätten.

„Sie wissen, es geht diesem Mann ausschließlich um die Sicherheit im Tal, gell, und Sie können nicht abstreiten …"

„Sicherheit?!"

Der Baron hielt inne in seinem nervösen Auf und Ab.

„Der Mann ist ein Hysteriker … hochgradig paranoid … Das ist doch nicht mehr normal!"

„Da bin ich anderer Ansicht, gell."

Sehr bestimmt und ruhig sagte das der Bürgermeister, wobei er ordentlich Luft durch seine Nüstern blies. Erna versuchte sich das Aussehen der beiden Kampfhähne vorzustellen. Der Bürgermeister, korpulent, gutmütiger Pykniker, der andere, schlacksig, hochgeschossen, distinguiert.

Diesmal legte der Baron die künstliche Pause ein, um dem Folgenden mehr Gewicht zu geben, und man spürte durch die Tür, wie er sich vor seinem Gegenüber aufbaute, ja sich vielleicht über ihn beugte, Nase zu Nase, um dann, mit freundlich drohender Zurückhaltung zu seiner Volte auszuholen.

„Herr Bürgermeister, ich warne Sie. Sie sollten sich, auch in Hinblick auf Ihre politische Zukunft, sehr gut überlegen, auf welcher Seite Sie stehn, GELL." Pause. „Ich hoffe, ich habe mich klar genug ausgedrückt. Wünsche einen guten Tag."

Erna hatte sich schon vor den letzten Worten instinktsicher auf ihre Wartebank verzogen. Einen Augenblick später stürzte der Baron zur Tür heraus und schrammte in seinem Zorn so knapp an ihr vorbei, dass der elegante Sommerhut zu Boden fiel. Ernas Intuition hatte sich im Übrigen bestätigt. Ein großgewachsener, stattlicher Mitfünfziger, mit weltmännischer Aura, beugte sich, um den Hut aufzuheben.

„Von Kessel, mein Name … vielmals um Entschuldigung."

Dann verließ er, halb rückwärts gehend, den Raum. An der Türschwelle drehte er sich noch einmal nach ihr um. Dann war er verschwunden und mit ihm der Bentley.

Mit hochrotem Kopf und geblähten Nüstern stampfte der Bürgermeister in den Vorraum, korpulent ja, aber nicht untersetzt, ein wuchtiger, weißhaariger Mann stand da, dessen Gesicht bei Ernas Anblick aufklarte, als hätte man eine Folie von seinen Augen gezogen, als träte er eben aus einem verwolkten Gasthaus an die frische Luft. Augenblicks noch sprachlos fasste er sich schnell.

„Mit wem hab' ich die Ehre?" Erna streckte ihm lächelnd die Hand entgegen.

„Erna Gaderthurn."

„Ah … unsere neue Lehrkraft … das ist schön … das ist sehr schön, Türtscher, Alfons Türtscher, ich bin hier der …"

Bürgermeister, sagten sie gemeinsam. Dann fehlten wieder die Worte. Seine Augen waren am Zug, er musterte sie, von Hut bis Stöckelschuh, nicht mit der routinierten Rasanz, die Stadtmenschen beherrschen, um nicht gaffender Taktlosigkeit geziehen zu werden, sondern gemächlich, mit der rustikalen Neugier, die sich bedenkenlos ihre Zeit nimmt.

„Sehr schön", war das Ergebnis.

Mit einer Kopfbewegung Richtung Tür versuchte er den peinlich laut geratenen Disput zu entschuldigen.

„Wie Sie sehen, auch Barone können heutzutage ausfällig werden."

Nicht nur heutzutage, wusste Erna, lächelte verständnisvoll, sagte aber nichts. Dann bat er sie in sein Amtszimmer.

Sehr zielstrebig verschwand er hinter seinem Schreibtisch, um ihr nicht gleich seine ganze Körperfülle zuzumuten, nahm Erna an, dabei empfand sie nur Wellen bärenhafter Gutmütigkeit, als sie sich vis-à-vis niedersetzte. Er schob einen Aktenstapel beiseite und griff sich dabei die alleroberste Mappe. Erna hatte also Priorität, was beide mit einem Lächeln benickten. Er überflog ein paar Punkte ihres Bewerbungsschreibens, schürzte dabei immer wieder seine Lippen, sodass seine Brillengläser allmählich zur Nasenspitze vorrutschten, wodurch er gezwungen war, den Kopf immer weiter zurückzulegen, um noch entziffern zu können, was er las. Der eine oder andere Blick traf auch ihre Knieregion, denn sie hatte die Beine bequem übereinander geschlagen.

„Schön."

„Nett haben Sie's hier", versuchte Erna die Konversation in Gang zu halten.

„Ja, das beste ist der Blick zum Fenster raus, gell."

Er hatte recht, aber sie konnte sich nicht schnell genug entscheiden, ob das ironisch gemeint war oder einfach als trockenes Faktum, ganz ohne Bedauern übrigens. Sie entschloss sich mit einem neutralen Lächeln zu antworten. Tatsächlich war das Zimmer von spartanischer Kargheit. Ein kleines Bücherregal an der Rückwand, Strafgesetzbücher, ein Rechtschreib-Duden, Meyers Weltatlas und eine Kolonne Reader's Digest. Ein Kanapee an der Seitenwand, ein Waschbecken, ein Bild von Papst Pius XII. und vom Probst des Klosters St. Gerold, außerdem eine Gemarkungskarte von Blons auf einer provisorischen Staffelei. Der Blick hinüber nach Raggal, das schattig an den Nordhängen des Tals klebt, war in der Tat beeindruckend.

Er nahm die Brille ab und lehnte sich ein bisschen gönnerhaft vor, wobei er den rechten Ellbogen am Schreibtisch aufstützte und das

Ohrstück seiner Brille in den Mundwinkel nahm, was der Amtsautorität auch physisch Nachdruck verlieh und gleichzeitig weltmännische Abgebrühtheit vermitteln sollte.

„Ich bin so frei … der Herr Schuldirektor kommt erst morgen … hm" – ein kurzer Kontrollblick durch die Brille auf die Akte.

„St. Lorenzen im Pustertal, richtig?"

Erna nickte.

„Ein weiter Weg, du meine Güte … Sie haben sich was vorgenommen, gell?"

„Ja, habe ich."

Er schob beide Lippen schmollig vor, dem Mundstück einer Trompete ähnlich, um die Übung mit einem entschiedenen „Tja" zu beenden.

„Dann woll'n wir uns doch gleich Ihren neuen Wirkungskreis ansehen, wenn's recht ist, Frau von Gaderthurn."

„Das ‚von' ist bitte gestrichen", beeilte sich Erna um Bescheidenheit. „Mit Verlaub … wir haben im Krieg alles verloren. Das ‚von' war auch dabei."

Irgendwie schien er beeindruckt. Er wollte nämlich grade aufstehn und hatte sich nun wieder hingesetzt.

„Oh verstehe. Tja, weil der Kessel hat sein ‚von' behalten, gell."

Als er Ernas Akt wieder auf den Stapel legte, bemerkte sie dahinter das Exemplar der „Vorarlberger Nachrichten", das der Baron offensichtlich auf den Tisch geknallt hatte. Der ominöse Artikel war schwarz eingekreist. Erna beugte sich vor, um den Mann auf dem Foto, in der Mitte des Zweispalters, genauer sehen zu können.

„Entschuldigen Sie meine Neugier, Herr Bürgermeister, aber ist das der Mann, auf den Herr von Kessel so wütend war?"

Seine Stirn, die sich schon freundlich geglättet hatte, legte sich für einen Augenblick erneut in Falten.

„Ja, das ist der Mann. Casagrande, Eugenio Casagrande … Ihr neuer Kollege."

Damit erhob er sich und bat Erna zur Tür.

Im Namen des Vaters

Im Zweispänner des Bürgermeisters war Ernas Gepäck rasch verstaut. Eine Gruppe neugieriger Kinder hatte sich schon um das Gefährt versammelt, darunter ein blondlockiges Mädchen, das interessiert den Mahagonikasten beäugte, während ein alter Kauz die beiden Gäule ins Geschirr legte, um alles für die Abfahrt zum Jenny-Hof zu rüsten. Dort sollte für Erna eine Dachkammer bereitet sein.

Freilich ließ es sich der Bürgermeister nicht nehmen, die neue Lehrerin erst noch in die Räumlichkeiten der Schule einzuführen. Das einzige Klassenzimmer lag ja direkt über seinem Büro.

Von der ersten Sekunde, da sie diesen Raum betrat, wehte ihr Heimeligkeit ums Herz. Die einfache Holztäfelung an der Decke, die blumengemusterten Vorhänge, die Landkarten und Schülerzeichnungen an jedem freien Fleck, an der Rückwand der große Kasten mit drei oder vier Dutzend beschrifteten Schubladen und alles beherrschend der massive, rostrote Ofen, der wie ein Baumstrunk von der Seitenwand ins Zimmer wuchs. Zwischen all dies gezwängt, drei Zweierreihen Schulbänke, zu je zehn bis zwölf Plätzen. Vierunddreißig Schüler konnten hier unterrichtet werden.

Die Sonnenstrahlen brachen sich in den wehenden Vorhängen zu Lichtschatten, die aufmüpfig über die Decke tanzten. Das machte für Erna die Idylle vollkommen.

Sie setzte sich ans Lehrerpult, das durch ein kleines Podium leicht erhöht war.

Der Bürgermeister versuchte sich erfolglos in eine der Schulbänke zu quetschen, entschied sich aber schnell für einen saloppen Halbsitz am Kachelofen. Er wies mit dem Kopf zur Tafel. Mit Kreide stand da in kindlicher Blockschrift:

„Grüß Gott, Frau Lehrerin. Willkommen in Blons", wobei aus dem o von Blons der honigbraune Kern einer Sonnenblume quoll.

„Bezaubernd ist das, ganz bezaubernd."

Erna spürte, wie ihr Blutzucker, wie immer bei jähen inneren Wallungen, absackte, ihre Hände kaltfeucht und zittrig machte.

Der Bürgermeister schien ihre Unpässlichkeit zu bemerken und war im Nu mit einer Himbeerbrause zur Stelle. (Ein kleines Nebenprodukt amerikanischer Aufbauhilfe, die der wehrige Schuldirektor Nigsch weidlich zu nutzen wusste.)

„Ein bissl blass sehen wir aus, gell, sicher die Hitze und die lange Fahrt."

„Ein bissl schwindlig vielleicht, ja, es geht schon wieder, danke." Sie trank das Glas in einem Zug leer und war rasch wieder bei sich, oder mehr noch, über sich, ein Papierdrache vielleicht, der Vergangenheit entflogen.

Das milde, warme Licht zog Bahnen aus fliegendem Staub, tauchte den ganzen Raum in samtiges Hellbraun, und der Geschmack der Himbeerbrause auf ihrer Zunge schickte ihr eine süße Brise aus heilen, heiligen Kindertagen.

Sie stand auf und ging nickend durch die Bankreihen.

„Ein guter Platz zum Arbeiten", sagte sie, und der Bürgermeister nickte auch und nicht ohne Stolz. Erst nach und nach begann sie die Feinheiten und rührende Details zu bemerken. Glasvitrinen mit ausgestopften Eichhörnchen, Mardern und Enten, tote Kreuzottern in formolgefüllte Einweckgläser gerollt, oben auf dem großen Kasten ein noch fischloses Aquarium, am Fenstersims eine Vase voll frischer, bunter Blumen.

„Das macht unsere kleine Pia", sagte der Bürgermeister, der Ernas Blicken gefolgt war.

Kaum hatte er ihren Namen im Mund, kam sie schon in die Klasse getippelt. Ein neunjähriger, blonder Engel mit sanften, grünen Augen in einem Gesichtchen, das mehr wusste als sein Alter. Erna hatte die Kleine schon um den Mahagonikasten schwänzeln sehen. Sie machte einen Knicks vor der neuen Lehrerin, überreichte ihr ein paar Blümchen und verschwand wieder, wortlos.

„Das Begrüßungsgemälde an der Tafel ist auch ihr Werk", sagte der Bürgermeister.

„Sie ist reizend, ein bisschen schüchtern vielleicht."

„Ja, sie redet kein Wort, das arme Ding."

Er stand etwas verlegen auf, ging zum Fenster und öffnete beide Flügel. Das Folgende sagte er in die frische Luft hinaus.

„Sie ist eine Vollwaise, müssen Sie wissen, und irgendwie nicht wirklich gesund, gell, seelisch eben. Der Casagrande hat sie bei sich aufgenommen."

„Der Casagrande", wiederholte Erna, „der aus der Zeitung …"

„Genau der."

Er sagte das mit einem Unterton von Respekt in der Stimme.

„Und wo ist dieser Casagrande?"

Im selben Moment waren schrille Tonfetzen aus einem Saxophon zu hören, die der Wind vertrug, und schon kamen die nächsten, von oben kamen sie. Tonleitern, zwischendurch freche Phrasen, die an Jazz erinnerten, schwarz jedenfalls, dachte Erna.

Der Bürgermeister zeigte plusternd zur Decke.

„Das … das ist der Casagrande, wusste gar nit, dass der jetzt oben ist, gell."

Erna war einigermaßen verwundert. Blue notes aus Amerika hätte sie hier, in diesem verlorenen Winkel, nicht erwartet. Zwischen der Merkwürdigkeit und ihr lag nur eine Treppe. Während sie der Bürgermeister ins obere Stockwerk geleitete, versuchte Erna die wilden Töne mit dem Foto aus der Zeitung in Einklang zu bringen, und es ergab sich fraglos Übereinstimmung. Der Mittelscheitel, der eigentlich keiner war (denn er verlief im Zickzack quer über den Kopf), teilte die schwarzen Haare, die als schnürige Strähnen in die Stirn und bis über die Ohren fielen, aber wohl bequem mit einer Handfahrt aus dem Gesicht zu streichen waren. Im Schatten der Strähnen ein grünes Augenpaar, slawisch anmutende Backenknochen, hohlwangig, schlecht rasiert, kantiges Kinn. Während sie sich dieses Mosaik zusammendachte, geriet ihr das Endprodukt eher in die Nähe eines Desperados. Selbst eine brave Jägerjoppe mit Hirschknöpfen hätte aus ihm nicht das seriöse Bild eines Lehrers gemacht.

Als der Bürgermeister an die Tür klopfte, verstummten die Töne.

„Herein!"

Die Stimme klang weiß Gott ärgerlich. Der Bürgermeister öffnete die Tür und winkte Erna an seinem Bauch vorbei.

Der Freischärler saß mit seinem Saxophon auf dem Fensterbrett, das Fenster weit geöffnet. Großgewachsen und drahtig war er, hochmütig, sensibel, verletzlich, auf den ersten Blick, ein Krieger ohne Schild, mit einer schwarzen Baskenmütze auf dem Kopf.

Wie ein ertappter Soldat hatte er augenblicklich Haltung angenommen, die Mütze fiel ihm vom Kopf, und mit der Rechten strich er sich eine Strähne aus der Stirn, die übrigens gewölbter war als auf dem Bild erkennbar. So stramm und so stirnfrei war er im Bruchteil von Sekunden zu einem Mann geworden, dem durchaus pädagogische Kompetenz zuzumuten war. Die kleine Pia saß vor ihm auf dem Boden, neben ihr ein weißer Jack-Russel-Terrier, der neugierig der Besucherin entgegenschwänzelte. Jack hieß er, obwohl er eine Dame war.

„Eugenio Casagrande, darf ich vorstellen … deine neue Kollegin, Erna Gaderthurn, gell."

Bevor Eugenio ein Wort auskam, fiel ihm das Instrument aus der Hand, und ein Riesenstapel Notenblätter segelte zu Boden. Während er noch mit seiner Schrecksekunde und dem Saxophon beschäftigt und dadurch verhindert war, klaubten Erna, Pia und der Bürgermeister mit vereinten Kräften alles zusammen und stapelten es in Eugenios ausgestreckte Arme. Mit dem letzten Notenblatt war der Stoß so hoch geworden, dass Eugenios Gesicht praktisch dahinter verschwunden war.

„Freut mich sehr und vielen Dank fürs Auflesen. Ich bin der Eugenio, Eugen mit -io hintendran."

Er streckte seine Hand suchend zum Gruß vor. Erna berührte sie nur kurz, um die Noten nicht von neuem ins Wanken zu bringen.

„Ich bin die Erna, freut mich."

„Freut mich", schon sehr gedämpft diesmal, denn er versuchte vergeblich hinter dem blickdichten Stapel vorzulugen. „Wir sehn uns dann also."

„Ja, wir sehn uns."

Sie starrte dabei auf den markanten Stempel des Musikverlags, der auf jedem der Blätter zu sehen war: Verve Music London. Charlie Parker Standards. Wohin sonst hätte sie schauen sollen, hätte sie versucht ums Eck zu schauen, hätter er dasselbe getan und die ganze Malaise wäre von neuem passiert.

Als gingen sie auf Eierschalen, zogen sich Erna und der Bürgermeister rückwärts aus der Affäre. Kaum hatten sie die Tür hinter sich geschlossen, hörten sie erneut das satte Aufklatschen der Blätter und dazu Eugenios überschlagende Stimme: „Jahimmelherrgottsakramentkruzifixalleluja!!!"

Die Straße, die von Blons/Kirchdorf zu den übrigen Parzellen führte, verdiente ihren Namen nicht. Es war mehr ein Wirtschaftsweg, ein Saumpfad, der schon seit urdenklichen Zeiten seinen Status quo erlebte, ein Schotterrinnsal, dessen Frostlöcher mit klobigem Kies und Baumrinden begradigt worden waren…

An heißen, trockenen Tagen wie heute zog selbst der Zweispänner des Bürgermeisters eine beträchtliche Staubfahne hinter sich her. Erna saß neben ihm auf dem windigen Kutschbock und war wieder gezwungen, ihren Hut zu halten. Man durchfuhr gerade das Kommunikationszentrum des Ortes. Links Gasthaus Krone, rechts der

Konsumladen und das Gasthaus Adler, und schließlich Sennerei und Lehrerhaus, von da an nur noch weit in die Hänge gestreute Einzelhäuser und Ställe, Richtung Lutztobel und Richtung Berg. 380 Seelen auf 90 Höfe verteilt, hineingewürfelt in ein fast waldloses Areal von abschüssigen Rampen, die eine Fläche von 16 Quadratkilometern umspannten. Erst ganz oben, über den letzten Häusern zog sich zwischen Mont Calv und Falvkopf ein vierfach gestufter Waldgürtel aus Fichten, Kiefern und Lärchen.

In der Art, wie der Bürgermeister die Zügel hielt, die Peitsche schwang, die Gäule maßregelte, lag Feierlichkeit, ja eine gewisse Verwegenheit war um seine Stirn. Stolz war das mindeste, was aus seiner Haltung sprach. Die meisten Bewohner waren zwar noch oben auf ihren Almen mit Vieh, Hund und Hausrat, aber Erna spürte noch immer genügend Augenpaare auf sich haften.

Hinter Vorhangfalten, Astlöchern, Heuburden und oft genug ganz ohne Deckung, mit blanker Neugier wurde der Neuankömmling beglotzt. Sie versuchte einen guten Eindruck zu machen, nickte hie und da grüßend. Zwischen das Schnauben der Gäule schob der Bürgermeister trockene Kommentare zum Fußvolk ein, das dieses merkwürdige Defilee aufmerksam verfolgte. Jeder, der sich offen zeigte, wurde laut mit Namen gegrüßt und grüßte zurück, Hut ab, Herr Bürgermeister. Dobler, Müller, Bickel, Dobler, Jenny, Müller, Grüaß di Gott hie und grüaß di Gott da. Das Namensreservoir schien sich im Rondo zu wiederholen, was klarerweise auf die wenigen Sippen, die sich hier durchgesetzt hatten, zurückzuführen sei, erklärte er und ließ wieder Pressluft durch seine Nüstern rasseln.

„Verstehen Sie mich nicht falsch, Frau Gaderthurn", und dabei verbog er seinen ganzen Mund in Richtung Erna, um den konspirativen Ton zu unterstreichen, „aber irgendwie bin ich froh, dass Sie das ‚von' verloren haben, gell."

Erna lächelte, sie mochte diesen Riesen, den das Amt wohl über sich hinauswachsen ließ, wenn es geboten war.

Die meisten der im Dorf verbliebenen Leute erlebten diese kleine Kutschenparade als beeindruckendes Ereignis, und manch einer der neugierigen Männer wurde von seinem resoluten Schatten zurückgepfiffen, Fenster wurden geschlossen, gaffende Kinder in Hauseingänge gezerrt. Die Blonser mussten sich erst fassen von diesem ungewohnten Anblick. Gut, ja, sie ist die neue Lehrerin, ist *unsere* neue

Lehrerin, aber dieses Kleid, hauteng, die Rüschchen an den Ärmeln, der Hut mit dem durchbrochenen Schleier, die weißen Häkelhandschuhe, die zu hohen Stöckel ...

Eine plötzliche Windbö riss Erna den Hut vom Kopf. Wie auf Kommando rannten aus allen Richtungen Kinder und vereinzelt auch Männer los, um ihn der Besitzerin zurückzubringen. Die zwei Müller-Buben, stattliche Kerle zwischen siebzehn und zwanzig, wurden von ihrem Vater, dem Jagdaufseher, zurückgehalten, und so kam der Dünser, seines Zeichens Adjutant des Gendarmeriekommandanten, zum Zug. Ein beweglicher Bursche, klapperdürr, aber durchaus zäh, mit gutmütigem Basedowblick und wirren Haarbüscheln am Kopf, reichte Erna den Hut auf den Kutschbock.

Noch kein Wetterleuchten weit und breit, freundliche Schwingungen allüberall. Erna konnte guter Dinge sein.

An einer flacheren Stelle zwischen Kirchdorf und Walkenbach (dem nächstgrößeren Bezirk) gabelte sich der Weg in eine noch schmalere Fahrrinne, die sich nun in unregelmäßigen, von Hof zu Hof ziehenden Serpentinen die Steilhänge hinauf nach Oberblons beziehungsweise Unter-Hüggen zog. Dazwischen furchte das Eschtobel eine Trennlinie. Just an jenem Punkt kreuzte der Postadjunkt, der gerade von seiner mühseligen Runde zurückkehrte, den Weg der auffallenden Fracht und musste sich dabei derart den Hals verrenken, dass er samt Fahrrad über eine Böschung in den Abgrund stürzte. Sein Geschrei hatte der Wind in die falsche Richtung getragen, denn weder Erna noch ihr Kutscher hatten das Malheur bemerkt.

Der Weg wurde immer schmaler und steiler. Die Gäule griffen wacker aus, der Schweiß rann in Bächen über ihre Flanken.

„Dort oben ... der Jenny-Hof, das wird Ihr neues Zuhause sein."

Sehen konnte man ihn noch nicht, denn die Rampen waren so steil, dass jeweils erst an der Kuppe die nächsten Gehöfte auszumachen waren. Alles begann nun Form anzunehmen, aus der Vorstellung wurden die wirklichen Häuser, die wirklichen Gesichter, die wirklichen Düfte und Gerüche und nicht zuletzt die wirklichen Strapazen eines Lebens am Berg.

Manchmal, wenn der Pfad ein Knie machte, bat der Bürgermeister Erna abzusteigen und ein paar Schritte nebenher zu laufen (was er notgedrungen auch selber tat), da sie sonst durch die vermaledeite Rüttelei Gefahr lief, vom Bock zu fallen. Nicht auszudenken, was die Hufe scheuender Pferde alles anrichten könnten, ihrer Schönheit würde das höchst abträglich sein, und das könne er weiß Gott nicht verantworten, gell.

Erna kam ordentlich ins Schwitzen, immerzu bergauf, bergauf, und der Bürgermeister wurde nicht müde, seinem Gast durch ausholende Erklärungen Sitten und Gebräuche der Walser näherzubringen. Sie schwor sich, all das nachzulesen, um es später zu vertiefen, denn die ständige Luftholerei ließ es einfach nicht zu, auch noch geballte Heimatkunde zu verdauen.

Eine Besonderheit freilich blieb ihr stets präsent, dass nämlich Walser von Natur aus so viel Lust auf Einsamkeit und Hang zum Schweigen verspüren, dass sie ihre Höfe mit großem Abstand voneinander bauten. So konnte man sich gegenseitig nicht in die Fenster schauen. Als Mindestabstand galt ein Steinwurf, woraus Erna schlüssig annahm, dass Walser kräftige Steinwerfer sein mussten.

Der Postadjunkt hatte am meisten zu leiden unter dieser Eigenart, der großzügigen Streuung der Höfe, ferner die Schulkinder und nicht zuletzt der Pfarrer, der so manchen Marsch zur letzten Ölung mit einem verstauchten Knöchel bezahlen musste.

Endlich kam, nach einer dieser abschüssigen Kehren, die selbst die Pferde scheuen ließen, ein Giebel in Sicht.

„Na also, der Jenny-Hof."

Die ganze Familie war geschlossen zur Begrüßung ausgerückt. Selbst der alte, hinkende Schäferhund, dessen Fell von Schwären durchzogen war, hatte sich in die Reihe gestellt. Wie Orgelpfeifen standen sie vor dem Haus, an dessen Ostseite ein langgezogener Kuhbrunnen plätscherte.

Die Jennys: Großvater Jenny, hager, sehnig, grau, Vater Jenny, hager, sehnig, schwarz, Mutter Jenny, ein zu früh gealtertes Madonnengesicht, mit furchtlosen, gütigen Augen, ihr Haar trug sie wie eine gezopfte Krone, und die Kinder, die kleine Christa Maria und Seppe, ein vielleicht siebzehnjähriger Bursche mit Bärenpranken.

Als Erna die Hand zum Gruß ausstreckte, war Seppe der erste, der kräftig zugriff. Sie ging kurz in die Knie, was den Eindruck erwecken mochte, ihr entkäme ein Hofknicks vor diesem grobschlächtigen Kerl.

„Grüß Gott miteinander, ich bin die Erna."

„'S Gott", stellte sich auch Vater Jenny vor, ein verwitterter Mann, mit sonnengegerbtem Gesicht, das viele Sommer über der Baumgrenze verbracht hatte. Die anderen nickten angestrengt freundlich.

Der Bürgermeister stupfte dem Seppe, der seinen Blick ungeniert am duftenden Gast weidete, grob in die Rippen.

„Als dann, schaut's ka Löcher in die Luft, das sind die Koffer von der Frau Gaderthurn."

Unverzüglich griff sich Seppe die schweren Dinger wie Federkissen, ohne Erna aus den Augen zu lassen.

„Guten Einstand wünsch ich", sagte der Bürgermeister. Er lächelte ihr Mut zu.

Die Orgelpfeifen standen noch immer wortlos. Auf eine Kopfbewegung von Vater Jenny, die als Kommando verstanden wurde, bewegten sich alle Richtung Haus.

Erna drehte sich noch einmal nach dem Bürgermeister um, dessen Zweispänner schon hinter der steilen Kuppe verschwunden war, und für Sekunden fühlte sie sich von Gott und der Welt verlassen, von Gott und der Welt.

Der Wind war schneidender hier oben, roch mosig, oder steinig und war kühler als unten im Kirchdorf. Ein würziger Hauch kam von den graubärtigen Dachtannen. Der Hochwald entließ seine Geräusche über die Hügel, die nach unten hingen wie Honigwaben, belebte das luftige Podium, auf dem das feste Holzhaus stand, von der Schwelle bis zum Giebel massives Holz, bemäntelt von Lärchenholzschindeln und handgeschnitzten Fensterläden. Zwei hervortretende Balken an der Frontseite strebten nach oben, als wuchtige Träger, die sich unter das Vordach duckten, um das schwere Dach zu schultern. Seit 1742 stand es da, an dieser Kante, trotzig und selbstsicher, als wäre es längst verwachsen mit dem Berg. Zu Erna sagte es, komm her, junge Frau, die Luft ist rein, ich bin dein Beschützer, hab' alles erlebt, wir können reden unter meinem Dach, jeden Tag, jede Nacht. Zweihundert Jahre schon atmeten diese Bretter, Schindeln und Balken die Leben seiner Bewohner ein und wieder aus. Hier wurde geboren und gestorben und der Natur die Stirn geboten, solange das Herz schlug.

Erna fröstelte ein wenig. Die Sonne stand schon tief, und die Brise vom Wald her frischte auf. Alles war noch fremd und doch vertraut, Papa sah ihr zu, war Erna sicher. Kannst du das Heu riechen? Der Wind spielte mit dem Scheunentor am Stall, der zwanzig steile Meter weiter oben am Hang klebte.

„Frau Erna!" Vater Jennys sonore, heisere Stimme holte sie zurück. Er stand in der Tür und deutete mit einer Geste an, ihm doch bitte folgen zu wollen.

Als sie über die von genageltem Schuhwerk eingedellte Holz-schwelle trat, fiel ihr ein Reim ins Auge, der neben der Tür in ein Schild geschnitzt war.

Gott, gib denen, die mich kennen, zehnmal mehr, als Sie mir gönnen.

Der Weg über die zwei Treppen hinauf zu ihrer Dachkammer war zu kurz, um den Tiefsinn des Spruchs so gänzlich zu ergründen.

Vater und Seppe hatten alles hochgeschleppt und ziemlich brachial in der Mitte der Kammer abgestellt. Als Seppe mit dem Mahagonikas-ten ebenso verfahren wollte, musste Erna seinen Schwung bremsen.

„Vorsicht ... zerbrechlich."

Seppe hielt folgsam inne und setzte den wertvollen Kasten behut-sam am Boden ab. Dann zogen sich die beiden mit verlegener Ver-neigung zurück.

„Willkommen im Haus, Frau Erna", sagte Vater Jenny noch, „'s Klo ist im Stall, und Essen gibt's in zwei Stund."

„Danke, Sie sind sehr freundlich."

Grob schob der Alte den widerwilligen Seppe aus dem Zimmer und schloss die Tür.

Erna zog ihr Kostüm und ihre Nylons aus und ließ sich erschöpft aufs Bett fallen. Ein knarrendes Holzgestell, ein Leintuch über eine Strohmatratze gespannt und zwei mit Buchenlaub gefüllte Leinensä-cke, wobei der kleinere als Kopfpolster gedacht war.

Das Zimmer war karg eingerichtet, aber dennoch nicht ungemüt-lich. Eine große Kommode mit einem holzgerahmten Spiegel stand da, mit geräumigen Schubladen, eine Blechschüssel mit frischem Was-ser gefüllt, ein Stuhl, ein Tisch, ein Kleiderkasten mit selbstgeformten Bügeln aus Draht.

Gleich neben der Tür ein Weihwasserkessel und ein Kruzifix. Den Holzschemel neben dem Bett verwendete sie als Nachtkästchen, auf dem sie fein säuberlich, in Griff- und Blicknähe, ihre Vergangenheit platzierte: Die gerahmte Fotografie von Rudolf (auf dem Ankertau), ein kleines Hochzeitsfoto der Eltern, eine Luftaufnahme des Schlöss-chens von St. Lorenzen, ihr geliebtes Lalique-Lämpchen und die Rokokopuppe. Die Mahagoni-Truhe schob sie mit Bedacht unters Bett, wie der Freibeuter, dem seine Seemannskiste alles ist. Wenn sie auf dem Rücken lag, brachte ihr das Erkerfenster in der Dachschräge ein Stück Himmel ins Zimmer. Die Hitze hockte noch immer in allen Ritzen, nach diesem sonnendurchglühten Tag.

Alle waren vollzählig um den Tisch versammelt. Ein bisschen verloren saß Erna im Herrgottswinkel. Es roch angenehm nach Tannenreisig, das man um den Gekreuzigten drapiert hatte, der in der Ecke hing, direkt hinter ihrem Kopf.

Vater Jenny erhob seine Stimme: „Komm, Herr Jesus, sei unser Gast und segne, was du uns bescheret hast. Im Namen des Vaters und des Sohnes und des heiligen Geistes. Amen."

Dann wurde von Mutter Jenny das Abendbrot serviert. In die Mitte des Tisches, für alle gut erreichbar, stellte sie eine Riesenpfanne, randvoll mit Riebel, daneben eine kleinere Pfanne mit gezuckertem Grießmus, zur Feier des Tages, denn heute war kein gewöhnlicher Tag, noch nie hatte man einen Gast beherbergt.

Dieser Riebel bestand übrigens aus Mais und Weizengrieß, der in aufgekochtes Milchwasser gerührt und dann mit Butter brutzelnd in der Bratpfanne gestört wurde.

Nach dem Amen stachen fünf Löffel in hierarchischer Abfolge in die mit Käse verbrämten Grießklümpchen. Vater Jenny nickte Erna aufmunternd zu, bis auch sie sich mit ihrem Löffel in die Pfanne wagte. Sechs kauende Münder, das Klacken der Löffel und das Ticken der großen Wanduhr ergaben, wohl unbewusst, aber doch zweifellos, eine Ahnung rhythmischer Harmonie.

Erna mochte, was sie aß. Wenn man isst, dachte sie, gemeinsam isst, kann man kein Eindringling mehr sein, als der sie sich gefühlt hatte, anfangs noch, bei der Begrüßung. Respekt schlug ihr entgegen, nicht neidische oder gar devote Regungen, dazu waren sie zu stolz, zu selbstbewusst, man attestierte sich gegenseitig und ohne Worte, exotisches Appeal, hinter dem allerdings ein letztes Gran Skepsis lauerte.

Mit Dauer des Essens begann sich Erna wohler zu fühlen. Die große Stube mit ihrer niedrigen Decke aus Fichtenholztäfelung und dem breiten, grünen Kachelofen, der durch die Ofenbank mit der Küche verbunden war, atmete jene harzduftende Heimeligkeit, von der Vater so oft gesprochen hatte, wenn er vom Bregenzerwald erzählte.

Erna trug ihr blaugeblümtes Sommerkleid, dessen Muster von Seppes stierem Blick nachgezeichnet wurde, sein Löffel fand dabei blind in die Pfanne.

Essen war keine Selbstverständlichkeit, es war eine ernste Sache, ein Ritual in Andacht, wie ein Gebet, man konnte gut schweigen dazu. Worte benutzten sie wie ein kostbares Instrument, das nur zu besonderem Anlass aus dem Kasten geholt wurde.

„Schmeckt's?"

Der alte Xaver wollte das wissen. Rhetorische Fragen existierten hier oben nicht. Die Schweigephase hatte so lange gedauert, dass Erna die Frage wie ein Weckerläuten durchfuhr.

„Gut … sehr gut", beeilte sie sich, und man spürte, dass sie meinte, was sie sagte.

Der alte Xaver schob daraufhin die Pfanne näher zu ihr.

„Zugreifen!"

Erna nahm Nachschlag.

Der Schein einer kleinen Petroleumlampe tauchte Ernas Kammer in fahles Licht, das lange Schatten warf. Die Lalique-Lampe durfte nur Zierde sein, denn im Dachgaden gab es keinen elektrischen Strom. Auch die Geräusche hier waren gewöhnungsbedürftig. Bei jeder Kopfbewegung auf dem Leinensack knatterten Erna die brechenden Buchenblätter ins Ohr. Das Schnarchen der Männer im unteren Stock überraschte in der Dimension, denn durch Mutter glaubte sie sich bereits gestählt. Auch der lauschende Seppe draußen vor der Kammertür erlag seinen Sehnsüchten nicht geräuschlos. Man lebte schließlich in einem alten Holzhaus, und die Balken antworteten jeder Bewegung. Außerdem konnte sie ihn atmen hören, ganz nah am Türschloss. Sie legte sich auf den Rücken und versuchte sich für Minuten in völliger Geräuschlosigkeit, ließ das Zwerchfell atmen, starrte dabei ins Fenster der Dachschräge, in dem seit geraumer Zeit der Große Wagen blinkte, und noch bevor sich seine Deichsel verabschiedet hatte, war Erna vom Schlaf geholt.

Die Nacht war sternenklar, und über den Falvkopf stieg der Mond. Die hohen Talregionen wurden heller, überzogen sich mit bläulichem Schimmer, die Farben der Wiesen, der Moose, der Bäume und Felsen erfuhren ihre metallene Variante, die ihre Züge für Stunden adelte. Ein Herbst in den Bergen ist kurz und klar, so stand es in den Büchern.

Die Nachtkühle, die ein Septemberanfang üblicherweise mit sich brachte, ließ aber in diesem Jahr auf sich warten, die Winde waren lau und die Bäume noch im Saft, bis in den hintersten Talgrund kein buntes Blatt. Der Herbst war noch in Verbannung, und der ehrgeizige Sommer machte den Meteorologen schon zu schaffen. Klimatische Anomalien waren zwar höchst interessant, die langfristigen Konsequenzen aber lagen noch unerforscht im Dunkeln. Noch war alles eitel Wonne, und den Bauern konnten die Altweibertage nicht lange genug dauern, wenn möglich bis über Josefi hinaus. So konnte schon im Herbst die Arbeit des Frühjahrs eingebracht werden. In anderen Jahren wären sie nach Einsiedeln gepilgert oder hätten Messen lesen lassen für so viel Sonnenschein.

Ein neuer Tag regte sich hinter den scharf geschatteten Graten.

Pünktlich um 4 Uhr 30 früh begann das Haus zu leben. Nicht mit der gemütlichen Allmählichkeit einer Gastpension, sondern durchaus laut, mit schroffem Druck.

„Guten Morgen, Frau Erna, Frühstück ist grüscht."

Reste vom Riebel, Schwarzbrot, Ersatzkaffee. Seppe hatte schon ein halbes Brot im Mund, als Erna zu Tisch kam, konnte sie also nur mit den Augen grüßen, die so schwarz waren wie der Kaffee, den er trank. Eigentlich ein stattlicher, etwas klobiger Kerl, den die Natur reichlich mit Bart und Kopfhaar ausgestattet hatte. Aus seiner Hemdtasche standen farbige Drähte und ein Schraubenzieher. Auch die kleine Christa Maria war schon hellwach und sich des Privilegs wohl bewusst, ihre zukünftige Lehrerin unterm selben Dach zu wissen. Sie schob Erna verlegen eine Zeichnung über den Tisch, signiert mit ihrem Namen und zwei roten Herzen statt der i-Punkte. Faulenzender Marienkäfer in Hängematte. Erna nickte amüsiert. Die Kleine schmunzelte, denn auch ihr war klar, dass das Motiv nicht dem Tagesplan entsprach.

Die Dämmerung ließ sich noch Zeit, aber die Kühe wollten schon gemolken werden. Fleisch musste für den Winter eingepökelt werden, Wäsche wurde geschrubbt, der Garten gejätet, gezäumt wurde und gesattelt, der Gaul zur Materialseilbahn und zurück geführt, um die erste Tageslieferung zu entladen – es gab Arbeit zu Hauf. Die Zeit flog, und Erna packte zu, wo immer sie gebraucht wurde. Die Jennys staunten. Niemals hätten sie gewagt, eine Frau Lehrerin um Mithilfe im Haus oder gar im Stall zu bitten, geschweige denn solche zu erwarten, nota bene aus freien Stücken. Erna setzte alles daran, möglichen Vorurteilen zu begegnen, bevor sie akut wurden. In der Theorie hatte sie sich böse Szenen vorgedacht, in denen sie als kleinadelige, verarmte Matrone, die vergeblich um Aufnahme in die Dorfgemeinschaft buhlt, gemieden wurde. Von der ersten Sekunde an wollte sie deshalb klarstellen, dass sie sich nicht zu schade war für das einfache Leben, nicht zu fein für die harte Arbeit, oder zu eitel für Demut.

Sie hatte Frau Jennys flinke, geschickte Hände in der Küche beobachtet und wollte sich nicht den geringsten amateurischen Fehlgriff leisten, denn ein einziger scharfrichterlicher Seitenblick der Hausherrin hätte sie augenblicks als Scharlatan entlarvt, der sie, zum Teufel noch eins, nicht war. Also raspelten und schnitten ihre Hände, wie sie nie zuvor geraspelt und geschnitten hatten. Schnell, präzise, untadelig.

Todmüde schlich sie an diesem Abend in ihre Kammer. Sie stellte sich vor die große Blechschüssel, die mit frischem Wasser gefüllt war, und steckte ihren Kopf ins kalte Nass, solange die Lungen es zuließen. Als sie ihr Gesicht vor dem Spiegel trocknete, sah sie, dass die Sonne Spuren hinterlassen hatte, eine kernige, rotbackige Magd schaute ihr ins Gesicht. Sie lächelte sich an, entledigte sich ihres Kleids und ihrer Unterwäsche, legte sich nackt in die Laken und genoss ihre Bettschwere. Die Hitze des Tages hing noch immer in den Balken, aber draußen zog jetzt ein aufkommender Wind seine Kreise ums Haus, rüttelte hie und da an einem Laden und schickte angenehme Böen durchs spaltoffene Erkerfenster. Ein wohliger Schauer fuhr ihr in den Leib, ein süßes, kribbelndes Frösteln, wie sie es damals empfunden hatte, als Papa ihr Geschichten vorlas, aus seinem Chesterfield. Allein sein gemächliches, appetitliches Umblättern hatte ihr eine Gänsehaut beschert.

Ich bin angekommen, dachte Erna. Jetzt leb' ich unter den Jennys. Es geht mir gut.

Regungslos lag sie, musterte ihre Nacktheit. In den vergangenen Tagen hatten sie – vergessene Regung – Männerblicke wieder an ihren Körper erinnert. Hübsch fand sie sich, alles noch am Platz. Das „noch", das die Vergänglichkeit der Schönheit einmahnt, würde sie nicht mehr los werden.

Die Dämmerung begann ihre Schatten auszulegen. Der Wind hatte sich bald beruhigt, und wie auf höheres Kommando trat Stille ein, gespannte Stille.

Junge Frau, begann das Haus, der Dachstuhl streckte sich, zum Reden wär' jetzt Zeit, ich bin ganz Ohr.

Junge Frau, spöttelte Erna, ich bin keine junge Frau, bin 41, einundvierzig, hörst du? Meine Augen werden schlechter, mein Rücken schmerzt, und jeden Morgen schieben meine Finger überflüssige Gesichtshaut unters Haar. Vergeblich.

Raunen im Gebälk.

„Du lachst."

Was soll ich sagen, meine Liebe, mit 211 Jahren kann ich dir weiß Gott das Wasser reichen und ich steh' noch immer. Hörst du das Knacksen? Das sind meine Schmerzen, die halt' ich aus, die sind zu verwinden. Schönheit, Kind, du meine Güte, sieh mich an, ich war und ich bin schön anzuschaun, hab' viele verzückt und verzück sie noch immer.

Gewiss, die Zeit ist ein Dieb, das wohl, sagte das Haus, aber sie ist auch ein Tröster. Würde der Augenblick seine Vergänglichkeit verlieren, er hätte auch seinen Glanz verloren, verstehst du, er kann nur glänzen, weil er auch ein Ende hat; ein Augenblick, der immer währt, ist bald durchschaut, Erna, bald durchschaut … und dann? Geheimnislos – bis in alle Ewigkeit!

Was redest du für Zeug, bist doch nur ein Haus.

Langes Schweigen. Hat's dir die Sprache verschlagen??

Lass uns in Würde altern, meine Freundin, ich habe frank das Recht zu sagen, was ich denk, und noch eins – unter allen Göttern ist der Gott der Jugend der verzweifeltste.

Erna stutzte.

Weißt du, nur ganz kurze Zeit wird diesem luftigen Narziss geopfert von den Menschen, in Verehrung geopfert, dann wird er, immer vergeblich, noch eine kleine Weile bekniet, weil er nicht bleiben will, und jämmerlich, hörst du, jämmerlich verflucht am End'.

Vernebeltes Zeug, seufzte Erna. Und überhaupt, du stehst hier im Walsertal, was hast du mit Göttern am Hut, hier gibt's nur einen!?

Ach, weißt du, sagte das Haus, ich hatte so viel Zeit, den Menschen zu lauschen, und ich sage dir – die Aufklärer und die Monotheisten haben dem Kosmos eine Menge schöner Geschichten gestohlen – jammerschad ist das. Und als hätte der große Wagen, draußen im Erkerfenster, mitgehört, schlich er sich aus dem Bild und machte dunkel.

Die Tage vergingen schneller als in St. Lorenzen, und eh sich Erna versah, waren zwei Wochen um. Sie hatte die ersten Hürden mit Anstand genommen, man zog den Hut vor ihr, und sie hatte sich ihrerseits an die Dinge gewöhnt, die gewöhnungsbedürftig waren. Das Schnarchen der Männer, Seppe am Schlüsselloch, das Klo im Stall, das ihr freilich am längsten zu schaffen machte, ein Bretterverschlag eigentlich, mit Abflussrinne, die auch den Urin der trächtigen Kuh aufnahm, die daneben stand, wenn Erna ihr Geschäft zu verrichten hatte. Lisa hieß die Kuh.

Es kam vor, dass Erna dabei den alten Xaver beobachtete, wie er auf seinem Melkschemel sitzend, mit der rechten Wange an Lisas Bauch lehnte. Lisa gab kaum noch Milch, aber sie war eine geduldige Zuhörerin.

Der Xaver war kein großer Erzähler. Meist lehnte er nur an ihr und seine Augen waren wässrig, Augenwasser schwappte einfach übers untere Lid, kein schmales Rinnsal der Nasenfalte entlang, breit rann es, über die ganze Wange. Die Augen seien gereizt, log der Alte, als sie ihn eines Tages darauf ansprach, gereizt seien sie von Lisas uringetränktem Schwanzende, das lässig schlenkernd nicht nur die Fliegen traf, sondern auch sein Gesicht. Er trauerte um seinen Sohn, der nie aus dem Krieg zurückgekommen war. Manchmal verweilte Erna noch eine Weile in ihrer Hockstellung und sah ihm beim Melken zu. Papa hätte gelächelt und sie gedrückt ob dieser befremdlichen Situation. Rustikale Derbheit hatte er schon immer den Plüschsalons vorgezogen. Und so begann auch die Tochter des Vaters in diesem neuen Leben eine gewisse Behaglichkeit zu empfinden.

Einzig Seppe bereitete ihr zunehmend Kopfzerbrechen. Es gab Tage, an denen sie seine bohrenden Blicke als ausgesprochen zudringlich empfand, und auch Vater Jenny war das ungenierte Gebalze seines Sohnes ein Dorn im Auge.

Tatsächlich hantierte Seppe immer häufiger, abwesend verträumt, mit irgendwelchen Drähten an einem alten Funkgerät (das sein Vater aus dem Krieg nach Hause gebracht hatte), anstatt sich im Stall nützlich zu machen. Er sieht die Arbeit nicht mehr, sagte der Alte.

Er sah die Arbeit nicht, wenn er Erna sah, eine Erna, die neu zu blühen begann. Es war etwas geschehen mit ihr, in den tiefen, kirschroten Gängen, dort wo das Herzblut fließt, war es geschehen, eine Berührung, von außen, ein kleines Mysterium, dem sie noch nicht auf die Schliche gekommen war. Mit ihr, in ihr, war es geschehen. Der im Übermut zu lässig geratene Schwung ihrer Bewegungen war so verräterisch, der Duft ihrer Honighaut, die noch sanfter geworden war, der Blick aus dem Spiegel, der ein Geheimnis barg, das er selbst noch nicht zu deuten wusste, weil es sich eben erst einzunisten begann.

Erna führte diesen Wandel zunächst auf eine Art Kureffekt, wohl ausgelöst durch das frische Bergklima, zurück oder diese neue Herausforderung, die endlich alle Saiten in ihr zum Klingen brachte. Fürs erste ließ sie es dabei bewenden.

Ein Bild aber tauchte wiederholt auf, ganz ungefragt, ließ sich nicht mehr abschütteln, ein Bild, dem sie zutraute, der wahre Ursprung dieser merkwürdigen Wandlung zu sein. Es war da, am Morgen, wenn sie erwachte, und am Abend ging es mit in den Schlaf. Es ließ sich nicht vertreiben, und es hatte einen Namen: Eugenio.

Der Anarchist mit dem Saxophon, der Herr Kollege. Der Casagrande. Im Grunde war es doch lächerlich, sie hatten sich für ein paar Augenblicke gesehen, und schon sollte die Welt sich verändert haben? Nie hätte sie zugelassen oder auch nur für möglich gehalten, dass eine einzige flüchtige Begegnung ihr Leben aus den Angeln heben, sie boden- oder kopflos machen könnte, nein, der naiven Überspanntheit der Mädchenjahre war man entwachsen, glaubte nicht mehr an die Mär vom ersten Blick. Außerdem war sie, wenn man so will, völlig aus der Übung, also gut beraten, sich selbst nicht wirklich zu trauen. Nein, Firlefanz, hätte Papa gesagt.

Gewiss, auch in ihren Brunecker Jahren hatten ihr Männer den Hof gemacht, aber es geschah immer auf Mutters sondiertem Terrain, unter ihren Auspizien, was zwangsläufig zur Folge hatte, dass Erna längst alle Zugbrücken hochgezogen hatte, noch bevor ein Kandidat ans Tor klopfen konnte. Ganz ohne Gelübde hatten sich so acht keusche Jahre in ihr Leben geschwindelt, Jahre, in denen das wache Alphabet ihrer Sinne ungenutzt dahinwelkte.

Hier, weit von St. Lorenzen, hatte sie auf ihren Schutzwall vergessen und war wieder verwundbar geworden. Aber gleich am ersten Tag? In der ersten Stunde? Bei einem verrückten Kauz, einem Querkopf, dem die Worte fehlten?

Nein, so platt ließ sich das Leben nicht in die Karten schauen.

Die Kirche war schon fast voll, ein paar Nachzügler drängelten noch in die Bänke. Die Schülereröffnungsmesse, als offizieller Start ins neue Schuljahr, war ein Ereignis, an dem traditionsgemäß das ganze Dorf teilnahm. Pfarrer und Ministranten waren schon am Altar in Stellung, oben auf der Empore bearbeitete Eugenio Casagrande in geschickter Hand- und Fußarbeit die schmächtige Orgel. Auch Erna war etwas spät dran, sie hatte sich im Konsumladen noch einen Abreißkalender besorgt und alle Tage bis zum heutigen in den Walkenbach geworfen, eine endlose Prozession papierner Tage, die im glucksenden Rinnsal der Lutz entgegentrieb. Das oberste Blatt zeigte nun den 17. September 1953.

Als sie die Kirche durch die Seitentür betrat, geriet dies ungewollt zu einem kleinen Auftritt. Ein Flüstern und Tuscheln ging durch die Reihen. Auch rügende Blicke waren dabei. Erna, im hochgeschlossenen, braunen Sommerkleid, Ärmel und Krägelchen gesäumt mit Vorarlberger Spitzen, was ihr einen Anstrich von rigider Autorität und Tugendhaftigkeit verlieh, versuchte so aufrecht wie möglich zu gehen, denn vom beschwerlichen Kirchgang war sie an beiden Füßen mit Blasen gesegnet.

Alles war in festlicher Kleidung erschienen, die Männer in weißen Hemden mit roten Wämsern, schwarzen Jacken, schwarzen Hosen, weißen Strümpfen und schwarzen Schuhen, die Frauen in langen Röcken aus braunem oder schwarzem Leinen, weißen Schürzen und bestickten Miedern, die streng über die plattgedrückten Brüste geschnürt waren und zusammen mit der hochgebundenen Schürze alle weibliche Kontur verbargen. Ihre Haare trugen sie offen oder gezopft zu einem kunstvollen Knoten hochgesteckt.

Ganz vorne in der ersten Reihe konterkarierte der Herr Baron das traute Schwarz der Männerwelt mit einem Khakianzug aus feinster Seide und braunen Schuhen aus teurem Kalbsleder. Er verstand sich ganz generell als Gegenpol. Im Übrigen, sagen die Leute, soll er die lustfeindliche Komponente im Entwurf der weiblichen Tracht oft genug bespöttelt haben, da sie auf bigottes Verdrängen, vornehmlich auf das Verheimlichen ungewollter Schwangerschaften hinweise. Er hatte es nicht mit den Frömmlern, deren Knie vom Beten so verhornt seien wie das Knie eines Rindviechs, so hatte er sich ausgedrückt.

Kaum hatte er Erna bemerkt, stand er auf und bat sie höflich in die erste Bank der Frauenseite, vis à vis seiner Männerbank.

Eugenio beobachtete die Szene von der Empore aus. Sein Spiel hatte sich merklich verlangsamt und er spielte jetzt halb im Stehen, um die Lage besser überblicken zu können, wodurch klarerweise die Fußbässe arg ins Stottern gerieten. Unten begann nun ein unseliges Hin und Her, denn der Bürgermeister gab Erna durch Zeichen zu verstehen, dass der Platz der Lehrpersonen eigentlich im hinteren Teil des Kirchenschiffs war. Der Baron winkte forsch ab. In diesem Moment stockte jäh das Orgelspiel.

Wie ein Mann drehte sich das versammelte Betvolk zur Orgelempore und wieder zurück zu Erna und dem Baron. Der Pfarrer nickte Eugenio ärgerlich zu, er möge doch weiterspielen. Ein peinliches Getuschel begann, bis sich endlich der Schuldirektor aufraffte, vermittelnd einzugreifen.

„Entschuldigen, Frau Kollegin, Nigsch, Schuldirektor", flüsterte er unter ihr Hütchen. Sie kannte ihn von einem Foto aus dem letzten Jahresbericht, er war erst heute in Blons eingetroffen.

„Darf ich Sie bitten, hinten in der Lehrerbank, Evangelienseite, bitte, wie's bei uns der Brauch ist."

Erna folgte ihrem Vorgesetzten gehorsam zum angestammten Platz. Die Orgel war noch immer stumm. Erst ein strafender Blick des Direktors brachte Eugenio zum Weiterspielen.

Die Messlieder waren Erna sehr vertraut, und sie erntete anerkennende Blicke, da sie klaglos die Texte beherrschte. Gesungen haben vor allem die Frauen und die Kinder, Männerstimmen waren in der Minderzahl. Im Laufe der Messe wurde Erna immer wieder von Blicken gemustert, zum Teil gar hemmungslos hofiert, Männer- und Frauenhälse verrenkten sich, um der neuen Frau Lehrerin auf die Finger zu schauen. Erna konzentrierte sich, so gut es ging, auf die Liturgie und die Worte des Pfarrers.

„… Und so bitten wir den allmächtigen Herrn, unsern Gott, er möge uns weiterhin eine reiche Ernte gewähren und das Tal von Wetterunbill verschonen, auf dass wir schon in diesen strahlenden Herbsttagen die Arbeiten des Frühjahrs einbringen können. Möge auch das neue Schuljahr für unsere Kleinen und für unsere Großen…" – an dieser Stelle schickte er mahnende Blicke an einschlägige Stellen – „mit Harmonie, Fleiß und Eintracht gesegnet sein, dafür lasset uns nun singen zur Ehre des Herrn."

Und er stimmte an: „Ehre sei Gott in der Höhe".

Eugenios Griff in die Tasten wirkte noch immer getrieben, weshalb sich das Tempo des Liedes merklich verzerrte, sodass ein kanonartiger Nachhall durch die singenden Reihen irrte. Der Pfarrer versuchte ihn vergeblich durch Gesten und langgezogene Vokale einzubremsen. Auch Erna war dieser Kampf mit dem Metrum nicht verborgen geblieben, und sie musste für einen kleinen Moment an die kirschroten Gänge denken, durch die das Herzblut fließt.

Dass er dies aus Eifersucht, schon aus Eifersucht getan hatte, machte sie glauben, ihr Gefühl könnte am Ende auf Gegenseitigkeit beruhen.

Oder war es nur der Übermut der Tänzerin, der ihr eine lächerliche Schimäre zauberte?

Das Präludium, das er schon zum Einzug der Gläubigen gespielt hatte, begleitete nun, variiert als Postludium, auch deren Auszug aus der Kirche. Noch immer spielte Eugenio zu schnell, zu laut. Draußen vor dem Hauptportal hatten sich, wie es Tradition war, der Herr Pfarrer und der Herr Schuldirektor postiert, um Schüler und Eltern zu verabschieden.

Auf dem Kirchplatz drängten sich schon kleine und größere Grüppchen schwatzender Männer, die Viehauktionen oder den Wettersegen besprachen, während die Frauen sich unverzüglich auf den Heimweg machten. Ein Teil der Männer war noch oben auf der Alp, um das dort verbliebene Vieh wieder ins Tal zu treiben. Im Grunde lebten die Menschen hier das Leben von Halbnomaden, zwischen Kirchdorf, dem Maisäß (Mitte Juni bis Mitte August) und der noch höher gelegenen Alp, die erst spät im September verlassen wurde, weshalb die Kinder hier wenigstens das Privileg eines späteren Schulanfangs genießen konnten.

Als Erna das Kirchenportal passierte, stellte sich auch der Herr Pfarrer offiziell vor und nutzte gleichzeitig die Gelegenheit, sie in die Spitzen der Blonser Gesellschaft einzuführen. Dabei hinterließ der Jagdaufseher Müller im Gegensatz zu seinen zwei charmanten Söhnen einen eher frostigen Eindruck. In seinem mürrischen Gesicht sah sie ganz unverhohlene Ablehnung. Er grüßte zwar, aber der Pauschalverdacht blieb, er ordne Erna jener Spezies zu, die die Weisheit mit Löffeln gefressen hat. G'studierte. Revierinspektor Metzler und sein Adjutant Dünser hingegen knallten in neutraler Referenz die Hacken zusammen.

Die anderen Herrschaften begegneten der neuen Lehrerin mit offener, ja herzlicher Freundlichkeit. Ja, die Bauern hier waren Herren, richtige Herren, von einem störrischen Selbstbewusstsein und einem Stolz, der ohne Anmaßung in ihren Augen stand, wie ein Wachturm. Allen voran Eugenios Mutter, dünn, zäh, hochgewachsen, mit knochigen Schultern und schlohweißem Haupthaar, resolut, eine fromme Frau, nicht nur an hohen Feiertagen, und ein sicherer Garant für Hochstimmung in geselliger Runde. Ihre spitze Zunge konnte es sich nicht verkneifen, mit saloppen Bemerkungen über Ernas Verehrerkreis, der ja ungeniert in den Startlöchern scharrte, den kleinen Eklat in der Kirche zu kommentieren. Es schien sie amüsiert zu haben, dass ihr Sohn einer der Protagonisten war, was Erna in gewisser Weise bestätigte und beruhigte.

An Mutter Casagrandes Seite stand Hilda, Eugenios Schwester, die den Konsumladen führte und schon vor der Messe mit Erna beim Kalenderkauf Bekanntschaft gemacht hatte.

Auch der Baron stellte sich ein, mit galantem Handkuss. Mit gelösten Gesichtszügen diesmal und vollendeter Eleganz im Auftritt, verströmten seine meerblauen, intelligenten Augen ein Charisma, dem man sich nur schwerlich entziehen konnte. Die Aura des reichen, gebildeten Landedelmanns umgab ihn, exakt die Nobilität, die Mutter winseln machte. Erna fühlte sich den Ansatz eines Knicks vollführen, als er sich zum Gehen wandte.

Das Postludium in der Kirche indessen litt noch immer unter Eugenios zornigen Händen, als sich schließlich der Herr Schuldirektor in Position brachte.

„Noch einmal – Eugen, mein Name, ohne -io, Eugen Nigsch, auf gute Zusammenarbeit, Frau Kollegin, ich hoffe, es wird ein frischer Wind durch die Schule wehen."

„Ich werde mich bemühen, Herr Direktor."

Kaum hatte sich Erna ein paar Schritte entfernt, hörte sie den Pfarrer in den Bart nuscheln: „Wenn's bloß amal kein Wirbelsturm wird."

Das Postludium hatte sich inzwischen mit einem galoppierenden Finale aus der Blonser Luft verabschiedet, die sich schwül über dem Kirchplatz braute. Wie aus dem Nichts schnitten plötzlich ungelenke Trommelschläge ins Murmeln der Männer und richteten die Aufmerksamkeit der Versammelten auf den Bürgermeister, der sich auf einem tischgroßen Stein, an der Nordmauer der Kirche, für alle sichtbar machte, um eine Verlautbarung kundzutun. Ein Ritual im Übrigen, das hier seit Jahrhunderten gepflogen wurde.

„Männer von Blons, Verlautbarung … bitte jetzt herlosen, gell … Es ist anzukündigen eine Gemeinderatssitzung in meinen Amtsräumen" – niemand zuckte mit der Wimper, obwohl jeder wusste, dass er nur einen hatte – „am 14. Oktober, im Heilsjahr 1953, statutengemäß, gell. Thema: Gemeindegemarkungen, Weiderechte, Lawinenverbau, et cetera. … Vollzählig sollten sich einfinden, der Müller Arthur, Jagdaufseher, der Baron Herr von Kessel, der Schuldirektor Eugen Nigsch, Revierinspektor Metzler und der Hartwig Dünser, gell, außerdem der Herr Lehrer Casagrande, der Herr Pfarrer, der

Senn und meine Wenigkeit. ... Man ist pünktlich, ... die Uhr ist für alle do, gell."

Ein grelles Läuten drang vom Schulgebäude herüber und rief Schüler wie Lehrer auf ihre Posten. Vor dem Eingang bildete sich rasch eine Menschentraube, in der Erna auch Eugenio entdeckte. Er hatte sich offensichtlich hinterrücks, durch die Sakristei, aus der Kirche und an ihr vorbeigeschlichen. Schüchternheit konnte es nicht sein, einem Freischärler stand das nicht an.

Als sie schließlich voreinander standen, war sie wieder da, diese Benommenheit, die dem Gleichgewicht Streiche spielte, aber Erna hielt ihre Sinne wach, diesmal.

In Konzentration erstarrt, stand sie, felsenfest, blickte ihm ins Gesicht, vergaß sogar zu lächeln. Eugenio war beunruhigt.

„Ist Ihnen nicht wohl, ich mein', wegen der Blässe?", sagte er besorgt, dabei hatte sie doch alles Blut im Kopf konzentriert.

„Nein nein, alles in Ordnung."

Sie lächelte abwesend, ließ sich aber nicht beirren, weiter in die Schwingungen zu horchen, die der Augenblick erzeugte. Waren es seine Augen? Die Hände? Woher kam nur das Florett, das so treffsicher war ...

Die Hand des Schuldirektors, die sich tätschelnd auf ihre Schulter legte, erstickte die Fragen im Keim.

„So dann, bitte anfangen, Herrschaften."

Es klang wie eine Rüge, die Eugenio galt.

Rechts neben dem Türrahmen zum Klassenzimmer war eine kleine Messingtafel angebracht. Drei Namen standen darauf: Eugen Nigsch (Schuldirektor), Eugenio Casagrande (FL für Fachlehrer) und Erna Gaderthurn, FL. Ihr Name in Messing, sie machte Fortschritte. Außerdem hatte sie ein paar Stunden in Seeberg, einem benachbarten Dorf, zu übernehmen. Sie wurde gebraucht.

Gemeinsam standen nun Eugenio und Erna vor der offenen Tür, um das Defilee der Schüler abzunehmen, wobei jeder laut seinen Namen zu nennen hatte, mit ordentlicher Verbeugung und Handschlag, versteht sich. Türtscher Alwin, Türtscher Gertraud, Müller Stefan, Müller Max, Müller Hilda, Türtscher Arthur, ... dann die kleine Christa Maria Jenny, die nervös an ihrem Schulranzen zupfte, aber kein Wort herausbrachte. Erna war ihr bisher eine Art große Schwester gewesen und mutierte in diesem Moment zur Amtsperson, der aufs Wort zu gehorchen war. Fast zärtlich beugte sich Eugenio zu ihr.

„Na? Aber jetzt, kleines Fräulein, wir hören!?"

„Äh … irgendwas mit Maria …"

Ihr Gesichtchen wurde todernst, schiere Verzweiflung in den Augen.

„Jessasmarantjosef!" kam's aus Eugenio.

„Christa, genau. Christa Maria."

Sie strahlte wieder, und er schubste sie mit einem Klaps in die Klasse. Dann weiter … Alfons Jenny, Martha Dobler, Irmi Dobler, Pia Dobler …

Erna musste schmunzeln.

„Ist ja gut", sagte er, „die Walser bleiben halt gern unter sich."

„Verstehe, und Sie sind die Ausnahme."

„Ich bin Urgestein. Walliser hatten Burgunderblut und Alemannenschädel, was weiß ich, bei mir kommt noch ein Krug Romanisch dazu, das ergibt dann zusammen … Casagrande."

„Drum das io?"

Er nickte.

Erna musterte ihn von der Seite. Er ließ seinen Vorhang absichtlich ins Gesicht fallen, grinste auf den Boden.

In diesem Moment, die Schüler saßen schon ordentlich an ihren Pulten, kam der Schuldirektor in Begleitung eines grauen Herrn, mit gutmütigen Froschaugen, die Stiege hoch. Er stellte ihn vor als „unseren lieben Schul-, Gemeinde- und Hausarzt Dr. Dobler", der rasch einen Blick auf seine Schäfchen werfen wolle.

„Schon am ersten Tag auf Herz und Nieren, Herr Doktor?"

„Herz und Lunge, Frau Gaderthurn, aber nur die Pimpfe, nur die Pimpfe naturgemäß."

Der alte Herr streckte dabei seinen Kopf, der tief zwischen den Schulterblättern hockte, vor den Körper, wie eine Schildkröte, schob mit dem Zeigefinger die Brille zum Nasenansatz und stürmte in die Klasse, als hätte er noch ein Dutzend Hausbesuche vor sich.

„Wir machen das immer am ersten Tag, das geht dann ruckzuck."
Erna folgte ihm auf dem Fuß, stellte sich ans Lehrerpult, und auf Eugenios heimliches Kommando, das er von der Türschwelle aus gab, erhoben sich alle Schüler synchron von ihren Sitzen. Erna nickte anerkennend.

„Und setzen, bitte."

Als auch Eugenio in die Klasse wollte, fuhr der ausgestreckte Arm des Direktors dazwischen.

„Du, Herr Kollege, kommst bitte kurz mit mir."

Der alte Parkettboden des Konferenzzimmers knarrte unter den nervösen Schritten des Direktors, drei hin, drei her, die Hände am Rücken, wobei die eine kräftig in die andere schlug.

Eugenio saß so schuldbewusst wie gelassen auf einem Stuhl, in Erwartung einer Predigt, die er schon kannte.

„Also was da in der Kirche eben … Blind bin ich ja auch nicht, lieber Kollege, das wollen wir doch festhalten, nit wahr, aber lass mich dir, unter vier Augen und im Sinne einer gedeihlichen Zusammenarbeit des Kollegiums, einen Rat ans Herz legen …"

Eugenio streckte sich in Verwunderung.

Mit einem kleinen Seufzer, in dem schon ein Hauch Resignation mitschwang, blieb Nigsch, leicht vornüber gebeugt, stehn, schloss die Augen, wie ein Mönch, der in Kontemplation versinkt. Langsam und insistierend kamen die Worte.

„Ich wünsche keine Liaisonen mehr mit Kollegen, nit wahr, … keine Geschichten mehr."

„Also entschuldige, Herr Direktor, ich habe doch nicht im geringsten …"

„Ich war, wenn du in deinem Curriculum zurückblätterst, Herr Kollege, immer moderat und tolerant mit dir. … Konzentrier' dich halt auf dein Saxophon, und wenn's der Deibel will, nit wahr, auf deine Negermusik."

Im Klassenzimmer standen inzwischen die Schüler in langer Reihe, wobei der jeweils erste, brustfrei, vom Doktor abgeklopft wurde. Routinevisite, wie angekündigt, ruckzuck.

„Ich kenne meine Pappenheimer", sagte der Doktor, während sein Stethoskop zwischen Herzen und Lungen horchte, er fühlte Ernas skeptischen Blick in seinem Nacken.

„Ruckzuck", sagte sie.

Aber je länger sie ihn beobachtete, desto vertrauenswürdiger erschien ihr der alte Herr, der trotz seiner geschäftigen Schrulligkeit Kompetenz ausstrahlte und, je andächtiger er in die kleinen Brustkörbe forschte, auch Ruhe und Gelassenheit. Herzen und Lungen hatten in Ordnung zu sein in Blons. Erna setzte sich aufs Lehrerpult und deutete zur Tür.

„Der Casagrande, hat der jetzt ein Problem?"

Der Doktor nickte.

„Der Casagrande hat immer ein Problem, Frau Gaderthurn, das liegt in seiner Natur."

Er klopfte den nächsten Brustkorb ab, umdrehn, Rücken frei, hüsteln, und ab, der nächste. Ohne die internistische Handarbeit zu unterbrechen, begann er zu erzählen, unterbrach sich dabei immer wieder selbst mit einem glucksenden Lachen. „In der ersten Kriegswoche, wissen S', hat der Kerl mit einem Geschütz der Infanterie-Flak eine Fahne durchlöchert."

Ein speicheliges Rasseln durch Nase und Mund entkam ihm, vor Vergnügen, er schneuzte sich und wischte bei der Gelegenheit die gelachten Tränen aus den Augen.

„Eine Hakenkreuzfahne, nur so zur Hetz, verstehn Sie? Zur Hetz. Die haben ihn dann an die Westfront versetzt, zu den Sanis, er hatte denen vorgelogen, mein langjähriger Assistent gewesen zu sein, das hat ihm vielleicht das Leben gerettet."

Ein wenig Stolz schwang mit, in seiner Rede, Stolz auf Eugenio, er erzählte von ihm, als wäre er ein exotischer Sonderfall, ein kostbarer Harlekin, dem alles zu verzeihen war.

„Ich hab ihn hier auch schon abgeklopft ... tja ... vor ..." – er zog die Brauen hoch – „... 27 Jahren, du meine Güte, ich glaub', er war zehn damals, oder so, wissen Sie, was er eines Tages gemacht hat? Er stellte sich, wie der Bürgermeister heute, auf den Stein an der Kirchenmauer und schrie: *Der Herr Bürgermeister gibt bekannt, dass am Mittwoch Bier gebraut wird und deshalb ab Dienstag nicht mehr in den Bach geschissen werden darf.*"

Jetzt lachten auch die Kinder. Lauthals.

Eugenio und die Tänzerin

Steil bergan, wieder und wieder, die Morphologie dieser Welt kannte nur Steilheit. Ein Fuß vor den andern, Blick auf den Tritt, den nächsten Schritt, bewusst am Ballen aufgesetzt, Kniescheiben schonend, Rhythmus halten, sie hatte gelernt. Das stete Steigen, das Durchschwitzen der Unterwäsche, ja der Kleider, triefnass, täglich, das war in Ernas Leben zur profanen Selbstverständlichkeit geworden. Die Lungen, prall mit Bergluft, wuchsen wie das Herz, schien es Erna. Kaum war man aus dem Haus, standen Sehnen, Muskeln, Knochen und Kreislauf wieder auf dem Prüfstand. Sie erstarkte wie ein Rekonvaleszenter auf Höhenkur. St. Lorenzen war schon so weit, dort hinten am breiten Grund des Pustertals, das Schlösschen in dunstige Ferne gerückt, vergessen beinah. So vieles hatte sich verändert in ihr, an ihr, und sie ließ es geschehen, genoss die neuen Klänge, die plötzlich ihr ganzes Leben durchdrangen bis in den geheimsten Winkel.

Über acht Jahre war sie in einer Ordnung dahingedämmert, deren Prinzipien von anderen bestimmt waren. Nur selten hatte sie in jener Zeit Gedanken verschwendet an amouröse Abenteuer, an einen Mann, der ihr hätte alles sein können, obwohl sie sich so innig gewünscht hatte, eine eigene Familie zu gründen, endlich eine eigene Ordnung, jenseits aller Vorgaben und Einwände der Eltern.

Ihre Jahre in St. Lorenzen waren geprägt von Rücksichtnahme und Loyalität ihrem stets kränkelnden Vater gegenüber und ihrer verbitterten Mutter, die die Kunst der „Mater dolorosa" beherrschte wie keine zweite.

Eine späte Rebellin war Erna, eine sehr späte, aber sie wusste, und das war das Entscheidende, dass sie selbst Usurpator ihrer Verwandlung war.

Kaum hatte sie das Neuland betreten, in dünnerer Luft, war sie schon Ziel von Begierden und Sehnsüchten geworden, die sie bald schon vor die Wahl stellten, wie ein junges Mädchen, das atemlos sein Entree in die Gesellschaft erlebt.

Ein graumelierter Edelmann, wie er im Buche steht, machte ihr galant den Hof, ein siebzehnjähriger Stallbursch war von ihren einundvierzigjährigen Reizen gefangen, und ein fast gleichaltriger Außenseiter hatte ihr schon in der Begrüßungssekunde in die Seele geschaut. Ein sinnliches Echo aus drei Generationen hallte in ihr angeschlagenes Selbstbewusstsein. Ihre Metamorphose fand vor aller Augen statt, und doch war sie die Einzige, die sich ihrer tatsächlich bewusst war. Jetzt, da ihr allmählich der Ton, ja die Melodie dieser Menschen, ihr Rhythmus, ihre Umgangsformen vertraut geworden waren, gewann sie im gleichen Maße Zutrauen zu sich selbst, und sie entschloss sich, die Leier frech zu spielen, wenn man ihr eine hinhielt.

Hier, allein auf sich gestellt, ohne Kontrollinstanz im Rücken, leistete sie sich einen ersten, langen Befreiungsschrei in alle Himmelsrichtungen, um dann in der Ernüchterung, die folgte, für einen klaren Blick zu sorgen. Beim langen Aufwärtsgehen ließ sich gut denken, lange denken. Wie ein Gerber, der seine Häute zum Trocknen unter die Sonne breitet, legte sie ihre Gedanken aus, fein übersichtlich und geordnet.

Seit ihrer Ankunft schon fühlte sie, dass sie keine Zugbrücken mehr besaß, dass sie Türen und Fenster ihrer Festung weit geöffnet hatte, auch auf die Gefahr hin, dass die Flüsterer bald alle Räume bevölkern könnten.

Sie wollte sich nicht mehr rechtfertigen müssen für die neuen Gefühle, die bis auf ihren Kern gestoßen waren. Nachts berührten sie ganz leise die vagen Schritte einer Sehnsucht, die ihr den Schlaf nahm. Was zum Teufel ist es, das mich hindert, mir die süße, kleine Wahrheit einzugestehn: Ich bin verliebt. Bald zweiundvierzig und verliebt.

Sie blieb einen Moment lang keuchend stehen. Die steilen Kurven vor der ersten Kuppe verlangten volle Lungen.

Ihr Blick glitt über das helle Panorama der Gipfel, deren Felsenblöße sich im späten Sonnenglast rötete. Mama ist weit. Papa ist tot. Rudolf ist tot. Keine Rechenschaft, Erna, keine Rechenschaft mehr. Diesmal waren es nicht die Flüsterer, die ihr mit Argumenten vor der Nase fuchtelten, es war die vernünftige Erna selbst, die sich Fragen zu stellen begann, die bisher unangetastet in der Tabutruhe gelagert waren. Arrangement der Gefühle, der faule Kompromiss der Herzen, die sich aus flüchtiger Verliebtheit schon binden wollten, aber mehr noch aus Trotz oder Pflichtgefühl. Ihre eigene kurze Ehe war doch vom selben Schlag. Rudolf ist tot, sagte ihr Gewissen, wie zur Bestätigung.

Einer Sache jedenfalls war sie sich nun gewiss, der Blitz, der Donnerschlag, der hatte gefehlt damals. Ins Fliegen waren sie nie gekommen.

Der eine Stich ins Herz, unten in der Schule, hatte alles, was vorher war, vergessen gemacht. Erna atmete tief durch, als wollte sie ein Kapitel schließen. Verzeih mir, Rudolf, verzeih.

Die letzte Steigung bis zum Hof ging sie leichter, wie beflügelt ging sie. Und Arbeit wartete oben, viel Arbeit. Das war ihr recht so. Sie wechselte ihre verschwitzten Kleider, hielt ihr Gesicht ins eiskalte Quellwasser und überzeugte Frau Jenny, sich gleich ihrer Dienste zu bedienen, was keiner großen Überredungskunst bedurfte, denn man hatte ein Schwein geschlachtet. Erna half in der Küche, beim Pökeln des Fleisches, beim Füllen und Binden der Blutwürste, beim Schneiden der Filets, beim Zubereiten der Kutteln.

Sie war gerade beim Messerschleifen, als sie über Frau Jennys Schultern hinweg, draußen am Hof, den alten Xaver kommen sah – ein Bild, das ihre Gedanken schnell verblies. Blutüberströmt stand er da, triefend, von Kopf bis Schuh, als wär' er in einen Blutbottich gefallen, an seiner Schulter hing ein Jagdgewehr, in seiner Linken eine Kuhglocke. Wie sich herausstellte, hatte sich eins seiner Rinder verrannt, war über einen steilen Abhang gestürzt und hatte sich in einer kräftigen Latsche, die aus dem Fels sprang, verfangen. Es war so unglücklich zwischen den Ästen verhakt, dass eine Bergung nicht möglich war, weder nach oben noch nach unten. Das arme Vieh brüllte sich die Mägen aus dem Leib, bis Xaver, der seine Kühe mehr liebte als alles auf der Welt, schweren Herzens dessen gnädiges Ende beschloss, und beim Versuch, das panisch zuckende Tier zu erschießen, mit dem ersten Schuss die Halsschlagader traf – was im Übrigen sein bluttriefendes Äußeres erklärte.

Erst der zweite Schuss war tödlich. Mit hängenden Schultern verzog sich Xaver jetzt in den Stall, um die Glocke an den leeren Barren zu hängen. Er trauerte um das Tier und war für Tage nicht ansprechbar.

Erna hatte wieder Boden unter den Füßen.

Gegen elf trottete der Postler unter den Schatten der Buche, die in dieser Hitze ein großer Segen war. Sein weißer Verband, der wie ein missglückter Turban den Kopf in die Länge zog, und das Pflaster über seinem rechten Auge rührten noch von den unglücklichen Salti, die seine erste Begegnung mit Erna ausgelöst hatte. Sein Dienstfahrrad hatte er zwei Höfe weiter unten ins Gras gelegt.

„Post", rief er, „Post! Inland, Ausland!"

Herr und Frau Jenny schauten gar nicht hin, wer sollte ihnen schon schreiben. Bis auf Todesanzeigen, die „Agrarpost" und Benachrichtigungen für Xavers Pensionsgeld hatten sie nichts zu erwarten. Ungeduldig ob der Ignoranz, die ihm entgegenschlug, wachelte er mit beiden Briefen überm Kopf und rief dabei nach Frau Gaderthurn. „Inland und Tirol. Frau Gaderthurn."

Tirol war Mama, Inland – sie staunte: der Baron. Sein Werben nahm also bereits offizielle Formen an. Schon beim Hineingehen begann Erna den „Auslandsbrief" aus Innsbruck zu öffnen. Sie überflog nur die ersten Zeilen und hätte ihn blind zu Ende gebracht. Mama hatte ja angekündigt, wöchentlich zu schreiben, was sie im Übrigen auch von Erna, vergeblich, gefordert hatte. Allein der Anblick dieser Schrift, aufrecht wie ihr Ehrgeiz, zog ihr die Magennerven zusammen.

„Komm zurück, mein Kind, Innsbruck ist doch eine lebendige Stadt mit interessanten Leuten, wie willst du denn in dieser provinziellen Abgeschiedenheit ein angemessenes Leben finden? … Vergiss nie, wo du herkommst, Kind, das darfst du nie …"

Da waren sie wieder, die ruhelosen Fangarme, die nun via Post durchs lange Inntal und das Loch im Arlberg bis hinauf zum Jenny-Hof reichen wollten, nach Ernas Hand und ihrem Willen grabschend, um sie wieder auf Kurs zu bringen, auf Mutters Kurs. Erna blies sich verärgert eine Strähne aus der Stirn.

„Frau Lehrerin, die Schweinshaut sollt' man noch zammenbinden", bat Frau Jenny.

Nur schwer konnte Erna den Unmut verbergen, den der Brief in ihr ausgelöst hatte. Bevor sie sich in grimmiger Konzentration an das gestockte Schweinsblut machte, um es in Darmhaut zu binden, verstaute sie Mutters Brief in der Schürzentasche und den des Barons in ihrem Dekolleté, das just, als sie sich vorbeugen wollte, einen Teil des Kuverts freigab, sodass auch Frau Jenny den Briefkopf des Barons erkennen konnte. Den kannte jeder im Tal.

Zum selben Zeitpunkt, da Erna mit der Nachproduktion einer Schweineschlachtung beschäftigt war, erhob sich auf der andern Seite des Tals eine stolze, rüstige Achtzigjährige vom Jugendstil-Schreibtisch in ihrem Arbeitszimmer, um die von ihr bearbeitete Buchhaltung ihrem Sohn zur Einsicht vorzulegen. Sämtliche Korrespondenz, einschließlich der Rechnungen, trug denselben ornamenthaft verzierten Briefkopf, der auch in Ernas Dekolleté steckte.

Vor Jahren schon hatten die Bauern von Blons eine Genossenschaft gegründet, um ihre Produkte auf ökonomischerem Wege vertreiben zu können. Vernünftigerweise geschah dies über die Sennerei und den Senn, der auch von der Genossenschaft bezahlt wurde und dafür Milch, Butter, Käse, usw. lieferte, ein tadelloser, harter Arbeiter. Die gesamtwirtschaftliche Gebarung dieser Unternehmung oblag der Kompetenz des Barons und dessen Mutter, die (schon vor dem Anschluss) wertvolle Erfahrung bei der Führung eines Gutshofs in Süddeutschland gesammelt hatte. Sie stammte aus einer Nebenlinie der allgäuischen Grafen, die schon seit Jahrhunderten Jagd und Weidegut zwischen Mittelberg und dem Tannberg besaßen.

„Bei den Transportkosten sollt' man sich was überlegen, Heiner, da liegt noch was drin", sagte sie missmutig. Sie drehte jeden Schilling um, ist den Leuten noch 's Zahnweh neidig, hieß es. Wie Eisenbahnschienen durchzogen Falten ihre Stirn, die Unduldsamkeit und Strenge verriet. Der Baron saß am andern Ende des Salons, in Akten vertieft, zur Vorbereitung für die kommende Gemeinderatssitzung.

„Auf den Türtscher kann ich mich verlassen, in jeder Hinsicht", sagte er ohne aufzublicken. Dieser Türtscher war der Senn, aber nicht verwandt mit dem Bürgermeister.

Sie hatte die Antwort gar nicht mehr registriert, da sie in der Zwischenzeit eine Notiz auf seinem Schreibtisch entdeckt hatte, die ihre ganze Aufmerksamkeit beanspruchte. Wie ein hochstelziger Vogel, der die Schwingen spreizt, stand sie jetzt hinter ihm, legte ihm ihre Rechte auf die Schulter.

„Heiner."

Erstaunen und Drohung, beides lag in ihrer Stimme.

„Ja, Mama." Er hätte genauso gut sagen können, ich weiß, was jetzt kommt. Die Melodie war dieselbe.

„Was in aller Welt hast du mit dem Einwohnermeldeamt Innsbruck zu schaffen?!"

„Eine kleine Recherche, nichts weiter."

Sie hatte schnell begriffen.

„Sie soll ja eine Witwe sein, sagen die Leute."

Der Ton war etwas freundlicher geworden.

„Ja, und eine hübsche obendrein."

„Verrenn dich nur nicht, mein Junge. Das sind ja gänzlich neue Seiten an dir."

„Reine Neugier, sonst gar nichts."

Sie nahm sich einen Stuhl und setzte sich zu ihm und zwar so, dass er ihren Augen nicht ausweichen konnte. Ihre Stimme klang nun in diplomatischer Sanftheit.

„Lass es auf dich zukommen, Heiner. Wenn sie unsere Sprache spricht, wenn du weißt, was ich meine, wird sie sich bestimmt nicht in einen der Tölpel hier verschauen." Und sie tätschelte ihm dabei die Hand wie einem Oberprimaner. Der Baron schob die bearbeiteten Akten in die Schreibtischschublade und stand auf. Natürlich spürte sie seine Gereiztheit, aber das beunruhigte sie nicht sonderlich, das würde sich wieder legen. Ihren Rat hatte sie jedenfalls deponiert.

„Ich bin müde, Mama, entschuldige, lass uns das ein andermal besprechen."

Und er setzte zu einem gespielten Gähnen an, das seine Wut kaschieren sollte. Dann nahm er seinen Morgenmantel und verabschiedete sich auf sein Zimmer. Mit einem kryptischen Lächeln setzte sich die Baronesse wieder an den Tisch und legte ihre Patience. Je konsequenter sie die Sache durchdachte, desto entschiedener gefror ihr die Miene, und viele Fragen mischten sich ins Blatt. Kaum aber hatte sie sämtliche Karten am Tisch und die ersten Manöver erledigt, kam das Lächeln wieder zurück.

Schon weit über einen Monat war Erna nun in diesem Tal, das seiner häufigen Wetterunbill einige Berühmtheit verdankte, und sie hatte noch keinen Regen gesehen, geschweige denn Schnee, von dessen winterlicher Wucht man sich draußen im Land seit alter Zeit furchterregende Geschichten erzählte. Der Herbst zeigte sich noch gnädiger als der Sommer, und tauchten hin und wieder Wolkenzüge am Himmel auf, so verregneten sie ihre linde Last nur oben an den Graten, in kleinen, angenehmen Schauern, die man vergaß wie einen flüchtigen Windstoß.

Nein, die Natur hatte sich in diesem Jahr ein besonderes Programm zurechtgelegt, wollte ausscheren aus dem bekannten Rhythmus der Statistik. Einige Bauern scherzten schon hintergründig über eine mögliche Verschiebung der Erdachse, die das Große Walsertal nun im steileren Winkel zur Sonne hielt, was die Strahlungsintensität empfindlich erhöhte. Normal jedenfalls war das alles nicht mehr. Immer öfter fanden sich, auch nachmittags, alte Männer in der Kirche ein, die an einem der Seitenaltäre Kerzen entzündeten und Dankesgebete flüsterten. Hatte sich Gott etwa ihrer geschundenen Körper erbarmt und ein mildes, ein versöhnliches Jahr eingeschoben, das die kummervollen Zeiten dieser braven Leute vergessen machen sollte?

Selbst der Pfarrer, ein alter Skeptiker, der sich nicht von jedem Wunderchen blenden ließ, geschweige denn den lieben Gott für einen Basarhändler hielt, konnte dieser Version etwas abgewinnen. Kurzum – ein vielkehliges Credo der Dankbarkeit eilte von Tobel zu Tobel bis ins hinterste Fontanella. Nur einem kam diese milde Ruhe trügerisch vor. Was alle anderen dankbar in die Kirchenbänke trieb, verursachte ihm schlaflose Nächte, denn er kannte die jahrhundertealte Wetter- und Unglückschronik des Großen Walsertals und machte sich so seinen Reim auf merkwürdige Klimakapriolen. Ganz vertieft, über sein Manuskript gebeugt, saß er am Lehrerpult im Klassenzimmer, exzerpierte die alten überlieferten Schriften aus dem Urbar der Probstei St. Gerold und ergänzte sie mit seinem Wissen über die neue Zeit zu einer allgemeinen „Chronik des Walsertals", die er im neuen Jahr, als Buch gebunden, zu veröffentlichen beabsichtigte. Recherchiert und erzählt von Eugenio Casagrande.

Sein glühender Eifer in dieser Sache, namentlich seine privaten Studien in Lawinenkunde und Lawinenschutz (in jenen Monaten verging fast kein Tag, an dem er nicht die Hänge des Falvkopfs bestiegen hätte) grenzten schon an Besessenheit, so zumindest sahen es die meisten im Dorf. Vielen galt er als lästige Kassandra, anderen als blasphemischer Zündler oder gar als falscher Prophet.

Direktor Nigsch aber ließ ihn gewähren, mehr noch, er förderte sogar seinen diesbezüglichen Tatendrang, denn er war von Eugenios Kompetenz, seinem Instinkt und seiner Hartnäckigkeit überzeugt, zumal dieser Saxophonspieler schon so umfangreiches Material zum Thema gesammelt hatte, dass man ihn eines Tages als Koryphäe würde preisen müssen. Nigsch war im Grunde schon in Pension, aber als enger Freund des Probstes und des Landesschulinspektors ein idealer Mentor (mit Kontrollfunktion) für die neuen Lehrkräfte.

Erna war mit ihren 23 Schülern in Seeberg und ihren Stunden in Blons (die Wege inkludiert) recht ausgelastet, was Eugenio andererseits Freiraum für seine Leidenschaft ließ. Er war dankbar dafür und betrieb seine Arbeit mit bewundernswerter Akkuratesse.

Es gab keine Seite im Pfarrurbar von Blons und kein Blatt der alten Schriften im Kloster, das er nicht bis aufs Jota genau durchforscht hätte.

Er war ein wandelndes Nachschlagewerk in Sachen Walsertal und fühlte sich zusehends den Verantwortungsträgern für dessen Zukunft zugehörig und verpflichtet. Es war ein langes, tragisches (weil vermeidbares) Sündenregister, das schließlich zur Unglückschronik dieser Talschaft geführt hatte. Das wollte er festhalten und unermüdlich kämpfen, um an Fehlern zu tilgen, was möglich war.

Andächtig führte er seine Leselupe über den ältesten handschriftlichen Eintrag des Urbars der Probstei, der als vergilbte Kopie zwischen den Blättern der Sterbematrix vergangener Zeiten lag, den verbrieften, toten Zeugen aller Katastrophen, die sich hier in den letzten vierhundert Jahren ereignet hatten. Bis ins 15. Jahrhundert zurück reichte die älteste Kunde:

„Als anno 1497 am Montag vor Cathedra S. Petri (Petri Stuhlfeier am 18. Jänner) umb Mittagszeit die Lewe (Lawine) gangen in Vallentschina von dem obristen Grat (Falvkopf) bis in die Lutz, dass man ginge über die Lewe über die Lutz und führte mit ihr hinweg 32 Gemecher, darunter 6 Heuser, das ander waren Gedmer (Ställe) und Spicher, darinnen zehn Menschen todt geblieben. Hoch hett sie genommen drei Menschen mit Namen Jost Fetzel, Christa Beckh und Christa Humel, welche sye so weit führte, dass man Jost und Christa mit den hochheiligen Sacramenten versehen. Auch führte die Lewe mit sich so vill Vich, dass man die Zahl nit wissen möchte. Zu dieser Zeit war Conrad von Rechberg Abt zu Einsiedeln, Verweser der Probstei St. Gerold und haushäblich bei St. Gerold, wie zu End dieses alten Jahrzeitbüchleins er mit seiner eigenen Hand verzeichnete. Diesem nach haben die Höltzer auf der Gottshaus Leuth eifrigst Begehren müssen in Bann gelegt werden, indem noch mehrmals die Lewenen in Vallentschina und Blanggen vill Schaden getan haben."

Schon damals also war den Verantwortlichen das Kardinalsproblem des Tales bewusst. Die „Höltzer", also die Wälder an der Stirn von Mont Calv und Falvkopf mussten in Gott's Namen endlich in Bann gelegt werden, um künftigen Generationen einen Schutzwall zu sichern. Dennoch dauerte es noch weitere 29 Jahre, bis endlich 1526 die Bannlegung ausgesprochen wurde und folglich per Dekretum und bei Strafe verboten war, dort oben zu holzen.

Die Siedler jener Jahrhunderte aber bauten weiter ihre Gehöfte und Ställe an Terrassenkuppen, in schwer gangbare Steilhänge, in baumlose

Abschüsse, und sie bauten sie mit Holz, mit dem Holz der Bannwälder, die sie schützen sollten. Natürlich waren Lawinen in jener Zeit auch mysteriöser Provenienz, sie waren Bergpredigten, Gottesstrafen, Racheengel, und noch 1652 verkündete ein Gerichtsurteil nach langem Prozess, dass eigentlich Hexen ihre wahren Verursacher seien. Punktum.

„Also wurde munter weitergeholzt", schrieb Eugenio in sein Skriptum. Geholzt und gebaut und gebetet.

Stellte er die Großkatastrophen in chronologische Reihe, so traf es, mit grausiger Verlässlichkeit, jedes Jahrhundert mindestens einmal mit tödlicher Wucht.

Aber von Mal zu Mal wuchs mit dem Zerfall der Schutzwälder auch der Fatalismus der Menschen. Eugenio konnte sich zu Zornesröte ereifern, wenn es im Gasthaus Adler aufs Thema kam. Heute aber, an diesem stillen Nachmittag, an dem seine Notizen und Schlussfolgerungen keine Gegner hatten, raufte er sich nur in beherrschter Stille die Haare. Das Quietschen der Klassentür holte ihn endlich in die erfreuliche Gegenwart zurück. Erna stand in der Tür.

Ihr Erscheinen war kein Zufall.

Direktor Nigsch war, nicht zuletzt dank seiner blendenden Beziehungen (auch zu Vertretern der französischen Armee) ein guter Organisator in Sachen Lehrmittel und technisch stets auf dem letzten Stand. Ein spezieller Ehrgeiz, der seiner Schule sehr zum Vorteil gereichte. „Einführung in die vorhandenen Lehrmittel" stand heute noch auf dem Programm. Eine Pflicht, die für gewöhnlich in Eugenios Bereich fiel. Er hatte schon alles vorbereitet. Der Diaprojektor (Blons war vielleicht die erste Vorarlberger Dorfschule, die eine derart moderne Apparatur besaß) war ohne Zweifel das Prunkstück der Sammlung und Eugenio ein stolzer Präsentator. Erna war ein wenig erstaunt über seine distanzierte Höflichkeit, andererseits empfand sie seine Zurückhaltung, die nie ohne Charme war, als angenehm, ja als Herausforderung, selbst initiativ zu werden.

Er zog mehrere Schuber mit Diapositiven aus einem Karton und schob einen nach dem anderen in den Projektor. „Bildmaterial für Heimatkunde" stand in gestochener Füllfederschrift auf der Außenhaut der Schachtel. Über einen Druckknopf klickte er ein Bild nach dem andern auf die Leinwand, die (noch provisorisch) über der Tafel hing. Pro Schuber gab's zwei Bilder, dann hieß es wieder wechseln.

Nur schemenhaft waren landschaftliche Einzelheiten zu erkennen, dazwischen Fotografien architektonischer Details des Walserhauses, Giebel, Schindeln, Dächer, aber auch das nur milchig verwaschen.

„Ich glaub', wir sehen mehr, wenn's dunkler ist", sagte Erna ziemlich trocken, um nicht lächerlicherweise in falschen Verdacht zu geraten.

„Stimmt, so sieht man nix. Ich wollt' eben zuerst das Gerät erklären." Er zog die Fensterläden bis auf einen Lichtspalt zu und ließ die Fenster offen. Dann schob er per Knopfdruck das nächste Bild ins Licht.

„Und jetzt Sie. Es ist ganz einfach." Erna legte einen neuen Schuber mit Dias nach. Ein Bild war beim Einlegen um Nuancen verrutscht. Sie versuchte es mit ihren Fingerspitzen gerade zu rücken. Er nickte, ließ dabei absichtlich seine Haare in den Blick fallen und beobachtete aus den Augenwinkeln weniger die Arbeit ihrer Hände als die Züge ihres Gesichts.

„Richtig so?", fragte sie. Er hatte anderes im Kopf.

„Ich hätte mich beinah um Ihren Hut gerauft", sagte er und musste sich dabei kurz räuspern, um die Stimme zu halten, „aber der Gendarm hat das Rennen gemacht."

„Ach ja? Ich muss Sie übersehen haben", sagte Erna die Wahrheit.

„Hab mich nur zurückgehalten", sagte Eugenio, und sie fühlte, dass er schon versucht war, ihre Hand zu berühren, um sie zum schwarzen Knopf zu führen. Aber er tat es nicht, beschränkte sich weiterhin auf verbale Instruktion.

„Und einfach hier drücken, sehen Sie, ganz einfach". Während er am Gerät hantierte, wurde Erna die Verfänglichkeit der Situation erst bewusst. Das einzige Licht im Raum war der Projektionsstrahl zur Leinwand, und sie spürten, wie das Halbdunkel und die körperliche Nähe eine Intimität schufen, die beide gleichermaßen verwirrte. Sie berührten sich noch nicht, aber sie konnten sich riechen, spürten ihren Atem. Beide hatten ihre Haut vorbereitet auf diesen Termin. Der Duft, den sie verströmten, bediente folglich eher die Aura eines Rendezvous denn die eines Arbeitsgesprächs. Erna wollte so gelassen wie möglich wirken, aber das Herz schlug ihr bis zum Hals und sie fühlte, dass auch in ihm von Ruhe keine Spur war.

Das nächste Dia erschien am Kopf stehend, auch das übernächste. Sofort wusste Eugenio, aus welcher Serie die Bilder stammten, was ihm hochnotpeinlich war. Er versuchte sie noch aus dem Schuber zu entfernen, aber Ernas Neugier war stärker.

„Was ist das?"

„Hoppla, gehört nicht zur Serie … sind irgendwie reingerutscht." Blitzschnell schaffte sie es, die Bilder umzudrehen, sodass in bestem Licht zu sehen war, was eigentlich tabu hätte bleiben sollen. Eugenio in inniger Umarmung mit einer Frau. Erna kannte inzwischen die Mechanik des Apparats und drückte das nächste Bild ins Licht. Kussfoto mit derselben Frau, irgendwo weit oben, auf einem der Grate des Mont Calv. Eugenio wollte im Boden versinken.

„Heimatkunde ist das nicht, aber hübsch ist es", sagte sie.

Sie behielt die Hand absichtlich auf dem Druckknopf, der das nächstfolgende Bild freigegeben hätte. Es entstand eine längere Pause, in der sich beide wohl oder übel in die gelungene Fotografie vertiefen mussten.

„Meine Exfrau … Sie hat auch hier unterrichtet." Exfrau, wie das klang, Erna hörte den Aufschrei ihrer Mutter.

Scheidungen waren eher selten in jenen Jahren, und wer es trotz der Gefahr gesellschaftlicher Ächtung wagte, befand sich gewissermaßen im Zustand sozialer Gefährdung. Zumal in diesen Breiten, in der Enge einer überschaubaren Gemeinschaft, galt es als frivoler Makel in einer Biographie.

„Sie sind geschieden – ich wusste nicht."

„Sie haben ja selbst schon eine Ehe hinter sich", sagte er fast trotzig.

„Ich bin Witwe ja, er ist im letzten Kriegsjahr …"

Er unterbrach sie mit einer entschuldigenden Geste.

„Ich weiß, es tut mir leid." Und dann kam es, nach einer peinlichen Pause, wie unisono aus ihren Mündern.

„Und seither sind Sie also …"

Sie brachen beide in verhaltenes Lachen aus, ein kurzer befreiender Augenblick nur, dem nahtlos neue Verkrampfung folgte. Es klopfte nämlich an der Tür, und Direktor Nigsch hielt, ohne ein „Herein" abzuwarten, seinen Kopf ins Zimmer. Rein zufällig vorbeigeschneit, wollte sein Blick weismachen. Erna hatte inzwischen reaktionsschnell ein Bild weitergeklickt, sodass nun eine wunderschöne Aufnahme vom Gipfelkreuz des Falvkopfs von der Leinwand strahlte. Ganz ohne Menschen. Ein Funke Konspiration lag in der Luft.

„'Tschuldigung die Störung, nit wahr, wenn du mit der Lehrmittelbelehrung fertig bist, Herr Kollege, ich hätt' dann noch Arbeit."

Und mit beruhigtem Blick auf die Fotografie:

„Und apropos Falvkopf, nicht vergessen, morgen Sitzung."

Mit seinem Erscheinen war der prickelnde Zauber des Moments verflogen, Eugenio räusperte sich in eine gewisse Nüchternheit zurück, öffnete die Läden und gab alles wieder dem geheimnislosen Tageslicht preis.

Das Jenny-Haus schwieg in jener Nacht, kein Wort war zu hören, vereinzeltes Stöhnen der Balken, spannungsentladendes Knacksen, um die Tageshitze loszuwerden, also leeres Gliederschütteln, aber kein Kommentar, kein Ratschlag, keine Besserwisserei. Erna gefiel das gar nicht, sie hätte sich zumindest eine kleine Frotzelei über ihr Alter erwartet oder eine zynische Bemerkung zum erbärmlichen Ausgang ihrer Lehrmittelbesprechung. Aber nichts. Alles nur Einbildung? Oder war die Tänzerin an allem schuld, die ja schon bei der ersten Begegnung am Fensterbrett lauthals „Hier!" geschrien hatte, um ihre Pirouetten aufzudrängen, was Erna nur mit raschem Rückzug verhindern konnte. Was ist denn, altes Haus? Heute keine Meinung zur jungen Frau?

Die junge Frau war verwirrt, erstaunt, erregt ob der merkwürdigen Feierlichkeit, die seit jenem Augenblick, unten in der Schule, durch ihre Tage und Nächte klang, wie eine Suada wohliger Noten, denen kein Dirigent mehr Einhalt gebieten konnte. Sie war ratlos, außer sich, als kündigte sich ein Fest an, dessen Anlass ihr eigenes Herz war, und ihr blieb keine Zeit mehr zur Vorbereitung, alles war schon im Fluss und sie in der Mitte.

Auch der Große Wagen schien heute zögerlich vorbeizugleiten, als wollte er noch bleiben, aus reiner Neugier. Die Zeit verlangsamte sich, die Sterne standen still (oder besser die Welt), um allen Beteiligten das Geschehen klarzumachen, das einmalige. Deshalb die befohlene Ruhe. Erna, junge Frau, halt den Atem an. Alles schwieg, sogar Seppe und die Schnarcher blieben stumm. Was zu hören blieb in dieser geräuschlosen Nacht, war einzig die unbezwingbare Melodie, die rein und ohne Makel in ihren Körper und in ihre Seele drang, bis tief in die kirschroten Gänge hinein, bis zum Kern, und es war, als hätten sich die Flüsterer, ja selbst die Tänzerin und das lästernde Haus auf die hinteren Ränge verzogen, um in Demut zu bezeugen, was sich dort auf der erleuchteten Bühne vollzog. Der erste Akt, der Keim, der Spross in der Glückshaube, die Flamme, die kein Zaudern duldet, weil sie sich bedingungslos verströmen will und eins nur sucht, die Ewigkeit. Die Liebe legt sich wie ein Summen in unsern Mund, Erna, und lässt uns nie mehr im Stich, wusste die Tänzerin. Soviel Überschwang, soviel Überschwang – Erna streckte sich, rollte sich wieder warm zusammen. SIE war gemeint. Es geschah tief in ihr, und unauslöschlich würde es sein, und sie begann die Stille und das Schweigen der anderen zu begreifen, die sich nun zaghaft in die vorderen Reihen schlichen, lautlos, entwaffnet und andächtig, um das Wunder aus der Nähe zu sehen, wie man ein Neugeborenes bestaunt, das Blicke und Herzen fängt. Ein stiller, ehrfürchtiger Applaus setzte ein. Erna musste lächeln und ließ sich endlich holen vom Schlaf.

Der 17. Oktober brachte ein paar lächerliche Schauer ins Land, verhaltene Spritzer, die Regenbogen übers Tal spannten, aber die Wiesen nur für Minuten netzten, bevor die Sonne alles wieder trocken machte. Während Erna in ihrer Klasse Unterricht hielt, begann in „den Amtsräumen" des Bürgermeisters die Sitzung der Gemeindeverantwortlichen, deren Agenda eine harte Konfrontation erwarten ließen. Erna hatte die Fenster offen gelassen, um durch die Zugluft die drückende Schwüle zu lindern.

Das Stühlerücken unten war deutlich zu hören und die Anspannung der Herren durch die Wände greifbar. Erna lehnte am Fenstersims, sodass immer wieder Streitfetzen an ihr Ohr drangen, die ihr zunehmend die Konzentration für Christa Marias Aufsatz nahmen, den die Kleine stolz der Klasse vortrug. Auch Pia, die direkt vor einem der offenen Fenster saß, registrierte das Geschehen mit gespaltener Aufmerksamkeit.

„So sonnig war der Herbst schon lange nicht mehr", füllte die Kinderstimme den Raum. „Auf den sanften Halden finden wir schon wieder allerlei Frühlingsblumen. Noch nie haben wir so spät im Jahr draußen Völkerball gespielt." Sie musste sich selbst unterbrechen, da die Streiterei unten an Lautstärke zunahm und nur schwerlich Konzentration zuließ. Der Baron hatte offensichtlich wutentbrannt den ominösen Zeitungsartikel mit der schon bekannten Zornesgeste auf den Tisch geknallt.

„Und diese Schweinerei wird noch ein gerichtliches Nachspiel haben, verlassen Sie sich drauf, Casagrande."

Dann Eugenios Stimme, ruhig und beherrscht: „Sie können mir drohen, bis sie schwarz werden, Herr Baron, das sind alles Fakten."

„Hören S' doch auf mit Ihren Fakten. Faktum ist, dass hier seit hundert Jahren nichts mehr passiert ist, … die paar Ställe jedes Jahr …"

Jetzt wurde Eugenio so laut, dass sich seine Stimme überschlug und der Bürgermeister sich mit mäßigenden Bemerkungen zwischen die Kampfhähne mengen musste. In die kurze Pause, die dadurch entstand, fuhr Eugenios nächster Ausbruch: „Die Toten haben sie schon verschwitzt, nehm' ich an. Keine zwei Jahre ist es her, dass die Tobelleu die Eltern der Pia mitgenommen hat, keine zwei Jahre!"

Pia zuckte zusammen, ihr Trauma lag nur unter dünner Haut und sie hatte Eugenio noch nie so toben gehört.

„Wofür soll ich denn noch meinen Kopf hinhalten!?", brüllte der Baron zurück.

„Wenn man getan hätte, was die Gemeinde seit Jahren …"

Erna schnitt Eugenios Satz ab, indem sie schleunigst das Fenster schloss. Pia begann zu schluchzen. Erna nahm sie tröstend in den Arm. Schon vom ersten Augenblick an hatte sie das Kind ins Herz geschlossen. Jeden Morgen, ohne Ausnahme, hatte die Kleine ein Wasserglas mit frischen Blumen an Ernas Platz im Konferenzzimmer gestellt. Natürlich kämpfte sie um Loyalität für ihren Ersatzvater, dem sie nie von der Seite wich, aber vor allem war es ein Akt ihrer Engelsseele, die auch ohne Worte schmeicheln wollte. Erna konnte ihren schnellen Herzschlag fühlen. Durch den Boden polterten noch immer die Argumente der Männer, dumpfer jetzt aber mit gleicher Leidenschaft und tapfer hielt eine sanfte Mädchenstimme dagegen. „Diesen schönen, schönen Herbst 1953 werden wir nie vergessen."

Als sich Erna an jenem Abend in ihre Dachkammer zurückzog, hatten die Dinge einen Namen und Entscheidungen standen an. Sie begann Eugenios Besessenheit und sein persönliches Engagement in der Lawinensache allmählich zu begreifen, konnte dem Zorn folgen, der ihn trieb, nachdem sie aus mehreren Quellen in Pias Tragödie eingeweiht worden war.

Eine dumme, fahrlässige Tat in leidiger Wetterunbill hatte das Leben des Mädchens verstümmelt, im Bruchteil von Sekunden. An einem stürmischen Dezembertag des Jahres 1951, tiefhängende Wolken hatten die Dämmerung schon früh zur Nacht gemacht, als Pia mit ihren Eltern auf dem Heimweg das Eschtobel queren wollte.

Die Hänge zum Falvkopf waren mit prallen Pulverdecken überladen, die locker und abschussbereit in Mulden hockten und an Terrassenkanten, ständig wachsende, bucklige Windschwarten, aufgetürmt vom scharfen Nordwest. Sie glotzten auf die Passanten, die das Tobel queren mussten, um das Kirchdorf zu erreichen. Betend die meisten. Laut betend. Die Todesangst hatte sich, sobald die Schneedecke über vier Schuh gewachsen war, bei den Menschen eingestellt wie ein verlässlicher alter Weggefährte, der alle Jahre wieder am beginnenden Winter an die Türen klopfte, und der Griff zum Rosenkranz wurde dann zum einzigen Anker, den man auswerfen konnte.

Als Pia mit ihren Eltern den Tobelübergang erreicht hatte, war aus derselben Richtung ein offener Schlitten gekommen, von zwei langmähnigen Kaltblütern gezogen, um sich über die Furt zu machen. Auf dem Kutscherbock saß ein junger Bursch, der den Gäulen, die auf halbem Wege schon scheuten, mit der Peitschenrute in die Flanken stupfte. Pias Mutter stand versteinert, ihr Vater hieß sie dem Schlitten rasch zu folgen, was Pia auch tat. Im Moment, da sie die Hinterkufen erreicht hatte, verlor der Kutscher die Nerven, brüllte den Gäulen Kommandos in die Mähnen, wobei er mehrmals die Peitsche hart auf ihre Kruppe schlug. Pia schaffte es schließlich, die heikle Stelle in der Spur des Schlittens zu passieren, drehte sich um und sah im selben Moment den ungerührt geführten Hieb, der das Leben zum Tode bringt. Ein riesiges Schneebrett, ausgelöst durch das Knallecho der Peitschen, war aus dem lauernden Überhang gebrochen und hatte im lautlosen Sturz beide Eltern begraben.

Die irritierten Gäule, vom Sturm fast blind geschneit, stapften nervös davon, und der Mann auf dem Kutschbock schwang weiter seine Peitsche überm Kopf, ohne überhaupt gewahr worden zu sein, was seine Ungeduld entfesselt hatte. Pias verzweifelte Schreie wurden ungehört vom Wind verschluckt. Noch in derselben Nacht waren die Verschütteten tot geborgen worden, und Eugenio hielt fortan an ihrer Statt seine schützende Hand über das Mädchen.

Ihre tiefen Wunden hatte er noch nicht heilen können, aber jeder, der in die Nähe der beiden kam, erkannte die stille Einigkeit zweier Seelen, die sich eingeschworen hatten auf ein ganzes Leben.

Erna saß reglos auf ihrem Bett und starrte auf die Dinnereinladung des Barons. Ein Plan begann zu reifen. Sie wollte sich einbringen in den Kampf, den Eugenio kämpfte, und sei es nur als Muse für neue

Strategien oder kecke Finten, als steter Rückenwind für seine ins Flattern geratenen Segel.

Warum nicht einsteigen in eine Partitur, die ihre Nerven schon so dramatisch angeschwungen hatte, mit wenigen Strichen könnte der Rhythmus unterwandert werden, und sie wusste, dass von Kessel auch ein Pfau war, dem man die Verwundbarkeit in den Augen ansah.

Papa würde das gefallen, Erna, wenn du dich einmischst ins Konzert, er wär' stolz auf dich. ... Ach, du wieder?

Du könntest den Edelmann verwirren, er ist ein alternder Edelmann, und du bist ...

„Eine junge Frau", ich weiß.

Also, lieber Freund, sagte sie, schön, dass du mich nicht vergessen hast.

Wie sollt' ich dich vergessen, sagte das Haus, ich seh' dir jede Nacht beim Schlafen zu und hör' in deine Träume. Greif nur ein in den Gang der Dinge, du kannst das. Ein bisschen ist es wie beim Schach. Den schwarzen Bauern c 7 auf c 5, wer sizilianisch verteidigt, führt einen harten Kampf und denkt niemals ans Remis. Lote seine Schwächen aus und wirf ihm den Fedehandschuh.

Schachspieler auch noch?

Nur mäßig, sagte das Haus, hab' dem alten Xaver manche Nacht auf die Finger geschaut, wenn er gegen sich selber spielte. Nicht unterschätzen, den alten Herrn, der hat sich sogar ein paar Brocken Latein selbst beigebracht. Ein Stowasser stand im Regal, das wusste Erna, gleich neben der Bibel. Hör zu, junge Frau, steh auf und wirf dich in die Rüstung, ich halte dir das Zimmer so lange warm. Ach ja, ... die Tänzerin, ... nimm sie nur mit, die kann nicht schaden.

Vorrücken, Erna, zwei Felder. Sie streckte sich, stand auf und stellte sich vor dem Spiegel in Pose.

Als sie an jenem Abend das Haus verließ, ein Handtäschchen in der Rechten, die gestöckelten Schuhe in der Linken, um sich vom steilen Abwärts keine Blasen zu holen, wurde sie von fünf aufmerksamen Augenpaaren verfolgt. Seppe, der in der Scheune mit seinem Funkgerät beschäftigt war, konnte durch ein kleines Astloch in der Bretterwand den ganzen Hof übersehen und ließ bei ihrem Anblick Drähte und Schraubenschlüssel fallen. So angemessen gerahmt hatte er ihre Schönheit noch nie gesehen. Eine sanfte Brise bauschte das knielange, türkise Kleid, lüftete für einen Atemzug ihren Unterrock und gab ihre Schenkel frei. Auf Zehenspitzen trug sie ihre leichten

Sommerstoffe über den Hof, nicht ohne Koketterie, fühlte sie sich doch beobachtet aus allen Winkeln, was unweigerlich die Tänzerin aus der Reserve lockte. Seppe sah sie fraglos schweben, elfengleich, und der betörende Duftschleier, den sie hinterließ, holte ihn schließlich ganz aus seinem Versteck. Noch lange stand er unter der großen Buche, als Erna längst hinter der ersten Kuppe verschwunden war. Vater und Mutter Jenny, Christa und der alte Xaver klebten gebannt am Küchenfenster.

„Gut zupacken kann sie ja", sagte Mutter Jenny. „Und das auch noch freiwillig."

„Ja, aber den Buben bringt's durcheinand", sagte Vater Jenny.

Mutter nickte.

„Nicht nur den Buben."

Sie ahnten, wohin sie des Weges war.

In der Zwischenzeit war auch Seppe auf leisen Sohlen unterwegs, über die beiden Holztreppen, ganz ohne Knarren, denn er wusste genau, welche Stufen zu meiden waren, um geräuschlos in Ernas Kammer zu gelangen.

Vor ihrer Tür ging er auf die Knie, so wie er es immer getan hatte, wenn er nächtens nach oben geschlichen war, um in ihrer Nähe zu sein, acht Schuh von ihrer Bettstatt entfernt, das hatte er genau berechnet, natürlich inklusive der massiven Tür zwischen ihm und ihr. Es war sein gewohntes Ritual, am Schlüsselloch kauernd, an ihren verirrten Duftfäden zu schnuppern, bevor er schlafen ging. Seine Nase hatte das kühle Eisen des Schlosses, dem stets ein dünner Luftzug entströmte, noch nicht berührt, da überfiel ihn schon wohliger Lavendelschwall, so dicht und üppig diesmal, als stünde Erna direkt hinter der Tür.

Er fuhr auf, als hätte ihn jemand berührt, hielt die Luft an und atmete erst wieder aus, als die Logik ihn eingeholt hatte. Sie war ja fort, auf dem Weg zum Baron, zu ihrem Baron, wie er abschätzig dachte, und im Übrigen würde sie schon sehen, wohin das führt, früher oder später. Jedenfalls war sie nicht da, machte er sich Mut, nur Reste ihrer Aura nebelten noch durchs Zimmer, damit wollte er sich zufrieden geben, fürs erste. Er sog genüsslich den Zimmerduft, in dem das Aroma ihrer Haut schon heimisch war, in sich hinein, öffnete die Tür und schloss sie eiligst hinter sich. Die Hände wurden ihm feucht, und das Herz begann blödsinnig zu stolpern, als er die zerwühlten Laken sah. Er näherte sich ihrem Kissen, als wär's ein Tabernakel, küsste und umarmte den laubgefüllten Leinensack, schnüffelte in jede Falte, suchte und fand den Duft ihrer Haare, ihrer Wangen, ihrer Achseln und ringelte sich schließlich um die Zone im Leintuch, an der er den Duft ihres Geschlechts vermutete. Dann schloss er die Augen und verfluchte die Zeit, die ihm mit jeder Sekunde den Zauber stahl.

Unter das Erkerfenster hatte Erna eine Leine gespannt, an der ihre Nylons und zwei Seidenhöschen (die sie aus Valeries Restkollektion im Dachboden abgezweigt hatte, gewissermaßen als Wiedergutmachung für die gestohlene Plattensammlung) trockneten. Seppe ließ die Strümpfe über seine Hände gleiten, um seine Nase baumeln, vergrub sein Gesicht in der duftenden Seide und betete zu Gott, es möge wahr werden, eines Tages, eines Nachts, ohne Angst und ohne Zeit.

Noch immer nicht satt, näselte er noch über die Puderdöschen, die vor dem Spiegel auf der Kommode standen, und durch die Sprühwolken des Parfums, das er im stillen Übermut mit der Quaste in die Luft gepufft hatte. Dann Ernas Lippenstift auf seinen Lippen, mit der Zunge den roten Stoff im Gaumen verteilt, schloss er die Augen, ein halber Kuss schon war's von ihr, wie von ihr. Wie benommen von narkotischen Aromen tappte er zur Tür, hatte ein Geräusch gehört. Als er öffnete, stand da der Vater, starrte eine Schrecksekunde lang auf den grotesk übermalten Mund seines Sohnes, bevor ihm eine schallende Ohrfeige auskam.

„Wasch di, Dreckfink!" Dann bekreuzigte sich der Alte und schlug den Rest seiner Wut mit der Faust an die Wand.

Bevor Erna die Dorfstraße erreichte, wo von Kessels Bentley in einer Ausbuchtung der Postbushaltestelle mit laufendem Motor wartete, streifte sie sich ihre Strümpfe über und schlüpfte in die dünnledrigen Schuhe, um die letzten Schritte als vollendete Dame hinter sich zu bringen.

Während der Fahrt zum Jagdschloss, zur Südseite der Lutz, schien der Baron von emsiger Betriebsamkeit erfüllt, was Erna als Ausdruck seiner Nervosität deutete, denn er erläuterte voller Enthusiasmus und unentwegt alle technischen Details des (in amerikanisches Nussholz gefassten) Armaturenbretts. Erna musste beeindruckt nicken oder den Kopf schütteln, je nach Sensationsgrad der jeweils gepriesenen Bentley-Delikatesse.

Schon die Einfahrt durchs schmiedeeiserne Tor machte Eindruck, und das Haus selbst wies gar gewisse architektonische Parallelen (die

Ecktürmchen) zu St. Lorenzen auf. Für Momente wurde ihr warm ums Herz, die alten, stämmigen Bäume um den Weiher im Garten, raschelndes Schilf, das Familienwappen in den Fensterläden, der leise Anflug von Bohnerwachs schon vor der Eingangstür. Da allerdings mischte sich auch Beklemmung in den atmosphärischen Gleichklang. Die ersten Begrüßungsworte der Baronesse vernahm sie wie aus der Ferne. Erst das zweite „Frau Gaderthurn" holte sie aus ihrer Abwesenheit zurück.

Ein Vorraum mit geräumiger Garderobe, eine durch Glasmalerei zum Kunstwerk verfeinerte Flügeltür, die in eine endlose Flucht kleinerer und größerer Salons führte. Ein ehemaliges Kurhotel, das auf Bädertherapien spezialisiert und vor Jahren schon zu einem beeindruckenden Jagdschloss umfunktioniert worden war. Hunderte, nein tausende Trophäen an den Wänden, ein Geweihfriedhof von unfasslichen Ausmaßen.

Auf kostbaren Kommoden und Sekretären, deren Flächen durch erlesene Intarsien veredelt waren, standen in pedantischer Ordnung unzählige Fotografien, meist Jagdmotive, aber auch etliche Schnappschüsse von Opernbesuchen, die von Kessels im Kreise hochrangiger Gäste, viele davon in Uniform mit kleinen Hakenkreuzen am Revers, namentlich Bayreuth war häufig zu sehen und Wagnerbüsten auf manchem Podest. Fotografien ohne Uniformierte waren hier nicht existent. Ein flaues Gefühl setzte sich in Ernas Magen fest, und es sollte sie den ganzen Abend nicht mehr verlassen.

„Mein Sohn hat mich schon neugierig gemacht, Frau Gaderthurn, bitte nehmen Sie doch Platz." Zwei graue Windhunde hockten versteinert wie Sphinxen zu Füßen der Baronesse, kein Muckser, höchste Disziplin.

Erna musste sich erst fassen, spielte die Beeindruckte, gab vor, so eben Feuer gefangen zu haben ob der ausstatterischen Details in der Einrichtung des Hauses, etwa der exotischen Antiquitäten, insbesondere wegen der Stehlämpchen allerorts und der vielen kunstvollen Luster, die in unterschiedlichsten Farben und Designs von getäfelten Decken hingen.

„Wenn Sie erlauben, die sind ja wunderschön." Sie drehte sich angetan nach allen Richtungen, als hätte sie die heiligen Hallen eines einschlägigen Museums betreten.

„Venezianisch", sagte der Baron ein bisschen sehr beiläufig.

Erna nickte wissend.

„Mitte 18. Jahrhundert, Muranoglas, ein besonders schönes Stück."
Sie sagte es mit einer gespielten Verlegenheit, um entschuldigend
anzufügen: „Ich hab's ein bissl mit den Lampen, ein kleiner Fetischis-
mus, den ich nicht loswerd'."

Mutter und Sohn warfen sich einen Blick zu, überraschtes Wohlwollen. Kunstverstand und ästhetisches Empfinden waren also vorhanden, akzeptables Entree.

„Lampenfetischismus", wiederholte amüsiert die Baronesse.
„Charmant... man stelle sich vor, die bösen Nazis hätten damals,
wann war's, Heiner?"

„1942", sagte er missmutig.

„... die hätten damals 1942 das Tal nicht elektrifiziert, wir könnten
uns heute bei Petroleumschein im Halbdunkel unterhalten, nicht?"
Das „nicht" kam so vielsagend langgezogen, dass der Baron fast die
Beherrschung verlor. Er hasste es, wenn Mutter mit solcher Penetranz
und übelsten oder lächerlichen Rechtfertigungen die alten Themen
aufwärmte.

„Ich bitte dich, Mama." (Auch hier die Betonung auf dem zweiten A).

„Ach, man kann auch im Hellen dumme Sachen sagen", entfuhr
es Erna.

„Wie?!"

„Mama hat es akustisch nicht verstanden", fiel der Baron den beiden ins Wort und deutete mit einer Geste die leichte Hörschwäche
seiner Mutter an. Erna sah an der Empörung, die in ihren Augen
flackerte, dass sie sehr wohl verstanden hatte, aber mit trotziger
Disziplin die Contenance wahrte. Der „Gehörschwäche" Rechnung
tragend, stellte Erna klar:

„Man sieht so etwas ja selten in diesen Tagen, all die Pretiosen
unter einem Dach, ich, zum Beispiel, hab' in meinem Zimmer nichtmal elektrischen Strom."

„Da sehen Sie." Die Baronesse hatte sich wieder gefangen. „Arm
wie Kirchenmäuse, die Leute hier, und wenn sie was haben, sparen
Sie am falschen Platz. Grund und Boden ist das einzige, was sie interessiert, Hektar und Kühe, das ist hier die Währung."

„Aber mit Verlaub, gnädige Frau, Sie haben doch auch Boden, den
Sie nicht verkaufen wollen, trotz guter Angebote der Gemeinde!"

Fast genüsslich hatte Erna die Wunde angerührt. Mutter und Sohn
sahen sich kurz an, im stillen Einverständnis, diesen lästigen Disput
nicht auch noch während des Essens fortzuführen, nicht jetzt.

„Frau Gaderthurn", versuchte der Baron höflich zu vermitteln. „Es gäbe so viel Schöneres zu besprechen heute Abend, lassen Sie uns das Thema doch abhaken und für den Gemeinderat aufheben, ja? Ich hab' Ihnen noch gar nicht gesagt, wie perfekt Ihnen dieses Licht steht."

Seine meerblauen Augen bettelten verzweifelt um Themenwechsel. Also hob man endlich das Champagnerglas, brachte einen Toast aus und bog das Gespräch mühselig in ruhigere Gefilde. Als Erna mutig versuchte, die Konversation ein zweites Mal auf den heiklen Gegenstand zurückzuführen, wurde die Stimmung zur Gratwanderung, und sie entschloss sich schließlich schweren Herzens für diplomatische Vernunft. Plauderton begann die Gemüter wieder zu beruhigen. Zwischen Belanglosigkeiten und den fortgesetzten Versuchen des Barons, Erna mit Komplimenten in Watte zu packen, begannen ihre Gedanken über dem Tisch zu kreisen, an den Bayreuthfotografien und den Wagners vorbei, über die Luster und wieder zurück zur Baronesse, deren Kiefer unentwegt mahlten, während sie sprach. Schmallippig und schnell. Stinkendes Ideologiegeschwätz, hätte Papa gesagt. Inbegriff jener unseligen Synthese aus Standeshybris und Rassenunsinn. Den Mund hätte sie ihr verlöten mögen. Erna betrachtete die forsche Greisin, als säße sie, die Baronesse, hinter einem Gehegefenster im Zoo, als wär' sie ein seltenes Reptil, unnahbar in seiner Exotik. Ihre nervschnellen Kopfwendungen beim Wechseln der Ansprechpartner und hin zum Gesinde, das, stets mit Befehlen eingedeckt, umherhastete, erinnerten Erna an eine genervte Kobra, die den Mungo wittert, ihn aber nicht orten kann. Dennoch bewahrte sie stets Haltung, jeder Zoll eine Dame. Selbst wenn sie nur ein Brotstück in der Hand hielt, blieb der kleine Finger vornehm weggespreizt. Ihre Blasiertheit schien Erna lächerlich und albern. Sie fühlte sich ihr gewachsen, bot ihr vom ersten Moment an Paroli, mit Worten und auch ohne. Allein Ernas Körpersprache machte der Baronesse zusehends zu schaffen, und war's nur ein dezentes Zurücklehnen, ein abwesender Augenaufschlag oder ein kecker Seufzer, die Baronesse schien jede ihrer Regungen als kleinen Affront zu deuten, dabei sagte Erna kaum noch ein Wort, lächelte viel und trank Champagner. Die Welten, die zwischen ihnen lagen, bekriegten sich auf stummen Frequenzen. Sie musste an Papa denken und an die langen Chesterfield-Abende, da er von den Leuten sprach, die nicht begreifen konnten, selbst nach dem Krieg und allen Totenbilanzen, nicht begreifen wollten.

Die Baronesse wäre ihm gerade recht gekommen, eisern dem Ehrencodex des Adels verpflichtet, in Nibelungentreue verblendet. Töten und getötet werden empfand sie als Kollateralschäden im Kampf der Ideen. Genozid inbegriffen. Die Geister der Vergangenheit wehten noch immer herüber ins neue Jahrzehnt, in solchen Mauern durften sie weiterleben. Die Baronesse gehörte zu den Leuten, die sich den Luxus herausnahmen, auf einen Persilschein zu pfeifen. Papas Eifer und sein Zukunftspessimismus, den Erna damals noch als übertrieben und moralistisch empfunden hatte, bekamen in solcher Gesellschaft akuten Sinn. Sie begann Mitleid zu empfinden mit dem Baron, der vergeblich versuchte, das Offensichtliche zu verharmlosen.

Die zerplatzten Gesänge der Siegerzeit lagen jetzt wie welke Pantoffeln vor den Erinnerungsschreinen, die sich die Baronesse überall im Haus gebaut hatte. Jetzt zappelte noch ihr Zorn rastlos durch die Geweihsalons, besänftigt nur durch Alltagskram und Bridge und Champagner und Rotwein aus den Moselhängen und böses Gackern auf unflätige Besucher. Erna war müde geworden, von den Worten mehr als vom Verdauen, das Schweinsschnitzel hatte sie kaum angerührt. Einer Erlösung kam es gleich, als um Punkt Mitternacht die Wanduhr ein kleines Mozart-Terzetto anstimmte, was sie offenbar alle zwölf Stunden tat, der passende Moment, den Abend zu beenden.

Der Baron stand in der offenen Haustür, ein leichter Knick in seiner eleganten Erscheinung. Schöner, trauriger Mann, dachte Erna. Die Tänzerin hatte vergeblich in den Startlöchern gescharrt. Er verabschiedete sich mit einem Handkuss und einem seltsamen Lächeln, das Erna berührte.

„Und Sie wollen wirklich nicht mit dem Auto …?"

„Nein, nein, lassen Sie nur, … die Nacht ist so lau, … ich werde es genießen. Gute Nacht, Herr Baron."

„Gute Nacht, … Erna." Dann schloss er ganz langsam und bedächtig die Tür, als sollte auch dieser kleinen Geste noch Bedeutung beigemessen werden, etwa: auch Behutsamkeit kann hier zu Hause sein.

Erna ging ein paar Schritte, ein angenehmer Wind fuhr ihr ins Kleid, säuselte in den wiegenden Baumkronen, als wär' es eine junge Julinacht. Doch es war Ende Oktober und das Wetter schlug nicht um. Erna blieb stehn, um sich an die herrlich milden Geräuschen zu beruhigen. Der harzige Atem der Tannen zog heilend durch ihre Gänge. Sie lehnte sich an die Hausmauer, direkt unter einem der offenen Fenster. Entfernte Gesprächsfetzen drangen aus dem Haus, wurden immer präsenter, bis die Worte ganz deutlich über ihr waren. Die Baronesse stand jetzt offenbar direkt am Fenster, sprach aber ins Zimmer hinein.

„Ist sie Jüdin?"

„Nein Mama, sie ist keine Jüdin."

„Aber sie sieht aus wie eine Jüdin."

„Sie ist nur einfach dunkelhaarig, Mama, und aus streng katholischem Haus, außerdem – Juden gibt's in diesen Breiten nur auf Friedhöfen, wie du weißt."

Dann fiel laut eine Tür ins Schloss.

Erna rührte sich nicht vom Fleck. Das flaue Gefühl in der Magengegend stellte sich wieder ein, und sie erbrach alles, was sie in sich hineingewürgt hatte.

Wenige Augenblicke später sah sie den schwankenden Schatten der Baronesse im dichten Geäst der Zeder, deren äußerste Zweige beinah bis ins Fenster ragten. Für einen Moment verschwand er, tauchte wieder auf, begleitet diesmal von der höfischen Feierlichkeit Vivaldis, dessen „Vier Jahreszeiten" sich aus einem Lautsprecher verströmten. Wie einen Akt des Protests schaufelten die Streicher das fröhliche Intro in die Nacht hinaus mit einer Heiterkeit, die in diesem Moment obszön wirkte. Ein Vogelschwarm stob auf und suchte sich einen anderen Schlafplatz. Ein Stockwerk höher ging ebenfalls das Licht an. Der Baron hatte sich in sein Schlafzimmer zurückgezogen.

Erna verharrte noch immer still. In den oberen Ästen der Zeder konnte sie nun auch seinen Schatten erkennen, der unbeweglich in den Zweigen lag. Armer Baron, da stand nun der verbitterte Rest einer Dynastie von hochrangigen Offizieren, die sich bis in den Kreis der regimetreuen Eliten gedient hatten, in der Hoffnung auf Beute und Ehre, in fanatischem Ehrgeiz, der sich (nach dem frühen Tod seines Vaters) geballt in der Baronesse versammelt hatte. Nach wie vor hing sie der These an, Krieg sei eine hygienische Notwendigkeit, er habe viele Aromen und nicht nur schlechte, mit Verlaub, fragen Sie doch unser Gattungsgedächtnis. Kein Haarbreit war sie bis heute davon abgewichen.

Da lagen sie also, beide Schatten ineinander, Mutter und Sohn, harmlos gebettet in eine prächtige Zeder, und Vivaldis Musik strömte durch die Zweige dazu. Dennoch, keine Harmonie. Nein, mit dem

Herzen hatte ihn seine Mutter nie auf ihre Seite gebracht. Er hatte ihr gehorcht, war Offizier geworden, sogar verwundet im Feld, aber er hatte ihr nicht aus Respekt gehorcht, nicht aus Prinzip oder gar Überzeugung, nein, er tat es aus Bequemlichkeit, um ständige Dispute zu vermeiden. Der Bonvivant im Dandyhabitus stand ihm besser zu Gesicht als der harte Offizier. Zurückgezogen in vornehmen Salons oder in exklusiver Jagdgesellschaft, als Gutsherr, so sah er sich selbst, ungestört einem privaten Hedonismus frönend, der ihm Möglichkeiten bot, sich der Welt zu entledigen, der seine Mutter noch immer nachtrauerte. Aber es gab Geister aus dieser Welt, die ihn bis in die Träume verfolgten. Die Gewissensbrocken aus den Kriegsjahren lagen unverdaut in seiner Seele, wie giftiges Geröll. Und Mutters peinliche Anwandlungen waren nicht im geringsten einer Genesung förderlich. Mit seinen Erinnerungen angepatzt, lag er an leeren Nachmittagen im Bett und konnte sich nicht freimachen vom Dreck, den seine Mutter nicht fähig war zu erkennen. In einer merkwürdigen Allianz lebten sie, die beiden Schatten in der Zeder, auf Gedeih und Verderb.

Erna fröstelte, obwohl die Nacht noch immer lau war, sie nahm ihre Schuhe samt Strümpfen, in die Linke, ihr Täschchen in die Rechte und schlich barfuß in die Dunkelheit hinaus.

Als sie wieder in ihrer Kammer lag, schweißnass und todmüde, schwieg das Haus und auch der Wind war eingeschlafen. Die Männer schnarchten, kein Seppe am Schlüsselloch, des Kundschaftens schon müde, nur der Große Wagen wachte über ihr. Fehlschlag, Erna, buch es als Verlust.

Die schrille Glocke läutete zur Zehn-Uhr-Pause, von draußen drang übermütiger Kinderlärm durch die offenen Fenster. Erna saß, wie immer zu dieser Tageszeit, wenn sie nicht gerade Pausenaufsicht hatte, an ihrem Platz im Konferenzzimmer. Mit einem neutralen „Guten Morgen" kam Eugenio zur Tür herein und kredenzte ihr, wie gewohnt, ein Glas Wasser zur Jause.

„Mit Champagner kann ich leider nicht dienen", sagte er wie ein Kellner, der eigentlich schon Feierabend hat, und verschwand wortlos hinauf ins Musikzimmer. Pia, die allmorgendlich die welkenden Blumen im Glas durch frische ersetzt hatte, folgte Eugenio, ohne Erna eines Blickes zu würdigen, und der Jack Russel trabte solidarisch hinterdrein. Auch die hängenden Köpfe der Blumen sagten laut und deutlich: Fehlschlag, Erna, auf der ganzen Linie. Sie musste einen langen Schluck Wasser nehmen: ihr Blutzucker. Wieso weiß er vom Champagner? Wieso weiß er überhaupt? Die weiten Steinwurfdistanzen zwischen den Höfen schienen für die Verbreitung von Neuigkeiten doch keine Relevanz zu haben, man war schnell und gut informiert. Erna begann ihr Schmalzbrot zu essen, nicht weil sie hungrig war, sondern um irgendetwas zu tun, das ihr eine gewisse Konzentration abverlangte. Sie kaute ihren Bissen sehr gründlich, während sie durch kräftiges Nasenatmen versuchte, den Schwindel zu vertreiben. Ihr Blick lag auf den schlaffen Blumen. Was in Herrgott's Namen war passiert? Von oben kamen jetzt Saxophontöne, zornige Noten, die sie schon zu kennen glaubte. Ich werde mir doch nicht vorschreiben lassen, wo und mit wem ich meine Abende zu verbringen habe, sagte sie laut.

Die Tänzerin sagte das, sie empfand sein Verhalten als persönliche Beleidigung, hatte sie sich doch nichts vorzuwerfen, war keinen Schuh weit vorgeprescht, im Gegenteil. Und wenn, es wäre für Eugenios Sache gewesen.

Nach ein paar wütenden Phrasen, die durch die Decke maulten, war wieder Ruhe, als fehlten ihm tatsächlich die Worte, selbst Charlie Parker sah sich zu keinem weiteren Kommentar imstande. Die Stille, die folgte, hier wie dort, hatte etwas Beklemmendes. Erna stand entschlossen auf und schaltete den Radioapparat ein, der ins Bücherregal an der Wand integriert war, erneuter Versuch einer Konzentrationsübung.

Sie versuchte verbissen den Worten des Nachrichtensprechers zu folgen, obwohl ihr Herz empört rebellierte und diesen Kerl am liebsten stante pede zur Rede gestellt hätte. Statt dessen kauerte sie sich so nah ans Gerät, dass ihr Ohr die Frequenzskala berührte, um ja keiner Ablenkung mehr zu erliegen. Auch ihr fehlten die Worte, und die Gedanken klopften wirr von allen Seiten. Sie schloss die Augen. Seit Wochen war dieses sonore Organ, das von leichten Frequenzstörungen zerfranst, an ihr Ohr drang, die erste Stimme von der Außenwelt. Bis auf zeitweiliges Piepsen aus dem Stall, das wohl von Seppes Funkgerät herrührte, hatte sie keine einschlägigen Signale mehr vernommen. Die Jennys hatten zwar ein Radio, irgendwo, aber sie machten wohl kaum Gebrauch davon, zumal nicht wenn Erna anwesend war. Es wurde gearbeitet, gegessen, gebetet und geschlafen, für Wunschkonzerte und Nachrichten blieb wenig Zeit.

Jetzt aber knisterte Erna eine glaubwürdige Stimme das Allerneueste von Österreichs Geburtswehen ins Ohr. Die Zeiten versprachen Besserung. Seit Stalins Tod im März des Jahres kämen die Verhandlungen zügiger voran, sagte der Sprecher, und die positiven Signale schienen auch ihn selbst aufzuwühlen, denn es rutschte ihm ein euphorisches Timbre in die Stimme, als er von Aufhebung der Zensur, ja von Aufhebung der Kontrollen an der Zonengrenze oder gar vom Verzicht der Siegermächte auf Besatzungskosten berichtete. Das waren neue Töne. Die Sowjets ließen wieder mit sich reden.

Die Zeiten ändern sich. Papa, hörst du mit? Es geht voran, soll uns allen recht sein. Sie drückte den Aus-Knopf.

Erna war noch immer nicht bei sich, nicht fähig, einen klaren Gedanken zu fassen, der schwarze Bauer war ratlos. Reiß dich zusammen, sagte die Tänzerin. Wäre er Manns genug, hätt' er sich stellen und gefälligst sagen können, was er denkt.

Nach der nächsten Stunde fuhr sie mit dem Fahrrad nach Seeberg, um den Nachmittagsunterricht, heute ohne großen Esprit, hinter sich zu bringen. Wie in Trance verwehten ihr die Stunden, und die Kinder spürten ihre Abwesenheit.

Die Kammer unter der Dachschräge war ihr heute die einzig tröstliche Zuflucht. Ein kleiner Funke Resignation hatte sich in ihrem Herzen eingenistet, zaghaft noch, ein unentschlossenes Virus, das Zukunft haben könnte, fürchtete Erna. Die Flüsterer und sonstige Helfer schwiegen noch immer. Als wären die Balken rings fühllos heut' Abend. Das erste Mal, seit sie in diesem Tal war, fühlte sie sich einsam. Es war die Einsamkeit, die anklopft wie ein Fremder, der sich nicht abweisen lässt, ein lästiges Insekt. Es klebte plötzlich in ihren Gängen, putzte sich die Fügel, wollte sich umsehen hier. Erna riss diesen Tag vom Kalender, zerknüllte ihn, warf ihn wütend in den Papierkorb, oder knapp daneben und hoffte vergeblich auf Amnesie. Fehlschlag, Erna. Als sie sich bückte, um den lästigen Fetzen endgültig zu entsorgen, stach ihr der Mahagonikasten ins Auge, der unterm Bett die Wochen verschlafen hatte. Sie zog ihn ans Licht, blies ihm den Staub von den Schultern und tätschelte den alten Freund, der ihr schon viele Stunden versüßt hatte. Aus einer der Kommodenschubladen kramte sie die einzige Schellack-Scheibe, die sie noch besaß. Während sie mit dem Ärmel die schwarzen Rillen von kleinen Staubkörnchen säuberte, hielt sie inne, ein Geräusch hatte sich in die Stille gemischt, nichts Überraschendes, schon vertraut in seiner Pünktlichkeit, und sie wusste augenblicks, dass ihr der Verursacher gerade zupass kam. Sie ging auf Zehenspitzen zur Tür, blieb für Augenblicke stehn und öffnete dann mit einem Ruck. Vor ihr, in Schlüssellochhöhe, kniete Seppe, ihr stiller Begleiter. Blass im Gesicht taumelte er rückwärts, bis ihn die Gangwand auffing.

Erna lächelte ihn an.

„Seppe!" Es lag kein Vorwurf in ihrem Ton, eher amüsierte Verwunderung.

„Ich wollte nur … ich hab nur …" Erna winkte beruhigend ab. Keine Erklärungen, junger Mann, bleibt alles unter uns.

„Seppe … du bist doch … ein Bastler, nicht wahr?"

Er nickte. Sie öffnete die Tür hinter sich so weit, dass er den Mahagonikasten in der Mitte des Zimmers sehen konnte.

„Kannst du mir einen Gefallen tun?"

„Der Strom", sagte er.

Grammophon mit Elektromotor – ein Kabel musste her.

„Genau, der Strom, aber …." Sie hielt den Zeigefinger an den Mund. Seine Augen leuchteten, dankbar und erleichtert. Im Bewusstsein, nun ein süßes Geheimnis mit seiner Angebeteten zu teilen, schlich er in sein Zimmer zurück.

Als Erna tags darauf aus dem Kirchdorf zurückkam, wartete er schon ungeduldig hinter der Stalltür. Mit einer Geste bat er sie, ihm zu folgen.

„Der Vater ist im Dorf", flüsterte er und führte sie ein Kabel entlang, das im halbhohen Gras bis zur Scheune verlegt war. Er zog vorsichtig das Tennentor zur Seite und, als wär's gewollt und raffiniert inszeniert, traf eine grelle Lichtbahn der Abendsonne auf den frisch polierten Goldtrichter des Grammophons.

„Bittschön", sagte er schüchtern. Da stand er, der Trostspender.

Die intime Atmosphäre trieb Seppe den Schweiß auf die Stirn.

Erna gab ihm einen flüchtigen Kuss auf die Wange, und er zog sich benommen zurück.

Es war noch immer sehr warm draußen, Sommerwärme, hartnäckig wie seit hundert Jahren nicht, obwohl wir schon so tief im Herbst waren. Erna genoss die hereinstreichende Zugluft, die ihr den Schweiß von der Haut trocknete. Der Heustaub fächerte das Sonnenlicht, das durch die Ritzen der Bretterwände stieß, in wellende Strahlen, die einen Glitzerschirm über die Szene spannten.

Erna setzte die Nadel ins Schwarz und stieg die windige Treppe zum Heuboden hoch, um mehr Platz zu haben für die Pirouetten der Tänzerin, sie zog die Schuhe aus, schloss die Augen und begann sich im Kreis zu drehen, im Rhythmus der Celli. Mit lasziver Grazie zirkelte sie ihren Körper über die klobigen Bretter. An den Wänden ringsum waren, einer Publikumsarena gleich, Strohballen übereinandergestapelt, die den Klang der Musik nach draußen hin dämpften. Es war ihre eigene kleine Veranstaltung. Eine Hand voll Wohligkeit, an so einem Tag, der alles verneint hatte. Ihr Herz war so voll, und nichts war an seinem Platz. Wem hätte sie sich anvertrauen sollen, wenn nicht diesen federnden Tönen, die tröstlich sein konnten wie eine Umarmung.

In Wahrheit war sie nicht so allein, wie sie sich wähnte. Seppe hatte sich im Schatten der Strohballen in eine alte Zweispännerkutsche verkrochen, die, hinter Gerümpel verborgen, beste Sicht bot. Durch die Zwischenräume der Bodenbretter über ihm konnte er ihr Kleid wirbeln sehen, von innen, von unten und für einen Wimpernschlag eine Ahnung ihrer Schenkel und der beigen Seide, in die er schon sein Gesicht vergraben hatte und die jetzt, an seiner Statt, die Hüften der Tänzerin koste. Ravels Töne brachten alles zum Fliegen, ein Kissen nach dem andern legte er aus, den Trommelschlag, synchron am Herzen. Die Melodie begleitete den Sonnenlauf, bis der zarte Lichtschirm, unter dem sie tanzte, zusammensank, als sich plötzlich ein Stöhnen in die Noten mischte, das nicht aus dem goldenen Trichter kam. Und als Erna, aus der Fassung gebracht, die Nadel aus den Rillen hob, war Seppes Keuchen das einzige Geräusch im Raum.

Der kommende Morgen brachte Regen, endlich. Die hellen Wiesen verschluckten ihn gierig. Die Bauern erwarteten schon, dass sich nun der Gang der Dinge, namentlich der des Wetters, wieder in normale Bahnen fügen würde. Obwohl ihnen die Sonnenwochen von großem Vorteil waren, begann sich ein gewisses Unbehagen breitzumachen. Nicht nur Klimaexperten schüttelten den Kopf – schon am Mittag lichteten sich die Wolkenbänke von neuem, von Landregen weiter keine Spur.

Als man sich bei den Jennys zum Mittagstisch setzte, lag wieder diese feuchte Schwüle in der Luft, die ein kurzes, heftiges Gewitter hinterlässt, und ein geübter Blick gen Westen ließ weitere Sonnentage erwarten.

Das Essen verlief wie immer. Schweigend.

Aber in den Blicken der Jennys lag heute ein Vorwurf, der Erna galt, die vertraute Atmosphäre war skeptischer Zurückhaltung gewichen. Die Löffel klapperten härter in die Teller als sonst. Außerdem verriet jeder starre Muskel in Vaters Gesicht, dass Seppe baldigst eine offizielle Standpauke zu erwarten hatte. Jeder am Tisch hatte begriffen, was oder wer der Grund für den ungewohnten Schlendrian war, der sich in seinen Alltag geschlichen hatte. Liederliche Arbeitsmoral war hier oben ein Sakrileg, das alle anging.

Seppe konnte trotz oder gerade wegen des gestrigen Vorfalls seine Augen nicht von Erna lassen. Unentwegt klebten seine Blicke an ihren Händen, ihrem Mund, sie spürte es deutlich, obwohl sie jeglichen Augenkontakt vermied. Natürlich blieb auch dem Vater die Obsession seines Sohnes nicht verborgen.

„Draußen wartet ein Festmeter Holz, geh schon!"

„Jetzt?" Seppe war einigermaßen überrascht, dass es am Tisch und während des Essens geschah.

„Jetzt!"

In Vaters Stimme lag eine Resolutheit, die keinen Widerspruch mehr duldete. Seppe gehorchte unverzüglich, ging nach draußen und machte sich an die Arbeit. Während die andern weiteraßen, zerhackte er mit seiner Wut den Nachmittag.

Die Geborgenheit, die Erna in den ersten Wochen verspürt hatte, war binnen weniger Tage einem Geduldetsein gewichen, obschon bei allen Beteiligten die Reflexe einer anerzogenen Höflichkeit noch funktionierten, die Wärme aber war verflogen.

Hinter ihr und vor ihr brachen die Wälle weg, machten ihren Stand unsicher. So zerbrechlich war die Ordnung geworden, in die sie ihr Leben gebettet hatte, seit ihrer Ankunft im Großen Walsertal. Die Dinge schienen nicht mehr berechenbar.

Sie wollte sich nicht rechtfertigen müssen für die lauteren Absichten, die sie mit dem Baron-Abend verbunden hatte. Die Kränkung, die sie empfand, durch Eugenios kalte Schulter und die Schweigewand der Jennys, lähmte ihre Bereitschaft, die Dinge auszureden. Außerdem wollte sie es tunlichst vermeiden, dem Argwohn des Direktors Vorschub zu leisten. Eine Aussprache zwischen Heißblütern hätte wohl Wellen geschlagen. Also schwieg auch sie. Jeder leckte seine Wunden und hoffte auf den ersten, reuigen Schritt des anderen.

Ein paar Steinwürfe weiter, in einer kleinen Waldinsel, die zwei Höfen Schatten und Schutz bot, saß Eugenio auf einem Jägerhochstand, den er für seine Pia gebaut hatte, und würgte am selben Problem. Auch er schwieg und schmollte gekränkt und er schnitzte dabei wütend an einem Holzstück, das durch die groben Längsschnitte rasch kleiner und kleiner wurde. Pia und Jack hockten neben ihm, auf einem schmalen Sitzbrett, in stiller Eintracht und Solidarität.

Sie war ein kluges Mädchen, dessen einschlägige Instinkte schon hellwach waren, sodass es ihr ein Leichtes war, auch die unsichtbaren Koordinaten zwischen Erwachsenen zu deuten. Sie war überzeugt, dass etwas mit Eugenio geschehen war, vom ersten Augenblick an, als Erna das Musikzimmer betreten hatte, kannte sie doch jede seiner Regungen, registrierte seine Herzbeben wie ein Seismograph, insbesondere die Rhythmusstörungen.

Eugenio schlenzte das Holzstück, das inzwischen zum Schnitzen zu klein geworden war, mit einem abschätzigen Seufzer in den nächsten Baum. Pia lehnte sich an seine Seite und fühlte sich ein bisschen alt. Die letzten Tage hatte sie sich schon ihre Gedanken gemacht über die Menschen. Er war ihr neuer Papa, und sie wollte seine Leiden lindern. Sie hatte die Blicke der beiden doch gesehen und wusste, dass sie sich schon Geheimnisse preisgegeben hatten, noch eh ein Wort gewechselt war, und ihre Augen hatten ineinander gelesen wie in vertrauten Büchern, und ihre Stimmen hatten geklungen, als hätten sie zu wenig Luft für Worte. Pia fragte sich, weshalb Liebende ihre vermeintlichen Verletzungen stets verhandeln wie störrische Gören, warum nur stumm getrotzt wird, wie es Kinder tun, die aus Wortmangel Streitgespräche meiden müssen. Sie schlang sich mit ihren dünnen Ärmchen ganz eng um Eugenios Arm und stupfte ihn so lange mit dem Kopf, bis er lächelte … ein erzwungenes, ein kurzes Lächeln.

Eben noch war Ernas Leben hell durchstrahlt von Zuversicht und entschlossenem Willen, von Neugier und Lebenslust und einer Verliebtheit, die alles, alles versprach, und mit einem Male stand sie, missverstanden und gekränkt bis ins Mark, im Dunkeln, als hätte jemand den Stecker gezogen und den Strom verbannt. Wenn sie jetzt nachts ins Gebälk horchte, klang das Knarren wie das Lästern verkalkter Greise.

Freilich war der Schritt in diese andere, schweigsamere, kargere Welt ein Wagnis, das wusste sie von Anfang an, es war ja die Würze ihrer Flucht, und es lag an ihr, sich neuen Regeln zu beugen, was sie klaglos tat. Sie war ins Leben geflohen, hatte den aufdringlichen Kerzenduft der Trauerjahre hinter sich gelassen und war bereit, jede Herausforderung anzunehmen.

Alles hatte sich gut angelassen. Sie war akzeptiert, eine Respektsperson, die Frauen achteten ihre Disziplin und ihren Eifer, selbst potenzielle, weil ledige Rivalinnen blickten ihr anerkennend nach, wenn sie zügig, mit fliegenden Röcken nach Seeberg radelte. Ihre Schönheit, ihr Augenmaß, ihr Herz, der Souverän, wurden schlicht zur Kenntnis genommen und ließen Neid erst gar nicht aufkommen, denn sie trug ihre Trümpfe nicht vor sich her, sondern wirkte bescheiden, als wär' sie sich ihrer Ausstrahlung gar nicht bewusst. Die Menschen drehten sich in einer Weise nach ihr um, wie man ein reizvolles, kleines Naturwunder wahrnimmt, einen blühenden Kirschbaum oder ein prächtiges Wolkenbild, das einen kurz innehalten lässt und ohne Geschmacksstreit von jedermann bestaunt wird, als hätte sie sämtliche Reize entführt und ganz unschuldig in sich vereint. Auch die Schüler waren verzaubert von ihrer Anmut, sie mochten ihren Duft, den Fall ihres Kleides, das den Schritten nachwippte, wenn sie durch die Reihen ging. Einige der Buben verspürten zum ersten Mal eine unerklärliche Entrücktheit, wenn sich ihr Blick nicht mehr von Erna losreißen wollte und nur eine mundtrockene Traurigkeit zurückblieb, wenn die Schule zu Ende war. Einige Männer begehrten sie in einer Weise, die sie bisher nicht gekannt hatte.

Aber ihre anfänglichen Ängste, als Fremdling irgendwann auf tiefer liegende Ressentiments zu stoßen, schienen sich nun doch noch zu bewahrheiten. Zumindest hatte sie diesen Eindruck und sie hoffte mit ganzem Herzen, einer Täuschung zu unterliegen.

Vater Jennys strafender Blick am Tag, als er seinen Sohn zum Holzscheiten kommandiert hatte, galt auch ihr, das spürte sie, und allein diese kurze Geste vermittelte den Schuss Reserviertheit, den Erna schon kannte, aus St. Lorenzen.

Wir können uns doch nicht in Luft auflösen, sagte die Tänzerin, als Erna nachts ratlos vor ihrem Spiegel saß, wir haben keine Regeln verletzt und kein Gesetz gebrochen. Als wäre eine Verschwörung im Gange, begann Ernas Leben plötzlich zu stolpern. Aus der Bahn gedrängt von Gegnern, die nicht wirklich greifbar waren, einer Krankheit gleich, die über Nerven und Muskeln das System zu unterwandern beginnt. Selbst die Flüsterer waren kleinlaut geworden, als wären sie schon infiziert, und das Haus, der uralte Menschenfreund, schlug keine klugen Züge mehr vor, sondern verharrte leidenschaftslos im neutralen Patt. Alles schwieg. Neuerdings auch die Dinge, nicht nur die Menschen. Manche Dinge schlafen nur, das wusste Erna, andere sind hellwach, aber leben tun sie alle, mit Seele, sie sind Information, Widerspruch, Erinnerung und manchmal sogar eine Antwort. Nicht heute Nacht.

Was Erna zuvor noch leicht und flockig von der Hand gegangen war, geschah nun zusehends ungelenk und zögerlich, verstellte plötzlich träge den Tag. Selbst der Aufstieg zum Hof an den späten Nachmittagen verursachte ihr Muskelschmerzen und Atemnot. Ihre Kreislaufabilität war wieder akut geworden, die Kurwirkung der Höhenlage hatte sich ins Gegenteil verkehrt. Und wenn es stockfinster wurde unterm Dach, klopfte ihr die klaustrophobische Schwester von innen an die Brust. Die Nerven gingen ihre eigenen Wege, wollten den Dienst versagen. Alter Hut, dachte Erna, das kannte sie zur Genüge, von Papa, dessen Kummer immer einen Rattenschwanz an körperlichen Entsprechungen nach sich gezogen hatte.

Sie versuchte sich mit Disziplin zur Ordnung zu rufen und begann die restlichen zwanzig Schulaufsätze zu korrigieren. Schon nach drei Heften aber ließ sie wieder davon ab. Sie löschte die Petroleumlampe, legte sich, noch angezogen, aufs Bett und starrte ins Erkerfenster. Der Mond flutete großzügig die halbe Kammer mit blassem Glast. Sie bildete sich ein zu fiebern, aber die Stirn war kühl, wie das fahle Licht. Elend fühlte sie sich und schwach, als wäre der Quell versiegt, der ihr seit Wochen, im Grunde seit dem ersten Tag, seit Eugenio, unerschöpflich schien.

Sie begann ihren Puls zu fühlen, hörte in ihren Herzschlag hinein, um aus dem stockenden Rhythmus ein Geheimnis zu filtern. Den Keim einer Krankheit vielleicht, einen schleichenden Defekt, der manifest zu werden begann. Sie stellte sich vor, das Herz würde plötzlich, wie der Blitz aus heiterem Himmel, ein Ende machen, wie bei Großvater, nachdem Onkel Fritz gestorben war, einfach den Dienst quittieren, auf innigen Wunsch das Schlagen einstellen, wie es Ratten machen, die in einem Wasserfass schwimmen und keinen Ausweg mehr nach oben sehen. Die lassen sich sterben. Tod durch Selbstaufgabe. Sie spielte es durch, makaber wie das kecke Kind, hielt die Luft an und beide Ohren zu, hörte das pulsende Blut, wie damals,

als Klein-Erna ihr neugieriges Ohr an sommerheiße Bahnschienen gelegt hatte, um sich mit dem Donner des nahenden Zuges Angst zu machen. Erna lebte, lebte, der Tod lässt sich nicht frotzeln, das Herz schlug, hinkend zuweilen, aber es schlug und schlug. Wohin mit der Sehnsucht – wohin mit ihr?

Sie konnte den Schlaf nicht finden. Bleib stehn, Herz, sagte sie, nicht winselnd oder gebieterisch, beiläufig fast sagte sie es, müde, bleib stehn, wir wollen aussteigen und uns anderswo umsehn, Papa wär' uns Reiseführer, lass es sein. Sie drehte den Kopf verärgert zur Seite, verärgert über sich selbst und ihren Kleinmut. Das Krachen der Buchenblätter im Kissen war härter heute als sonst, brachte schnell Nüchternheit ins Hirn und verscheuchte das lächerliche Gestammel, das qualmte vor Selbstmitleid.

Sie erschrak ein wenig über sich und die kleinen gnomigen Dämonen, die ihr Dummheiten durch den Kopf warfen. Sie hatte den Halt verloren, von einem Tag zum andern. Wie konnte das geschehen? Erna, vernünftige Erna. In diesem Moment ging ein Luftzug durchs Haus, eine Tür knarrte.

Die Nacht war schon angebrochen, aber – merkwürdig – aus der Stube unten drangen noch Stimmen herauf. Das war ungewöhnlich um diese Zeit, in diesem Haus. Der Hund schlug an. Ein später Besucher. Die Stimme einer fremden Frau hatte sich in die vertrauten Töne gemischt. Erna stand auf, ging zur Tür, um in den Gang hinaus zu horchen.

„Ah, die Frau Selma, komm nur rein", hörte sie den alten Xaver grüßen. In seinem Tonfall lag nicht die reine Freude, eher eine gezwungene Freundlichkeit, wie sie Hotelportiers zeigen, wenn sie von Nachtschwärmern aus dem Schlaf geläutet werden.

Erna schlich sich auf Zehenspitzen in den unteren Stock, von wo sie, bei halb geöffneter Stubentür (was auf Grund der gestauten Tageswärme der Fall war) gute Sicht auf den Herrgottswinkel hatte. Der alte Xaver, Mutter, Vater Jenny und Seppe saßen um den Tisch und starrten auf die Frau, die an Ernas Platz saß, direkt unter dem Kruzifix.

Die Hand um das Stiegengeländer gekrampft, hockte Erna, ganz kleingebeugt auf der obersten Stufe und lauschte in ein befremdliches Ritual. Sie erinnerte sich jetzt, Christa Maria hatte ihr vor etlichen Wochen schon von einer seltsamen Frau berichtet, die unglaubliche Geschichten zu erzählen wisse und unerwartet vorbeischneie, um für ein paar Schmalzbrote oder auch üppigere Naturalien ihre übersinnlichen Fähigkeiten zur Verfügung zu stellen. Eines Nachts habe sie, das wussten auch andere im Dorf, ein Briefkuvert mitgebracht, in dessen Vorderseite drei verkohlte Fingerabdrücke des leibhaftigen Gottseibeiuns eingebrannt waren. Ein andermal habe sie rettend eingegriffen, als – vor zwei Wintern war es – die kleine Christa von einer erbneidigen Verwandten aus Sonntag verhext worden war. Die Kleine hatte damals nächtelang völlig grundlos durchgeschrien und sich hysterisch gewälzt im Schlaf. Frau Selma habe daraufhin den Rat gegeben, Christa möge in eine Flasche urinieren, soviel sie habe, und selbige dann gut verstöpseln. Dann sei zu warten. Bald darauf werde der Verursacher des Leidens am Hof auftauchen, um dringend irgendeine Leihgabe zu erbitten. Durch das Verstöpseln der Flasche sei es nämlich der Hexe unmöglich, Wasser zu lassen. Und tatsächlich, schon anderntags sei besagte Tante vor der Tür gestanden und habe flehentlich um ein Päckchen Salz gebeten. Als sie mitten in der Stube war, soll Vater Jenny, wie ihm von Frau Selma geheißen, die vollurinierte Weinflasche entstöpselt haben. Im selben Augenblick habe sich in einem plätschernden Schwall die Blase der bösen Frau vor aller Augen auf dem Stubenboden entladen. Wie ein Rindvieh pisste sie die Dielen voll. Das Malefizium hatte sich höchstselbst entlarvt. Gellend habe sie Reißaus genommen und sich fortan nicht mehr in Christas Nächte gemischt. Alle im Haus hatten diese Begebenheit mit der Hand am Herzen bestätigt. Erna war also eingestimmt auf das Kommende.

Im flackernden Licht der roten Kerze, die Vater Jenny in die Mitte des Tisches gestellt hatte (elektrischen Strom lehnte sie für ihre Seancen entschieden ab), erkannte Erna die harten Züge einer vielleicht siebzigjährigen Frau, die ihr schon beim Schuleröffnungsgottesdienst aufgefallen war. Damals wie heute im selben zerknitterten, dunkelblauen, knöchellangen Kleid, das mit einer schwarzen Überschürze in die Taille gebunden war. Um beide Handgelenke geschlungen, trug sie bernsteinfarbene Rosenkränze, die sich aus der Entfernung wie exotischer Schmuck ausnahmen. Die streng nach hinten gekämmten, grauen Haare hatte sie in ein schwarzes Kopftuch gehüllt, das straff unters Kinn gebunden war. Seelenweibchen, so nannten sie die Leute. Eine Merkwürdigkeit im Übrigen, die es, fast einer Tradition entsprechend, auch in anderen Talschaften Vorarlbergs zu finden gab. Sie behauptete von sich, mit den Seelen Verstorbener in Kontakt treten zu können, eine gottgewollte Fähigkeit, die ihr gegeben sei, um Botschaften zwischen den Welten zu vermitteln. Den alten Xaver fixierte sie als ersten, sie kannte diesen kauzigen Greis schon viele Jahrzehnte und bat ihn mit ihren stechenden Augen, denen keiner auszuweichen vermochte, um einen Auftrag, wortlos zunächst. Er schüttelte lächelnd den Kopf und nuckelte an seiner Pfeife.

„Deine Anna ist jetzt scho fünf Jahr tot, Xaver. 's Fegfeuer ist eine harte Straf', und man sollt' vielleicht noch beten, ich kann sie dir holen, Xaver." Der saugte ungerührt an seiner Pfeife. „Wie ist des mit der Sehnsucht bei dir, Xaver, fünf Jahr sind's schon", setzte sie nach.

„Tu mir die Viecher ins Gebet nehmen, die leben noch", sagte er trocken. Frau Selma bekreuzigte sich. Mutter Jenny stand eine erboste Rüge auf der Stirn. „Ohne Rindviecher kann ich nit leben, ohne Frau schon, aber nit ohne die Viecher", sagte der Xaver trotzig und setzte mit einem energischen Kopfnicken den Punkt.

Damit war diese Frage geklärt. Die Frau wandte sich nun an Mutter Jenny, in der sie einen gläubigen Jünger gefunden hatte, der sich willig und betroffen dem Procedere unterwarf. Sie hatte schon, schriftlich, eine Liste von Verstorbenen erstellt, deren Seelen sie zitiert haben wollte. Ja, „zitieren" war die Vokabel, die Frau Selma für das Herbeirufen der Verstorbenen gewählt hatte. Jemanden zitieren, das klang quasi nach Befehl, vermittelte also zweifellos eine Art autoritärer Kompetenz, die sie nicht als bloße Vermittlerin ausweisen sollte, sondern als von höherer Instanz beglaubigten Bestandteil einer metaphysischen Hierarchie, die ihr Rechte zumaß, die gewöhnlichen Sterblichen nicht zugänglich waren. Dementsprechend war auch ihre Körpersprache. Schon den Ansatz eines skeptischen Blicks straften ihre Augen mit bohrender Drohung, die ihre Wirkung nie verfehlte. Selbst wenn die Vernunft des Betrachters sich weigerte zu glauben, was sie sah, respektive nicht sah – ein verunsicherter Kern hing jetzt gläubig an ihren Lippen. Als die erste Seele sich in den Raum verfügte (Frau Selma meldete ihre Ankunft mit einem langsamen, ehrfürchtigen Senken des Kopfes), zog Erna den logischen Schluss, dass Raum und Zeit auch für Vertreter des Jenseits von existenzieller Wichtigkeit waren, wie sonst hätten sie sich im Hier und Jetzt ihrer Wünsche entledigen können? Die Seelenwelt, ein Arkadien für Scharlatane und Flunkerer, schmunzelte Erna, versuchte aber gleichzeitig alle Skepsis in Schach zu halten, um nur ja nichts von diesem Faszinosum zu versäumen. Das Sonderbare war nämlich, dass diese Frau auf sämtliches

Brimborium verzichtete, dessen man sich landläufig bei einschlägigen Sitzungen bediente, um bedeutungsschwer zu wirken. Nichts von alledem. Gerade die schnörkellose Direktheit des Vorgangs sollte seinen seriösen Charakter unterstreichen.

Frau Jenny hatte nach ihrer Mutter gefragt, die vor fünf Jahren gestorben war. Frau Selma schloss die Augen und begann leise zu beten. Eine Minute verging, ihre schmalen Lippen bewegten sich kaum, und doch war aus ihrem Mund, im Flüsterton, aber ganz deutlich, das lateinische „Ave Maria" zu vernehmen. Ihre Hand suchte dabei blind Frau Jennys Hand.

„Gratia plena, dominus tecum …"

Seppe sah fragend seinen Vater an, der nur mit der Achsel zuckte, „benedicta tu in mulieribus, benedictus fructus ventris tui, Jesus."

Jetzt, bei der dritten Wiederholung, hielt sie plötzlich inne, beugte sich leicht über den Tisch und begann schwerer zu atmen, als trüge sie eine Last. Dann öffnete sie die Augen.

Sie sprach in eine bestimmte Richtung, als sie einen Dialog eröffnete, der freilich nicht als solcher wahrgenommen werden konnte, da nur sie sprach und naturgemäß nur sie imstande war, die jenseitige Stimme zu verstehen.

„Gib mir ein Zeichen, wenn du unter uns bist", sagte sie in Richtung Kachelofen und nickte, dieses wohlwollend fordernde Nicken, das man Kindern entgegenbringt, um ihren überbordenden Erzählfluss, der Wichtiges mitzuteilen hat, in Gang zu halten. Sie fixierte einen Punkt am Kachelofen, der in ihrer Augenhöhe lag, woraus zu schließen war, vorausgesetzt sie hatten Augenkontakt, dass die arme Seele an der Ofenbank saß.

Frau Selma wiegte ihren Oberkörper kaum merklich hin und her. Ihre Hand krampfte sich jetzt fester um Frau Jennys Arm und sie schüttelte unwillig den Kopf.

„Was ist um Gott's Willen, ist die Mama da?" fragte Frau Jenny.

„Wir haben dich nicht gerufen", sagte Frau Selma, völlig verunsichert Richtung Kachelofen.

„Wer ist es … so red' doch …"

Frau Jenny war ganz außer sich. Erna fröstelte ein wenig, zog ihre Knie zum Kinn und wippte im Rhythmus dieser seltsamen Frau.

„Wo bist du gestorben?", fragte sie, ohne auf Frau Jennys Frage einzugehen, sie neigte sich dabei wieder vor, unschlüssig, als könnte sie die Antwort nicht entziffern.

„Tschu … Tschuso …?", stotterte sie, da fiel ihr Frau Jenny ins Wort. „Tschussowoi, mein Gott, Tschussowoi, Herbert, das ist Herbert, Gott gib ihm die ewige Ruh'."

Jetzt lehnte sich auch der alte Xaver über den Tisch und nahm die Pfeife aus dem offenen Mund, die Glut war inzwischen erkaltet. Er wollte nicht glauben, dass der Geist seines Sohnes dort auf der Ofenback sitzen sollte. Frau Selma nickte. „Tschussowoi", wiederholte sie bestätigend. Tschussowoi war eines der russischen Lager im Ural, und Herbert, Frau Jennys jüngerer Bruder, hatte dort zwei Jahre in Gefangenschaft gelitten. Erst nach dem Krieg war sie von offizieller Stelle von seinem Tod im Jahre 1944 verständigt worden. Auf der Flucht erschossen, hatte es lapidar geheißen. Eine weitere Kommunikation mit der Seele war offenbar nicht möglich, auch auf mehrmalige Anfrage Frau Selmas kam keine Antwort mehr, der Nervengeist war verschwunden. „Nervengeist", das war laut Selma das einzige Fluidum, in dem sich die Seelen mitzuteilen imstande waren. Physikalische Verifikation natürlich ausgeschlossen. Dem normal= sterblichen Erkenntniswerkzeug taten sie nicht den Gefallen, sich zu materialisieren. Selmas Betätigungsfeld lag also buchstäblich jenseits der Wissenschaften. Man glaubte oder man glaubte nicht.

Sie löschte die Kerze mit Zeigefinger und Daumen und zündete sie von neuem an.

Erna saß noch immer an ihrem durchs breite Holzgeländer verschatteten Platz am oberen Ende der Treppe. Sie war beeindruckt, das musste sie sich eingestehen, denn sie hatte von derlei Humbug stets die Finger gelassen und sich mehr an Newton und das Diesseits gehalten. Mag sein, dass für einige wenige hier im Tal das Wort Aufklärung noch immer ein Neuankömmling war, dem mit größtem Argwohn begegnet wurde, hatte sie sich doch wie ein Wolf ins finstere Schiff der Kirche geschlichen und über Jahrhunderte für große Aufregung gesorgt. Aber die meisten hier hatten sich in einem vertrauten Kosmos eingerichtet, der durch sonntäglichen Kirchgang, Gebet und Sakramente gefestigt wurde. Das ewige Gezeter um den philosophischen Überbau war ihre Sache nicht. Nur ein schlichtes, ehernes Fundament, das unumstößlich war, konnte in ihren Augen Ruhe und Frieden garantieren. Der alte Xaver, als Beispiel, würde das so, cum grano salis, mit Siegel unterschrieben haben. Warum sollten nicht auch unschlüssige Seelen in dieser Welt Platz finden oder Nervengeister, die aus dem Jenseits zu Besuch kamen, sollen sie doch, solange sie nicht den Milchpreis verdarben oder dem Vieh den Kopf verdrehten, sollen sie doch geistern bis zum jüngsten Tag.

Nun war aber die Sache die, dass die heutige Sitzung alle Anwesenden sehr betroffen gemacht hatte, was an der mysteriösen Aura gelegen sein mag, die um diese Frau wehte, oder an der eigenen Verunsicherung. Jedenfalls hatte sich eine merkwürdige Andacht eingestellt, einem Gebet vergleichbar, das viel mehr Schwung bekommt, wenn es am Friedhof gesprochen wird.

Frau Jenny bat also, nachdem sie sich leidlich erholt hatte, um die nächste „Zitierung".

„Rudi", sagte sie leise, und Frau Selma versenkte sich von neuem in die Zwischenwelt. Diesmal meldete sich niemand, keine Menschenseele, weder Rudi noch ein anderer der gelisteten Namen. Alle dachten bereits an Fehlschlag, wollten schon der Skepsis Leine geben, kann ja alles nicht wahr sein. Aber Frau Selma öffnete langsam die Augen und lächelte beruhigt. „Selig", sagte sie, „er ist erlöst, wird nimmer kommen." Mutter Jenny bekreuzigte sich stumm. Rudi war ihr als Baby im Alter von drei Monaten an Diphterie weggestorben, mitten im Ersten Weltkrieg, am 22. Dezember 1915, und es war ihr noch immer, als wären die 38 Jahre wie ein Tag.

Plötzlich ergriff die Selma grob ihre Hand, eine zitternde Starre streckte ihren Oberkörper. „Bist doch gekommen", sagte sie mit einer Stimme, die nicht das geringste mit ihrer eigenen zu tun hatte. Sie war eine halbe Oktave tiefer und ein bisschen heiser, wie die von Xaver und seinem Sohn. Erna blieb fast das Herz stehen, und Frau Jenny brach augenblicklich in Tränen aus.

„Mama", sagte sie, „du bist es, Mama." Sie starrte, alle starrten der Frau Selma ins Gesicht, die wie in Trance, ohne auf die anderen zu achten, mit der Stimme einer längst Verstorbenen sprach. Sie bat um Gebete, um Messen, die gelesen werden sollten, den Rosenkranz vor allem. Auf Frau Jennys schluchzend vorgetragene Frage nach ihrer Befindlichkeit kam sonor und heiser die Antwort. „Gut ... wo wir sind, noch warten, beten für die Seligkeit." Dann sank Frau Selma völlig erschöpft in sich zusammen. Welk und schlaff hingen ihr die Lider über die müden Augen.

Der alte Xaver ließ seine Pfeife fallen und stürzte zum Kachelofen, tastete fiebrig die Sitzbank ab, als jagten seine Hände einer lästigen Fliege nach. Schließlich setzte er sich, außer Atem, selbst darauf und stierte ratlos in die Runde.

Auch Erna war gefangen vom Moment, wand sich verunsichert durch einen Wust von Fragen, die alle gleichzeitig auf sie einstürmten. Nicht blenden lassen, nicht blenden lassen vom Humbug, Erna. Sie wusste von Hexereidelikten, die in theologischen Traktaten aufgeführt waren. Gewiss. Natürlich hatte sie schon gehört, dass Nerven an den Nahtstellen der Welten, zwischen Leben und Tod, am empfänglichsten sind, dass Menschen Wesen sind, die an Räumen teilhaben, von denen die Physik nichts weiß, dass es also viel Unerforschtes gibt zwischen Himmel und Erde, aber hier lag niemand im Sterben, und doch füllte gebündelt nervöse Energie den Raum, oder was immer das war, und es hatte, für jeden hörbar, eine Tote gesprochen. Die vernünftige Erna aber wollte sich nicht zufrieden geben mit diesen „Tatsachen". Keine Frage, diese Hellseher, Wahrsager, Sterndeuter, Kartenleser und wie sie alle hießen, bedienten sich schamlos eines simplen Mechanismus, der keine Konjunkturschwächen kennt, oft genug hatte sich Papa über sie echauffiert, sie üben Macht aus, hatte er gelästert, mit gezinktem Wissen und Zufallstreffern, Macht über ihre gläubigen Opfer, und sie suhlen sich in ihr. Eitel und gönnerhaft lassen sie sich befragen und gewähren dann „Einblicke" gegen Entgelt. Seit Erna denken konnte, waren ihr diese „Wissenden" suspekt und ein Übel, das es zu entlarven galt, wo immer es auftrat.

Auf den ersten Blick aber traf diese Einschätzung heute Abend nicht zu. Was also war hier geschehen? Hatte die Selma ein derart phänomenales Gedächtnis, dass sie imstande war, Stimmen perfekt zu imitieren, selbst wenn deren Besitzer längst tot waren? Schließlich hatte sie die „Zitierten" zu Lebzeiten gekannt und womöglich ihre Eigenheiten bis ins kleinste Detail (Gang, stereotype Bewegungen, eigentümliches Räuspern oder andere Spezifika ihrer Stimmen) gespeichert, um sie noch Jahre nach deren Tod abrufen zu können, und zwar so originalgetreu, dass selbst engste Verwandte in Tränen ausbrachen. Zudem verstrahlte die Selma ein Selbstbewusstsein, das über jeden Zweifel erhaben war. Ihr Auftritt, ja es war ein Auftritt, wirkte gewissermaßen unbestechlich, autoritär und auf eine merkwürdige Art illusionslos, als wäre ihr diese Begabung eine Last, die sie zu tragen hatte, auf höheren Befehl sozusagen. Wie sie nun im Herrgottswinkel kauerte, elend in sich gekrümmt, sah sie entschieden nicht aus wie eine eitle, begnadete Schauspielerin, die nach Applaus heischte, nach Bewunderung. Sie wollte gehen. Weg von diesem Ort. Als wäre er totgeweiht. Ihr ganzer Körper sagte es. Als witterte sie

Unheil hier. Als Frau Jenny sie berühren wollte, schüttelte sie sich wie ein bockiges Kind, das endlich seine Ruhe will. Diese Reaktion wirkte auf die Anwesenden noch verstörender als alles andere, was geschehen war. Auch Erna war in ihren Bann geschlagen, und sie war nahe dran, sich dieser betretenen Versammlung anzuschließen und nach ihrem Papa zu fragen. Allein beim Gedanken daran wuchs ihr die Sehnsucht nach ihm in den Kopf, und mit einem Schlag, noch während sie diesem Gefühl nachhing, glaubte sie einen Geruch zu spüren, der sie unangenehm berührte, muffig säuerlich, wie vertrockneter Schweiß, der tief im Stoff steckt, durchmischt von einer bitter süßlichen Schärfe, die entfernt an Weihrauch erinnerte, eine Komposition, die zusammen mit dem Wachsduft der Kerze den aufdringlichen Brodem ergab, der am dritten Aufbahrungstag aus Papas Sterbezimmer gedrungen war. Völlig verunsichert stand sie auf, um sich davon frei zu machen. Auch die Runde in der Stube begann sich aufzulösen. Nur stühlerückendes Schweigen. Der alte Xaver führte Frau Selma, die in ihrer buckligen Haltung jetzt älter aussah als er, zur Tür und verabschiedete sich wortlos.

Erna schlich unbemerkt in ihre Kammer zurück, schlüpfte in ihr Nachtgewand und legte sich ins Bett. Sie war entschlossen, sich nicht länger das Hirn zu zermartern, was heut' Abend nun Trug war oder Wirklichkeit, wahrhaftig oder Wahn oder bloß Gespinste ihrer Phantasie, die sich krauses Zeug zusammenreimte, im Kielwasser dieses Seelenweibs, das frech Ozeane befuhr, die im Grunde unerforschlich waren.

Zum ersten Mal in diesem Haus war ihr unheimlich ums Herz. Totenstill war es und sternlos finster, kein Schnarchen, kein Laut. Erst gegen Morgen hin hörte man von Zeit zu Zeit das Knarren einer Bettstatt, wenn sich einer auf die andere Seite drehte, um endlich in den Schlaf zu finden. Erna machte die ganze Nacht kein Auge zu, und auch den Jennys erging es nicht anders. Als endlich der Morgen graute, schlug der hinkende Schäfer wieder an, obwohl weit und breit kein Mensch zu sehen war.

Als Erna gegen zwei Uhr nachmittags die Schule in Seeberg verließ, fühlte sie sich erschöpft, als hätte sie einen Tagesmarsch hinter sich. Nicht nur die schlaflose Nacht steckte ihr in den Gliedern. Der Aufstieg zum Jenny-Hof wurde zum Bußgang. Sie fühlte sich ausgelaugt und krank. Ein Medikament hätte wohl geholfen, aber zum Arzt waren es zwei Stunden zu Fuß, und Telefon gab es keines weit und breit. Sie blickte sich um. Prunklos lagen heute die Gipfel unterm Himmel, akzeptiert als Faktum, aber ohne Andacht.

Auf halbem Weg kam ihr der Briefbote entgegen, ohne Turban diesmal und wie immer guter Dinge. „Inland und Tirol, scho wieder, Frau Lehrerin, und Verve Music London." Dass Erna seine Absenderansage für indiskret halten könnte, fiel ihm nicht im Traum ein. Sie lächelte trotzdem, wartete, bis er hinter dem nächsten Hügel verschwunden war, und riss die neue Dinnereinladung des Barons in hundert Stücke. Den Mutter-Brief steckte sie ungelesen zu den Schulheften in ihre Aktentasche. Das Antwortschreiben des Musikverlags auf ihre spezielle Anfrage hin, war das Erfreulichste an diesem Tag – aber momentan nicht aktuell.

Kalter Schweiß rann ihr in die Augen, und sie fröstelte am ganzen Leib, als sie endlich am Hof anlangte. Frau Jenny, die mit den Vorbereitungen für eine neue Schlachtung beschäftigt war, schien ihre Unpässlichkeit zu bemerken. Sie stand wie vernagelt und schaute nur. In ihren Augen lag Versöhnliches, aber sie sah Erna nur schweigend nach, bis sie im Haus verschwunden war.

Erneut versuchte sie sich mit den restlichen Korrekturen der Schulaufsätze zu disziplinieren, allein es blieb ein klägliches Bemühen. Sie spürte, dass sie außer sich war, dass ihr die Zügel entgleiten wollten, dass sie fieberte, dass sie jemanden brauchte, der den Anker warf. Jede Faser in ihr flehte nach Beistand. Die Dinge hatten ihr Gesicht verändert. Selbst ihre heimelige Kammer erschien ihr mit einem Mal trostlos,wie ein dämmriger Verschlag.

Als draußen vor dem Haus die Schlachtung begann, war konzentriertes Arbeiten nicht mehr möglich, eine in Todesangst kreischende Sau kämpfte gegen das Unvermeidliche und machte Ernas Nerven klirren. Sie hielt sich die Ohren zu, tauchte ihr Gesicht ins kalte Wasser, bis ihr schwindelte, es war ihr, als säße sie unfreiwillig in einem Zug, der sie erbarmungslos in einen langen Tunnel fuhr, ohne Längenangaben, ohne Licht.

Nach Hilfe hielt sie Ausschau, ihr Blick glitt über die Fotografien auf dem Nachtkästchen und blieb schließlich haften an der Schallplatte, die am Kommodenspiegel lehnte.

Kurzentschlossen nahm sie ihren Freund unter den Arm, verließ das Haus durch die Hintertür und stapfte hinauf zum Heustadel. Seppe, der dem Vater beim Eintreiben der flüchtigen Sau behilflich war, bemerkte sie und stellte sich instinktiv in Vaters Blickfeld, um ihm die Sicht zum Stadel zu verstellen. Den beiden Männern lag noch immer die Nachtschwärze in den Augen.

Erna versuchte sich in der Musik zu vergraben. Als sie die Augen schloss und auf einen der Strohballen niedersank, wurde ihr klar, wie dünnhäutig sie die letzten acht Jahre gemacht hatten, dass jetzt erst ausbrach, was lange Zeit schon gestaut war. Wie lästige Fratzen zogen Zweifel durch ihren Kopf. War es wirklich die richtige Entscheidung, hierher zu kommen? War sie geschaffen für die Bandagen, die ein Leben am Berg mit sich brachte? Hatte Mutter am Ende Recht, dass sie nur einer Chimäre von Abenteuer, ja von Glück aufgesessen war, dass sich ihre Herkunft mit der klobigen, wortkargen Natur dieser Bergmenschen nie vertragen würde?

Das Kreischen drüben am Hof wurde immer unerträglicher. Erna drehte die Musik lauter, hielt mit den Streichern und den spanischen Trommeln dagegen. Die sturen Fragen aber ließen sich nicht abschütteln, als hätte sich Mutters ungeöffneter Brief in ihre Gedanken gemischt. Sie stand auf und drehte sich, drehte sich.

Lauter die Musik, sehr viel lauter, um das Rasen der sterbenden Sau zu übertönen. Unerbittlich brüllten jetzt die Töne gegeneinander. Als sich der Bolero einige Takte lang in ein piano, piano ducken musste, konnte Erna das letzte Röcheln von drüben hören. Dann, mit dem nächsten Takt, brauste das Orchester mit voller Wucht aufs Finale hin. Die sich nähernden Schritte des alten Jenny waren also nicht zu hören.

Wie ein Inquisitor stand er plötzlich im Scheunentor, noch Blutspritzer im Gesicht und an den Händen, ging entschlossen hinüber zum Grammophon, hob es hoch und brach es über seinem Knie in Stücke. Jetzt, da die Musik der Stille gewichen war, schien er erschrocken über sich selbst, stand eine Weile unschlüssig, als wollte er sich gleich wieder entschuldigen.

„Musik und Arbeit vertragen sich nit", sagte er leise, drehte sich einmal um die eigene Achse und blieb mit dem Rücken zu ihr stehen. Er hob die Hand, atmete kräftig aus, als wollte er sagen, hab' selber keine Nerven mehr. Dann ging er hinunter, um das Schwein auszunehmen, das schon gespreizt am aufgestellten Hornschlitten hing.

Noch lag das Briefpapier weiß und jungfräulich auf Ernas Schreibtisch. Sie zitterte am ganzen Leib, kämpfte mit Schwindeln und benötigte alle Energie, um ihre Füllfeder einigermaßen beherrscht übers Blatt zu führen.

„Liebe Mama, Du weißt, dass meine Entscheidung endgültig war und dass ich hier, trotz mancher Hindernisse, mein Leben selbst in die Hand …" Sie zerknüllte das Blatt, warf es in den Papierkorb und zog sich die Schuhe an. Kein Vor und kein Zurück.

Die Kraft rann ihr aus Armen und Beinen, verschwand im Boden. Aufgelöst und durchsichtig war sie, als sie ohne alles den Hof verließ, um zielstrebig in Richtung Eschtobel zu steigen. Mit Verwunderung sahen ihr die Jennys nach, aber keiner sprang über seinen Schatten und sagte ein Wort. Sie floh aus dem Haus, entschlossen und müde zugleich, als wollte sie das ganze Leben hinter sich lassen.

Ihr Herz war so voll, und die Flüsterer nahmen sich nun ihrer Verzweiflung an, einer jämmerlichen Verzweiflung, die Erna vor sich her trieb wie einen Sträfling.

„Wohin des Weges, Erna?", fragte die Tänzerin, „du willst uns verlassen? Hat die Vernünftige den Verstand verloren? Gut, wir humpeln mit dir, mein Liebes, wir keuchen mit dir, hinauf hinauf, aber weinen tun wir nicht, 's wär an der Zeit, uns endlich auch dein Ohr zu leihen, bevor noch alles beim Teufel endet. Die Tobelbrücke, schöner Ort, Erna, gute Aussicht, werden sehn."

Indessen war auch die kleine Waldinsel mit dem Jägerhochstand bevölkert. Denn täglich strich dort der beleidigte Galan durch schütteres Unterholz. Er seufzte, musste alleine seufzen, mit dem Wind, der ihm vom Streunen was erzählen konnte. Eugenio hatte sich, um von der Herzenspein abgelenkt zu sein, eine exakte Bestandsaufnahme des Bannwalds zur Aufgabe gemacht und ärgerte sich, weil er wusste, dass das schmächtige Gestrüpp, in dem er stand, den schweren Schnee einst nicht mehr halten würde. Verlichtung, Verkrautung, Erosion, ein Elendszustand. Er fühlte sich geradezu verwandt. Alles passte zusammen.

Droben am Jägerstand führte Pia das Fernglas über die Wipfel und hörte zwischen den Eichelhähern, die sich in den Ästen zankten, den einen oder andern Fluch durch die Stämme fliegen. Dann entdeckte sie durchs Okular, nur ein paar Steinwürfe entfernt, die hastigen Schritte der anderen Verzweiflung.

Der Fliehenden saß noch immer die Tänzerin im Nacken, stachelte sie, hetzte sie. Dem hysterischen Galopp angepasst, musste schnell ins Treffen geführt werden, was gegen einen Abschied zu sagen war. „Du tust so, als wär' unsereins nicht gekränkt bis ins tiefste Mark, meine Liebe, noch bevor wir ordentlich eröffnet haben, willst du schon die Figuren vom Brett schütten? Dein Lamento macht uns Gähnen, Schwester!"

Erna hörte gar nicht hin. Sie hatte jetzt den schmalen Steg erreicht, der sich dünnarmig über eine Furt spannte. Blass wie ihr Sommerkleidchen, stand sie da und beugte sich übers Geländer. Die Sonne goss Ernas Lieblingsgelb in die Szene, und die Tänzerin hörte sie denken, sie küsste ihr den verschwitzten Nacken ab, knabberte am Haaransatz und säuselte ihr ins Ohr. „Zehn, fünfzehn Meter?" Die peitschende Gischt da unten winkte zugegeben wie eine Einladung. „Zwei Sekunden Fallzeit, Fleisch und Knochen auf Stein, Erna, bei senkrechtem Aufprall rammen sich die Oberschenkel blitzschnell in unsern Darm, dann zweiter Aufprall, kopfüber, Schädelbasismehrfachfraktur, womöglich noch gar nicht bewusstlos, Ernalein – erleben wir das Ende des Schlüsselbeins, Rippenfrakturen, Beckenbruch, linker Lungenflügel eingerissen, Milzriss, innere Blutungen, langsamer Abschied, kannst du mir folgen?" Erna, die vernünftige Erna, kokettierte trotzig mit dem Drahtseil und wollte nicht mehr hören, was die Verrückte so absonderte.

Pia hatte durch die Linse jede ihrer Bewegungen verfolgt. Sie setzte das Glas ab, schaute sich nach Eugenio um und ging los. Auf allen Vieren kletterte sie den steilen Abhang hinauf, der zum Tobelsteg führt.

Die Nackenküsserei der Tänzerin hatte sich jetzt aufgehört, statt dessen raunte sie Erna Unflätiges ins Ohr, als die sich probeweise übers Geländer beugte. Pia sah es und schrie laut auf. Alarmiert machte sich auch Eugenio auf den Weg. Die Rufe der beiden konnte Erna nicht hören, da sie vom fallenden Wasser übertönt wurden.

Die brodelnde Furt lag jetzt gut acht Meter unter ihren Fersen, links und rechts gesäumt von einer steilen, struppigen Böschung, die überwuchert war von Legföhren und Latschen.

Schneeweiß war ihr Gesicht, und ein einziger, hoher Ton lag fadendünn und singend unter ihr. Sie musste an Papa denken, am gestrigen

Abend glaubte sie ihn ganz nah. Kühle Gischt netzte ihr die Haut und machte sie frösteln. Sie würde nicht springen, niemals würde sie springen, aber das Spiel hatte seinen Reiz und etwas Tröstliches hatte es auch, so tröstlich wie die eigenen Beerdigungsphantasien in den Krisen der Backfischzeit.

Verlegen hatte sich die Sonne schon abgewandt vom schnöden Schauspiel, verzog sich hinter den Frassen.

Erna prüfte das Geländer auf seine Standfestigkeit, was Pia offenbar dramatischer interpretierte, als es war, denn sie gellte wieder auf, und diesmal konnte sie Erna hören.

Für Augenblicke war sie so verwirrt, dass sie mit einem Fuß vom glitschigen Holz rutschte und nur mit einer Hand noch an den Streben hing. Die Tänzerin kicherte, das haben wir nun davon. Sie konnte Pia dabei in die Augen sehn, die etliche Meter unter ihr über den Steilhang kroch. Auch Eugenio hatte inzwischen die windige Brücke erreicht. Erna hievte sich eine Ellenlänge weiter, bis zum nächsten Balken, um die Fallhöhe zu verringern. Sie kam sich so dumm vor und kindisch und wurde immer schwerer und schwerer, und bevor Eugenio ihren Arm erreichen konnte, fiel sie lautlos in die Föhren. Nur wenige Augenblicke später kniete Eugenio vor ihr. Er beugte sich ganz nah zu ihrem Gesicht, spürte ihren Atem, ihren Duft. Wie lieb er sie hat, dachte er, wie lieb er sie hat und verfluchte seinen dummen Trotz.

„Hilf mir, Kerl", dachte die Tänzerin. Eine Handvoll Gnade liegt wohl auch in diesem Fall, wollte Eugenio glauben. Es gab doch einen Plan, den gab es doch, es gab einen Ruf, und zwei Seelen, die ihn hörten und ihm folgen mussten. Einen Plan und einen Ruf.

„Erna …!"

Er tätschelte ihr Gesicht, die dünnen Blutbahnen wechselten die Richtung zum Ohr hin. Keine Reaktion, sie war ohne Bewusstsein.

Wie ein Lauffeuer ging die Nachricht von Hof zu Hof. Vor Eugenio lag ein weiter, steiler Weg. Pia schickte er voraus ins Kirchdorf, denn dort gab es die einzigen zwei Telefonapparate, eins im „Adler", eins in der Bürgermeisterei beziehungsweise Gendarmerie.

Immer wieder tauchten jetzt Gesichter auf, der Gendarm, der Jagdaufseher, Mutter Casagrande, verschwommen nur, großäugig, schnatternde Münder, hundert Fragen, dann wieder das schwankende Grau und Eugenios Keuchen.

Mit seiner Rechten umfasste er im festen Griff ihre Schenkel, mit der Linken drückte er ihren Oberkörper an sich.

„Direkt an unserm Ohr jetzt, Liebes, kannst du seinen Herzschlag hören? … Ich kann ihn hören, kräftig pulst er, der starke Mann."

Die Tänzerin konnte nicht und nicht den Mund halten.

Im Eilschritt trug Eugenio die süße Last zu Tal. Die klaffende Kopfwunde schickte fortwährend kleine Bächlein über Ernas Stirn und Wangen, aber sie hatte keine Schmerzen, als wär' sie in eine andere Welt gefallen, wattig und warm. Ihre rechte Wange rieb sich auf durch das Scheuern an seiner Brusttasche, in der noch ein kleingeschnitztes Holzstück steckte, das ihr bei jedem Schritt in die Haut piekte.

Eugenios Herzschlag, tief in ihrem Ohr.

„Hol einer den Kessel, der hat ein Auto", kam eine Stimme aus dem Hintergrund.

„Nein, verdammt … die Ambulanz sollt ihr holen, nicht den Kessel, die Ambulanz!!", brüllte Eugenio zurück. Verzweiflung in der Stimme, ja Entrüstung, nicht schon wieder in die falschen Hände mit ihr. Immer öfter musste er nun eine Kurzrast einlegen, in immer kürzeren Abständen, um Atem zu holen und die Krämpfe aus den Händen zu schütteln. Sie lag mit Sicherheit in den Armen eines Einzelnen bequemer als zwischen zwei Helfern, sagte sich Eugenio und lehnte deshalb jede Tragehilfe ab. Außerdem, in Blons gab es nur eine einzige Tragbahre, und keiner wusste, wo die zu finden war. Ein Umstand im Übrigen, der erst Wochen später neue Brisanz erhalten sollte.

Die Lungen brannten ihm schon, als er sich zu einer weiteren Rast entschloss, das rechte Knie am Boden, das linke Bein angewinkelt, um Erna als Nackenstütze zu dienen. Er korrigierte ihre Körperhaltung, um Verspannungen zu lösen.

Dabei konnte er der Versuchung nicht widerstehen, ganz beiläufig, während er sie vorsichtig zurechtbettete, die Konturen ihrer Rundungen mitzutasten, die so warm und lebendig in seinen Armen lagen. Sie schlief ja, dachte er, und gewiss würde sie ihrem Retter keine absichtlichen Anzüglichkeiten unterstellen wollen, aber er konnte nicht umhin, tief drinnen verlegene Scham zu fühlen für seine Frivolität. Bei jeder scheuen und doch höchst absichtlichen Berührung schauderte ihn vor wohliger Benommenheit und gleichzeitig schlechtem Gewissen, nutzte er doch die missliche Lage einer Verletzten, einer Bewusstlosen gar, für unbotmäßige Zärtlichkeit.

Verzeih mir, Erna, durchfuhr es ihn, verzeih mir.

„Er streichelt uns, der Kerl. Erna, spürst du das?"

Natürlich hatte die Tänzerin, die schlaflos war seit langem, jede Berührung registriert, wobei es ihr ein Leichtes war, Zufälliges vom Absichtlichen zu unterscheiden. „Er spricht zu uns, hörst du? Arglose Retterhände fühlen sich anders an, Erna." In einem flaumigen Bett lag sie, ihr schwindelte zwar, aber sie fühlte sich schmerzfrei und wohlbehütet.

Eugenio hob die Bewusstlose erneut auf seine Arme und holte weit aus, Richtung Kirchdorf. Er war inzwischen so erschöpft, dass er glaubte, jeden Moment erbrechen zu müssen, seine Knie schlotterten unter der Anstrengung, die Schenkel brannten, die Finger verkrampften sich in Ernas Fleisch, und doch hatte er in seinem ganzen Leben keine seligere Erschöpfung verspürt. Hätte er die Hände frei gehabt, er hätte sich die Haare gerauft über seine blöde, trotzige Absenz während der letzten Tage. Mit letzter Kraft zog er sie näher zu sich, als könnte er noch gutmachen, was schon versäumt war, drückte mit seinem linken Oberarm ihren Kopf zu seinem Gesicht, sodass sein Kinn auf ihre Stirn zu liegen kam, so hatte er sie ganz nah, ihre Haut, ihre Haare, ihren Atem und er hätte sie getragen bis – sehr weit jedenfalls. Die Tänzerin hatte Erna längst überredet, mit der Stirn leichten Gegendruck zu erzeugen, woraus sich ein erstes, zaghaftes, beiderseitiges Kosen ergab.

Als sie endlich die Schotterstraße erreichten, die ins Kirchdorf führt, kam ihnen schon der Bentley des Barons entgegen.

Eugenio, schweißüberströmt und kalkweiß im Gesicht, ging ungerührt weiter. Von Kessel stieg aus, öffnete die Hintertür und machte Anstalten, die „Fracht" sogleich zu übernehmen.

„Alsdann … auf den Rücksitz, schnell!" sagte er in gewohntem Befehlston.

Eugenio reagierte instinktiv mit einer Abwehrhaltung, die Erna noch näher an ihn schmiegte.

„Sie blutet stark am Kopf, ein Rettungsauto sollt' her", versuchte er noch verzweifelt gegen den Bentley zu argumentieren, aber dem Baron war nicht entgangen, dass Eugenio kurz vor einem Kollaps stand. Seelenruhig hielt er die Wagentür auf, und für Sekunden trotzten sich die Blicke der beiden Männer. Schließlich gab Eugenio nach und bettete Erna mit aller gebotenen Vorsicht auf den Rücksitz, dessen Conolly-Kuhleder der Baron vorsorglich mit einer dunklen Decke ausgeschlagen hatte, um Blutflecken vorzubeugen.

Dann brauste der Bentley davon.

Die Frostlöcher der Schotterstraße machten die Fahrt zu einem schmerzhaften Ritt. Mit Fortdauer der lästigen Schaukelei erwachten Ernas eigentliche Schmerzen, die vom Kopf ausgehend alle Glieder erfassten. Mit Erleichterung registrierte sie noch das plärrend heran-fliegende Signal des Martinshorns und das Umladen ins Ambulanz-auto, das endlich talauswärts fuhr.

Lang und tief der Schlaf im milchigen Plüsch, wo sind wir Erna? … vertrautes Aroma … Zedernharz und Bohnerwachs, und es war am Ende des Tunnels, der ausgeschlagen war mit leuchtendem Damast und Baldachinen, und Musik war da, wirkliche Musik, was war's bloß? Die Töne flogen ihr heiter entgegen, öffneten ihr den trockenen Mund und endlich die Augen, una bella serenata, und die Uhr schlug zwölf dazu, das Terzetto, du meine Güte, das Terzetto!

„Guten Morgen, ich fürchte, der Mozart hat Sie aufgeweckt."

Mit Respektabstand saß der Baron vor Ernas Bett. Sie konnte nur seine Konturen im Gegenlicht erkennen, so sonnenhell war das Zim-mer, in dem sie lag.

„Es gibt schlimmere Weckgeräusche", sagte sie müde, „guten Mor-gen." Während sie sprach, versuchte sie sich in der fremden Umge-bung zurechtzufinden.

„Warum bin ich …"

„Das Krankenhaus in Feldkirch hat Sie nach einer Nacht freigege-ben, da hab' ich mir erlaubt …"

Erna nickte, ohne wirklich einverstanden zu sein.

„Wie lange hab' ich geschlafen?"

„Genau 48 Stunden und 22 Minuten. Wie fühlen Sie sich?"

Sie setzte sich halb auf im Bett, eingeschleiert vom beigen Brokat-baldachin. Ihre Hand ging dabei unweigerlich zum Kopf, der in einem weißen Stirnverband steckte und noch immer schmerzte.

„Ich hab' Hunger", sagte sie, wie verwundert, zu sich selbst.

Der späte Gast

„Iss endlich, Eugenio, gib dir einen Ruck!" Der Bürgermeister schob ihm einen vollen Teller Kartoffeln und Sauerkraut hin.

„Ich hab' keinen Hunger!" Er schob den Teller wieder zurück. Mit seinem Daumennagel fuhr er in sturer Versunkenheit die Holzfaserung der Schreibtischplatte nach. Nachdem in Erfahrung gebracht war, dass von Kessel Erna zur weiteren Pflege in seinem Haus einquartiert hatte, war die Entrüstung bei Eugenio entschieden größer, als er zugeben konnte.

„Ruf ihn jetzt an, ich bitt dich", drängte er. „Was glaubt dieser Mensch eigentlich? Führt sich auf wie ihr Vormund ... der Herr von und zu ..."

Der Bürgermeister lehnte sich gelassen in seinen Stuhl zurück, das leidenschaftliche Engagement Eugenios für seine Kollegin machte ihn schmunzeln.

„Die lasst sich nit bevormunden, da brauchen wir jetzt kan Kummer, gell", sagte er und schob Eugenio wieder den Teller vor die Nase.

„Jetzt iss endlich!"

Erna saß noch immer aufrecht im Bett. Ein hübsches Servicetablett mit geschnitzten Beinchen war über ihre Zudecke gespreizt, darauf ein Angebot an Köstlichkeiten, von denen die meisten Leute im Tal nur träumen konnten. Schweizer Bürchen, Marillenkonfitüre, Wuchteln, verschiedene Früchte. Blanker Zynismus in diesen mageren Zeiten, dachte Erna, griff aber kräftig zu.

„Man bekommt richtig Appetit, wenn man Ihnen so zusieht", sagte der Baron und rückte seinen Stuhl näher zum Bett.

Sie aß in der Tat wie eine Ausgehungerte, nickte, kaute, lächelte.

„Übrigens hab' ich mir erlaubt ..." Er räusperte sich mehrmals, als wüsste er um die Brisanz seiner Ankündigung, „... hab' ich mir erlaubt, Ihre Frau Mutter zu verständigen, brieflich."

Erna unterbrach das Kauen, schluckte den Bissen, wie er war.

„Meine Mutter?! Bei allem Respekt, Herr Baron, Sie wollen damit ..."

„Verstehn Sie mich recht, ich dachte, bevor irgendjemand beunruhigende Nachrichten verbreitet, weiß sie nun sozusagen aus erster Hand ..."

„Aus erster Hand?!" Sie nahm sich gleich wieder zurück, tupfte sich den Mund ab. In dieser Verlegenheitsgeste konnte sie ihre Wut zügeln. Hätte sie gesagt, was sie dachte, ihr möglicher Einfluss auf den Baron hätte sich im Handumdrehn in Luft aufgelöst, und noch ehe sie einen brauchbaren Einwand gefunden hatte, läutete das Telefon im Nebenzimmer. Der Baron ließ lange läuten, bewegte sich bewusst bedächtig zum Apparat, ließ dabei aber die Tür zu Erna offen. Allein seine Körperhaltung verriet ihr, wer am anderen Ende der Leitung war.

„Sie gehen Recht in der Annahme, Herr Bürgermeister."

Dabei lehnte er sich, seine rechte Faust in die Hüfte gestützt, ins Hohlkreuz, als wollte er Kreuzschmerzen vorbeugen. Der Anruf war ihm sichtlich unangenehm.

„… Ich denke, sie ist imstand, das denk ich doch ja." Er drehte sich zu Erna.

„Es ist für Sie", sagte er höflich, aber in seinem Lächeln lag säuerliches Unbehagen. Erna war flugs aus dem Bett und ebenso rasch in einem Schwindel gefangen, der sie zwang, das Telefonat im Sitzen zu führen.

„Herr Bürgermeister?"

„Schön, Ihre Stimme zu hören, Frau Gaderthurn, ich hoffe sehr, es geht Ihnen gut."

„Es geht mir gut, danke." Der Baron blieb indiskreterweise nur zwei Schritte von ihr entfernt stehn. „Ich komme schnell zu Kräften hier", fügte sie noch an, um die Balance zu wahren zwischen den Fronten.

„Ausgezeichnet", sagte der Bürgermeister am anderen Ende der Leitung, „ich habe nämlich Neuigkeiten für Sie, gute Neuigkeiten."

Eugenio, der neben ihm saß, nickte ihm eifrig zu, während er sprach, als wollte er damit seine Rede beschleunigen, um die Frohbotschaft schneller durch die Leitung zu bringen.

„Wir könnten Ihnen nämlich eine geräumigere Kammer im Obergeschoß des Lehrerhauses anbieten, gell, wenn Ihnen damit geholfen …"

„Sehr sogar", unterbrach ihn Erna, „sehr geholfen, Herr Bürgermeister." Der Baron fühlte sich angesprochen und nickte bescheiden, in Wohltäterpose.

„Es tut mir im Übrigen leid wegen des Grammophons, gell", sagte der Bürgermeister, als trüge er, selbst Repräsentant hiesiger Mentalität, eine gewisse Mitverantwortung.

Es hatte sich also zu Ernas Überraschung jedes Detail des kleinen Dramas bereits herumgesprochen.

„Mit der Musik hat man's hier halt nicht so", versuchte Erna die Sache klein zu halten.

„Ja, g'sungen wird wenig hier, gell, gut also. Für den Umzug von den Jennys ist alles vorbereitet, das wollt' ich nur sagen, gell."

Eugenio nickte aufmunternd in jedes Wort und schielte inzwischen mit einem Auge auf die Kartoffeln und das Sauerkraut, das appetitlich vor sich hindampfte.

Am südlichen Talgrund, zwei Kilometer Luftlinie entfernt, wunderte sich der Baron über das Strahlen in Ernas Gesicht.

„Gute Nachrichten?" Er legte den Hörer, den Erna vergessen hatte einzuhängen, auf die Gabel.

Erna nickte, nahm einen großen Bissen vom Streuselkuchen, der aus dem Tablett lachte, sie kaute, nickte und strahlte. Gute Nachrichten.

Ernas Auszug aus dem Jenny-Hof glich aufs Haar dem Ritual des Empfangs. Als sie so dastanden in einer Reihe, geschniegelt und gekämmt, die ganze Familie, hätte sie am liebsten jeden einzeln umarmt. Obwohl kein Wort gewechselt wurde, akzeptierte jeder von jedem die Entschuldigung, die unausgesprochen auf der Zunge lag. Die Jennys waren ihr, jeder auf seine Art, ans Herz gewachsen, der mürrische Vater eingeschlossen. Seine weiche Seele, die Härte markierte, hatte sie an Papa erinnert, und sie spürte in aller Augen Versöhnliches und ein Stück Wehmut beim Handschlag. Sie hatte sich damit abgefunden, dass die Leute hier verschlossen waren wie Panzerschränke, dass alles zwischen den Worten lag. Trotz allem, was geschehen war: Zuneigung und Respekt gleichermaßen bestimmten die Atmosphäre dieses Abschieds.

Einzig Seppe schien aufgewühlter als die anderen, er trat etwas aus der Reihe, als der Bürgermeister den letzten Koffer auf den Zweispänner wuchtete. Während Erna auf den Bock kletterte, griff Seppe verstohlen in den tiefen Sack seiner Joppe, zog ein kleines, seidenes Etwas heraus, das einst zu Valeries Kollektion gehört hatte, und presste es ungeniert zwischen Nase und Mund, bis das Gefährt mit der duftenden Frau aus seinem Blick verschwunden war.

Revierinspektor Metzler, ein hochgewachsener, massiger Kerl und sein filigraner Assistent Dünser schrubbten mit Elan an ihrem Dienstauto. Jeder hatte einen gelben Schwamm und einen Kübel Wasser in der Hand. Der VW-Käfer, so grau wie ihre Uniformen, triefte von oben bis unten vom Seifenschaum. Dünser, der sich schon bei Ernas Einzug profiliert hatte, setzte auf der Stelle sein Putzgerät ab, als er Erna auf dem Kutschbock des Bürgermeisters sitzen sah. Nur ein Pflaster an ihrer linken Schläfe erinnerte noch an den Fehltritt am Tobelsteg.

„Ich sollt ihr vielleicht die Koffer …?"

„Nix sollst du." Der Metzler hielt ihn grob am Ärmel zurück. Im selben Moment kamen Eugenio und Pia aus dem Lehrerhaus. Ein Strahlen im Gesicht.

„Willkommen zurück, Frau Gaderthurn." Eugenios distanzierte Höflichkeit war freilich Absicht, die Gendarmerie, des Barons verlängerter Arm, sollte keine falschen Schlüsse ziehen, und Direktor Nigsch war auch nicht weit.

„Ich nehm' dann die Koffer, wenn's recht ist." Er spürte, wie ihm Ernas Nähe die Röte ins Gesicht trieb, der Hals schwoll ihm an, als spielte er sein Saxophon.

„Beides getragen, kein Vergleich", sagte er. Die Koffer zogen ihm die Arme lang.

„Das will ich hoffen, Herr Casagrande, die haben siebzig Kilo." Erna stand allein mit ihrem Satz, denn Eugenio war schon im Haus verschwunden und seine Verlegenheit mit ihm. Das übrige Gepäck übernahm freudig der Bürgermeister.

Pia zupfte energisch an Ernas Kleid, als sie den Männern zu ihrer neuen Kammer folgen wollte, und stellte sich ihr breitbeinig in den Weg.

Erna ging gehorsam in die Knie, auf Kopfhöhe mit der Kleinen, und sie umarmten einander lange, als wollten sie damit einen längst schon aufgesetzten Vertrag endgültig besiegeln.

„Macht's dann einen Knaller, wenn man stirbt?", flüsterte ihr Pia ins Ohr. Erna hatte das Mädchen nie wirklich sprechen gehört und konnte jetzt, da sie ihre weiche Stimme an der Wange spürte, ihre Rührung kaum verbergen.

„Ich weiß nicht, mein Schatz."

„Aber du warst doch tot."

„Nicht so ganz, Pia."

„Willst du auch nie mehr wissen, wie das ist?"

„Nein, nie mehr, ich versprech's dir."

„Gut." Jetzt erst machte Pia den Weg frei.

Ernas neues Zuhause war etwas größer als ihr Gaden im Jenny-Hof, aber ähnlich spartanisch eingerichtet. Das Bett allerdings war ein richtiges Bett, mit strohgefülltem Kopfpolster und einem wirklichen Federbett als Zudecke. Ansonsten ein mit frischem Blumenstrauß veredelter Tisch, der früher in einem der beiden Wirtshäuser gestanden sein mochte, jetzt aber als Schreibtisch gedacht war, ferner eine Kommode mit eingebautem Spiegel und ein Fauteuil, flankiert von einem nierenförmigen Servicewägelchen, das sich prächtig als Standort für Ernas Lalique-Lämpchen eignete. Strom gab es auch. So konnte sie sich mit dem kleinen Kocher, den ihr Nigsch zeitweilig überließ, warme Mahlzeiten zubereiten, war also quasi autark. Direkt neben der Tür hing ein metallener Weihwasserkessel mit Kruzifix. Ein einfaches Kanapee stand unter einem zerschlissenen Wandteppich, der eineinhalb mal zwei Meter überspannte und durch sein für diese Breiten ungewöhnliches orientalisches Motiv beim Betrachter ein gewisses Befremden auslösen mochte. Säbelschwingende Tuaregs, Wüstenkrieger mit Gewehr im Anschlag waren da zu sehen, gefletschte Zähne, fliegende Turbane, hoch zu Ross, eine Löwenjagd, in einer palmenstarrenden Oase. Wie sich später herausstellte, das Mitbringsel eines französischen Offiziers aus Algerien, der sich für eine von Nigsch organisierte Ladung Pökelfleisch revanchiert hatte.

Im Zimmer stand noch die Tageswärme, die der Dachstuhl abstrahlte. Für die Wintermonate aber konnte einem bang werden, denn in einem Walserhaus wurden nur Küche und Stube im Parterre beheizt, während die übrigen Räume eisig blieben. Erna hatte den begründeten Verdacht, sich in einer vormaligen Rumpelkammer zu befinden, die über Nacht und mit besten Absichten in eine Art Frauenzimmer verwandelt worden war.

Die Geräusche des Hauses waren nicht so lebendig wie bei den Jennys, von Redseligkeit keine Spur. Beeindruckend allerdings der große Radioapparat am Fenstersims, dessen Frequenzscheibe ein breites Netzwerk an Sendern anbot. Willkommener Kamerad für einsame Stunden.

Durch das große Fenster, das der drückenden Schwüle wegen weit offen stand, konnte man bis hinunter ins Tobel der Lutz sehen. Erna platzierte ihre „Schätze" (Rudolf blieb neuerdings im Koffer verstaut) auf dem Nachtkästchen, setzte sich aufs Bett und riss den 31. Oktober vom Kalender.

Eugenio klopfte an die Tür.

Er tat es sehr behutsam, denn im Erdgeschoß des Gebäudes befand sich Direktor Nigschs Dienstwohnung, und die Decken und Wände hatten Ohren.

„In fünf Minuten drüben im Naturkundekabinett", flüsterte er durch den Türspalt, „neue Lehrmittel, Befehl vom Nigsch." Dann war er verschwunden. Eine Prise Kölnischwasser blieb im Raum zurück. Erna nickte amüsiert – von wegen Lehrmittel – und suchte hastig nach dem großen Kuvert mit dem Poststempel von London.

Eugenio nestelte aufgeregt am Packpapier der Geschenkschachtel. Erna genoss den Glanz in seinen Augen, die ungläubig auf ein Notensheet starrten – fünf brandneue Charlie-Parker-Songs. Er stand langsam auf, fuhr sich die Strähne aus der Stirn, als wollte er mit dieser Geste alle Geheimnisse aus seinem Leben streichen und endlich reinen Tisch machen. Wir wollen die Kindereien jetzt bleiben lassen, das Leben ist zu kurz.

Langsam, sehr langsam, ging er auf sie zu, hielt sie sanft an den Schultern und flüsterte ihr ins Ohr.

„Der Weg vom Tobel ins Kirchdorf war zu kurz, viel zu kurz."

Sie zogen sich gegenseitig in eine Umarmung, lösten sich wieder, sahen sich in die Augen, als beginne endlich das offizielle Geständnis. Dabei lag alles offen zu Tage, ganz ohne Worte, und auch der Zauber des Augenblicks, den sie schon einmal ungenutzt hatten verstreichen lassen, stellte sich wieder ein, verlässlich wie der Sonnenaufgang.

Ihre Augen hatten sich längst die Beichte abgenommen, die Schwingungen in ihren Stimmen, sich schon gestanden, was zu sagen war. Und als sie sich küssten, wollten die Münder sich nicht mehr lösen, der Kuss war das Siegel. Ich liebe dich, sagte sie, ich liebe dich, sagte er. In dieser einen, ersten, langen Berührung öffnete Erna endlich alle Türen und Tore ihrer Festung und genoss den Sturmwind, der durch die verwaisten Gänge brauste, bis in die tiefsten Winkel, die kirschroten, ganz drinnen im Kern. In ihre persönliche Kathedrale war er vorgedrungen, wo nur Wahrhaftigkeit stattfinden durfte. Die Umarmung löste sich abrupt, als die halboffene Tür zu krächzen begann. Der Luftzug, vom Haustor unten. Ein Windstoß vielleicht. Jedenfalls war die Tür jetzt weiter geöffnet als zuvor. Aber kein Mensch war zu sehen.

Allerheiligen, Allerseelen waren stille Tage, die zwischen Kirchgang und Gräberpflege vorbeikrochen wie eine unschlüssige Nebelbank. Zeit, ihre Kammer auf Vordermann zu bringen und sich an ein neues, atmendes Haus zu gewöhnen, in dem so viel Erloschenes herumlag.

Am kommenden Morgen wurde Erna ein entscheidender Vorteil ihres Umzugs bewusst – ihr beschwerlicher Schulweg hatte sich auf lächerliche vier Minuten reduziert. Ein paar Dutzend horizontale Schritte, und schon war sie im Schulgebäude, ohne Schweiß, ohne Atempausen.

Ausgeschlafen und stramm, eine frischgetränkte Rose, so stand sie in ihrem roten Kleid vor der Tafel und schrieb: Heute ist der 3. November 1953.

Dann nahm sie ein paar Blumen, die einzeln auf ihrem Pult ausgelegt waren, in die Hand und hielt eine nach der anderen in die Klasse.

„Was halte ich da in der Hand, Hilda?"

Hilda Müller lächelte souverän.

„Eine Schlüsselblume, Frau Lehrerin!"

„Sehr gut, Hilda. Und das hier? … Heute gepflückt … Christa Maria?"

„Ein Wiesenkerbel, Frau Lehrerin!"

„Ausgezeichnet – und das da?"

Jetzt riefen sie alle durcheinander.

„Margeriten, Margeriten."

„Das war leicht, wirklich leicht. Hab' ich alles heute gepflückt, Kinder." Sie hob den Zeigefinger, und nun Achtung, scharf nachgedacht.

„Es sind also Herbstblumen, oder?"

„Nein, Frühlingsblumen", kam's wie aus einem Mund.

„Aha. In welcher Jahreszeit", sie tippte auf die Tafel, unterstrich den November mit Kreide, „sind wir denn jetzt?"

„Im Herbst!" riefen alle.

„Tja … wer ist jetzt verrückt, wir oder die Natur?"

Das Gelächter der Kinder wurde von energischem Türklopfen übertönt. Augenblicke später stand der Schuldirektor im Raum. Er beugte sich dezent an Ernas Ohr.

„Apropos Natur …"

Erna stand das Herz still – das Naturkundekabinett, der Windstoß, der Nigsch war's.

„Morgen ist Gemeinderatssitzung, Frau Kollegin, und ich hätt' Sie gern dabei."

Sie hätte ihn umarmen mögen für diesen herrlichen, diesen wunderhübschen Satz. Unwillkürlich entlud sich ihre Erleichterung in einer kollegialen Geste, indem ihre Hand kurz auf seine Schulter rutschte, zum Dank für die Ehre, die ihr zuteil wurde. Eine harmlose Einladung also, die allerdings entscheidend sei für die Zukunft des ganzen Tals, sagte er, und möglichst vollzähliges Erscheinen verlange. Nachdem sich der Direktor zurückgezogen hatte, standen die Schüler noch immer stramm.

„Setzen!" Sehr dünn kam Ernas Kommando, und sie ließ sich dabei selbst erleichtert in den Stuhl fallen.

„4. November 1953", begann der Bürgermeister mit dem Protokoll, „anwesend sind: der Herr Pfarrer, Schuldirektor Nigsch, Jagdaufseher Müller, Baron von Kessel, Revierinspektor Metzler, der Senn Türtscher, Lehrer Casagrande, Lehrerin Gaderthurn und meine Wenigkeit."

„Soweit alle da, wenn ich das recht seh', außer der Dünser, gell, der ist dienstlich verhindert", sagte der Bürgermeister mit der Wichtigkeit des Vorsitzenden, und während er weiter ausholte für die einführenden Worte, schritt Resi Casagrande, Eugenios Mutter, die aus diplomatischem Kalkül für die ganze Runde einen Zwetschkenkuchen gebacken hatte, die honorige Versammlung ab. Eine Faust in die Hüfte gestemmt, balancierte sie mit der anderen Hand das Tablett über den Köpfen. Wer wollte, konnte zugreifen.

„Ist der Kuchen auch frisch, Resi?", wollte einer wissen.

„Nein, wir haben nur alten, wennst ihn schnell isst, spürst es nit." Gelächter. Der alten Frau Casagrande konnte keiner wirklich in die Parade fahren, sie hatte stets das letzte Wort. Als sie mit der duftenden Köstlichkeit beim Baron vorbeikam, lehnte der dankend ab.

„Greifen S' ruhig zu, Herr Baron, kein Bestechungsversuch, gell", beeilte sich der Bürgermeister die Stimmung zu halten. Im allgemeinen Gelächter war der Baron der einzige, der ernst geblieben war. Er war auch der einzige, der wirklich über Dünsers dienstliche Verhinderung Bescheid wusste.

Die Baronesse stand schon in der offenen Haustür, als der graue VW-Käfer durchs schmiedeeiserne Tor fuhr. Dünser wurde umgehend ins Haus gebeten, da es augenscheinlich um eine vertrauliche Angelegenheit ging.

Unwillig stand er, in grauer Dienstuniform samt Schirmkappe, im Salon und wartete auf Anweisungen. Kalfaktorendienste waren ihm zuwider. Die Baronesse ging ein Dutzend Papiere durch, die auf dem Schreibtisch bereit lagen.

„Mein Sohn hat mir da eine kleine Liste zusammengestellt, Dünser" – und damit drehte sie sich zu ihm hin, hielt aber sofort inne in ihrer Rede und zwar so lange, bis er ihre Kunstpause als Rüge begriffen hatte, sich endlich seiner Schirmkappe zu entledigen. Ein Fauxpas in Gegenwart einer Dame, den er nur zögerlich einsah. Als er schließlich seine Dienstmütze gehorsam unter den Arm geklemmt hatte, übergab sie ihm eine Liste, die auf den ersten Blick ein wirres Zahlenchaos auswies, Gewichtsangaben, Durchschnittsgewichte, Höchstgewichte et cetera.

„Sie können das sicherlich als Routinekontrolle irgendwie erklären, Ihnen wird schon was einfallen, nicht wahr?"

„Routinekontrolle", murmelte Dünser ratlos. „Materialseilbahn … ich weiß nicht, weil normalerweise … das Verkehrsamt in der Landesregierung …"

„Eben, das ist abgestimmt mit denen, auch die Materialseilbahn braucht Kontrolle."

„Schon … ja."

„Na also."

Dem schroffen Ton ließ sie postwendend ein Lächeln folgen. „Ein kleiner Cognac vielleicht, zur Stärkung?"

Im Konferenzraum der Schule war inzwischen Eugenio in seinem Element, sämtliche Gemeinderäte hatten ihre Oberkörper weit nach vorn gebeugt, das Gesicht zwischen die Fäuste gestemmt, um jede flimmernde Einzelheit des Rollfilms erkennen zu können, die er kommentierte. Lawinentheorie, Eugenios Bibel, die mechanischen Gesetzmäßigkeiten eines Lawinenabgangs. Einzig der Baron saß zurückgelehnt in seinem Stuhl, ja er lungerte förmlich, um solcherart seinem Desinteresse und seiner Skepsis Ausdruck zu verleihen.

„Es gibt keine absolute Sicherheit, das weiß ich selber, aber so lange wir nicht alles getan haben, was in unserer Macht steht …"

„In unserer Macht, in unserer Macht", warf sich der Pfarrer dazwischen.

„Gegen 'n Herrgott kann man nicht kämpfen", sagte der Jagdaufseher, und der Pfarrer nickte bestätigend.

„Aber gegen Schnee, Herr Müller. Am Tag kann man die Sterne nicht sehen, und trotzdem sind sie da."

Die Herren waren eigentlich per Du, aber die Majestät des Themas veränderte auch die Grammatik des Umgangs.

„Wir haben Lawinen nicht gottergeben hinzunehmen", setzte Eugenio fort. „Ihr könnt mich für verrückt erklären, damit hab' ich kein Problem, ich war hundert Mal da oben und ich sag' euch, eine Kraft wird sich eines Tages rächen für eure Ignoranz, soviel steht fest."

„Der Gottseibeiuns wird's sein", sagte der Senn.

„A bissl weniger prominent, Türtscher, aber genauso wirksam", sagte Eugenio. „Die Schwerkraft, meine Herrn ..."

„Für die Schwerkraft gibt's unsere Bannwälder ...", sagte der Jagdaufseher.

„...die Löcher haben wie ein Schweizer Käs'", konterte Eugenio. Er machte eine beschwörende Geste, als wollte er ein für allemal den Kern der Sache klarmachen. „Der Einschlagpunkt eines Blitzes, meine Herren."

„Meine DAMEN und Herren", korrigierte ihn der Baron.

„... DAMEN und Herren ... ein Blitzeinschlag ... also" – dabei sah er Erna kurz in die Augen – „ist nicht vorhersehbar, aber der Gang einer Lawine lässt sich bis zu einem gewissen Grad vorausberechnen, wie man in unserm Film hier sehen kann, denn Gelände, Temperatur, Wind, Schnee- und Bodenbeschaffenheit sowie die Geschwindigkeit geben mögliche Bahnen vor, schaut's euch das an hier!"

Er legte dabei durch das Abziehen einer Folie eine Graphik frei, die er neben der Leinwand auf einer Staffelei platziert hatte.

„Sie kann hier durchs Tobel kommen und bei großer Menge und ab einer bestimmten Geschwindigkeit über den Tobelrand hinausschießen und am End' Häuser treffen, die gar nicht in der Falllinie liegen. Und jetzt zum Punkt: Wenn man schon OBEN, also bei der Abbruchstelle, Erdkeile, Querfällungen, Stahlschneebrücken ..."

„Die Natur ist immer Sieger, Eugenio, Demut ist auch eine Tugend", unterbrach ihn der Pfarrer.

„Und Fahrlässigkeit ist eine Sünd', Herr Pfarrer, wenn sie Leben kostet" – und damit blätterte er zur nächsten Graphik.

„Wenn man also verhindert, dass sie überhaupt abbricht, und zwar durch doppelt so hohe Stahlrechen und ferner durch …"

„Grad jetzt, wo die Winter eindeutig milder werden, sollen wir neue Schneerechen bauen. Wo da die Logik ist, frag' ich", sagte der Jagdaufseher.

„Warme Winter gibt's in jedem Jahrhundert, das hat an der Statistik nix geändert", sagte Eugenio, „bitte zum Mitschreiben. Im Jahr 1497 – 20 Tote durch die Falvkopfleu, dann 1526 – 15 Tote, dieselbe Leu. 1689 – 17 Tote durch den Staub vom Mont Calv, 1853 – 18 Tote, 30 Häuser, 1951 zwei Tote …"

„Ja, sind wir jetzt im Geschichtsunterricht, oder was?" Den Jagdaufseher hatte die Totenliste nervös gemacht. „Ich hätt' noch anderes zu tun heut." Eugenio setzte unbeirrt fort.

„In jedem Jahrhundert eine große Katastrophe, … und alles, was man hier zu sagen hatte, war … AMEN!!"

Der Baron begann in seinen Akten zu kramen. „Sie reden immer von Fakten, Casagrande. ICH hab' hier Fakten – und zwar aus der GEGENWART." In Ton und Diktion klang er schon wie der siegessichere Anwalt, der die prozessentscheidenden Beweise auftischt.

„Seit die Weiden am Falvkopf in meinem Besitz sind, meine Dame, meine Herren, habe ich 20.300 Zirben, 20.000 Fichten, 1000 Bergkiefern und 1000 Lärchen aufgeforstet, ferner 12 Hektar Jungwald, 1412 Laufmeter Schneerechen bauen lassen und 14 Erdterrassen aufgeschüttet, obwohl seit hundert Jahren – bis auf die jährliche Tobelleu – nix passiert ist. Seit HUNDERT JAHREN, ich bitt' Sie!! Also lassen wir uns nicht verrückt machen von uralten Schreckensmeldungen und veraltetem Zahlenzeugs!"

Dann warf er theatralisch seine Füllfeder auf den Aktenstapel und setzte sich, noch immer in Angriffshaltung, auf seinen Stuhl. Das geharnischte Plädoyer hatte seine Wirkung nicht verfehlt. Von Metzler, dem Senn und dem Jagdaufseher war zustimmendes Murmeln zu hören. Die anderen richteten nun ihren bangen Blick auf Eugenio, in Erwartung eines angemessenen Konters.

Die Wartung der Materialseilbahn, insbesondere deren Mittelstation, lag in den Händen von Bertl, einem 35jährigen Blonser, der unter den Kauzigen als Kauz galt. So einer hatte keine Feinde, galt als harmloser Exot, der den Wirtshausrunden verlässlich bizarre Schwänke lieferte. Bertl war zwei Jahre lang zur See gefahren, kannte die Hafenluft von

Sansibar, Wellington und Buenos Aires. Doch bald schon war er des Getöses der Welt draußen überdrüssig und entschied sich endgültig für die Berge.

Etwas untersetzt war er, kurzer, breiter Nacken, kräftige Schultern, störrische Igelfrisur, in deren Stirnseite schon Geheimratsecken schneisten. Wie ein Erker trotzte eine breite Nase aus seinem Gesicht, und zwei bohrende Augen, die gescheit und selbstsicher grinsen konnten, als hätten sie die Gabe, jeder Seele mit einem einzigen Blick das hinterste Geheimnis zu entreißen. Ob „Bertl" nun sein Vor- oder sein Nachname war, wusste niemand so genau, er selbst, wenn er ein Viertel über dem Durst war, nicht ausgenommen, er war einfach der Bertl. Ein Sonderling, der nicht Schritt halten wollte mit der Welt und ihrem neuen Tempo.

Das Tal war, wie gesagt, schon seit elf Jahren elektrifiziert, aber Bertl weigerte sich beharrlich, sein Haus ans Stromnetz anzuschließen. Mit Petroleum oder gar alten Tranlampen fand er sein Auskommen, und für die meisten Segnungen der Zivilisation hatte er außer wüsten Flüchen nichts übrig. Im Grunde war er ein hochbegabter Bursche, der ebensogut ein lehrender Philosoph hätte sein können. Er ging bescheiden seiner Arbeit nach in dieser windigen Hütte. Hier konnte ihm keiner dreinreden oder den Tag vermauern. Bergbauernmühsal, Stallarbeit, Viehtrieb, Heuen und dergleichen war ihm zu kräftezehrend, und frühes Aufstehen hasste er wie die Pest. Nicht um die Burg hätte er sein Leben für ein anderes eingetauscht. Er brauchte nicht viel zu seinem Glück in seinem zugigen Bretterverschlag, den er wetterseitig sogar kalfatert hatte, um sicher im Trockenen zu sein. Wenn er seine Bücher lesen konnte zwischen den Fuhren, war er im Frieden mit sich, und wenn er ins Fabulieren kam, flossen ihm die hauseigenen Romane aus dem Hirn wie der Saft aus der Mostpresse.

Als er nun den Dünser in Uniform auf die Mittelstation zukommen sah, setzte er sich auf die Holzbank hinterm Haus, wo sich die Sonne bis zum Untergang breitmachte. Er tat so, als wäre er in die Logbücher des James Cook vertieft und nicht im geringsten darauf erpicht, mit der Außenwelt Kontakt aufzunehmen, insbesondere wenn die sich so dienstlich näherte. Als Dünser von auftragsgemäßer Routinekontrolle zu faseln begann, setzte Bertl sein dümmstes Gesicht auf.

„Kontrolle?? Routine?"

„Routinekontrolle", stellte Dünser klar.

„Mach di nit wichtig, Dünser."

„I bin dienstlich da, Bertl, also, die maximale Nutzlast möcht' i jetzt wissen, oder."

„Was woaß denn i?! Was für a Nutzlast??"

„Stell di nit blöd, Bertl, was halt hinein geht in das Ding, rein gewichtsmäßig."

„Kilo?"

„Mach mi nit schwach."

Bertl konnte so vernebelt schauen, dass er bei seinen Mitmenschen Aggressionen auslöste.

Dünsers Auftraggeber in der Gemeinderatssitzung war indessen durch Eugenios belastendes Material wieder in die Defensive gedrängt worden.

„Von wegen altes Zahlenzeugs, Ihre Fakten aus der Gegenwart sind über zwanzig Jahre alt, Herr von Kessel, über zwanzig Jahre, sehen Sie sich ihre Schneerechen doch an!"

An Hand von Diafotografien, die dank akribischer Großaufnahmen entlarvende Details offenbarten, konnte Eugenio seine Argumente lückenlos belegen. Jeder der Anwesenden konnte mit eigenen Augen sehen, dass die Schneerechen großteils aus ihrer Verankerung gelöst waren, ja dass sie zum Teil im falschen Winkel zum Hang standen, also nutzlos waren.

„Wie wollt ihr denn mit drei Meter hohen Rechen sechs Meter hohe Schneewächten zurückhalten?", fragte er in die Runde, ohne den Baron eines Blickes zu würdigen.

Die folgenden Bilder waren noch überzeugender. Längst eingefallene Terrassen, die, Wind und Wetter ausgesetzt, fast vollständig erodiert waren. Seit Jahrzehnten hatte sich kein Mensch mehr dieser Mängel angenommen, und während des Krieges war das Interesse für die Schutzbauten vollends erlahmt.

Eugenio war in den letzten Jahren unzählige Male an den einschlägigen Hängen unterwegs gewesen, hatte all seine Begehungen fotodokumentarisch festgehalten und wusste daher, dass ihm keiner etwas entgegenzusetzen hatte. Eine profunde Bestandsaufnahme. Eines der frappierendsten Bilder zeigte den aufgeforsteten, so genannten Bannwald, der inzwischen 1.50 Meter Höhe erreicht hatte.

„Höher wird er nimmer", sagte Eugenio, „weil der Boden ausgebrannt ist, damit bannen wir gar nichts. Da droben gibt's keine Bremsen mehr, aus!" Eugenio hatte wieder Oberwasser, das spürte auch der barontreue Revierinspektor Metzler und meldete sich in braver Loyalität zu Wort.

„Wenn's noch wahr wär', das kostet ja alles ein Heidengeld, der Baron hat investiert und kriegt auch noch die Rüffel."

„Man könnt' ja verkaufen, gell", bemerkte der Bürgermeister emotionslos.

„Wie denn, wem denn", brach's aus dem Baron, „der Bund fühlt sich nicht zuständig, kein Geld, schiebt's aufs Land, 's Land schiebt 's auf die Gemeinde und die hat noch weniger Geld, ja soll ich's vielleicht verschenken?!"

„Sie kennen unser Angebot, und das ist fair. Verschenken müssen S' gar nix."

Der Baron verdrehte die Augen, als wollte er diese Lächerlichkeit nicht einmal kommentieren. Der zieht am letzten Trumm, dachte Eugenio, Argumente hat der keine mehr.

„Wir können natürlich auch anders", sagte er mit einer Ruhe, die entschieden bedrohlicher wirkte als lautes Gebell.

„Wie bitte?" Der Baron verzog ungläubig sein Gesicht.

„Diese Stahlträger, Herr von Kessel" – Eugenio zeigte dabei auf ein weiteres Dia – „hat nicht der Wind weggetragen, sondern jemand aus Fleisch und Blut. Und das hier (das nächste Foto aus dem Bannwald) war keine Lawine, sondern eine hundsnormale Waldsäge. Wer immer das war, musste sich sehr sicher fühlen."

Der Baron war bleich geworden.

„Das wird ein Nachspiel haben, Casagrande, gerichtlich."

Auch Erna wurde jetzt bange. Sosehr sie Eugenios Auftritt beeindruckt hatte, gegen das Geld des Barons und die Anwälte, die man damit bezahlen konnte, würde er chancenlos bleiben. Sie musste an Graf Wehrberg denken und dass der Edelmann in Geldangelegenheiten und solange es um seinen Vorteil ging, durchaus nicht zimperlich war.

Der ganze Disput hatte augenblicks eine neue Qualität bekommen.

„Ich bin noch nicht fertig", setzte Eugenio unbeeindruckt fort und knipste zwei weitere Dias aus dem Schuber. Den Giebel eines Hauses und anschließend einen Schneerechen vom Falvkopf. Dann beide Bilder nebeneinander. Der in den Giebel eingebaute Stahlträger war mit dem am Schneerechen ident, Eugenio hatte ihn (so wie viele andere

Stahlstreben am Falvkopf) mit einem X markiert, um sicher zu gehen, dass es sich um ein und denselben handelte.

„Unser Lawinenschutz steckt also hier, anstatt oben am Berg, hier, wie bei den Schildbürgern."

Der Baron sprang wütend auf.

„Jetzt reicht's!" Sein Aktenberg klatschte vom Tisch. Die Wut spannte ihm die Lippen zu dünnen Linien. Der folgende Schlagabtausch eskalierte in eine Lautstärke, die für Erna noch gewöhnungsbedürftig war. Sie rückte etwas näher zum Bürgermeister, als könnte sie dadurch wenigstens ihre Flanke sichern. Natürlich wusste der Baron, dass diese Bilder nicht zu widerlegen waren, und er wusste auch, dass einige Bauern mit seinem ausdrücklichen Sanctus Stahlstützen vom Berg geholt hatten, um damit ihr Giebelwerk oder ihre Stalldächer zu verstärken. Eisen war, besonders seit dem Krieg, ein höchst kostbares Gut und absolute Mangelware. Selbst Kirchenglocken waren ja zu Kanonenkugeln geschmolzen worden. Warum sollte man also nicht jetzt, da von oben seit Jahrzehnten keine besondere Gefahr mehr drohte, ab und an ein Auge zudrücken, zumal sich die „Beschenkten" in eine gewisse Abhängigkeit zu ihrem Gönner begeben mussten, die sich eines Tages für ihn auszahlen sollte. Für ihn.

Dabei zog sich die Laschheit, mit der man Schutzeinrichtungen in den Abbruchgebieten verwahrlosen ließ, bereits über Jahrzehnte, ja über Jahrhunderte hin. Wer wollte in dieser langen Kette von Versäumnissen, in der sich ganze Generationen aus der Verantwortung gestohlen hatten, die wahren Schuldigen benennen, und wer sollte einst den Richter spielen, wenn am Ende doch „alles in Gottes Hand lag"?

Oft genug fühlte sich Eugenio wie ein ohnmächtiger Don Quixote im Kampf gegen diesen achselzuckenden Fatalismus, doch am heutigen Tag hatten die Windmühlen Gesichter und Namen, und während er sich unter einem wirren Hagel von Beschimpfungen duckte, teilte er selbst mit einer Derbheit aus, die Erna die Luft nahm. Das Flakgeschütz kam ihr in den Sinn, mit dem Eugenio ins Hakenkreuz geschossen hatte, und auch die deftigen Salven, die jetzt ausgetauscht wurden, waren längst nicht mehr fürs Protokoll bestimmt. Die Würde der Versammlung begann empfindlich zu leiden, sodass sich der Bürgermeister schließlich gezwungen sah, mit dem Hammer dreimal zur Ordnung zu rufen.

„Ich erkläre … ICH ERKLÄRE!!!! … die Sitzung für abgebrochen und bis auf unbestimmt vertagt, gell, und basta!!"

Erna entnahm dem Postkasten im Parterre einen Brief, vertrauter Absender. Inland. Der Baron ließ nicht locker. Die nächste Einladung. Mit soviel Hartnäckigkeit konnte keiner rechnen.

Erna war klar, dass sich ein Heißsporn wie Eugenio durch seine Frontalangriffe auf den Baron in Teufels Küche bringen konnte, ja, dass er womöglich ins Leere lärmte, und da Recht und Gerechtigkeit nur selten sich deckten, am Instanzenweg wohl nichts zu erreichen war. Dem Baron war mit Fakten, Zahlen und leidenschaftlichen Warnungen nicht beizukommen. Er war nicht sonderlich beliebt im Tal, aber begütert und daher mächtig genug, sich eine Handvoll loyaler Fürsprecher zu halten, die im Gegenzug mit kleinen Privilegien und temporären Zuwendungen rechnen durften. Außerdem war ihm durch die klaglose Führung der Genossenschaft, deren Erfolg allen zugute kam, der ungeteilte Respekt der Bauern gewiss.

Die Taktik musste also geändert werden. Nicht brachiale Konfrontation, sondern strategisches Kalkül war das Gebot der Stunde. In seinen Augen, das wusste Erna, waren auch Verletzlichkeit und Wankelmut zu Hause.

Unduldsame Härte war seine Sache nicht, das war ein Zug, der seiner Mutter vorbehalten blieb, die sich in despotischer Noblesse suhlen konnte. Warum sollte also Erna nicht in ihren eigenen Köcher greifen, im erprobten Vertrauen auf die Tänzerin, sich subtilerer Waffen bedienen, die einen eitlen Blender schneller in Bedrängnis bringen konnten als tausend Brandreden.

Als sie im Stiegensteigen den Brief öffnete, fühlte sie sich schon wie Eugenios Agentin. Die Einladungskarte, diesmal mit besonders hübschen Ornamenten verziert, lehnte sie an ihr Lalique-Lämpchen auf dem Nierentisch und wollte sich gerade über Strategisches den Kopf zerbrechen, als es klopfte.

„Erna?" Sie sah sich schon aufspringen und zur Tür rennen, für eine flüchtige Umarmung, einen Kuss vielleicht. Aber im selben Moment griff ihre Hand die Einladung des Barons und verstaute sie zwischen Schulbüchern. Schon wieder ein Geheimnis.

„Herein!" sagte sie so neutral wie möglich. Eugenio streckte nur seinen Kopf ins Zimmer, ein breites Grinsen im Gesicht.

„Gut gebrüllt", fasste Erna ihren Eindruck von der Sitzung zusammen. „Man könnt' ja Angst kriegen."

„Danke", flüsterte er, deutete gleichzeitig mit einer Kopfbewegung an, dass Nigsch sich im Haus befand.

„Morgen Schulausflug …" Noch immer geflüstert: „Begleitperson: Erna Gaderthurn … Ausflugsziel …"

„Falvkopf", kam es von beiden.

Eugenio war beim Aufstieg mit den guten Gehern vorangegangen, während Erna mit den Kleineren die Nachhut bildete. Eine milchige Wolkendecke spannte sich hoch über den Himmel, die Sonne zog als konturloser Klecks über den Tag, was den anstrengenden Aufstieg erleichterte. Erna musste mit Respekt an die unzähligen Gänge denken, die Eugenio hier über die Jahre absolviert hatte. Was er allein an physischer Energie in seinen Kampf investiert hatte, in endlos steile Kilometer, das ging auf keine Kuhhaut. Wie oft er sich auch hinaufgeplackt hatte, immer war es seine Wut, die ihm den zweiten Atem gab.

Der holprige Serpentinenpfad durch die schütteren Waldstreifen zeugte Schritt für Schritt vom drohenden Szenario, das er seit Jahren in Sitzungen, Presseberichten und Radiosendungen beschrieben hatte. Der Jungwald war ausgeholzt oder von stillen Schneebrettern zerbrochen, das Unterholz nur spärlich oder gar nicht vorhanden. Über der Baumgrenze waren im ausgedörrten Stoppelgras eindeutige Schleifspuren von abtransportierten Eisenträgern zu erkennen. Wer leibhaftig davorstand, wurde sich des fahrlässigen Unfugs erst wirklich bewusst.

Die so genannten Schutzbauten boten ein klägliches Bild. Aus dem dünn bepflanzten Wall der ehemaligen Terrassen waren längst auserodierte Mulden geworden. Die Schneerechen waren kaum mehr verankert, ja teils mit kleinen Muren weiter talwärts gerutscht oder bis auf Restpfosten demontiert, durch Schneedruck und durch Menschenhand.

Während sich die Schüler, zersprengt in kleine Grüppchen, zwischen Legföhren und vereinzelten Jungtannen versteckten und ein kompliziertes Räuber-und-Gendarm-Spiel in Gang kam (wobei sie sich mit tierähnlichen Lauten verständigten), hatte Eugenio nur diese gespenstischen Relikte im Auge – diesen längst aufgelassenen Verteidigungswall, zu oft schon überrannt vom übermächtigen Feind und der Natur zum Wucherfraß überlassen, als wäre hier jemand besiegt worden, von dem keine Gegenwehr mehr zu erwarten war.

Es war ein seltsames Gefühl für Erna, zum ersten Mal da oben zu stehen, auf der Haut des Corpus Delicti, in 1800 Metern Höhe, inmitten der Abbruchschneisen des Falvkopfs, keine hundert Meter unterm Gipfelkreuz und mit Sicht auf den nahen Mont Calv, den kleineren Bruder, der sich im milden Herbstlicht so harmlos ausnahm. Bis zum Silberband der Lutz konnte man hinuntersehen. Das waren sie also, die fatalen Hänge, die schon so viel Unheil und Tod ins Tal geschickt hatten und heute, eingehüllt in die Echos von Krähengeschrei und Kinderlachen, ungerührt und so friedlich über Blons wachten, als wäre nie etwas geschehen.

Eugenio und Erna saßen nur eine Handbreit voneinander entfernt auf ihren Windjacken, die sie unter einen der maroden Eisenträger gebreitet hatten, um sich anlehnen zu können. So waren, wenn sie sich für Augenblicke unbeobachtet fühlten, kurze Berührungen möglich, zufällig und gewollt. Erna mochte das, genoss ihre Wallungen wie ein Backfisch. Wie zwischen allen Verliebten knisterte eine entrückte Wohligkeit, die alles, was gesagt, gedacht, gesehen wurde, wichtiger, ja feierlicher machte, als es wohl war.

Eugenio jedenfalls wurde offen und redselig in dieser, in seiner Arena, als trüge ihm hier ein Zauber die Worte zu, die ihm im Tal unten fehlten oder ungesagt ins Saxophon fließen mussten.

Er führte Erna mit der Souveränität des Kenners durch seine ganz spezielle Lawinenkunde, die in der Tat erstaunlich war, zumal sie sich wie ein sehr persönlich geführter Krieg zweier alter Gegner anhörte, die im direkten Duell noch nie aufeinander getroffen waren. Durch einen kleinen Kunstgriff wurde der Feind zum greifbaren Widersacher. Eugenio machte seine Lawinen zu Lebewesen, die sie ja waren im wahrsten Sinn, gab ihnen eine Seele, ein Gesicht, einen Charakter, ja einen Namen und klappte ihnen frech das Visier hoch, um ihnen in die Augen sehen zu können, Absichten zu erraten, er wollte gewappnet sein vor jeder Finte, denn wer sich ihr auf Gedeih und Verderb auslieferte, schicksals- oder gottergeben, der war schon verloren. Das war sein Credo, und er rieb es jedem unter die Haut. Der Baron und die anderen hätten ihn für diesen Irrwitz einen unheilbaren Paranoiker gescholten, aber Erna ließ sich neugierig entführen in sein Wissen, das er wie ein Fährtenbuch geordnet hielt, ja er hatte sich buchstäblich auf die Fährten dieser Wesen gemacht und in detektivischer Kleinarbeit ihre Entstehungsgeschichten erforscht. Mit der verrücktesten begann er seinen Bericht.

Die Klauenspuren einer Krähe hatten ihn vor drei Wintern zum Ausgangspunkt eines Schauspiels geführt, das er bis zum letzten Vorhang rekonstruieren konnte. Ein Vogel zog seine Kreise über dem Nachtwald, erzählte er, und landete auf einem schneeschweren Ast (die Klauen hatten ihn verraten), der nachgab und wispernd seinen Staub verlor. Durchs plumpsende Gewicht stach er die Bodendecke an, brachte sie ins Rutschen – die Lawine war geboren – und begann einen leisen Slalom durch hundert Stämme, schlich durch lichtes Unterholz, nahm über die baumlose Grasnarbe Geschwindigkeit auf und blieb, gepackt vom Übermut, (Eugenios Interpretation) statt ins Tobel zu fallen, oben am Kamm, schanzte über das nächste Waldstück hinaus und köpfte alle Wipfel. Dann aber stauchte sie sich in einem Bremsloch, um gleich darauf mit der vordersten Zunge durch die offene Hintertür eines Stalls zu lecken, ohne auch nur den geringsten Schaden anzurichten, völlig unbemerkt, von keiner Menschenseele geschaut, klanglos ab in den Orkus. Eugenio lachte glucksend vor sich hin. Sie hatte sich vertan, die Arme, sagte er, das war zumindest sein Resümee. Als hätte sich die Lawine, unschlüssig über die Dramaturgie ihres kurzen Auftritts, ins geschwätzige Fabulieren verstrickt und dadurch (selbst die Gesetze der Schwerkraft frotzelnd) ihr Leben verwirkt. Er hatte tatsächlich „Leben" gesagt. Die „Launische" war sie, in Eugenios Skriptum, die unberechenbarste von allen, ein charakterloser Jungspund, der nicht wusste, wohin mit seiner tödlichen Energie, und sich dabei selbst den Garaus machte. Aber das Schauspiel hätte eben auch anders enden können, sagte er, oder es hätte gar nie stattfinden müssen, wär' das Unterholz dicht genug gewesen und ein paar Dutzend quergefällte Stämme als natürliche Bremsklötze verteilt worden.

Eugenio hatte sich in einen regelrechten Rausch geredet, und Erna war heimelig zumute, wie damals, als Papa im Chesterfield sitzend durch knarrende Seiten blätterte.

Wie ein Dompteur berichtete er von den merkwürdigsten Kunststücken, die seine großen und kleinen Monster in petto hatten, von den Raffinierten unter ihnen, von der „Ordinären", dem lumpigen Schneebrett, das Pias Eltern verschluckt hatte, und schließlich von den Jahrhundertterminatoren, die sich brüllend wie die Posaunen von Jericho als Weltuntergang gebärdeten: den „Gnadenlosen", wie er sie nannte, die als Wolke aus Schneestaub von ganz oben ihren Sturzflug beginnen und allein mit dem Luftdruck, den sie wie einen

Rammspieß vor sich herschieben, Todesschneisen hinterlassen wie ein Bombenangriff.

Seine fiebrigen Worte hatten in dieser unwirklichen Geräuschkulisse, einer Mischung aus gurrenden Kinderkehlen, Krähengeschrei und den Windböen, die den Eisenträgern seltsame Melodien aus sphärischem Gezirpe entlockten, ein angemessenes Forum. Er konnte Erna die komplexesten physikalischen Abläufe in einem Schneebrett auseinandersetzen, als spräche er von einem heimtückischen Eifersuchtsmord. Kleine und große, glitzernde Wahrheiten, die Erna ins Mark fuhren. Die Kulisse tat ein Übriges: Wenn ein Vogelschnabel in die Moosschichten hackte, die sich in Jahren an den kalten Stahl gelegt hatten, flog ein sirrender Ton von einem Ende zum andern, echote im Rhythmus des Hackschnabels hinein in den Zikadensang.

Als er von der „Würgerin" zu erzählen begann, dem Schneedruck, der sich um Häuser klammert wie eine Python, die ihr Kaninchen zermalmt, fröstelte Erna und es klopfte die einschlägige Schwester wieder von innen an ihre Brust, trotz der befreienden Höhenluft, die sie atmete, und trotz der klaren Weitsicht, die bis ins Schweizer Land reichte.

Sie ist die langsamste aller Lawinen, sagte er, agiert nur in Zeitlupe, unspektakulär, aber mit eisernem Griff, der nie nachlässt, wenn sich das Opfer wehrlos ergibt.

Wenn es auf nassem Boden schlecht eingeschneit hat und sich darüber eine dünne Eiskruste bildet, kommen die hängenden Schneeflächen darüber irgendwann ins Gleiten, dozierte er. Sie reißen ab und sacken, träg und satt wie ein vollgefressener Koloss, langsam, sehr langsam talwärts. So ein Schneemaul bläht sich zu großen Wülsten und kann, wenn zur Entlastung keine Druckgräben in Schnee und Erdreich gehauen werden, ein Gehöft um seine Achse drehen. Als er eines Morgens im Winter 1950 zum Schaufeln ins Nachbarhaus gerufen worden war, hatte sich der dortige Stall über Nacht um 90 Grad gedreht, die Tenntür schaute plötzlich nach Süden statt nach Osten. Der Schnee kann ein Hund sein, sagte Eugenio, das muss man wissen. Dann schaute er eine Zeitlang den Kindern zu, die über das ganze Gipfelareal verteilt, durchs Gestrüpp schlichen.

„Bin ich verrückt, Erna?", fragte er plötzlich.

„Ein bisschen, ja", sagte sie. Er grinste zufrieden und zog sein selbstgebundenes Manuskript aus dem Rucksack, „Chronik des Walsertals".

„Alles da drin nachzulesen. Ich will nicht weg hier, Erna."
Er hatte es mit schwarzer Tusche, in die er seinen Gänsekiel tauchte, geschrieben. Der Himmel hing jetzt tief wie ein Zelt über ihnen. Was der schon alles gesehen hat, der Himmel … Ernas Hand spielte mit einer verrosteten Schraube aus einem der Träger, diese Bergpredigt hatte ihr die Sprache verschlagen.

Um ihren Besuch so diskret wie möglich zu halten, ließ sie sich diesmal nicht mit dem Bentley abholen, sondern ging den ganzen Weg zu Fuß. Eugenio war schon zu Mittag mit dem Postbus nach Feldkirch gefahren, um einen Einkauf zu erledigen. Erna hatte sich viel vorgenommen an jenem Abend und sie hoffte am Ende des Tages mit einer Überraschung aufwarten zu können, die Eugenio, trotz ihrer verdeckten Operation, milde stimmen würde.

Schon die Ouvertüre war ein Canossagang, ein langer, beschwerlicher Fußmarsch, den sie teils barfuß absolvierte, da ihre Füße noch vom Falvkopf-Ausflug lädiert waren.

Trotz des aparten, cremefarbenen Abendkleids, das ihr Dekolleté betonte und ihrer schlanken Wohlgestalt Eleganz verlieh, gab sie bei ihrer Ankunft ein ziemlich derangiertes Bild ab. Sie humpelte förmlich auf das Jagdschloss zu, in der Hoffnung, noch nicht im Blickfeld des Gastgebers zu sein.

Vor dem Eingang standen außer dem Bentley noch zwei weitere Fahrzeuge, was ihr auf den ersten Blick merkwürdig erschien.

Schweren Herzens schlüpfte sie in ihre Stöckelschuhe, bevor sie die Treppen zur Eingangstür emporstieg. Der Baron stand bereits an der Schwelle und hieß sie willkommen.

„Sie haben schon Besuch, Herr Baron?", gab Erna ihrer Verwunderung über die anderen Fahrzeuge Ausdruck.

„Nur eine kleine Bridgerunde meiner Mutter, die Herrschaften konnten sich noch nicht trennen, Sie entschuldigen."

Er begrüßte sie mit Handkuss.

„Ich hab' die Strecke unterschätzt und das falsche Schuhwerk an. Dürft' ich mich frisch machen?", fragte sie, ohne ihre Ernüchterung zu verbergen.

„Wer nicht hören will", sagte er mit einem süßlichen Lächeln und einem Seitenblick zum Bentley. Dann führte er sie in ein ausladendes Badezimmer, das ihre ganze Kammer im Lehrerhaus an Geräumigkeit weit übertraf. Sie schloss die Tür hinter sich, ließ sich erschöpft in einen Stuhl fallen und betrachtete ihr verschwitztes Gesicht im Spiegel. Die Takelung musste schleunigst überholt werden. Sie tupfte sich den Schweiß von der Stirn, da klopfte der Baron schon sachte an die Tür, um mitzuteilen, Mutters Bridgerunde sei noch immer nicht ganz ausgespielt und sie möge sich ruhig Zeit lassen. Erna wusste sehr wohl, dass diese Verzögerung kein Zufall war, sondern als kleiner Affront gedacht, von der lieben Frau Mama, die Erna mit dieser unverschämten Geste die Nuancen des Standesunterschieds ins Bewusstsein rufen wollte, bevor sie sich wieder an den gemeinsamen Tisch setzen durfte.

Lange sah sie sich im Spiegel an, versuchte den Zorn zu bändigen, der ihr aus allen Poren wollte. Sie ließ sich Zeit, zog die Lippen nach, puderte sich die Nase, fuhr mit dem kleinen Finger den Bogen ihrer Brauen nach. Ihr dunkles Haar, das in Wellen zur Schulter fiel, war mit wenigen Handgriffen in Fasson gebracht. Dieser unverschämten Herrin würde sie heute allein durch ihr Aussehen den Wind aus den Segeln nehmen. Sie streckte sich, zupfte das Dekolleté zurecht. Auf in den Kampf!

Das ovale Bogentor aus edlem Holz, beidseitig von einem Brokatvorhang eingefasst, gab den Blick auf eine imposante Zimmerflucht frei und erwies sich als passender Rahmen für Ernas Auftritt. Als sie unterm Bogen stand, drehte sich der Baron nach ihr um, und für einen Moment war es, als beträte sie eine Bühne.

„Perfekt", sagte er ganz entzückt.

„Das Licht?", fragte sie. Er mochte ihren koketten Ton.

„Alles."

Von der Baronesse war noch immer nichts zu sehen. Von Kessel nutzte die Gelegenheit, Erna das außergewöhnliche Interieur des Hauses näherzubringen. Er führte sie durch ein Sammelsurium an Kostbarkeiten – Bilder, Lampen, Uhren, die in kunstvollen Gehäusen aus rosa Marmorsäulchen tickten, beschlagen mit indischem Elfenbein, feinstes Nymphenburger Porzellan, Prachtgläser, alles geschliffen, ziseliert, Antiquitäten aus vergangenen Glanzepochen, gar Skulpturen von Rodin – eine Extravaganza inmitten all des germanischen Kunstsinns –, kurz, eine museale Pracht, die immer wieder verleitete, die Kleinode mit eigenen Händen zu berühren.

„Wissen Sie", sagte der Baron ein wenig unschlüssig, „bitte unterbrechen Sie mich, wenn ich Unrecht habe, ich glaube, all die Dinge hier, die Sie sehen, die Sie berühren … WIE Sie sie berühren, das war Teil Ihres Lebens, es IST ein Teil Ihres Lebens, Erna …."

Sie nickte.

„Ja, es sind schöne Dinge, und sie waren Teil meines Lebens, aber das Leben verschenkt keine Garantien, Herr Baron."

„Garantien nicht, nein", sagte er sehr ernst, „aber … Möglichkeiten."

Inzwischen hatte der Postbus mit seiner letzten Tagesfahrt Eugenio wieder nach Blons gebracht. Er war guter Dinge, hatte in Feldkirch bekommen, wonach er suchte. Ein großes Paket, schon als Geschenk zurechtgeschürzt, auf die Schulter geschwungen, ging er querfeldein Richtung Oberblons. In seinem kleinen, von Grundmauer bis Giebel stabil gebauten Haus, das zwei Steinwürfe vom Eschtobel entfernt stand, hatte Pia schon den ganzen Nachmittag auf seine Rückkehr gewartet.

Es war ein herrlicher Abend, selbst die Vögel hatten sich noch nicht dem Schlaf ergeben, und es schien, als stünden die hohen Winde mitsamt den krausen Zirrusschäfchen still, um der Sonne beim Verteilen des Abendlichts Modell zu sitzen, als ob sie wüssten, was gleich aus ihnen werden würde – ein kleines Ereignis nämlich, ein Kunstwerk, ein kurz bestauntes Karmesinfresko, das schnell in tiefes Purpur zerfließen und schließlich nachtschwarz werden würde. Wahrhaftig, ein Zauber war das, so eindrucksvoll an jenem Abend, dass Eugenio sich recht hinsetzen musste, um jede Sekunde mit den Augen zu fassen. Als hätte ihm jemand auf die Schulter getippt, um ihn auf das bevorstehende Schauspiel aufmerksam zu machen.

Er stellte sein Paket vorsichtig ab, legte sich ins Gras und blickte in den Himmel. Tausendschaften kleiner glühender Kleckse legten sich in weitem Bogen übers Tal, Myriaden leuchtender Augen sahen ihm reglos ins Gesicht, und für Augenblicke wurde ihm klamm ums Herz, denn alles um ihn schwieg, so vollkommen schwieg es, dass nur noch der Fluss seines Blutes zu hören war. Immer klarer wurde der Sinn, der himmlische Aufmarsch galt offensichtlich ihm, ihm Eugenio, als läge er aufgebahrt, für alle sichtbar, im taufeuchten Gras. Pilziger Erdduft strich ihm um die Nase, das tagwarme Wurzelwerk unter ihm schien zu atmen, hielt ihn zärtlich am Boden fest. Als sich auch die Gräser rings zu ihm neigten – selbst Blumen, die sich stets, nur der Sonnenbahn folgend, nach südsüdwest gestreckt hielten, drehten sich nach Norden, um ihn zu sehen – die Bäume, die er ganz persönlich kannte, beugten sich besonders tief, als stünden sie in Trauer. Da verstand er die Welt nicht mehr. Auch die Wettertannen ganz oben, ja ganze Wälder beugten ihre Wipfel in seine Richtung, eindeutig in seine Richtung, ohne jeden Zweifel war ER gemeint, er ganz allein. Es war, als friere ihm das Herz im Leib. Was wollten die alle? Ihm Referenz erweisen, ihn warnen? Nein, es war keine Drohung, denn es lag eine feierliche Aura über allem, als hätten sich die himmlischen und irdischen Heerscharen versammelt zu einem Gottesdienst. Dann, in wenigen Zügen sog die Dämmerung das Rot vom Himmel, goss ihn lila und dann schwarz, und Eugenio war wieder bei sich und er schüttelte sich, wie sein Hund sich schüttelt, nach langem Schlaf, um sich wieder der Welt zu stellen. Die hohen Winde waren wieder in Gang gekommen durch das Schwinden der Restwärme des Sonnenuntergangs und sie schoben die Wolken weiter über die schwarzen Grate. Die Finger von Eugenios rechter Hand trommelten auf das Geschenkpaket einen Rhythmus, den das erschrockene Herz diktierte. Erst als vereinzelt Sterne aus dem metallischen Dunkel zuckten, wurde er ruhiger und gelassen.

Als er aufstand, um sich wieder auf den Weg zu machen, bemerkte er mit einem Blick, dass im obersten Stock des Lehrerhauses, also in Ernas Kammer, Licht brannte. Während die Sonne sank und der Abend noch von der Taghelle zehrte, war das Licht nicht auszumachen. Jetzt aber, in der anbrechenden Dunkelheit, machte ihn der matte Schein einer kleinen Lalique-Lampe so sehnsüchtig, dass er umdisponierte. Obwohl er eigentlich vorhatte, ihr das Geschenk erst am nächsten Tag zu übergeben, entschied er sich auf der Stelle, nicht länger zuzuwarten.

Erna und der Baron standen inzwischen vor einem Jugendstilsekretär aus Ebenholz, der über drei versetzte Etagen verfügte, die mit kunstvoll geschnitzten Weinranken verbunden waren. Unter winzigen Schublädchen ließ sich eine ovale Schreibfläche hervorziehen, die mit beigem Chagrinleder bespannt war. Vor diesem Prunkstück stand ein üppiger Chesterfield-Sessel in Bordeauxrot. An Ernas Gesicht konnte der Baron unschwer erkennen, welchen Eindruck die ausgesuchten Kreationen auf sie machten.

„Alle Mühsal wäre aus Ihrem Leben gestrichen, Erna", sagte er mit einem fast drängenden Unterton.

„Ich liebe meine Arbeit, Herr Baron, und ich …"

Ihr Blick fiel auf eine violette Samtschatulle, die er, während sie sprach, auf die Schreibfläche des Sekretärs stellte. Er stand nun gezwungenermaßen so nah bei ihr, dass sie sein Duftwasser riechen konnte. Sie starrte in den weichen Samt, in Erwartung eines üppigen Köders.

Der Baron schob die Schatulle noch näher zu ihr, öffnete sie und beobachtete dabei unentwegt ihr Gesicht. Ein hochkarätiges Geschmeide glitzerte ihr entgegen, ein Brillantencollier von beeindruckender Schönheit. Die Tänzerin knabberte Erna ungeniert am Hals, stupfte sie in die Seiten, sodass ihr eine ungelenke Abwehrbewegung auskam.

„Lass die Augen übergehn, wach auf, Ernalein, wach auf", sagte sie übermütig, „du musst ja nicht in Ohnmacht fallen, aber irgendwie versinken musst du schon."

Erna ließ sich langsam in den Chesterfield fallen, der hinter ihr stand. Der Baron nickte bestätigt. Offensichtlich war Ernas Reaktion eine angemessene. Ermuntert nahm er das Schmuckstück, hielt es Erna in höflicher Distanz vors Dekolleté.

„Sie erlauben, ... ich könnte Ihnen Garantie sein", sagte er in Anspielung auf die Garantien, die Ernas Leben verweigert hatte.

„... Garantie ... für Sicherheit ... eine Zukunft in Wohlstand, und wenn Sie es zulassen ... für Ihr Herz." Bei den letzten Worten versagte ihm beinah die Stimme.

„Das fängt ja gut an", flüsterte die Tänzerin, aber Erna schwieg noch immer.

Auch in Nigschs Wohnung im Parterre brannte noch Licht. Eugenio wieselte hinauf ins Dachgeschoß, die Vorfreude ließ ihn zwei Stufen auf einmal nehmen. Als er vor Ernas Kammertür stand, hörte er leise Musik, Radiomusik, irgendein klassisches Stück. Eine Moderatorenstimme kündigte Tonart, Köchelverzeichnis und Orchesterbesetzung einer Sonate an. Er setzte sich auf den Boden und lehnte sich an die Tür, um seinen Atem zu beruhigen. Unwillkürlich musste er lächeln. Vorfreude des Schenkenden, als stünde er unterm Weihnachtsbaum, in Erwartung glänzender Augen.

Mit akkurat demselben Gefühl legte nun ein entschlossener Edelmann auf der anderen Seite der Lutz ein kleines Vermögen um Ernas Hals.

„Es ist ein sehr, sehr altes Stück", sagte von Kessel andächtig, „und ich hoffe, es ist jetzt am Ende seiner Reise."

Erna hielt ihre rechte Hand aufs Collier und lächelte verlegen.

„Sie sind überaus großzügig, Herr Baron, aber das kann ich nicht annehmen, niemals."

Dann legte sie die Brillanten wieder in ihr Schatullenbett. Sie hätte jetzt auch Königreiche abgelehnt, ohne mit der Wimper zu zucken.

Wie ein wirklicher Chevalier kniete der Baron nun vor dem Chesterfield, nahm ihre Hand.

„Ich will Ihnen nicht den Honigmond vom Himmel lügen, Erna, aber wir sprechen doch dieselbe Sprache, wir sind vom selben Blut." Seine Hand fühlte sich heiß an und sie zitterte leicht. „Ich verlange keine schnelle Entscheidung, ich will nur, dass Sie eines wissen ..."

In diesem Moment läutete die Baronesse die Tischglocke, und in exaltierter Freundlichkeit hüpfte dazu ihre Stimme aus dem Esssalon.

„Wir wären dann soweit, Kinder, es ist angerichtet!"

Eugenio zupfte die rote Schleife seines Pakets zurecht. Im Ausschnitt, den das Schlüsselloch freigab, war nur der verlassene Schreibtisch zu erkennen. Erna würde wohl im Bett liegen, nahm er an, vielleicht las sie ein Buch oder lag einfach nur, wartend und sehnsüchtig wie er selbst. Oder sie war eingenickt – er bildete sich ein, ihren Herzschlag zu hören und ihre Seufzer im Traum. Er wollte es nicht mehr länger hinauszögern und klopfte schließlich an die Tür. Keine Antwort. Vielleicht schlief sie schon. Er klopfte noch einmal. „Erna!?" Er musste flüstern, um den alten Nigsch aus dem Spiel zu halten.

„Erna!?" Diesmal schon mit etwas Stimme. Keine Reaktion. Schließlich drückte er die Schnalle und wunderte sich – die Tür war unversperrt. Vorsichtig streckte er seinen Kopf ins Zimmer. Niemand da, nur das Wunschkonzert aus dem Radio füllte den Raum. Er stutzte einen Atemzug lang, denn seine Augen hatten beim ersten Blick etwas wahrgenommen, was dem Kopf erst nachträglich bewusst geworden war. Die Einladung, die aufgefaltet zwischen Schulbüchern steckte. Heutiges Datum.

Das Essen im Jagdschloss war schon im Gange, man brachte Toasts aus auf die Zukunft und lachte über Belangloses. Obwohl es ihr ständig auf der Zunge lag, wollte Erna nicht jäh und allzu plump ins

Thema fallen. Der geeignete Moment würde sich noch früh genug ergeben. Allerdings kam es einer Prüfung gleich, ein zweites Mal die schwelgerischen Anekdoten der Baronesse aus der „guten, alten Zeit" kommentarlos zu ertragen. Wie morscher Plunder standen ihre Sätze im Raum herum.

Zwischendurch gab es anerkennende Blicke für Ernas tadellosen Geschmack oder ein wohlwollendes Händetätscheln für klug gestreute Bonmots, was zu heißen schien: „Im Notfall könnte sie ja als Schwiegertochter durchgehn."

Ein schwerer Burgunder, der zum Schweinsbraten kredenzt wurde, half Erna einerseits, den Unflat zu überhören, und andererseits, einen maßvollen Grad an Hemmungslosigkeit zu erreichen, der mutige Vorstöße in Eugenios Sache versprach. Schließlich saß ihr ja die Tänzerin im Nacken, das fühlte sie den ganzen Abend schon. Aber hätte sie die Greisin zu sehr gereizt, die hätte sich böse Wörter vor den Mund gespannt wie kläffende Köter.

Ein weiteres Problem waren Ernas Füße, die in den engen Stöckelschuhen erneut angeschwollen waren, sodass sie seit geraumer Zeit versuchen musste, mit dem einen Schuh den andern auszuziehen. Natürlich bemerkte die Baronesse ihre merkwürdigen Bewegungen.

„Ist Ihnen nicht wohl?"

„Doch doch. Es ist nur … meine Füße, ich war gestern am Falvkopf, Schulausflug."

„Ach was, das hat man nun davon", sagte sie, ohne ihr maliziöses Grinsen verbergen zu wollen.

„Eine gute Blasensalbe hätte ich da für solche Fälle", beeilte sich von Kessel den Sarkasmus seiner Mutter abzufedern.

„Ich bitte Sie, lassen Sie nur, es geht schon." In ihrer ersten Verlegenheit nahm Erna einen kräftigen Schluck Wein.

„Falvkopf", nahm die Baronesse das Stichwort auf, „dann haben Sie ja jetzt mit eigenen Augen gesehen, wieviel mein Sohn investiert hat."

„Oh ja, das hab' ich … oder, um ehrlich zu sein, ich habe gesehen, was draus geworden ist."

„Wie meinen Sie das?" Ihr Oberkörper streckte sich ins Hohlkreuz.

„Mag sein, dass die Verwitterung in exponierten Lagen besonders extrem ist, mag auch sein, dass Ihr Sohn sabotiert wurde, und zwar massiv, gnädige Frau, Tatsache ist jedenfalls …"

„Verstehn Sie mich bitte recht, Frau Erna", unterbrach sie der Baron sehr bestimmt. „Sie wissen sehr gut, dass ich in diesen verfluchten Berg schon mehr Geld gesteckt habe, als ich je dafür bekommen werde." Er hielt dabei sein leeres Glas zur Seite, um sich vom Dienstmädchen nachschenken zu lassen. Dann trank er mit einem Schluck die Hälfte leer.

„Am Ende bin ich der Dumme."

„Oder wir alle, wenn wir's nicht überleben." Das war die Tänzerin.

„Dieser Aufwiegler macht ja ganze Arbeit", sagte die Baronesse. „Wie kann man nur so naiv sein!!?"

Die gegabelte Ader auf ihrer Stirn pumpte wie ein Wurm.

„Herr Baron", begann Erna mit sanfterer Stimme von neuem, ohne auf die erboste, alte Dame einzugehen. „Herr Baron, ich weiß, Sie sind ein großzügiger Mann, Sie haben Mut und Einfluss und nicht zu knapp, ihre Kompetenz war diesem Tal schon von großem Nutzen, aber ich weiß auch, selbst auf die Gefahr hin, dass dieser Verkauf nicht das Geschäft Ihres Lebens werden wird, einen größeren Dienst könnten Sie den zukünftigen Generationen, die hier leben werden, nicht leisten."

„Sie triefen ja vor Pathos, meine Liebe", sagte die Baronesse und zeigte kurz das Weiße in ihren Augen, um ihrem Sohn im nächsten Moment mit herrischem Blick zu raten, seine Sache gefälligst forscher zu verteidigen. Er ließ sich wieder nachschenken. Je mehr er trank, desto ungelenker, ja zappeliger wurden seine Bewegungen. Bemitleidenswert sieht er aus, dachte Erna, wie ein geschlagener Sohn, der des lebenslänglichen Kujonierens seiner dominanten Mama schon überdrüssig war. Seit einiger Zeit war Erna aufgefallen, dass er immer wieder nervös zur Mozartuhr blickte, als würde er das Hochgehen eines Zeitzünders erwarten. Sein ganzer Körper war eine einzige Verspannung.

„Ich finde es jedenfalls höchst bedauerlich", sagte er, „unfair und bedauerlich, wenn Ihr Kollege das Thema in der Presse aufplustert."

„Und wie man hört, demnächst im Rundfunk!", ergänzte seine Mutter.

Nun hielt auch Erna ihr leeres Glas in die Luft. Der Wein war in der Tat köstlich und an diesem Abend ein kleiner Helfer in der Not. Sie sah sich allerdings schon gezwungen, ihren lasch werdenden Zungenschlag zu bändigen, denn Alkoholisches vertrug sie nur in kleinen Mengen. Mit beiden Händen rückte sie ihren Stuhl näher zum Tisch und räusperte sich dabei, wie jemand, der endlich auf den Punkt kommen will.

„Ich wollte Sie beide nur bitten und appelliere dabei an ihre …"

„Christliche Nächstenliebe? Bitte, verschonen Sie uns damit", unterbrach sie die Alte.

„Ich bitte dich, Mama", fuhr der Baron seine Mutter an.

„Entschuldigen Sie." Erna nickte nur, mit dem Gleichmut des Stärkeren nickte sie und fuhr fort: „Ich wollte Sie nur bitten, Herrn Casagrandes Eifer in dieser Sache zu verstehen, ich meine, auch seine persönlichen Gründe, er hat …"

„Das kleine Mädchen … ich weiß … eine Tragödie, gewiss."

„Die wieder passieren kann!"

„Sie hören sich ja an wie sein Anwalt, meine Liebe", sagte die Baronesse.

Da klingelte die Hausglocke. Es war spät abends, schon elf durch, aber der Baron schien nicht überrascht, im Gegenteil, die Nervosität war mit einem Schlag aus seinem Gesicht verschwunden, statt dessen machte sich freudige Erwartung breit. Ja, er schien sogar zu wissen, wer da geklingelt hatte.

„Sie erwarten noch Gäste, so spät?" Er lächelte kryptisch.

„Mal sehn."

Erna hielt sich das Herz fest, als der Baron die Haustür öffnete, die Tänzerin stand kurz vor der Ohnmacht.

„Mein Kind, lass dich umarmen."

„Mama!?"

„Gut siehst aus, vom Unfall keine Spur."

Fassungslos fiel sie ihrer Mutter um den Hals, drückte sie für eine lange Weile, drückte sie wohl um eine Spur zu lange, um ihr nicht die Möglichkeit zu geben, schon im ersten Moment die Wahrheit in ihrem Gesicht zu lesen.

Als sie die Umarmung oder – richtiger – die Umklammerung endlich löste, spürte sie, dass der Wein half, den Anfangsschock gekonnter zu überlächeln, als sie befürchtet hatte.

Auch Eugenio fand sich durch seinen ungeplanten Gang ins Kirchdorf in einem Zwiespalt wieder. Wut und Verunsicherung trieben ihn jetzt im Rekordtempo Richtung Oberblons. Ernas leere Kammer hatte ihn völlig aus dem Tritt gebracht, und über sein Grübeln hatte er ganz auf die kleine Pia vergessen. Als er nach einem Gewaltmarsch endlich seine Stube betrat, fand er die Kleine, eingerollt auf dem breiten Fenstersims, das talwärts schaute. Sie war beim langen Warten eingeschlafen. Das Radio lief. Eugenio setzte sich, musste zu Atem kommen, aber er drehte das Radio absichtlich nicht leiser, um das Mädchen durch die Veränderung des Geräuschpegels nicht zu wecken. Lange und zärtlich lag sein Blick auf der Schlafenden, während er mit halbem Ohr den Fortgang der politischen Ereignisse verfolgte. Weltnachrichten. Die Österreicher und die Sowjets auf Verhandlungskurs. Fortschritte, Rückschläge, Hoffnungen auf eine freie Heimat. Eugenio hatte heute keinen Kopf für Molotow und sonstige diplomatische Finten.

Sein Blick ging wieder Richtung Lehrerhaus, auf nichts anderes konnte er sich, wollte er sich konzentrieren. Er machte sich große Vorwürfe. Ganz nah setzte er sich zu Pia, streichelte ihr durchs Haar, wollte ihr das Gefühl geben, nicht mehr allein zu sein. Papa ist da. Alles ist gut, Kleines. Auch im Schlaf kann man doch Geborgenheit spüren, sagte er sich.

Nachdem sich sein vom Aufstieg rasendes Herz beruhigt hatte, trug er Pia ins Kinderzimmer hinauf und setzte sich solange an ihr Bett, bis ihr Atem wieder tief und regelmäßig geworden war.

Erna fühlte sich unsicher auf den Beinen, der späte Überraschungsgast hatte ihrem labilen Kreislauf empfindlich zugesetzt. Verschwörung, Intrige, Komplott, wie auch immer. Ihr gereiztes Hirn kramte sogleich in allen Spielarten der Subversion.

Wie sich herausstellte, hatte einer der Bridgegäste Ernas Mutter vom Bahnhof in Bludenz abgeholt und über Raggal ins Tal geführt. Alles von langer Hand geplant. Aus dem Mutter-Brief des Barons war offenbar Briefverkehr geworden. Einen kurzen, verärgerten Moment lang fühlte sich Erna wieder als kleine Schachfigur, deren Züge fremdgeplant vonstatten gingen, aber sie war längst gewappnet gegen derlei Unbill, und bevor die schwarze oder die weiße Dame in die vorgefasste Partie fuhr, würde Erna das Spiel verlassen haben. Was will er denn? Die Mutterkarte ziehen? Gar eine Allianz der Mütter? Diese kränkende Unterschätzung ihrer Autonomie hätte Erna dem Baron nicht zugetraut. Offensichtlich dachte er noch nach den alten Regeln seiner Kaste, in der das Wort der Altvorderen nach wie vor entscheidendes Gewicht hatte. Auf der anderen Seite wusste sie nun, mit welcher Vehemenz er sie hofierte, welchen Stellenwert sie in seinem Leben besaß. Ein Umstand, der sich am Ende des Tages für Eugenios Sache nützen ließe. Dieses Kalkül, hinter ihrer freundlichen Fassade stets am Köcheln, machte ihr schnell wieder Mut.

Man saß nun also zu viert am Tisch. Mutter aß mit großem Appetit, und in ihren Augen glänzte unverblümte Vorfreude auf einen Schwiegersohn von angemessenem Kaliber. Zur Baronesse hatte sie rasch einen Draht gefunden, und das Gespräch entwickelte sich in unverbindlicher Heiterkeit. Der Baron lief, angesichts der neuen Konstellation, zu großer Form auf, was die Mütter in der Tat entzückte. Erna lächelte mit, hatte sich aber innerlich längst von der konspirativen Runde verabschiedet und suchte Zuflucht beim zu schweren Wein. Der Baron überschlug sich förmlich in Galanterien und Komplimenten, was Ernas Mutter in ausgelassene Hochstimmung versetzte.

„Und wenn Sie sich noch mehr verspätet hätten, Gnädigste", beendete er eine seiner Kaskaden, „dann wäre ich versucht gewesen, die Polizei zu verständigen – eine so attraktive Dame in dieser rauen Gegend." Wieder ein Treffer.

„Frau von Kessel, darf ich Ihnen zu Ihrem Sohn gratulieren, ich bin selten so exquisit getadelt worden", säuselte Frau Gaderthurn.

Die Baronesse hob geschmeichelt das Glas, und die anderen taten es auch.

„Auf das Exquisite", empfahl sie.

Ein bunter, venezianischer Luster tauchte das Gästeschlafzimmer in mildes Licht und ließ das Ambiente noch kostbarer erscheinen. Mama hatte darauf bestanden, dass Erna die Nacht bei ihr in der Gästesuite verbringe, zumal ihre geschwollenen Füße und nicht zuletzt auch ihr weinschwerer Kopf diesem Angebot nichts entgegenzusetzen hatten.

Während Mama ihren kleinen Koffer auspackte (sie war sozusagen nur für eine Nacht gebucht), ließ sich Erna in einen tiefen Lehnstuhl sinken. Mutters engagiertem Plädoyer für den Baron konnte sie nur noch bruchstückhaft folgen.

„Er hat doch Charme", tönte ihre Stimme wie ein wohlgelauntes Vögelchen aus einem Winkel des weiten Raums.

„Er hat Eloquenz, Traditionsbewusstsein und – er hat einen guten Geschäftssinn."

„Ja, Mama", sagte Erna resigniert und müde.

Das Klopfen an der Tür machte sie wieder hellwach. Sie ging hin, öffnete einen Spalt. Eine Männerhand hielt die violette Schatulle, die so viele Garantien barg, in den Raum.

„Pardon, die Damen, aber Sie haben etwas vergessen, Erna, gute Nacht."

„Oh, danke. Gute Nacht."

Mutter hatte die Szene beobachtet, also würde auch diese Sache zur Sprache kommen. Erna stellte die Schatulle ganz beiläufig auf einer Kommode ab und setzte sich vor den Spiegel, um sich abzuschminken. Im Nu hatte Mama das Geschenk geöffnet und hielt sich überwältigt das Geschmeide an den eigenen Hals.

„Du lieber Gott, weißt du, was das ist??"

„Ein Vermögen, nehm ich an", sagte Erna, mit etwas übertriebenem Desinteresse.

„Ja, himmelblauer See!!"

Für Augenblicke war sie sprachlos. Dann nahm sie das Schmuckstück und drapierte es aufs Dekolleté ihrer Tochter, fixierte es schließlich und begann, während sie Ernas Nacken massierte, fiebrig auf deren Spiegelbild einzureden – beschwörend und mit einer verzweifelten Wehmut, die Erna ganz unwirklich erschien, als stünde Mama vor dem Henker und müsste sich ins Leben zurückargumentieren. Wie Patronen ratterten die Worte aus ihrem Mund, sirrten ihr um den Kopf und verstopften die Gehörgänge. Erna kannte sie alle. Mamas Atem und die Sprühfetzchen ihres Speichels kitzelten lästig am Nacken.

„Kind Gottes, du weißt doch, was sie aus unserm kleinen Schloss gemacht haben. Jugendherberge nennen sie das."

„Jugendherberge?!", fragte Erna nach. Das war ihr völlig neu, war sie doch mit der jüngsten Korrespondenz ihrer Mutter nicht wirklich vertraut.

„Ja, hast du denn meinen Brief nicht gelesen?"

„Doch doch, hab ich … ach ja, jetzt erinnere ich mich, hab's wohl verdrängt … eine Jugendherberge, ja schrecklich."

„Dein hübsches Mädchenzimmer, mein Kind, ist mit zwanzig ranzigen Matratzen belegt, hörst du. Matratzen, auf denen jetzt irgendwelche Lümmel hausen, Wildfremde, Wildfremde, und ich muss in Heimarbeit Stickereien ausschneiden, für ein paar lumpige Schillinge, weißt du, was das heißt??!"

„Ja, Mama. Ich weiß, was das heißt. Ich muss auch arbeiten."

Mutter hörte ihr gar nicht zu, sie hatte sich in eine verzweifelte Rage gesteigert, und für die folgenden Worte war ihr Ernas Spiegelbild zu indirekt, deshalb kniete sie sich vor ihr auf den Boden, rückte ihren Stuhl zurecht, um sie Gesicht zu Gesicht vor sich zu haben.

„Erna, hör mir genau zu", mit krampfigem Griff hielt sie ihre Tochter dabei an beiden Oberarmen fest und schüttelte sie anfallsartig, um dem Gesagten alle Wichtigkeit zu geben.

„Was hier und heute in diesem Haus passiert, ich flehe dich an, mein Kind, ist die größte und vielleicht letzte Chance in unserem Leben."

„In MEINEM Leben, Mama", korrigierte sie Erna, „es ist MEIN Leben!!"

Auch diesen Einwand schien sie geflissentlich zu überhören.

„Alles haben sie uns genommen. Der Wehrberg gehört ins Gefängnis, dieses fühllose Hundsgesicht. Und diese Valerie! Ich hoffe, der Herrgott wird ihr drüben die Leviten lesen, wenn sie in die Ewigkeit kommt. Alles weg, alle unsere schönen Sachen sind versteigert, mein Herz, alle unsere Sachen, mein Gott, wenn Papa noch leben würde …" Und damit begann sie hemmungslos zu weinen, ihre Hände unentwegt am glänzenden Collier.

Gegen zwei Uhr früh erwachte Eugenio. Auf dem Boden sitzend, den Kopf an Pias Rücken geschmiegt, war er eingeschlafen und in derselben Stellung wieder aufgewacht. Die monotone Wiederkehr des Pausezeichens von Radio Vorarlberg, (die Anfangsakkorde von „Uf da Berga ischt mi Leaba") das nach Programmschluss (um Mitternacht) einmal minütlich über den Äther ging, hatte ihn geweckt. Er tippelte leise hinunter in die Stube, um das Gerät auszuschalten. Der kleine Jack, der auf der Ofenbank geschlafen hatte, schüttelte sich, streckte sich, erst die linke, dann die rechte Hinterpfote, legte sich auf den Rücken mit angezogenen Vorderpfoten, um ihm seine Ergebenheit zu zeigen. Ist doch alles in Ordnung bei uns, Eugenio? Er kraulte ihm den Bauch, aber der Hund spürte seine Abwesenheit. Taghell war's, der Mond stand wichtig am Himmel und streute seinen Glanz in den Raum. Eugenio setzte sich unschlüssig aufs breite Fenstersims, das schon Pias vergeblicher Ausguck gewesen war, und schaute hinunter ins Kirchdorf. Alles dunkel. Nur ein Licht brannte noch immer. In den Blättern der Blutbuche, die bis über Ernas Kammerfenster hinaufragte, war sein Wiederschein zu sehen. Warum hat sie ihm die Einladung nur verschwiegen? Die Zeit der Geheimnisse sollte doch vorbei sein.

Sie wird jetzt wohl zu Hause sein, dachte er, hoffte er. In vornehmen Häusern geziemt es sich nicht, bis tief in den Morgen die Zeit zu verplaudern. Als perfekter Gentleman, der er vorgab zu sein, wird dieser Handküsser sie wohl mit dem Bentley nach Hause geführt haben. Ja, mit Sicherheit würde sie schon in ihrem Zimmer sein, vielleicht noch ein bisschen Musik hören, die Abendtoilette würde noch ihre Zeit in Anspruch nehmen, hatte sie doch gewiss Lippenstift aufgetragen und Puder und etwas Rouge. Sicher war sie sehr hübsch heute Abend. Womöglich hatte sie noch ein paar Seiten gelesen, ist dabei eingenickt und hatte vergessen, das Licht zu löschen. Das wird es sein.

Was sollte Eugenio jetzt anfangen mit der Nacht, die vor ihm lag wie eine ausgeleuchtete Bühne. An Schlafen war nicht zu denken, er fühlte sich ausgeruht und wäre blind auf den Falvkopf gestapft, hätte es einen Sinn ergeben. Nichts Dümmeres, als mit einer Illusion spazieren zu gehen.

Ist ihr am Ende etwas passiert? Vielleicht hatten sie wegen irgendeiner Sache Streit, und dieser Pfau hat sie zu Fuß nach Hause geschickt, wer weiß. Im gleichen Moment stießen Eugenio diese Überlegungen sauer auf, fühlten sich hysterisch an, übertrieben, ja kindisch. Die Dinge sind meist banaler als die verqueren Vorstellungen, die sich im Schädel türmen. Was aber, wenn sie tatsächlich nicht in ihrer Kammer ist?

Er warf entschlossen seine Joppe über und ging los. Pia schlief tief und fest, und er würde ja bald wieder zurück sein.

Wie er befürchtet hatte, je näher er dem Lehrerhaus kam, desto größer wurde die Gewissheit: Erna war nicht in ihrer Kammer. An ihre Tür gelehnt, kauerte er, bis der Morgen kam. Erna kam nicht.

Beim Frühstück mit Pia versuchte er den Wohlgelaunten, Ausgeschlafenen zu geben, doch die Kleine sah ihm in den Poren an, dass er gerädert, übernächtig und ungehalten war, sagte aber nichts. Sie war froh, ihn wieder bei sich zu haben, und hätte ihm jede Lüge verziehen.

Es war ein Sonntag, und Eugenio hatte vor, den Nachmittag seinem Saxophon zu widmen.

Als er mit Pia das Schulgebäude betreten wollte, hörte er zwei Frauenstimmen aus dem Stiegenhaus.

Erna und ihre Mutter standen in der offenen Klassentür. Die Schwingungen zwischen den beiden versprachen keinen harmonischen Abschied. Erna stellte Mutters kleinen Koffer, der schon reisefertig gepackt war, für einen Moment ab.

„Hier arbeite ich, Mama", sagte sie stolz. Mama schien nur mäßig beeindruckt. Erna lenkte ihren Blick auf diverse Zeichnungen und Bastelarbeiten der Schüler, die an der Wand hingen.

„Haben alles meine Kinder gemacht."

„Deine Kinder, deine SCHÜLER!", wurde sie verbessert.

Erna öffnete eines der Fenster und setzte sich im Halbsitz ans Sims, ließ ein Bein lässig baumeln und blickte ihrer Mutter sehr gefasst ins Gesicht.

„Was hast du denn erwartet, Mama, einen Palast? Die Menschen hier sind arm, ja, aber sie sind mir tausendmal lieber als alle Wehrbergs der Welt."

Als sie Minuten später in Ernas Kammer standen, hielt sich Mutters Begeisterung abermals in Grenzen. Stocksteif stand sie im Raum, die Enttäuschung ins Gesicht gestanzt. Ihr Handrücken streifte über die Lalique-Lampe.

„Wird sich einsam fühlen hier, dein Lämpchen." Ein verzagter Seufzer.

Erna ging mit zusammengebissenen Lippen zum Fenster, das weit offen stand. Ein Lufthauch strich ihr die Haare aus dem Gesicht. Heute ging die Zeit zu langsam.

„Eine herrliche Aussicht, sieh doch!"

„Schön", sagte ihre Mutter, aber es klang, als hätte sie eine Fliege von der Haut gewischt.

In diesem Moment drangen Saxophontöne aus den offenen Fenstern der Schule, der Westwind trug sie herüber.

„Was ist das??"

„Das ist ein Saxophon, Mama."

„Ich weiß, was ein Saxophon ist." Sie hatte alle Mühe, ihren Zorn zu schlucken und Haltung zu wahren, „Dein Kollege, nicht wahr? Ich hab' gehört davon."

„Ach ja?", sagte Erna schnippisch, „du weißt ja alles sozusagen aus erster Hand."

Entschlossen schob nun die Mutter ihre Tochter zur Seite, schloss das Fenster sehr energisch und stellte sich vor Erna. Sie bebte am ganzen Leib, als sie zu sprechen begann. Letzter Versuch.

„Mein Kind, ich hoffe, du bist klug genug, dich nicht einem verrückten Habenichts an den Hals zu schmeißen, hörst du? Das lass' ich nicht zu, ich verbiete es dir!"

Erna löste sich wortlos aus dem Klammergriff und öffnete das Fenster, genau so energisch, wie es geschlossen worden war. Über die wütenden Klänge des Saxophons schob sich gnädig das Horn vom Postbus, der eben vorfuhr.

„Dein Bus, du musst dich beeilen, Mama."

Kurz bevor der Gelbe losfuhr, erhob sich Mutter, die anfangs wie erstarrt geradeaus blickend, am Fenster gesessen war, lehnte sich weit hinaus, um Erna noch einmal die Hand zu geben, und noch im Wegfahren rief sie: „Vergiss nie, wo du herkommst, mein Kind, niemals!!"

Der hochgewirbelte Staub sank langsam auf den Kirchplatz zurück. Vorhang.

Mit klopfendem Herzen war Erna auf dem Weg ins Musikzimmer. Vor der Tür hielt sie kurz inne, um aus den Tönen seine Stimmung zu lesen. Die harten, plärrenden Phrasen hatten die Oberhand. Sie öffnete die Tür.

„Eugenio!?", sagte sie in einen freien Takt. Er spielte ungerührt weiter.

„Eugenio", rief sie noch einmal, laut und deutlich.

Widerwillig nahm er das Instrument aus dem Mund, schwieg aber, während sein rechter Fuß noch immer im Rhythmus schnappte.

„Warum sagst du nichts?" Er zuckte mit der Schulter.

„Weil es nichts zu sagen gibt." Noch stand er mit dem Rücken zu ihr.

„Dein Saxophon ist aber anderer Meinung."

Sie konnten sich beide atmen hören.

„Hast du mit ihm geschlafen?"

„Was?!" Jetzt erst drehte er sich um.

„Ist doch eine einfache Frage." – In seinen Augen eine durchwachte Nacht.

„Wie kommst du darauf??"

„Ich wollte dir eine Kleinigkeit vorbeibringen, gestern Abend. Das Licht brannte noch, das Radio lief, aber du warst nicht da, die ganze Nacht."

„Nein, ich war nicht da, die ganze Nacht."

Ihre Nerven waren schon zu gereizt, um den rechten Ton zu finden, und im Augenblick des Sagens schon taten ihr die Worte leid.

„Hätt' ich mich vielleicht abmelden müssen?"

Er packte sein Instrument in den Koffer, wandte sich um, stand nun sehr nahe vor ihrem Gesicht. Sein Herz hätte sie gerne umarmt, aber sein Sturschädel bockte weiter.

„Nein, hättest du nicht müssen." Ihm ging es nicht anders als ihr, er wusste, die Eifersucht würde auch ihn entgleisen lassen.

„Aber du hättest mir sagen können, was man alles bieten muss, um eine Nacht zu bekommen."

Ansatzlos schlug sie ihm mit der flachen Rechten ins Gesicht, die roten Konturen ihrer Finger prangten wie ein Schmiss auf seiner Wange. Dann rannte sie zur Tür hinaus.

Die Arme um die Knie geschlungen, lag sie in ihrem Bett. Die Kammertür hatte sie abgeschlossen. Einer der offenen Fensterflügel schlingerte leicht von den Böen, die durchs Zimmer fuhren. Die vernünftige Erna ärgerte sich bereits über die kindischen Beleidigungen, die sie sich eben an den Kopf geworfen hatten. Vertane, leere Zeit, die der Liebe durch die Finger rinnt, Erna. Das Problem war nur, die Tänzerin, zu Tode beleidigt, war nicht zu besänftigen.

Gerade als Erna ihre Balance so weit wieder gefunden hatte, dass sie hätte einschlafen mögen, drang eine kindliche Flüsterstimme ans Fenster.

„Frau Lehrerin … Erna … bssssss."

Erna setzte sich auf, ging ans Fenster.

„Erna … hier, bssssss, hier bin i."

Im Kronengeäst der Blutbuche, deren Riesenarme bedächtig zum Fenster hin sanken, raschelte ein Strauß Blätter, und für Augenblicke sah man Pias Blondschopf schimmern. Erna wischte sich die Tränen aus dem Gesicht, fasste sich, um unverdächtig antworten zu können.

„Hast du das Paket schon gekriegt?", sagte die helle Stimme aus dem Baum.

„Welches Paket?"

„Die Überraschung, das Paket."

„Nein, nicht dass ich wüsst'", sagte Erna.

Halb geflüstert, halb gesungen kam's dann durch das Geäst.

„Überraschung, Überraschung."

Dann verschwand die Kleine hinterm Blättervorhang. Erna schloss das Fenster, schaltete das Radio ein, leise Musik, und legte sich wieder hin. Nach einer langen Weile klopfte es zaghaft an der Tür.

„Erna? Bitte, Erna!"

Sie ärgerte sich über die Tänzerin, die trotzig die Musik lauter stellte. Eugenio drückte die Türschnalle vergeblich.

Den Schleichgang gewohnt, glitt er zügig, aber leise über die Stiege ins Parterre. Als er an der untersten Stufe anlangte, kam eine Stimme aus dem Schatten des Direktorzimmers. Die Tür einen Spalt geöffnet, das Gesicht des Chefs, halb im Licht, halb im Dunkel.

„Wir haben uns doch verstanden, nit wahr, alles in der Ordnung?", fragte der alte Nigsch.

Eugenio nickte.

„Alles in Ordnung."

In den kommenden Tagen und Wochen häuften sich seltsame Zwischenfälle und merkwürdige Ereignisse in Blons, die hier nicht unerwähnt bleiben sollen, standen sie doch mit der immer abstruser werdenden Wettersituation in gewissem Einklang. Ein Komet als Botschafter des Bösen wäre zu banal gewesen, was sollten die Gestirne wissen? In jenen Novembertagen schien sich ein Mysterium zu ereignen, dem keiner auf den Grund gekommen war. Von einem Tag zum anderen sank eine leise Verstörung ins Tal, wie ein Nebel, der in jede Ritze dringt, unspektakulär und gesichtslos.

Eine nervöse Ahnung lag in den Hängen und Tobeln, nicht greifbar, geschweige denn erklärbar, und dennoch war sie da. Das war unheimlicher als jeder Komet. Als hätte sich ein böser Zauber in den Nervenmantel der Leute geschmuggelt, ganz allmählich, wie ein heimtückisches Geschwür. Keiner dachte an Schnee. Selbst die Hirsche konnten sich noch nicht entscheiden, lutzabwärts zu ziehen. Die Menschen rätselten über wiederholtes Wetterleuchten im späten November, rote Himmel, die trockenen Wintergewitter, selbst Vögel verloren die Orientierung, was Fachleute auf gestörte Magnetfelder zurückführten, tatsächlich hatten sich zwei Adler verflogen, konnten tagelang ihr Revier nicht mehr finden. Der Jagdaufseher begann schon an den Teufel zu glauben. Verrückt spielende Kühe, an unerklärlichen Blähungen leidend, mussten durch ein in den Pansen gerammtes Eisenrohr vom grässlichen Schmerz befreit werden. Die heißen Tage, eine gespenstisch lange Kette, der abwesende Schnee und der Aberglaube einiger Vorlauter taten schließlich ein Übriges. Jedes für sich ein erkliches Phänomen, aber in dieser Häufung eine Merkwürdigkeit, die zu denken gab. Die Gebirgsrinnsale von den felsigen Graten spülten ihre Geheimnisse ungelüftet zu Tal. Die Menschen sprachen nicht viel über die Veränderungen und den Kummer in ihren Herzen. Man verließ sich auf Rosenkränze und vergrub sich in Arbeit. Bis auf ein paar lästige Anomalien, die im statistischen Langzeitmittel nicht auffielen, war ja alles in Ordnung. Und wenn Eugenio tiefer bohren wollte, schlug ihm so mancher die Worte vom Mund, als wäre es heidnisches Wissen. Föhntage im Winter sind im alpinen Raum keine Seltenheit, im Gegenteil, also kein Grund zur Panik, sagten sie sich. Kollektive Neurosen hatten bei diesen nüchternen Eigenbrötlern sowieso keinen Zutritt, und dennoch, viele von ihnen litten unter der Heimsuchung, die keiner zu deuten vermochte. Behäbige, besonnene Männer rätselten über grundlose Stimmungswechsel, entdeckten in Zornausbrüchen verdutzt ihre zweite Natur, fahrige, kleine Unfälle in Haus und Stall häuften sich, rechtschaffenste Bürger verstrickten sich in Ränke und Zänkereien. Gestandene Bäuerinnen litten mehrere Stunden täglich an entsetzlicher Migräne, die sie mit Brechreiz quälte und mitunter arbeitsunfähig machte. Die Kinder wiederum waren noch zappeliger als sonst, lärmten über die blumigen Bündten, kamen mit weniger Schlaf aus, sie liebten den verlängerten Sommer und konnten sich an den vielen Sonnentagen nicht sattspielen. Obwohl, rein äußerlich also, alles seinen gewohnten Gang ging, grassierte unterschwellig ein nervöses Fieber dicht unter der Haut.

Selbst im Gasthaus „Adler", das sporadisch harmlose Jassrunden beherbergte, ging es hoch her. Der 9. November 1953 war kein außergewöhnlicher Tag, er fügte sich trefflich in die lange Reihe regenloser, warmer Herbsttage, die sich noch weit in den Dezember ziehen sollte. Das Gras war trockener als Ochsenhorn. Der Föhn wühlte in den Ziegeln und im eingebrachten Heu. Man war mit der Arbeit schon weit voraus, sodass für 18 Uhr abends die Tische schon recht gut besetzt waren. Die Sitzordnung der Männer vermittelte den Eindruck von Gesinnungsgruppen oder politischen Lagern, deren Kommunikation offenbar auf ein Minimum beschränkt war. Ressentiments zwischen den einzelnen Sippen oder zwischen bestimmten Parzellen, die latent schwelten, waren teilweise (aus besagten Gründen) wieder aufgebrochen.

Revierinspektor Metzler saß mit einigen Getreuen am Stammtisch. Der Dünser war da und der Senn und die zwei Müller-Buben.

„No a Runde", polterte der Metzler. Er war in Zivil und redlich gewillt, sich in den verdienten Feierabend zu saufen. Neben ihm saß seine übergewichtige Frau, die immer von einem Drüsenleiden sprach, wenn sie ihre Üppigkeit erklären wollte. In Wahrheit waren's ihre Sorgen, die sie maßlos ins einzige Vergnügen trieben, das sie vom Leben zu erwarten glaubte. Im Moment war ein randvoller Riebelteller ihr vorrangiges Anliegen. In ihrem Mampfen lag eine gewisse Schamlosigkeit, die sie alles um sich vergessen ließ.

Der Wirt drückte noch eine Runde Bier aus dem Hahn. Im Hintergrund lief dezent das Wunschkonzert von Radio Vorarlberg.

Am gegenüberliegenden Tisch hatten sich der Postadjunkt, der Bertl von der Seilbahn, Seppe und Vater Jenny zu einem Jass versammelt. An einem weiteren Tisch saß wortlos eine Handvoll Knechte aus Valentschina. Als wenig später Eugenio die Gaststube betrat und sich am Schanktisch einen Most bestellte, wobei er sich gleichzeitig einen doppelten Kirsch unter die Baskenmütze schieben ließ, war plötzlich Schweigen im Raum. Nur das schmatzende Kauen der Frau Metzler, die Karten der Jasser, die auf den Holztisch niedersausten und ein Zitherspieler aus dem Radio waren zu hören. Eugenio blickte freundlich in die Runde.

„'ß Gott miteinand." Einige nickten. Metzler, ein Mann des Barons und in dessen Spitzeldiensten geeicht, ignorierte Eugenio bewusst. Nur der Bertl machte den Mund auf.

„Grüaß di, Herr Lehrer."

Seppe stand jetzt auf, schickte sich an zu gehen, um dem Rivalen nicht in die Augen sehen zu müssen. Im Grunde hatte er nichts gegen Eugenio, aber er erinnerte ihn an seine eigene Niederlage.

„I bin's dann", sagte er zum Wirt, „der Vater zahlt." Er verschwand, ohne sich umzudrehen.

Der Wirt drehte das Radio lauter, und der Gesprächspegel begann sich wieder zu normalisieren. Jetzt stand auch Vater Jenny auf, was allerdings nichts mit Eugenio zu tun hatte. Er stellte dem Wirten eine Holzkiste mit G'selchtem und Blutwürsten auf den Schanktisch. „Zahl mir's gleich, die nächsten Tage bin i auf der Alp." Er ließ sich die Ware bezahlen und ging.

Eugenio stutzte kurz, denn ein Alpgang so spät im Jahr war nicht üblich. Auf Grund der einzigartigen Wettersituation erfuhren aber selbst die gemeißelten Zeitpläne der Bergbauern gewisse Änderungen.

Eugenio leerte seinen Doppelten in einem Zug. Der Wirt warf ihm einen verschwörerischen Blick zu.

„Wann kommt's denn?" Eugenio blickte auf die große Standuhr, die schon Jahrzehnte lang und einwandfrei die Stunden teilte.

„Eine Minute noch. Dreh ein bissl auf, ich bin schon weg", sagte er, zahlte und ging.

Gemächlich schlurfte der Wirt zum Radioapparat und drehte eine Einheit lauter. Ein Sprecher kündigte eine Informationssendung zum Thema Lawinenschutz an. Es spricht Lehrer Casagrande aus Blons." Dann Eugenios Radiostimme:

„Liebe Hörer, in Fortsetzung zur letzten Sendung noch einmal Grundsätzliches zu Beschaffenheit und Mechanik einer Lawine."

„Der war doch grad noch do, wie gibt's denn des?", fragte der Bertl, der, wie schon berichtet, mit der Technik der Neuzeit auf Kriegsfuß stand. Der Wirt lehnte sich hilfestellend über den Schanktisch:

„Tonband, Bertl, Tonband."

Bertl nickte, aber die Sache blieb mysteriös.

„Zuerst der Feuchtigkeitsfaktor ..."

Eugenios Radiostimme beherrschte nun den ganzen Raum. „Je nasser der Schnee, desto langsamer die Lawine. Das Gefährliche sind die Trockenschneelawinen, liebe Hörer, da wurden schon bis zu 480 Kilometer in der Stunde und mehr gemessen. Zum Beispiel die Glärnisch-Lawine in der Ostschweiz."

Während Eugenio sprach, waren die Jasser und auch Metzlers Leute zusehends verstummt. Allein die Tatsache, dass der Mann aus dem Radio sprach, vervielfachte seine Kompetenz in den Ohren der Zuhörer. Einige erhoben sich von ihren Tischen, bewegten sich andächtig Richtung Ausschank, um näher am Gerät zu sein. Metzler versuchte vergeblich, die Leute an seinem Tisch in ein Gespräch zu verwickeln, alle starrten gebannt auf den Kasten hinter dem Wirt, selbst Frau Metzler hatte das Essen unterbrochen, um diesem verrückten Blonser zu lauschen.

„Dann stürzte die Leu also mit einer Geschwindigkeit von 450 Stundenkilometern ins Tal, überquerte die zwei Kilometer breite Sohle und kletterte mehrere hundert Meter den gegenüberliegenden Hang hinauf, bevor sie wieder zurückstürzte, um nochmals Schaden anzurichten. Allein die Druckwelle, die eine Lawine vor sich herschiebt, verehrte Hörer, kann Häuser sprengen, und die Menschen sterben, noch bevor sie die Lawine erreicht hat, ganz ohne Feindberührung sozusagen – und zwar am Lungenriss."

Auch Erna, die in ihrer Kammer mit Korrekturarbeiten beschäftigt war, registrierte jetzt seine Stimme und drehte schnell lauter. Während er sprach, begann sie den Apparat abzustauben, bis in die kleinsten Ritzen hinein. Eugenio beherrschte die Mikrofonrhetorik schon recht routiniert, spielte mit Dynamik und gekonnt gesetzten Pausen.

„Der Lawinendruck ist ungeheuer." Seine Stimme tief in Ernas Ohr. „Er erreicht bis zu hunderttausend Kilogramm, ja, sie hören recht, hundert Tonnen pro Quadratmeter, die Druckwelle beträgt mehr als eine halbe Tonne pro …"

Drüben auf der anderen Seite der Lutz, im Geweihpark, zog die Baronesse wutentbrannt ein Stromkabel aus der Wand, aber die Neugier des Barons war stärker. Eugenio war also auch weiterhin in Feindesland zu hören.

„Sie walzt ganze Dörfer platt, zerstört Brücken und Eisenbahnlinien, legt ganze Wälder um. Frage: Wie soll man sich schützen, gegen solche Urgewalt?"

Im „Adler" versammelten sich inzwischen immer mehr Leute um den Schanktisch. Ein Blonser im Radio, das war eine kleine Sensation und erfüllte die Einheimischen mit einem gewissen Stolz.

„Wie sich schützen?", wiederholte Eugenios Radiostimme.

„Mit dem Herrn Casagrande soll man sich schützen, der macht des schon!", sagte der Metzler und lachte aufmunternd seine Tischgenossen an, ohne auf große Resonanz zu stoßen. Einzig Dünser, als sein Untergebener, rang sich ein steifes Grinsen ab.

Und wieder einmal kam der notorische Warner zum Punkt.

„Nachdem ich in einem Dorf mit über 40 Grad Hangneigung lebe, interessiert mich diese Frage brennend. Blons hat steile Hänge mit glatter Narbe, und auf schlüpfrigen Alpenwiesen, liebe Hörer, ist die Lawinengeschwindigkeit am größten. Seit über zwanzig Jahren wird bei uns aber nichts dagegen unternommen. Seit Jahren versucht die Gemeinde…"

In diesem Moment war der betrunkene Metzler zum Schanktisch gestürzt und hatte eigenmächtig den Apparat ausgeschaltet.

„Humbug ist des", brüllte er. „Der Herr G'studierte hat die Weisheit ja mit Löffeln g'fressen!"

Der Wirt, ein langer, kräftiger Kerl, schaltete seelenruhig wieder ein, und Eugenio fuhr fort:

„…auch auf die Gefahr hin, als Kassandra von Blons verlacht zu…"

Wieder war Metzler am Ausknopf. „Also der Wirt bin immer noch i", fuhr ihm der Hausherr dazwischen.

Da wurde es auch dem Bertl zu bunt. Er sprang auf von seinem Tisch, packte den Metzler, der gute zwei Köpfe größer war, am Schopf, riss ihn vom Schanktisch und schaltete wieder ein. Im Handumdrehn war eine wilde Prügelei im Gang, Gläser flogen, Stühle und Tische krachten, während Eugenios Stimme im Hintergrund ruhig, konzentriert und in verzerrter Überlautstärke vom Lawinenschutz philosophierte.

Der Wirt brachte sich unter dem Schanktisch vor fliegenden Gegenständen in Sicherheit, um in Ruhe die Telefonnummer des Bürgermeisters wählen zu können. Der Bertl hatte inzwischen den Metzler fest am Kragen.

„Ein Vasall bist du, ein Kontrollör, unterm Kommando des Herrn von und zu. … Des da ist Blons und nicht die Kesselkompanie … verstehst … der Krieg ist vorbei, HERR Metzler … aus is mit der Hitlerei!!"

Jetzt stürzte sich auch Frau Metzler mit ihrer ganzen Leibesfülle ins Gewühl. Genau um 18 Uhr 30, bittere Fußnote, blieb die Wanduhr – nach Gott weiß wie vielen Jahren – zum ersten Mal stehn. Ein zappelnder Menschenknäuel hatte sie respektlos zu Fall gebracht.

Das Klirren und die Poltergeräusche aus der Schankstube verloren sich im Hintergrund, als Eugenio schon auf halbem Weg zum Bürgermeister war. Wie verkatert fühlte er sich, auch der Schnaps hatte den Kloß nicht aus seinem Hals geschwemmt, die Dinge lagen schief, nichts war in Ordnung.

In seinem wirren Kopf hatte sich, wie jeden Tag und jede Nacht, seine Geliebte wieder zurückgemeldet, oder besser nur Details ihrer Erscheinung, kleine Ernaschnipsel, die wie eigenständige Wesen seine Tagträume durchflogen, ihre Haare, ihre Brüste, ihre Augen, ihr Hals, ihr Hintern, der sich mitteilen konnte, wenn ihr danach war, ihr Lächeln, ihre Wut, ihre Hand, die ihn zu Recht geohrfeigt hatte, ihr Mund, ihr Mund, alles tauchte auf vor seinem zerfransten Gewissen, das noch immer an der bösen Beleidigung kaute – deshalb wohl ließ es seine Erna nur in vorsichtiger Dosierung zu, in kleinen mundgerechten Häppchen. Noch durfte er sie nicht im Ganzen genießen, nicht einmal im Tagtraum.

Noch bevor Eugenio das Gemeindeamt erreicht hatte, war der Bentley des Barons dort vorgefahren. Eugenio duckte sich hinter einen Baum und schlich, ein paar Hausecken umgehend, bis unter das offene Fenster des Korridors, der zum Bürgermeisterbüro führte.

Der Adlerwirt hatte zwischenzeitlich den Bürgermeister über die wüste Balgerei unterrichtet. Dessen spontaner Vorschlag, die Ordnungshüter zu rufen, ging ins Leere, da selbige kampfunfähig unterm Tisch lagen. Der Bürgermeister hatte daraufhin umgehend den Baron zu sich zitiert. Als die beiden Herren schließlich den Korridor erreicht hatten, versuchte Eugenio, der Außenmauer entlang, dem Gespräch zu folgen.

„… Wieso zweierlei Maß??", sagte der Bürgermeister, „ich will, dass eine Ruh' ist im Dorf und Schluss, gell!"

„Hören Sie, wenn die sich die Schädel einschlagen…"

„…dann sind Sie nicht ganz unschuldig dran, anstatt Öl ins Feuer zu gießen, pfeifen S' besser Ihre Leut zurück, gell … Der Casagrande hat triftige Argumente, das können S' ja nicht bestreiten, und muss völlig isoliert …"

„Isoliert??! Dass ich nicht lach', in Ihnen hat er doch den reinsten Schutzengel, Herr Bürgermeister, und in der Frau Gaderthurn seine trotzigste Fürsprecherin. In meinem eigenen Haus nimmt die sich kein Blatt vor den Mund – der und isoliert." Die beiden waren offensichtlich stehengeblieben, hatten die Tür zum Büro erreicht.

„Tun S' bitte die Schuh abstreifen", brummte der Bürgermeister, „drin ist frisch gebohnert, gell." Dann knallte er die Tür zu.

Eugenio, der draußen alles mitgehört hatte, zog sich seine Baskenmütze ins Gesicht und sackte grinsend in die Hocke.

Schon in den frühen Morgenstunden des 10. November waren dichte Wolken ins Tal gezogen, setzten sich an den Kämmen und Gipfeln fest und ließen den Tag nie richtig hell werden. Es sah nach Regen aus, und die schwefelgelben Cumulustürme trugen wohl Hagel in sich und Spannungsherde für zehn Gewitter. Erna schloss vorsorglich die Fenster des Klassenzimmers und schickte die Kinder früher nach Hause, um denen, die über zwei Stunden Weges vor sich hatten, das Schlimmste zu ersparen. Bevor sich Pia als letzte anschickte, die Klasse zu verlassen, zupfte sie Erna am Rock, hatte wieder ein Geheimnis für sie. Erna müsse ihr jetzt folgen, an einen wohlbekannten Ort, großes Geheimnis …

Es ging über die langgezogenen Pfade, die von Hof zu Hof in unregelmäßig laufenden Serpentinen Richtung Hüggen führten, und Erna fiel auf, dass Pia querfeldein gehend größere Umwege in Kauf nahm, als wollte sie einen lästigen Verfolger abschütteln. Das müsse so sein, sagte sie, ohne es weiter zu begründen.

Das Ziel war ihr, wie Pia angekündigt hatte, tatsächlich wohlbekannt. Schon einen kräftigen Steinwurf vor der Jenny-Scheune trug ihr der Wind die Fetzen einer anheimelnden Melodie zu und je näher sie kamen, desto offizieller setzte sich der Bolero in Szene.

Am offenen Scheunentor blieb Erna stehen, ihr Herz schlug im Hals, in den Ohren, in den Schläfen. Sie trug ein hübsches, rotes Seidenband im Haar, als kleines Indiz für ein erwartetes Rendezvous. Eugenio lehnte lässig an den Strohballen, die ihr so vertraut waren. Neben ihm drehte sich eine Langspielplatte, auf einem modernen Plattenspieler mit eingebautem Lautsprecher. Pia schob Erna in die Scheune und flüsterte ihr nach.

„Überraschung!" Dann verschwand sie pfeifend im Nebel.

Eugenio hob die Nadel aus der Scheibe. Die folgende Stille machte die beiden nicht verlegen, war vielmehr voll mit Sehnsüchten, Entschuldigungen und Geständnissen, die sich endlich Bahn brechen wollten.

Ein diskreter Wind summte durch die Ritzen der Bretterwände.

„Der sicherste Platz für eine Entschuldigung und – eine kleine Bescherung", sagte Eugenio, seine Stimme klang wie eingerostet, er musste sich zwischen den Worten räuspern, hatte schon seit Stunden nicht gesprochen. „Die Jennys sind für ein paar Tage auf der Alp."

Erna wies mit dem Kinn auf den Plattenspieler.

„Für mich?" Er nickte. Sie kam langsam auf ihn zu.

„Weißt du", sagte er, „ich hab' die ganze Nacht mit meinem Hund gesprochen."

„Und – was hat er gesagt?"

„Mach dich ganz klein", hat er gesagt, „und leg dich aufs Kreuz, du Idiot!"

Nach kurzem Zögern fielen sie sich in die Arme.

„Meine Mutter war da, ich hab' in ihrem Zimmer …"

Schhh. Er hielt ihr zärtlich den Mund zu.

„Verzeih mir, verzeih verzeih, ich hab' fast den Verstand verloren vor deiner Tür."

Während sie ihn mit der einen Hand fest umklammert hielt, suchte die andere blind den Tonarm und ließ ihn wieder in die Rillen sinken. Dann nahm sie sein Gesicht, wie ein lange vermisstes Kind in beide Hände und endlich war sie eins mit ihren flüsternden Schwestern, am einigsten mit der Tänzerin.

„Leg dich aufs Kreuz, du Idiot!", sagte sie sanft und drückte ihn behutsam, aber bestimmt in die Strohballen zurück, sodass sie auf weichen, knisternden Untergrund zu liegen kamen. Er streifte ihr das rote Band aus den Haaren, und das Herz begann ihm zu stolpern, als er bemerkte, dass sie unter dem Kleid fast nackt war, ihr Duft schon ganz nah, noch ehe sie den Boden berührten. Mit der blinden Zielstrebigkeit Liebender, die sich auf den Flug gemacht haben, zogen sie sich gegenseitig alles vom Leib, ohne die Münder voneinander zu lösen. In den süß schmerzenden Umarmungen wand sich auch der Zorn der vergangenen Tage, was beiden bewusst war und sie zusätzlich erregte. Als sich ihre Körper schließlich vereinten, in wilder und in zärtlicher Vertrautheit, als wüssten sie voneinander seit alter Zeit, ihre Herzen dicht aneinander schlugen, die Worte längst verstaut, da verlangsamte sich ihr Rhythmus im Staunen über den Gleichklang, kam zum Stillstand in höchster Erregung, Mund an Mund, und ihre Blicke, nicht vom leisesten Wimpernschlag getrennt, vermählten sich stumm. Ihre Augen hatten sich ein endgültiges Versprechen abgenommen, lange Minuten atmeten sie sich gegenseitig, im reglosen Schwur, ihrer beider Pupillen weiteten sich dabei, verdrängten die Farben der Iris an den äußersten Rand, als schöbe der Mond sich vor die Sonne und durch die Tunnel strömten sich die Seelen zu, kein Gespinst aus Sternenstaub, so war's, war es für sie, war es für ihn, ihre Leiber klebten warm ineinander, begannen sich wieder zu bewegen, wie Flut der Ebbe folgt, sie weinten sich an, lachten sich an, küssten sich die Tränen vom Gesicht, glücklich und außer sich, da sie die Worte nicht fanden, nicht zu beschreiben war, was ihnen geschah, und bald schon wussten sie, dass sie den ersten kleinen Tod gemeinsam sterben würden.

Und alles wäre gut

Der Bentley des Barons brauste davon und ließ Metzler und Dünser, denen die Spuren der Prügelei noch immer anzusehen waren, mit einer Litanei von Instruktionen zurück. Der Baron glaubte sich tatsächlich durch sein kostbares Geschenk und wohl auch durch die Mütter-Alliance gewisse Privilegien erkauft zu haben, nahm sich mithin die ungeschriebenen, emotionalen Rechte eines Quasi-Verlobten heraus, als hätte er schon einen Schuh in Ernas Zimmer. Jedenfalls hatten die beiden Gendarmen strikten, geheimen Auftrag, Augen und Ohren offen zu halten, insbesondere auch in ihrer freien Zeit, um Ernas private Schritte, oder besser, womögliche Fehltritte, die den Baron zum Gehörnten degradiert hätten, unverzüglich zu melden. Auch Direktor Nigsch hatte er für einschlägige Meldungen als potenziellen Adressaten eingeplant. Die Brautwerbung eines Edelmanns durfte niemals im Blauen enden. Also hieß es umsichtig sein, und sich für alle Eventualitäten zu wappnen. In gewisser Weise war er außerdem noch immer Soldat, der Reste geheimdienstlicher Manieren ins zivile Leben übernommen und im Obergendarmen einen verlässlichen, verlängerten Arm zur Verfügung hatte. Anders war es nicht zu erklären, dass Metzler nicht nur die Himmelsrichtung kannte, in die Erna von Pia entführt worden war.

Metzler mag das Observieren ein Stein im Schuh gewesen sein, im Innersten ganz bestimmt, aber seine Gehorsamsreflexe waren noch immer auf von Kessels Befehlston eingestellt, hatte er doch lange genug in einer vom Baron kommandierten Kompanie irgendwo in den Masuren gedient. Dunkle Monate im Jahr 1943, die offenbar tiefe Blessuren in seiner Seele hinterlassen hatten wie sickerndes Gift. Immer hatten sich beide über diese Zeit, deren Ereignisse sie aus nie geklärten Gründen in eine gegenseitige Abhängigkeit schweißte, in Schweigen gehüllt. Einer war dem anderen im Wort, aber von Kessel hatte noch immer das Kommando. Metzler litt – in Treue fest – unter dessen Joch, und seine Frau fraß sich seinen Seelenkummer in den eigenen Leib.

Auch dem Dünser war das Herumfingern in anderer Leute Privatleben zuwider, aber noch konnte er aus der Befehlskette nicht ausbrechen. Noch fehlte ihm der Mut. Er tat, wie ihm befohlen und begann nach oben zu stapfen, ebenfalls querfeldein, Richtung Unter-Hüggen.

Es hatte zu regnen begonnen, erste Donner rollten ins Tal. Dünser zog fluchend seine Kapuze über den Kopf und verschwand in den Nebelfetzen, die der Wind vor sich hertrieb.

Die ersten Schwaden hatten schon den Jenny-Stadl erreicht, krochen durch die Ritzen ins Nest der Liebenden. Erna und Eugenio lagen nackt, eng umschlungen, in die Kutscherdecke gehüllt auf dem Rücksitz des Zweispänners, der einst Seppe als voyeuristischer Unterschlupf gedient hatte. Ravels Musik war schon verklungen, die Nadel knackste rhythmisch durch die Endlosrille.

„Wann genau?" flüsterte ihm Erna ins Ohr.

„Vor fünf Jahren, um ehrlich zu sein …" Sie lächelte in die klobige Rossdecke, dachte an die lange, leere Zeit, die sich wie ein verkorkster Traum aus ihrem Leben gestohlen hatte. „Und du?", fragte er.

„.Ich?" Blitzschnell zog sie die Decke übers Gesicht, wie ein ertapptes, kleines Ding, dem die Schamesröte ins Gesicht fährt.

„Du lieber Himmel …" Er kroch unter die Decke und hauchte ganz zärtlich in ihr Ohr: „Leg dich auf den Bauch … du Idiot!"

Scharfer Gegenwind und beißende Regenschauer hatten dem Dünser arg zu schaffen gemacht. Die Gewitterfront trieb jetzt fette Wolken die Hänge hoch, bleigrau ruderte alles nach oben, sodass der Jenny-Hof sich immer wieder seinem Blick entzog, was Dünser zwang, die Richtung entsprechend zu korrigieren. Blitz und Donner rückten näher zusammen. Er zählte die Sekundenabstände, um die Entfernung schätzen zu können, denn hier oben griff das Räderwerk der Atmosphäre rascher ineinander als draußen in der Ebene. Die Wolken zogen schneller, und die elektrischen Entladungen waren besonders ungeduldig. Zwei, drei Kilometer entfernt mochte das Gewitter sein, er sollte sich besser einen Unterschlupf suchen.

Als er schließlich in Sichtweite der Jenny-Scheune kam, blieb er stehen, glaubte ein Geräusch gehört zu haben. Am liebsten hätte er kehrtgemacht und den Hut auf die stinkende Spitzelei gehauen, aber im selben Moment war es die eigene Neugier, die ihn dichter an die Szene lockte. Er näherte sich langsam, spähte durch die schmalen Ritzen zwischen den Holzlatten und machte schließlich zwei metallene Steigbügel aus, die von einem Sattel am Kutschbock hingen und rhythmisch gegeneinanderschlugen. Seine Phantasie hatte rasch zündende Rückschlüsse parat. Er wollte sich aber Zeit nehmen. Das helle

„Dindin" der Steigbügel war unter den heftiger werdenden Donnerschlägen kaum noch zu hören. Vorsichtig kroch er der Außenwand entlang bis zur Vorderfront, um ja keinen verräterischen Schatten ins Innere zu werfen. Als er beim Tor anlangte, richtete er sich auf und öffnete mit einem derart kräftigen Ruck, dass er sich die Finger stauchte. Drei, vier grelle Blitze machten im rechten Moment die Düsternis taghell.

Ein paar zerzauste Strohballen, die der Durchzug geweckt hatte, fegten über den Boden, wie verscheuchte Geister. Sonst war da nichts. Ungläubig suchte er jeden Winkel ab. Niemand da. Als er sich, leidlich verstört, zum Gehen wandte, fiel ihm zwischen zwei Burden etwas auf, was er auf den ersten Blick übersehen hatte. Ein rotes Band, aus feinster Seide. Nicht der Stoff, aus dem die Mägde ihre Haare binden, das wusste Dünser.

„Heute ist der 14. Dezember 1953, zweiter Adventsonntag. Ein warmer, sonniger Dezembertag." Pias feines Lesestimmchen zuckerte die behagliche Atmosphäre, die Erna schon mit vorweihnachtlichen Ingredienzien ins Klassenzimmer gezaubert hatte. Für Erna war die Weihnachtszeit seit Kindestagen eine Herzenssache, die sie mit heiligem Eifer kultivierte. Nie hatte sie die reisigduftende Heimeligkeit auf Schloss Gaderthurn in den Wochen des Advent vergessen, vierundzwanzig Dezembertage, die der verletzlichen Welt vorübergehend Immunität versprachen und großzügig stilles Glück verteilten, dem Erna auch hier auf die Sprünge helfen wollte, indem sie die Tradition mit den Mitteln, die ihr zur Verfügung standen, weiterpflegte. Auf dem Lehrerpult lag ein prächtiger Adventkranz, dessen zweite Kerze schon brannte. Daneben Ernas neuer Plattenspieler – auf dem Teller drehte sich eine Instrumentalversion von „Leise rieselt der Schnee". Mitsingen sollten die Kinder erst wieder, wenn der Text den Tatsachen entsprach.

An den Fenstern hingen kunstvolle Scherenschnitte, die Tannenbäumchen, den Morgenstern und schwebende Engel darstellten. Auf jedes Schülerpult hatte sie Tannenzweige drapiert, an denen riechen konnte, wer Lust hatte.

Pias dünner Zeigefinger folgte, sich wölbend und streckend wie eine kleine Raupe, der aufrechten Tintenschrift.

„Schon seit Anfang Oktober haben wir so schönes Wetter. Nur sechs Tage brachten Regen, von 71 Tagen waren 65 schön. Am 4.

Dezember zeigte unser Thermometer an der Haustür 30 Grad Celsius in der Sonne – am 4. Dezember!"

Wie Lametta hingen ihr die Goldlocken ins Gesicht, erzitterten sanft bei jeder Kriechbewegung des Fingers. Ein Hauch von Unschuld und Anmut war sie, zauberisch und rein. Wenn die Kleine unsicher aufblickte, nickte ihr Erna aufmunternd zu, schon der Klang der zerbrechlichen Stimme ließ sie in Wohlwollen schmelzen. Allein diese flüchtigen Augenblicke und die Rührung, die sie dabei überkam, gaben Erna die Gewissheit, den richtigen Beruf erwählt zu haben. Diese wachen, neugierigen, lebenshungrigen Wesen würden ihr täglicher Nektar sein.

In jenen Tagen hatte sich Erna zum ersten Mal wirklich glücklich gefühlt, die Dinge hatten Sinn bekommen, Richtung, ihr Herz klopfte so kräftig wie nie zuvor, und doch schien die Welt draußen allmählich aus den Angeln zu geraten.

Alles spielte verrückt, die Männer prügelten sich, die Frauen litten an Migräne oder unerklärlichen Verstimmungen, die Natur stand zu lange schon Kopf, und die großen Entscheidungen rückten näher.

Es klopfte an der Tür. Pia unterbrach ihren Vortrag. Der Postler, in seinem Übereifer, hielt seinen Kopf und zwei Briefe in die Klasse, um Erna den Gang über die Treppe zu ersparen.

„In-/Ausland – und des war's schon."

Erna setzte sich ans Pult, fächelte sich mit den beiden Briefen Luft zu und gab Pia Zeichen, mit dem Aufsatz fortzufahren.

„… Und weil heute die Sonne so warm scheint, wollen wir noch einen langen Spaziergang durchs Tal machen. Vielleicht zum letzten Mal." Da platzte die Hilda Müller heraus.

„Warum kommt heuer der Schnee nicht, Frau Lehrerin?"

Erna stand auf, ging ans Fenster und tupfte ans Thermometer.

„Es ist ihm wohl zu heiß hier", sagte sie und schloss das Fenster.

Kaum hatte Erna das Konferenzzimmer betreten, nahm Eugenio sie an der Hand, schleppte sie ins Naturkundekabinett und küsste sie mit fast grobem Elan. Sie sah sich ängstlich um, versuchte sich zu lösen, bat ihn um Vorsicht.

„Keine Liaison, nit wahr", witzelte er und küsste sie wieder, und sie küsste ebenso innig, ja trotzig zurück. Dass es in ihrem bald zweiundvierzigjährigen Leben noch immer ein In flagranti geben konnte, machte sie wütend, glaubte sie sich doch endlich erlöst von moralischer Vormundschaft und die St. Lorenzener Fangarme gekappt, für alle Zeit.

Jede Umarmung mit ihrem Geliebten empfand sie als Triumph, angesichts der Verbotsschilder, die ihr noch immer durch den Tag tanzten, hier wie dort, sie genoss die heimliche Entgleisung wie einen Akt zivilen Ungehorsams.

Auch die Leute hier im Tal achteten seit jeher penibel auf die Einhaltung der Regeln eines untadeligen Zusammenlebens. Schlampige Romanzen, insbesondere wenn einer der Partner nicht einheimisch oder gar anderer Konfession war, galten als Tabubrüche, die mit einer Repressalie geahndet wurden, die heimtückischer war als der Pranger: Ächtung als pädagogisches Programm. Ein Stigma, das man nicht los wurde. Nigsch hätte ausführendes Organ werden können, das wussten sie beide. Begegnungen im Niemandsland wurden also zur Tagesordnung. Denn eine Liebe, die sich vor der offiziellen Segnung in eine Umarmung wagte, konnte nur im Geheimen ihr Recht holen. So wurde es gehalten, von alters her, und es war Erna nicht neu, war sie doch innerfamiliär schon einschlägig vorbelastet – obwohl einzuräumen ist, dass Papa auch subversive Ratschläge parat hatte. Gottlob gibt's Gefühle, die unerreichbar sind für die Appelle der Gerechten – im stillen Kämmerlein hatte er das in Ernas Ohr geflüstert, wenn Mutter nicht in Hörweite war. Damit hatte er ein Flämmchen in seiner Tochter entfacht, das nicht mehr zu löschen war und – sie war gewarnt vor den Gerechten.

Erna umarmte Eugenio von neuem, mit einer sinnlichen Wut diesmal, die ihn beinah aus der Fassung brachte. Der lange Kuss vertrieb alle Vorsicht, die Briefe, die in ihrem Dekolleté steckten, fielen dabei zu Boden.

Eugenio hob sie auf, und sein Blick fiel prompt auf den Briefkopf des Barons.

„Dein Rivale lässt nicht locker", sagte Erna mit einem Achselzucken.

„Gut", sagte Eugenio, ruhig und bestimmt. „Gut."

„Was, bitte, ist gut?"

„Du bist eine Waffe, Erna, die beste, die ich hab."

„Du willst damit sagen …"

„Ich liebe dich, will ich damit sagen und ich vertraue dir", unterbrach er sie. Sie schüttelte langsam den Kopf.

„Das kannst du nicht verlangen von mir, jetzt nicht mehr."

Sie versuchte dabei sehr entschlossen zu wirken, denn sie bemerkte das verzweifelte Drängen in seinem Blick.

„Ein Vertrag existiert bereits, Erna, Liebling, Schatz, mein Alles. Wir brauchen nur seine Unterschrift."

Dabei zog er die Einladung von Kessels aus dem unverschlossenen Kuvert und las nur die Quintessenz, laut und deutlich.

„20. Dezember … Ausflugdampfer … Bodensee."

Erna schüttelte noch immer den Kopf.

„In alle Ewigkeit werd' ich das nicht tun."

Der Raddampfer pflügte durch schwarzes Wasser, in das der Rhein sein Treibholz entließ, wie ein kalbender Gletscher. Ganz hinten am Heck stand Erna im beigen Kleid und dem passenden Sommerhut, genau wie damals bei ihrer Ankunft im Großen Walsertal. Gebannt verfolgte sie im Kielwasser tanzende Hölzer und wunderte sich übers Leben. Bregenz schlief in der Nachmittagssonne, gleißender Schimmer in den Fenstern.

Es war in der Tat ein seltsames Gefühl, vier Tage vor Heiligabend auf dem Sonnendeck eines Ausflugsschiffes zu flanieren und die Bergspitzen der Voralpen noch grün zu sehen.

Alles war unwirklich, das Licht, die Temperatur, die nach Sommer duftende Gischt, das trügerische Balzen des Barons. Mit zwei Sektgläsern, bis zum Rand gefüllt, kam er auf sie zu. Erna glaubte hinter dem demonstrativen Strahlen, das er wie ein Schauspieler ins Gesicht knipsen konnte, einen Anflug von Berechnung bemerkt zu haben. Im nächsten Moment aber verscheuchte sie ihre Skepsis, um auch nur die geringste atmosphärische Störung zu vermeiden. Sie nahm ihr Glas in Empfang, prostete ihm zu und drehte sich zur Sonne hin, die schon tief über den Schweizer Bergen stand. Ein heftiger Windruck blies ihr fast den Hut vom Kopf, sodass sie gezwungen war, ihn mit der freien Hand festzuhalten. Da zog der Baron, dankbar für den Wink der Natur, ein rotes Haarband aus seinem Sakko, ganz beiläufig, lehnte sich über die Heck-Reling und ließ das ominöse Stück Seide durch die Finger gleiten.

„Ein Haarband wäre vielleicht das Richtige in so stürmischen Zeiten." Er richtete sich auf, hielt es an ihr Gesicht, in dem eine Strähne zappelte, die dem Hut entkommen war.

„Rot verträgt sich gut mit Kastanie. Passt wie angegossen."

Sein Blick schwankte zwischen Süffisanz und Neugier. Erna versuchte ihren Schock mit einem Schluck zu parieren. Sollte hier gar eine kleine Abrechnung stattfinden? Ein Offenbarungseid?

„Wo haben Sie das her?"

„Ach wissen Sie, mir wird so manches zugetragen", sagte er und genoss es, Erna im Unklaren zu sehen, wild entschlossen, sein vermeintliches Wissen nur nach und nach preiszugeben. Was für Schlüsse auch immer er daraus ziehen mochte, Erna verleidete ihm den billigen Triumph, indem sie sich zur Flucht nach vorne entschied und sich herzlich bedankte, sie habe dieses Haarband schon während ihrer Zeit am Jenny-Hof tagelang vergeblich gesucht und daher schmerzlich vermisst, sagte sie ganz aufgewühlt. In sein Routinelächeln kam auf einen Schlag Unsicherheit, die er zu verbergen suchte, indem er das Lächeln krampfig in die Breite zog. Vergebliche Müh'. Das kompromittierende Moment seines Fundes hatte sich mit einem Mal in Luft aufgelöst.

„Und so bekomm ich's wieder – aus erster Hand", sagte sie schelmisch. Er schien überrascht über ihre gelassene Offenheit und hob erneut das Glas.

„Auf eine wärmere Zukunft dann."

Sie zögerte absichtlich, hielt ihr Glas zurück.

„Beunruhigt Sie das nicht?", fragte sie ernst.

„Die Zukunft?"

„Beides, die Wärme und die Zukunft."

Er zuckte mit der Schulter, richtete seinen Blick auf die schneelosen Berge.

„Klimaänderungen …", sagte er mit der beeindruckenden Nonchalance eines diagnosesicheren Arztes.

„Aber diese Wärme, das hat es seit hundert Jahren nicht mehr gegeben, es ist keine alltägliche Wärme", sagte Erna.

„Sowas passiert, und zwar passiert es in Zyklen", sagte er und stützte sich dabei mit beiden Händen auf die Reling, als dozierte er von einem Katheder aus in ein weites Auditorium.

„Die Gletscher ziehen sich zurück, die Winter werden milder, der Schnee lässt uns in Ruh'. Das sagen die wirklichen Fachleute, Erna, ich kann da nichts Katastrophales erkennen. Glauben Sie mir, ich bin kein Luftikus, der nur ans Heute denkt, hab' es mir also nicht leicht gemacht, habe Gutachten studiert, Klimatologen, Hydrologen, Glaziologen konsultiert, den Rat von einschlägigen Koryphäen in Tübingen und Innsbruck eingeholt, aber Beunruhigendes, meine Liebe, hat sich bei denen, die sich professionell mit meteorologischer Prognostik beschäftigen, beim besten Willen nicht ergeben."

Er drehte sich zu ihr, um die Wirkung seiner Worte in ihrem Gesicht zu lesen.

Erna sah ihm kampfeslustig in die Augen. „Sie werden doch zugeben, Herr Baron, dass Zukunftsforschung im Allgemeinen und wenn's ums liebe Wetter geht ganz im Besonderen, noch tief in den Kinderschuhen steckt."

„Und Sie werden doch nicht taufrisches Universitätswissen in Zweifel ziehen, Frau Lehrerin, ich bitt' Sie", sagte er mit einem ziemlich arroganten Unterton.

„Jedenfalls sind uns die Schweizer um Jahre voraus", sagte Erna trotzig, „die haben schon im Jahr 1943 Lawinenwarnstationen eingerichtet, während bei uns so 'was Ähnliches erst seit zwei Monaten existiert, sozusagen als Minimalgeste, und Casagrande war derjenige …" Weiter kam sie nicht, der Baron hatte sie mit einem überlauten Lacher unterbrochen.

„Die Schweizer, die Schweizer …" Er lachte tatsächlich hinüber ans andere Ufer. „1943 … da hatten wir Krieg, liebe Frau Gaderthurn, und die Schweizer hatten den Arsch voll Kopfarbeit, um das Geld der Welt zu beschützen." Ein verhaltenes „Verzeihung" schloss er noch an, als ihm bewusst geworden war, dass er sich in der Diktion vergriffen hatte, um aber gleich munter fortzufahren.

„Lawinenforschung und -schutz, das wollen wir doch festhalten, kostet viel Geld, sehr viel Geld, und das armselige, kleine Österreich kann sich samt dem Herrn Marshall diesen Luxus nicht leisten. Die Amerikaner haben bis heute 13 Milliarden Dollar nach Europa gepumpt, damit die Kommunisten nicht den Westen fressen, verstehn Sie mich recht – und nicht, um ein paar unterbeschäftigte Lawinenforscher durchzufüttern."

Erna hatte keinen leichten Stand heute, aber sie gab sich weiter unbeeindruckt.

„Gut, ich schlage vor, wir lassen das große Ganze und bleiben besser im Detail. 1853, ich nehme doch an, Sie kennen die Statistik, war exakt dasselbe Wetter – heißer Herbst, warmer Dezember, grüne Gipfel, und dann sind die Menschen gestorben wie die Fliegen – und zwar im Schnee!!"

„Anomalien halten sich nicht an Kalender, Erna."

Er machte dabei einen resignierenden Seufzer.

„Es ist nicht zu fassen, dieser überspannte Kerl macht hier noch jeden verrückt."

Eugenio saß inzwischen mausallein in der Kirche von Blons und versuchte zu beten. Die toten Azzuraugen der heiligen Madonna vom Seitenaltar schauten ins leere Kirchenschiff. Eugenio stellte sich vor ihr auf wie ein wackerer Ministrant, in der abrufbaren Demutshaltung, die ihm schon als kleiner Bub zuwider gewesen war. Langsam streckte er sich, stand schließlich stramm wie ein Brückenpfeiler, wir wollen doch nicht betteln, sagte er, wir wollen beten. Dann begann er kleine Arme-Seelen-Kerzen, die am Rand des Altars aufgelegt waren, zu entzünden, eine nach der andern, schließlich alle zwölfe, die noch übrig waren, und hinterlegte korrekt seinen Obulus im Opferstock. Er war zu vertieft in seine Zwiesprache mit der heiligen Jungfrau, um zu bemerken, dass seine Mutter schon geraume Zeit hinter ihm stand.

„Muss ja 'was Wichtiges sein, wenn du da herinnen bist, so ganz allein", sagte sie mit der unverhohlenen Rührung einer Mutter, die in ihrem Sohn wiedererwachte Frömmigkeit entdeckt. Ihre Hand lag wie ein Segen auf seiner Schulter. Er nickte.

„Hilf mir a bissl, du hast den besseren Draht."

Sie lächelte, zog siegesgewiss den Rosenkranz aus der Tasche und kniete sich neben ihm in die erste Bank.

„Den Glorreichen", sagte sie mit der routinierten Sicherheit der Gottvertrauten. Eugenio musste lächeln.

„Mir ist jeder recht."

Der See zog steinglatt, nur gekräuselt von der ausebbenden Bugwelle, unterm disputierenden Paar dahin. Sie standen noch immer an der Heck-Reling, Backbord, Richtung Schweiz, und das Beiläufige in von Kessels Gesicht war neugieriger Ernsthaftigkeit gewichen. Ernas physische Präsenz schien sein ursprüngliches Konzept über den Haufen zu werfen, ja in gewisser Weise wirkte er bemitleidenswert ratlos. Es gab Momente, da er sein Selbstbewusstsein völlig zu verlieren schien, als könnte ein kleiner Windstoß die Fassade der Überlegenheit zum Einsturz bringen. Der Gefahr war er sich wohl bewusst, und man sah ihm an, dass er sich von innen her stumm anbrüllte und schließlich zur Räson brachte.

„Eigentlich hab' ich diesmal mit einer Absage gerechnet", brachte er die Sache auf den Punkt und sah ihr dabei forschend in die Augen. „Und jetzt stehn Sie vor mir in voller Pracht. Was soll ich nur halten von Ihnen?"

Mit hängenden Schultern stand er da, merklich kleiner als zuvor, als würde er Luft verlieren. Nichts vom souveränen Charmeur, nichts vom überlegenen Dandy. Sobald er sich auf die Fragen reduzierte, die sein eigenes Herz betrafen, schien er zu versinken in Beklommenheit und Resignation.

„Noch bin ich eine Tabuzone", führte Erna ins Treffen. „Der Herr Schuldirektor will das so."

Ein bisschen übertrieben kokett sagte sie das. Die Tänzerin hatte das Kommando übernommen.

„So, der Herr Schuldirektor", wiederholte der Baron abwesend. Die Irritation, in die er offenbar geraten war, schien ihn berechenbarer zu machen, lesbar fast, wie ein offenes Buch. Tabuzone also. Mit anderen Worten, noch keine Entscheidung gefallen. Die geplanten Züge, mit denen er die Dame in den Senkel stellen wollte, waren also plötzlich für die Katz'.

Erna erinnerte sich an ihren ersten, merkwürdigen Eindruck, als er mit den Sektgläsern auf sie zugekommen war.

Berechnung sah sie als erstes, wie gesagt, und distanzierte Abgeklärtheit, die darauf schließen ließ, dass er nur ein amüsantes Spiel zu spielen vorhatte, um sich in einem letzten Scheingefecht die Hörner abzustoßen, ein Körnchen Genugtuung zu holen, um Reste seiner getretenen Ehre zu retten.

Im Grunde fühlte sie sich schon vom ersten Moment an durchschaut und hatte sich auf einen kindischen, oberflächlichen Schlagabtausch vorbereitet, der schlimmstenfalls in einem Eklat enden und somit vergeudete Zeit sein würde. Aber mit Dauer des Treffens, allein durch ihre Nähe, schien sich seine anfängliche Unverbindlichkeit wieder in Verzauberung zu wandeln, die er offenbar schon bei der ersten Begegnung im Bürgermeisteramt verspürt hatte. Ein Gefühl, das er nicht mehr vorhatte preiszugeben, zumal er sich schon aus dem Spiel, also geschlagen wähnte. Der Instinkt der Tänzerin nutzte diesen Umstand weidlich.

„Schauen Sie mir in die Augen", sagte sie sehr ernst und stellte sich vor ihn, Gesicht zu Gesicht, bis sie spürte, dass der Skeptiker aus ihm gewichen war.

„Ich bin nicht der Anwalt von irgendwem, Herr Baron, nicht wie Sie glauben, ich bin mein eigener Herr und meine Angst ist meine Angelegenheit."

„Sie haben Angst?"

„Ja, ich habe Angst. Seit ich dort oben war, hab' ich Angst."

Der Blick der Tänzerin erfasste abwechselnd seine Augen und seinen Mund, und sie spürte, wie sie in ihm Saiten zum Schwingen brachte, die er eigentlich gedämpft halten wollte. Sein Verstand hatte ihn vorgewarnt, er ließ es dennoch geschehen. Endlich wandte er sich als erster ab, um sich zu fassen. Ihre Wirkung hatte Erna selbst verunsichert, und sie fragte sich, wie weit man in diesem Spiel ungestraft gehen dürfe. Sie befand sich auf ungewohntem, auf schlüpfrigem Terrain, aber das Netz war schon ausgelegt. Wie weit, ohne nicht doch ein Restquantum an Herzensenergie zu investieren? Die Tänzerin hatte sich instinktiv ans Limit gewagt und fragte sich nun, ob der Zweck auch jene Mittel heiligt, die an der Würde kratzen. Was sie in seinen Augen sah, berührte sie zweifellos. Er war verliebt, verunsichert, ein verwundeter Verliebter, und für Augenblicke empfand sie Mitleid für ihn und Ekel, nein, Scham vor sich selbst. Sie spürte, dass sie auf dem Feld der Intrige ein blutiger Amateur geblieben war, in ihrem Blut floss zuviel von Papas Redlichkeit. Die inneren Widerstände konnte sie nur mit der Verzweiflung überwinden, die in der letzten Chance liegt. Lange standen sie schweigend und sahen auf den See hinaus, in dessen Spiegel der Himmel sich ausruhte. Wo seid ihr, ihr Flüsterer, fragte sie ins glatte Wasser. Stumm seid ihr, wie die Fische da unten. Bin ich jetzt die Sünderin? Alles für Eugenio, sagten die Stummen. Wasch deine Hände in Unschuld. Er hat es so gewollt. Die Grenzen zwischen zu viel Ehrlichkeit und Dummheit sind fließend, weißt du, wir können nicht wieder mit leeren Händen nach Hause, sagte die Tänzerin.

Der Mann stand zu lange auf der falschen Seite, Erna, schlugen die Flüsterer einen neuen Ton an, er ist ein Blender, eine Fahne im Wind, einer, der für die neue Zeit in den Schafspelz geschlüpft ist, am Ende waren wir ein Fliegenschiss in seinem Aug', vielleicht hat er Blut an seinen Händen, Erna, hat Menschen gezwungen, ihre eigenen Gräber zu schaufeln, der Herr Soldat. Wer kennt die zeugenlosen Jahre? Es leben so viele Verdränger hier, wer schert sich um die alten Sünden, hör dir seine Mutter an. Ein wirksamer Wink, und Papas Warnungen waren auch noch lebendig, vertrieben ihr schließlich endgültig Mitleid und Skrupel, und neuer Mut kam ihr ins Blut. Verstand und Herz opponierten nicht länger gegen die schlagenden Einwände. Sie drehte sich wieder zu ihm hin, entschlossen und gefasst, berührte ihn am Arm, mit beiden Händen.

„Wenn Sie diesem Verkauf zustimmen, Herr Baron, ich wäre Ihnen, wir alle wären Ihnen zu großem Dank verpflichtet, ein ganzes Tal würde aufatmen, ich flehe Sie an."

Das Eis wurde dünner. Gleich würde er sie umarmen und küssen wollen, das sagten seine Augen, möglicherweise empfand er die flüchtige Berührung als Zeichen der Ermunterung. Er nestelte am perfekt sitzenden Hemdkragen. Erna musste sich räuspern, um für den nächsten Satz nicht die Stimme zu verlieren.

„Ihre Unterschrift unter diesen Vertrag wäre mir wertvoller als alle Geschmeide der Welt." Noch eine kleine Pause, dann die Kardinalsfrage: „Warum tun Sie's nicht für … MICH?", sagte sie, und in ihrem Ton schwangen Frequenzen mit, die alles offen ließen. Die Tänzerin hatte sich so breit gemacht in ihr, dass sie sich für einen Herzschlag verlor. Er drehte sich zu ihr, und sie glaubte unter seiner dünnen Haut, in seinen klugen Augen den Ansatz einer Kapitulation zu erkennen, verbrämt allerdings mit der Ahnung, dass sie Ergebnis einer durchtriebenen Verführung war. Also flog das Handtuch nur aus Respekt vor dem betörenden Geschau der Tänzerin in den Ring und nicht aus Überzeugung in der Sache.

„Für Sie …?", sagte er. Erna überhörte das Fragezeichen.

„Für mich."

Montag, 21. Dezember 1953.

Die Aufregung der Kinder war schon groß und die strenge Disziplin während des Unterrichts gelegentlich gelockert worden durch das Vorlesen von Weihnachtsgeschichten oder gemeinschaftliches Singen von Adventliedern. Das Sehnen in den Augen der Kleinen rührte allmählich auch die Erwachsenen zu weicheren Gesten. Weihnachten hatte zuweilen, selbst für gröbere Händel zwischen den Sippen, eine heils- oder wenigstens friedenbringende Wirkung. Unter dem knirschenden Harsch der heiligen Tage, auf dem Weg zur Mette und zurück wurde so manche Fehde begraben. Einzig die grünen, blumenübersäten Hänge draußen mischten sich wie ein verstörender Klecks ins Gesamtbild, dessen Grundton hätte weiß sein sollen.

Erna und Eugenio saßen auf den Stufen der Parterrestiege im Lehrerhaus und fixierten gebannt das schwarze Telefon, das vor kurzem im Gang installiert worden war (als zusätzlicher Anlaufposten für die Lawinenwarnstation am Faschinajoch).

Der erlösende Anruf trieb beiden den Puls in die Höhe. Am Apparat war der Bürgermeister und er hatte Erfreuliches zu berichten, ja Unglaubliches. Er habe soeben hohen Besuch gehabt und der sei, weiß der Teufel warum, plötzlich nicht mehr abgeneigt, seine Weiden am Falvkopf zu verkaufen, und er wolle tatsächlich, was er kaum glauben könne, am 2. Jänner, also bei der nächsten Sitzung, unterschreiben, tatsächlich unterschreiben, mit Siegel und Stempel.

„Am 2. Jänner, Jesus Maria."

Eugenio starrte ungläubig auf die Sprechmuschel.

„Ja, man sollt' Messen lesen lassen, gell", sagte der Bürgermeister, und die folgende Verabschiedung landete bereits im Besetztzeichen, denn Eugenio hatte im ersten Freudentaumel schon aufgelegt, um Erna stürmisch zu umarmen. Eine lange, eine atemlose Umarmung war es. Als sie sich endlich lösten, hielt er sie, an ihren Oberarmen gefasst, vor sich hin wie ein beeindruckendes Gemälde, um sie in Ruhe, mit Respekt, Bewunderung und einem Schuss Eifersucht zu mustern.

„Was bist du nur für eine …?"

„Deine Waffe bin ich."

„Gute Waffe …", nickte er, ein bisschen nachdenklich.

„Du bist der Halunke", sagte sie seelenruhig.

Noch war die Sache nicht ausgestanden. Gewiss – die Weichen waren gestellt, aber wer sollte garantieren, dass der Baron bei seinem Standpunkt blieb. Möglicherweise befiel ihn übermorgen eine Föhnlaune, die alles wieder zunichte machte.

Erna und Eugenio waren gewarnt und hielten ihre Euphorie bewusst in Grenzen. Beide wussten sie, dass höchste Vorsicht geboten war, was ihre Zweisamkeit betraf. Jede Situation, die in den Augen des Barons oder seiner Spitzel als kompromittierend gelten konnte, musste vermieden werden. Für die nächsten zehn Tage erließen sie sich deshalb gegenseitig ein schmerzliches Diktat: Distanz.

Der 24. Dezember fiel auf einen Donnerstag, was die Weihnachtsferien und damit das kleine Martyrium der Liebenden verlängerte, und, als führte die Natur sentimental Regie, begann der heilige Abend tatsächlich standesgemäß. Pia drückte ihr Näschen am Fenster platt. In ihren Augen mischten sich Freude und Angst, als sie zum Himmel sah.

„Kommt, kommt her … alle, schnell, schnell, schnell!!"

Eugenio, Mutter Casagrande und Hilda, seine Schwester, drängelten sich ans Fenster – Schnee, endlich Schnee.

Es schneite, und obwohl es die normalste Sache der Welt war, wurde sie an jenem Abend mit Staunen begrüßt.

„Soviel Verspätung hatte der Winter noch nie, seit Menschengedenken nicht", sagte Mutter Casagrande und bekreuzigte sich, als wollte sie dem Herrgott danken, dass die Natur den verlorenen Faden wiedergefunden hatte.

Zarte Flocken segelten aus dem schwarzen Himmel. Noch unentschlossen drifteten sie nach links und nach rechts, und ein wenig verlegen sahen sie aus, der Verspätung wegen. Aber die Welt schien wieder in Ordnung. Allerorts stand man an den Fenstern, vor den Türen und empfing das zaghafte Gewimmel wie ein Wunder.

In ihrer Kammer öffnete Erna das Fenster, ließ sich die Flocken ins Gesicht wehen, als wäre es eine heilige Himmelsbrise. Sie hatte sich auf den Schnee und auf behagliche, weiße Weihnachten gefreut, immer vorausgesetzt, alles bewegte sich im Rahmen. Aber ohne den Geruch, die Geräusche und das Weiß des Winters schien ihr das Fest glanz- und zauberlos.

Der Duft von Mandarinenschalen, Lebkuchen, parfümierten Kerzen, Tannenreisig, Orangenpunsch, Nüssen und fein zerhackter Schweizer Schokolade, der sich in vergangenen Zeiten an Heiligabend wie eine feste Größe in der Stube von Schloss Gaderthurn entfaltet hatte, verband sich in Ernas Erinnerung mit trauter Heimeligkeit, mit dem knarrenden Umblättern vergilbter Seiten und dem ächzenden Leder, wenn sich der vorlesende Papa im Chesterfield zurechtrückte. Es waren Augenblicke, da die kleine und später auch die große Erna am liebsten die Zeit angehalten hätte, um die verklärten Seufzer in ihr Herz zu sammeln. Dabei war es nicht immer das gelesene Wort, das ihr den Himmel öffnete, sondern die atmosphärischen Details, die es begleiteten, das appetitliche Fingern zwischen den Seiten, das Schnalzen der Zunge, wenn er ein Kapitel beendet hatte, Papas Atem, der als kratzender Summton durch die Nüstern strich, die Lider, die nach einer halben Stunde der Konzentration zu erlahmen begannen und ihn um Jahre altern ließen, wie ihm überhaupt die Abendschatten und das Flackerlicht des Kaminfeuers die Dellen seiner Seele ins Gesicht gruben. Und doch, es stellten sich aus Wohligkeit Ernas Nackenhaare auf bei seinem Anblick, über ihre Arme zog sich Gänsehaut, und immer wenn dieser Zustand eintrat, hielt sie sich einen Reisigzweig unter die Nase, inhalierte den Duft, hielt die Luft an, und verlängerte das Glück.

Vom Charme jener Tage konnte sie nicht viel in ihre Blonser Kammer herüberretten. Einzig der Adventkranz, seine vier Kerzen und ein kleines Tännchen, behangen mit Äpfeln und in dünne Streifen geschnittenen Papierfähnchen als Lamettaersatz, verströmten weihnachtliche Atmosphäre. Die Eisblumen am Fenster vermehrten sich, innen so stark wie außen, und auch die Restwärme, die aus Nigschs Wohnung spärlich nach oben drang, konnte nicht verhindern, dass dieser Raum von der Gemütlichkeit einer Eisgrotte war. Das Zimmer war unbeheizt, und die Temperatur fiel.

Sie schlang sich die strohgefüllten Leinensäcke ihrer Bettstatt um den Körper, rieb die Hände über den Kerzenflämmchen und sah ihrem Atem zu. In ihrer Waschschüssel begann sich ein Eisfilm zu bilden. Aber Erna fror nicht. In ihrem Kopf sammelten sich schon die Geschichten einer hellen Zukunft, und Radio Vorarlberg lieferte mit klassischer Weihnachtsmusik den passenden Rahmen.

Drüben im Jagdschloss stand zur selben Zeit der Baron am Fenster und sah zum Himmel. Hätte er reden wollen mit dem Schnee, er hätte ihn glattzüngig begrüßt und gleich wieder vergessen. Im Glauben an seine Theorie der Klimaänderung war er unerschütterlich. Er zog barsch die Vorhänge zu und drehte dem Verspäteten den Rücken.

In Eugenios Haus wuchs die Wärme aus dem Kachelofen in alle Winkel. Hilda und Pia waren mit dem Schmücken des Christbaums beschäftigt. Kleine, holzgeschnitzte Engelchen, Pias fantastische Scherenschnitte und eine Handvoll rotgelber Äpfel gaben der stämmigen Rottanne festliches Ornat. „Die Hoffnung und Beständigkeit gibt Trost und Kraft zu jeder Zeit", drang ein zweistimmiges Damenduett bis in die Küche, in der Eugenio seiner Mutter half, den Weihnachtsschmaus zu bereiten – Gamsleber – ein zugegeben illegales Ausnahmsessen, das Eugenios ruhigem Schussfinger zuzuschreiben war und ferner seiner Fähigkeit, ein Gewehr so fachgerecht „einzustauben", dass selbst die Nase des Jagdaufsehers glauben wollte, dem Lauf sei seit Ewigkeiten keine Kugel mehr entkommen. Die Düfte versprachen ein kleines Festmahl. Auch Jack suhlte sich in Behaglichkeit, sie lag in ihrem Körbchen am Kachelofen, auf dem Rücken mit angezogenen Pfoten, die Hinterläufe weit gespreizt. Urvertrauen. Hundeglück.

„Ist es dir wirklich Ernst?", fragte Mutter Casagrande aus dem Blauen heraus.

Eugenio nickte.

„Sie wird meine Frau werden, Mama."

„Hab' schon geglaubt, diesmal heiratest dein Saxophon", sagte sie und konnte den inneren Freudensturm kaum verbergen.

„Tut sie auch beten?"

„Ja, Mama, tut sie auch."

„Dann ist's gut."

Endlos dahinfließen konnten seine Gedanken an Erna, und die Sehnsucht schürte seine Ungeduld.

Bei der Mette würden sie sich wiedersehn, ein kleiner Vorschuss für die kommenden Tage der Trennung. Pia spürte, dass es die beiden seltsam eilig hatten mit ihren Schwüren, Versprechungen und Endgültigkeiten, dass sie die versäumten Tage und Nächte nachzählten und nachholen wollten, was an Zeit schon verschludert war. Zwei übervolle Kelche, die soviel zu verschütten hatten, dass auch die Umgebung ihre Spritzer abbekam. Pia schlug zur Linderung ein unverdächtiges Korrespondenzsystem für die beiden vor, das Eugenio nach reiflicher Überlegung als „gar nicht dumm" befand. Pia wollte Eugenios Briefe unter einem handtellergroßen Stein hinter dem Marienbildstock am Walkenbach deponieren und Ernas Antwortschreiben zu möglichst unverdächtigen Zeiten ebendort abholen. Auf diese Weise konnte weder ein Postadjunkt noch ein Telefonlauscher zu vieles wissen. Noch heute, nach der Mette sollten die nötigen Instruktionen, in ein kleines Briefchen gefasst, an Erna übergeben werden. Pia war ganz stolz, dass ihre Idee, die auf den ersten Blick banal und sentimental wirken mochte, tatsächlich Anklang fand.

Noch eine gute Woche war es hin, eine lange Woche, und so Gott und der Baron wollten, sollte sich am 2. Jänner die erfreulichste Bescherung ergeben. Die heutige aber war allerorten im Tal nur eine kurze Zeremonie, niemand hatte Geld für große Geschenke. Das meiste war handgemacht, gestrickt, gehäkelt, geschnitzt oder einfach Altware, die wiedererneuert oder repariert, also im wahrsten Sinn erneut auf den Gabentisch kam.

Pia war ein wenig privilegiert an jenem Abend. Als sie ihre Geschenkschachtel berührte, um sie von den roten Schleifen zu befreien, drang eine zauberhafte Mädchenstimme aus dem Inneren und machte selbst den Erwachsenen große Augen. „Chiccolino dove sei? Son qui sotto, non lo sai? E li sotto non fai nulla? Dormo dentro la mia culla."

Erna hätte auswendig mitgesungen, wäre sie da gewesen. Ungläubig zog Pia eine Rokokopuppe, angetan mit mehrschichtigen Reifenkleidchen aus Seidenchiffon aus ihrem Geschenkkorb. Die Puppe sang unentwegt. Die Frisur dieser feinen Signorina war zu einer Fregattentakelage hochgetürmt, verrückt und höfisch exaltiert, Rokoko eben, und ja – Ernas alte Freundin. Eugenio und die beiden Frauen standen ebenso erstaunt wie Pia vor der kostbaren Kreatur, die unermüdlich ihr leidendes Tremolo in die Welt schmetterte, bis die gespannte Federmechanik in ihrem Innern erlahmte. Sie sang von einem kleinen Weizenkorn, das in seinem Bettchen schlief und schlief, weil es wachsen wollte, um später eine Ähre zu werden, um viele kleine Körnchen zu verschenken. Pia war außer sich, und der Abend musste nun in der Tat zu fünft verbracht werden. „Dormi sempre ma perché, voglio crescer come te."

Das Körnchen, das in einem Bettchen schlief, hatte es ihr so angetan. Selbst während des Essens gab es kaum ein Thema, das nicht von italienischem Gesang begleitet war.

Erna begann in ihrer Kammer nun doch zu frösteln, die Temperatur war nahe dem Gefrierpunkt. Es hatte aufgehört zu schneien, Blons war nur angezuckert, ein scharfer Wind hatte die Wolken aufgerissen und ein Sternenmeer freigefegt. Die Tageswärme strahlte ab. Es wurde kälter. Radio Vorarlberg war schon verstummt. Erna hauchte einen Ausguck ins Fenster und summte sich und dem prächtigen Glitzerhimmel ein „Stille Nacht, heilige Nacht".

Auf halb zwölf ging es schon, als unten im Gang das Telefon läutete. Vom ersten Ton an wusste sie, wer der Anrufer war. Sie sah ihn am Jugendstilsekretär lehnen, eine Hand im Hohlkreuz, im Schatten der Mama. Die Zeiger der Terzetto-Uhr, die bald schon den Mozart auslösen würden, sah sie und den Schnee in den Zedern.

Der alte Nigsch im Erdgeschoß würde gleich abheben, und der Baron würde, da mit dem falschen Adressaten verbunden, wieder auflegen, ohne einen Ton von sich zu geben. Aber Nigsch hob nicht ab, auch nicht nach dem fünften, nicht nach dem sechsten Läuten, woraus Erna schloss, dass er den heiligen Abend beim Probst in St. Gerold verbrachte und nur vergessen hatte, das Licht in der Stube zu löschen. Sie trat ins Stiegenhaus, schlich in den Gang hinunter, der Baron hielt noch aus, aber seine Hartnäckigkeit fand keine Resonanz. Erna ging wieder in ihre Kammer, um sich für die Christmette warm einzupacken.

Schon lange vor Mitternacht war ganz Blons auf den Beinen. Von den höchsten Höfen herunter kamen sie, von Oberblons und Hüggen, und von der Hinteregg unten im Lutztobel stapften die Leute gruppenweise über die schütteren Schneefelder, um in der Mette gemeinsam die heilige Nacht zu feiern. Erna stand vor dem Lehrerhaus und beobachtete die schwarzen Karawanen, an deren Enden Petroleum- oder Taschenlampen ins Dunkel schnitten, und indem sich die Gruppen zu kleinen Prozessionen formierten, strebte alles sternförmig dem Kirchdorf zu. Kinder, die Ernas Silhouette erkannt hatten, riefen ihr zu, ermunterten sie, sich ihnen anzuschließen, freundliche Weihnachtswünsche kamen von allen Seiten, eine der hinteren Gruppen machte ihr Platz, nahm sie in ihre Mitte. Die genagelten Schweinslederschuhe der Blonser knarrten im rhythmischen Kanon der Sohlen über den trockenen Harsch, dazu quietschten die Henkel der Petroleumlampen ihren Singsang, bald geschluckt vom feierlichen Geläut. Erna hatte den Gleichschritt ihrer Vorderleute aufgenommen, trat in ihre ausgetretenen Spuren, war eine von ihnen. Einige hatten schon eine Stunde Weges hinter sich, die Röcke der Frauen waren steifgefroren, von Eisschlieren überzogen, gestreckt und schwer wie Reifenkleider, der untere Saum vom Schnee zerpappt. Sie musste an Pias Puppe denken, deren Alabasterkörperchen unterm Chiffon in feinst gestickter Unterwäsche steckte. Die Frauen hier trugen nur Wollstrümpfe, die eine Handbreit übers Knie reichten, keine Unterhosen, nichts, die eisige Zugluft traf also ihre bloßen Schenkel und ihr ungeschütztes Geschlecht. Viele der Frauen hatten nur zwei Kleider in ihrem Schrank, eins für den Sommer und eins für den Winter, von Unterwäsche war keine Rede. Der einzige Vorteil dieser Adjustierung lag in der raschen Abwicklung des kleinen oder großen Geschäfts im Freien und zwar bei jeder Witterung.

Erna war bei diesem heiligen Kirchgang selbst Zeuge dieser Praxis, denn zwei der Frauen, die schon einen beschwerlichen Marsch hinter sich hatten, ließen sich etwas zurückfallen, traten kurz aus der Spur, hielten mit leicht gerafften Röcken inne und ließen ihr Wasser in den Schnee. Dann schlossen sie wieder auf, reihten sich hinter Erna ein, wodurch sie mithören konnte, wie sie sich vorjammerten, dass in besonders kalten Nächten und bei Tiefschnee unvermeidliche Resttropfen zu Eisklümpchen kristallisiert an Schamhaaren und Geschlecht kleben blieben und wie beißende Perlen aneinander schlugen. „Ein kleiner Sauschmerz, der das Fegefeuer verkürzen sollt", sagte die eine, und die andere bekreuzigte sich. Aber selbst in strengen Wintern mit zweistelligen Minusgraden wurde das Martyrium nicht gescheut, den weiten Weg zu gehen, die Sonntagsmesse und die Christmette im Besonderen wurden niemals ausgelassen, es sei denn, man war todkrank. Die Sterbematrix hatte zu derlei Lebenshärten ihre eigene Meinung. Entweder man starb mit vierzig, oder man wurde steinalt.

Wie immer war auch in diesem Jahr die Kirche bis auf den letzten Platz gefüllt. Alle da, der Bürgermeister, der Senn, die Raufbolde – Metzler, Dünser, Bertl, der Jagdaufseher, die Casagrandes, die Türtschers, die Jennys, die Müllers, die Doblers. Auch der Baron war da und der alte Nigsch, extra aus St. Gerold zum Kern gestoßen, wie sich's gehört.

Erna spürte Eugenios Blicke in ihrem Nacken und sie hörte ihn in die Tasten schmachten. Neben der Orgel war nur der Ansatz von Pias leuchtendem Blondschopf zu erkennen, ihr Köpfchen reichte nicht ganz über das Chorgeländer. Ernas kurze Blicke zur Empore hinauf genügten, um für Eugenio Klarheit zu schaffen über ihren Herzenszustand.

Nach den mysteriösen Wetterlaunen der letzten Wochen hatten sich viele Wogen geglättet, Schulter an Schulter stand man heute, vermittelte ein Bild der Geschlossenheit und am Ende stimmten alle mit ein ins Finale des gemeinschaftlichen „Stille Nacht", getragen von Eugenios kräftigem Spiel. Der Chor schwoll zu einem berührenden Glaubensbekenntnis. In solchen Augenblicken stand alles außer Zweifel, die Welt hatte Sinn und Ziel, Gott war unter ihnen und der Kosmos im Lot, und Erna hatte bei der letzten Strophe, wie schon früher in St. Lorenzen, immer einen Kloß im Hals. „Durch der Engel Halleluja, tönt es laut von Ferne und Nah", in den Gesichtern Gleichklang, Versöhnung, ja Harmonie, Eugenio zog an dieser Stelle alle Register, die ihm zur Verfügung standen, „Christus der Retter ist da, Christus der Retter ist da". Der Pfarrer sang hinauf zum Tabernakel, und Blons sang stramm, wie eine Kehle hinter ihm, hörte in Andacht, wie die Orgel nach der letzten Strophe die Melodie ganz klein machte, um sie schließlich mit respektvollem Epilog zu verabschieden. Als der letzte Ton und seine Echos im hintersten Kirchenschiff verebbt waren, blieb es noch geraume Zeit still, kein Huster, kein Räuspern, kein Laut, bis sich der Pfarrer endlich des Schlusssegens besann. Das „Ite missa est" geriet ihm mit einer merkwürdigen Inbrunst, die seinem beherrschten Temperament keiner zugetraut hätte. Als wollte er sich verabschieden, für längere Zeit verabschieden von seinen Schäfchen, so klang es in jener Nacht, da noch niemand ahnen konnte, dass viele von denen, die sich jetzt für seinen Segen in die Bänke beugten, das Lied zum letzten Mal gesungen hatten.

Nach der Mette wurden draußen am Kirchplatz Weihnachtswünsche ausgetauscht, wie es der Brauch war. Eugenio, der mit Pia, Hilda und Mutter Casagrande im Halbkreis stand, verabschiedete sich ausgesprochen förmlich von Erna und dem Schuldirektor, der sich ganz in der Nähe postiert hatte. Mutter Casagrande gewahrte sehr wohl die lodernden Herzen, die hinter den Höflichkeiten schlugen, und Pia war geschickt genug, bei ihrem Gute-Nacht-Kuss die Steinpostinstruktionen unauffällig in Ernas Mantelsack zu verstauen.

Die Stimmung am Kirchplatz war friedlich, einzig der Jagdaufseher konnte sich eine kleine Spitze nicht verkneifen.

„Fröhliche Weihnachten, Herr Lehrer", sagte er im Vorübergehen zu Eugenio, griff dabei eine Handvoll Schnee vom Boden, „fünf Zentimeter sind's scho, wuchtig, wuchtig."

Eugenio zuckte ungerührt mit der Schulter, Mutter Casagrande war erbost.

„Tun Sie sich nur nit versündigen, Herr Müller, der Herrgott hört mit", sagte sie und reckte den Zeigefinger zum Himmel.

„Gott bewahre, Frau Casagrande, Gott bewahre." Fast gotteslästerlich klang's aus seinem Mund. Eugenio zog seine Mutter, die bereit für einen kleinen Disput gewesen wäre, aus der Gefahrenzone und umarmte dabei Erna noch einmal mit einem langen Blick.

Kaum war Familie Casagrande aus dem Licht der Laterne verschwunden, näherte sich der Baron mit seinem Zweispänner, lehnte sich für einen Handkuss heraus und übergab Erna ein kleines Päckchen.

„Im Lehrerhaus hab' ich vergeblich angerufen. Jetzt muss ich's Ihnen so formlos übergeben", sagte er.

„Ich bitt' Sie, Herr Baron, nein."

Aber es ging alles zu schnell, Erna stand schon, mit einem Schmucketui in der Hand, wie angefroren im Schnee. „Fröhliche Weihnachten", hallte es viel zu laut von der Kirchenmauer, dann knallte der Baron seinen Gäulen die Peitsche um die Kruppen und war davon. Erna sah ihm lange nach, irgendetwas stimmte nicht, er hatte so gelöst ausgesehen beim Handkuss, so losgelöst. Etwas in ihr hatte Alarm geschlagen, keine grelle Warnung, nur ein Fragezeichen. Noch ist der Handel nicht über die Bühne, hieß das. Sie zog den Kragen hoch und ging zügig Richtung Lehrerhaus. Ein paar Augenblicke hielt sie vor der Haustür noch inne und sah hinauf in die steilen Hänge, die in dieser Nacht nichts Bedrohliches hatten. Wie harmlose, weiße Felle lagen sie ausgebreitet unter den Sternen. Die schwarzen Karawanen mit ihren zappeligen Petroleumaugen stapften darüber, entfernten sich sternförmig voneinander, hangwärts und zur Lutz hin, ihren Höfen zu.

In Ernas Zimmer war es inzwischen schon eine Joppe kälter als die Tage zuvor. Der alte Nigsch war wohl in die Probstei zurückgekehrt, in seiner Wohnung im Lehrerhaus brannte zwar noch Licht, aber der Kachelofen schien allmählich auszukalten. Erna nahm die Steinpostinstruktionen aus ihrem Mantelsack, glättete das Papier mit ihrem Handrücken, als wär's ein Liebesbrief. Pia hatte Ort und Zeitplan in liebevoller Akribie formuliert und die Anfangsbuchstaben mit kalligraphischen Ornamentchen versehen.

Im anderen Päckchen lag, wie zu erwarten, ein weiterer Köder.

Abermals eine antike Kostbarkeit, ein in Gold gefasster Brillant, samt Gravur im Innenring: 24. 12. 53, H. H. wie Heiner, wollte in Ernas Leben sein, wenigstens als H Punkt, in Gold graviert. Schon die zweite Kampfflagge auf verbotenem Territorium.

Erna hatte sich nichts vorzuwerfen, der Baron konnte ausgeschlossen „Belastendes" vernommen haben, und außerdem schwor sie sich, ihre Sehnsüchte zu zügeln und tapfer bis zum 2. Jänner durchzuhalten, gleichgültig was ihr sechster Sinn oder die Flüsterer rieten.

Sechs Tage und sechs Nächte. Jetzt, da die Zeit rasen sollte, trottete sie gemächlich wie eine trächtige Kuh. Zudem zog wieder Tauwetter ins Land, schmolz den Schnee im ganzen Tal, schälte im Nu den Rauhreif von den Bäumen und ließ nur trostlosen Morast zurück. Die Temperatur stieg weiter an, Hand in Hand mit der Luftfeuchtigkeit. Geschlagene zwei Tage hockte der Nebel in den Tobeln wie eine sture Behauptung und ließ sich nicht ums Verrecken wegbeten. Die Weihnachtsstimmung war dahin.

Erna verbrachte die Zeit mit dem Aufsetzen von Briefen, langen Briefen an Eugenio und zwischendurch mit dem Archivieren uralter Texte vergessener Tiroler Weihnachtslieder, die sie später Pia, Eugenio und ihren Schülern beibringen wollte. Völkerverständigung, Ausland – Inland. So hätte es der Postler gesehen. Was hätte sie auch tun sollen? Die Konzentration, ein Buch zu lesen oder einfach nur am Fenster zu sitzen und in die Lutz zu träumen, hätte sie nicht aufgebracht.

Pia nützte schon am zweiten Tag die Nebelsuppe, um sich hinter den Bildstock am Walkenbach zu stehlen und die Steinpost auf ihre Tauglichkeit zu prüfen. Tatsächlich zog sie unter dem bezeichneten Stein einen Brief hervor und legte einen anderen an dessen Stelle. Sie schnupperte am Kuvert, hielt es ins diesige Licht, konnte nichts entziffern, war aber selig über ihre gelungene Idee.

Die Temperatur in Ernas Kammer hatte indessen wieder ordentliche Plusgrade erreicht, und Nigschs wiederbeheizter Kachelofen schickte ein wenig Restwärme unter die Giebel. Eugenios Brief lag unter dem Kopfpolster, sie konnte ihn längst auswendig. Frech und direkt war er, fast so schnörkellos wie sein Saxophon. Sie war aufgeregt, wie ein junges Ding, das durch die erste Verliebtheit taumelt, begann im Zimmer auf und ab zu gehn, mit ihm zu reden, ihm gewissermaßen telepathisch nachzuschicken, was sie in ihren Briefen vergessen hatte zu schreiben. Nicht nur einmal stand sie vergeblich vor dem Marienbildstock, sah sich verstohlen um, zupfte scheinheilig das Blumenarrangement zurecht, um am ominösen Ort nicht aufzufallen, lüpfte den Stein und musste sich nachträglich eingestehn, dass schlicht zu wenig Zeit verstrichen war, um schon ein Antwortschreiben erwarten zu dürfen.

Am dritten Tag war es Pia, die den vereinbarten Sicherheitscodex sträflich umging. Statt Eugenios nächstes Antwortschreiben zu deponieren, klemmte sie es in Brehms Tierleben und brachte es zum Lehrerhaus, unter dem Vorwand, eine längst überfällige Leihgabe der Frau Lehrerin endlich retournieren zu wollen. Als Erna die Kammertür öffnete, wollte sie schon zur Rüge ansetzen, denn die Kleine hatte schließlich eine Regel verletzt. Keine Kontaktaufnahme, so war es vereinbart. Die ganze Situation war kindisch und ärgerlich. Pia hatte in ihrem Übereifer schon das Gebaren einer drängenden Kupplerin angenommen. Der Anblick des zarten Mädchens aber, das den Riesenschmöker wie eine Rüstung vor ihre Brust hielt, nahm Erna auf der Stelle alle Munition. Sie bat sie herein und kochte ihr eine Tasse Milch auf.

Draußen regnete es in Strömen. Bis zu den höchsten Graten hinauf war alles in dunkle Farben gegossen. Der Winter hatte nur kurz den Hut gelüftet und war quasi unverrichteter Dinge wieder ins Hochgebirge verschwunden.

Die Zeit stand still, als Erna über Eugenios Zeilen flog, jede ihrer Regungen in Pias Visier, die im Übrigen jeden Satz, den Ernas Augen abschlossen, benickte, als wollte sie ihn mit Nachdruck bestätigen. Sie kannte also den Inhalt, sie kannte ihn auswendig.

Als Erna den Brief zu Ende gelesen hatte, nahm Pia einen kräftigen Schluck, der ein Milchbärtchen an ihrer Oberlippe zurückließ, und stellte sich vor ihr in Position. Diese Haltung kannte Erna, sie hieß etwas, sie trug eine gewichtige Frage im Bauch.

„Wenn du dann bei uns wohnst, ich meine die ganze Zeit über, dann kann ich ja auch ‚Mama' sagen, weil wir dann eine Familie sind, oder?"

Es war mehr eine Feststellung als eine Frage, und Erna nickte kräftig, tupfte ihr dabei den weißen Schnauz vom Gesicht.

„Dann sind wir eine kleine Familie, genau so ist es, mit Mama und Papa und Pia und dem Hund und allem drum und dran", sagte Erna und hätte sich die Worte am liebsten von allen Heiligen absegnen lassen. Pia lächelte zufrieden, stellte sich ans Fenster und hauchte Kreise ins Glas.

„Weihnachten ging so schnell vorbei wie noch nie, warum ist das nur so?", sagte sie ohne eine Antwort zu erwarten. Erna fühlte sich schon sehr verwandt mit der kleinen Seele, deren Kummer sie teilen mochte.

Sie begann, ihr von St. Lorenzen zu erzählen und von Papas heimeligen Vorlesungen, den vielen kostbaren Dingen, die damals am Christbaum hingen, und den alten Liedern, die gesungen wurden, Lieder, die so eindeutig dufteten wie Mandarinen oder Reisig, und Lieder, die den Schnee herzaubern konnten, obwohl er schon geschmolzen oder noch gar nicht gefallen war.

„Solche Wunder kann die Musik vollbringen", sagte Erna, „du sperrst eine Tür auf, bist dort, wo du sein willst, und biegst dir die Zeit zurecht, und du singst und lachst und du feierst, und die Zeit existiert nicht mehr, weil du sie vergessen hast." Und dann erzählte sie von ihren kleinen und großen Streichen, wie sie Onkel Fritz in seinem Sarg besucht oder die Uhren im ganzen Schloss zurückgestellt hatte.

„Ich will es auch schneien machen", sagte Pia, „was sind das für Lieder, die den Schnee holen und einen zum Lachen bringen?"

Erna zog an ihrer Tischschublade, in der sie ihr kleines Archiv untergebracht hatte, und hielt ihr einen dreistrophigen Text hin.

„Solche Lieder", sagte sie, und Pia begann schmunzelnd zu lesen, wobei Erna halb singend, halb redend mit einstimmte.

„Es hot sich halt eröffnet das himmlische Tor
Die Engelen, die kugelen ganz haufenweis hervor
Die Biabelen, die Madelen, de machen Purzigagelen
Bald aufi, bald obi, bald hin und bald her
Bald unterschi, bald überschi, des gfreit sie umso mehr
Halleluja, halleluja halle halle, halleluja

Gelesen sorgte es schon für Heiterkeit, aber dann wurde ordentlich gesungen, mit Auftakt und zünftiger Betonung am ersten Schlag. Erna gab sich alle Mühe, und Pia krümmte sich schon vor Lachen, nicht nur der ulkigen Wörter wegen, sondern weil Erna den knarrigen Dialekt absichtlich noch ins Südtirolerisch verbreiterte: „Nochmal, nochmal." Die Gesangsstunde war schon vor der zweiten Strophe ein Volltreffer.

Noch zwei, dreimal und Pia war im Boot, das Halleluja ging schon zweistimmig, auf Anhieb sozusagen, die Kleine war schnell von Begriff und neugierig wie eine Elster. Also her mit der zweiten Strophe:

Jetzt gian mir miteinander, i und du a
Kerzengrad nach Bethlehem, juchheißa, hopsassa. ...
(Pia summte und hopste dazu wie ein kleiner Derwisch.)

Nannele du Schlangele, nimm du dei tscheggats Lampele
Girgl du an Hahn, und du, du nimmscht a Henn
Und i nimm mei dicks Fackele und renn damit davon,
Halleluja, halleluja,
(dann beide zweistimmig) – halle halle, halleluja …

Pia tanzte um Erna herum, wie ums Feuer, und erging sich schließ-
lich in Purzigagelen, was in der Übersetzung Purzelbäume meint
und ebenso ausgeführt wurde. Unglücklicherweise streifte die Klei-
ne dabei einen Bücherstapel, der polternd in sich zusammenkrachte.
Augenblicks pumperte von unten ein Schürhaken ans Ofenrohr, dann
Nigschs mahnender Bariton, ob denn alles in Ordnung sei da oben.
Damit war die Einführung in Tirols historisches Liedgut beendet, und
Pia verschwand schnurstracks aus dem Haus.

Erna schob das Liedchen unter den vergilbten Stapel in der Schub-
lade, die, ganz nebenbei, auch die Schätze des Barons in sich barg,
wohl verstaut unter den Liedern der Weihnacht.

Noch immer prasselte der Regen aufs Dach, machte seine blecher-
nen Avancen an Ernas Tänzerin, die gewillt war, mit jedem Wetter
loszusegeln. Sie legte sich aufs Bett und begann die Gedanken wei-
terzuspinnen, die ihr neuerdings den Kopf verstellten. Wie würde
es wohl sein, wenn Mama, die sich im Übrigen seit Tagen postalisch
zurückhielt, zum zweiten Mal mit einem Lehrer als Schwiegersohn
brüskiert würde. Würde es wieder Ohrfeigen setzen? Einen letzten
Eklat und dann Abbruch der Beziehungen? Mitnichten. Alter macht
zwar nicht weise, aber es macht müde, darauf konnte man bauen.

Noch vor Eugenios offizieller Vorstellung wollte Erna, ohne
Mama einzuweihen, mit ihm und Pia nach St. Lorenzen reisen, als
richtige kleine Familie, um mit ihnen gemeinsam bei Nacht und
Nebel die vertrauten Mauern zu berühren und die alten Geschichten
wachzurütteln. Im Juli vielleicht, wenn die Efeuranken im saftigen
Grün stünden und wohl schon ein Fenster höher geklettert wären,
würden sie klammheimlich im Ort ankommen. Eine kleine Pension
würde sich finden, ein Doppelzimmer für Familie Casagrande, Pia
im Grübchen, und dann, nach dem Abendessen mit Blick auf die
Michelsburg, würden sie hinaufspazieren zur kleinen Anhöhe jenseits
der schlafenden Höfe, und wenn ein gütiger Mond die Ausleuchtung
übernähme, durch Schilf- und Wacholderstauden zum kleinen Weiher
schleichen, um dort am wackeligen Steg, den Onkel Fritz einst not-

dürftig zusammengenagelt hatte, zu verharren. Ja, man musste verharren dort. Einen vergleichbaren Ort konnte es nirgendwo auf der Welt geben. Es war Ernas Lieblingsplatz. Der klassische Blick aufs Schloss. Dort lagen die Düfte und Geräusche ihrer Jugend, im Schilf, zehn Schritte vom Südturm, dort wo sich Gaderthurn ausnahm wie eine Märchenburg. Die Mauern, noch warm von der Julisonne, würden beredt die Wehmut schüren, und Eugenio würde sie in den Arm nehmen, und alles wäre gut. Alles wäre gut.

Das Gewesene würde sich verklärt haben und einen würdevollen Platz bekommen, im Setzkasten der Erinnerung. Der Duft der Freiheit aber war noch süßer als der Blick zurück, soweit ging es denn doch nicht durch mit ihr, und niemals würde sie mehr tauschen wollen. Aber jetzt würden sie sich Freiheiten nehmen, Freiheit, ohne Einspruch und bedenkenlos – „Freiheit nehmen", wie das klingt, wann konnte sie das schon. Kein größeres Gut, im Kleinen wie im Großen. Ja, sie würden sich die Freiheit nehmen und mit dem Zug nach Paris fahren, im Herbst vielleicht, wenn der Bois de Boulogne sich mit Ockergelb und Nebel überzog wie ein sentimentaler Roman, und sie würden auf Prachtboulevards in der treibenden Menge flanieren, sich Karten fürs Olympia kaufen und Charlie Parker mit seinem Saxophon bewundern, und Eugenio würde ihr von Parkers Legenden-Combo schwärmen, von Charlie Mingus und Bud Powell und Max Roach. Und alles wäre gut. Alles wäre gut.

Der folgende Tag war grau, von Anfang an. Erna versuchte ihn wegzuschlafen, was nur bedingt gelang. Es war sechs Uhr abends, als sie mit tauben, schweren Gliedern aus einem stumpfsinnigen Traum erwachte. Sie fühlte sich matt wie tote Fliegen und gleichzeitig vollkommen ausgeschlafen. Aus dem Grau war schon wieder Nacht geworden. Bleiern. Die Erinnerungen, die durchs Tagträumen wiedergekehrt waren, lagen im Zimmer verstreut wie abgelegte Kleider, es würde eine Arbeit werden, sie alle einzusammeln, aber es musste sein. Ein neues Jahr stand vor der Tür, ein neuer Anfang, der freigekehrte Wege verdiente.

So kam der 31. Dezember 1953, unscheinbar wie die Tage zuvor, verregnet und zu warm, aber mit der zufälligen Würde, der letzte zu sein, in einer verdächtigen Reihe. Pro forma hatte der Adlerwirt eine Handvoll selbstfabrizierter Plakate affichiert, an Bäumen, am schwarzen Brett im Gemeindeamt und vor der eigenen Haustür. Silvesterball im Gasthaus Adler – Musik und Tanz. Beginn 20 Uhr.

Ein Wagnis war es, aber weder Erna noch Eugenio konnten der Versuchung widerstehen. Was sollte schon geschehen, mein Gott, Blicke, so sie überhaupt entdeckt wurden, waren nicht strafbar. Außerdem konnte man auf gewisse Disziplinlosigkeiten der Spitzel hoffen und auf den Alkohol als verlässlichsten Verbündeten.

Von den Tischlampen und der Decke ringelten sich Reisiggirlanden und Papierschlangen, die schon Fröhlichkeit vermitteln sollten, bevor sie aus den Panzern der Schweiger geschlüpft war. Es war Silvesterabend, man feierte die letzten Stunden des Jahres und die Geburt eines neuen, die ganze Welt musste tanzen, und Blons machte keine Ausnahme. An einigen Tischen wurde zwar noch stumm gejasst, aber mit jedem Bier wurde es lauter. Gegen halb zehn begann sich der „Adler" zu füllen, und die Stimmungsmacher tauten allmählich auf. Zwei Pärchen hatten sich auf den Tanzboden gewagt und sofort alle Blicke auf sich gezogen. So kam Erna fast unbemerkt in die Gaststube, unterm Arm ihren Plattenspieler, den sie sogleich dem Wirt auf den Schanktisch stellte. „Kabel und Stecker kommen gleich", sagte sie und schlüpfte wieder hinaus. Einige Leute von der Ebene draußen hatten zwei, drei Schallplatten mitgebracht. Platten aus Vinyl, der letzte Schrei.

Noch kam die Musik vom Bertl. Er spielte mit einer störrischen Handorgel so recht und schlecht einen alten Seemannsshanty, der sich wie eine Polka anfühlte und von stampfenden Männerschuhen getrieben wurde. Die Bewegungen der Tanzpaare gerieten noch ungelenk und schüchtern, aber es war ein Anfang.

Erna tauchte mit Kabel und Stecker wieder auf, reichte an den Wirt weiter, in der Annahme, er wisse, was zu tun sei, und schob sich durch das Getümmel. Der Plattenspieler, ein recht modernes Gerät, das dem Wirt so fremd war wie Kummer, sollte noch längere Zeit verwaist auf dem Schanktisch stehn, bis endlich Seppe der Ratlosigkeit ein Ende machte und ineinander steckte, was ineinander gehörte.

Der Bürgermeister hatte Erna, in seiner Funktion als Schutzpatron, eiligst zu seinem Tisch gewunken, an dem bereits der alte Nigsch saß, und der Pfarrer und der Postadjunkt und kurioserweise, eng aneinandergequetscht, zwei Mädchen aus dem Rheintalischen (von den Müller-Buben als Aufputz engagiert), die – offensichtlich schon leicht angetrunken – nach Blons gekommen waren. Ihr hemmungsloses Lachen flatterte frivol über die Köpfe der Männer, und manch einer machte sich Hoffnungen auf einen deftigen Abend. Nigsch und der Pfarrer taten so, als hätten sie eine Krisensitzung, steckten ihre Köpfe zusammen und waren heilfroh, als die lachenden Damen zum Tanz aufgefordert wurden. Sie hatten merkwürdige Röcke an, die glockenförmig vom Körper schwebten, am Saum eingefasst in einen Plastikreifen oder ähnliches, sodass er mit den Schritten hüpfte wie die Federn des trabenden Vogel Strauß. Wenn sich die Mädchen übermütig im Kreis drehten, gaben die fliegenden Röcke Strumpfbandgürtel, Schenkel und Unterwäsche frei. Jetzt erst verstand der alte Nigsch, warum sich einige Jungmänner in kleinen Grüppchen vor den Tischen am Fußboden platziert hatten, um unentwegt die Tanzenden zu fixieren. Sie waren keineswegs betrunken, nur schamlos entzückt und neugierig waren sie. Neue Mode aus Amerika, sagte Erna zum Bürgermeister, dem das anzügliche Gehopse nicht unangenehm war.

„Wie heißt das?"

„Petticoat heißt das."

Erna hatte auf ihrer Zugsfahrt nach Vorarlberg in einer Illustrierten von den neuen Trends gelesen, die als Nachhut der Invasion nach Europa geschwemmt worden waren. Mode, Musik, Kaugummi, et cetera. Alles wie aus der Hüfte geschossen. Man komme sich irgendwie steif vor und trocken, im Mief des alten Europa, sagte Erna.

Der Bürgermeister bemerkte, wie sie neben ihm unruhig hin und her rutschte, sah ihre Augen, die nervös von Tisch zu Tisch sprangen. „Da hinten", sagte er. „Der Herr im feinen Anzug."

Erna war erleichtert. Eingeklemmt und wohl verborgen zwischen Bertls Kumpanen und Bauersleuten aus Valentschina saß der Desperado im Festtagsschmuck, der etwas befremdlich wirkte an ihm, den Hemdkragen leger geöffnet, die Krawatte auf Halbmast, ein bisschen schlampig rasiert und, ja, ein Manschettenknopf fehlte. Am liebsten hätte sie ihn auf der Stelle umarmt und wäre mit ihm durchgebrannt. Er hatte sie natürlich längst im Auge, lange bevor sie ihn entdeckt hatte. So hatte er sie für sich allein, unter all den Menschen, für sich ganz allein, er im Dunkeln, sie auf der Bühne, umlagert von begehrlichen Blicken, eine kleine Weile lang. Stiller Stolz. Ein Lächeln durch seine Strähne genügte, um Erna den starken Kirschgeist noch schneller durch die Venen zu treiben.

Die Metzler-Kumpane hatten sich am andern Ende der Gaststube verschanzt. Der Herr Revierinspektor, offensichtlich mit Sponsorgeldern versehen für diesen Abend, warf eine Runde nach der anderen. Der Senn, der Jagdaufseher, dazwischen ein klobiger Vorarbeiter des Barons, unfreiwillig auch der Dünser und ein paar junge Kerle aus Raggal standen schon tief im Öl, wie man landläufig sagte. Einen Tisch weiter saßen die Jennys, der Doktor Dobler mit Gattin und Verwandten aus Buchboden, die auf vier Kilometer Rückmarsch taleinwärts zu pfeifen schienen. Silvester war fröhliche Endzeitstimmung, wenn's dann auf Zwölf ging, fast ein kleiner Fußtritt in die Vergangenheit. Das war es für die einen, und für die anderen – eine stille Rückschau, die so manchen rührte. Das Bilanzziehen ertrank aber meist im Übermut, die Siege und das Scheitern bleichten aus in der Vergangenheit.

Schon zweimal musste Erna mit den Honoratioren anstoßen. Selbstgebrannte Kirsche. Ein wenig verloren saß sie an ihrem Platz, sah den Tanzpaaren zu, die sich jetzt schon mutiger aneinanderschmiegten. In einem feinen Salon irgendwo in der Großstadt hätte sie mit ihrer Anmut vielleicht die Atmosphäre des Abends bestimmt. Hier aber war sie eine Insel, die man nur mit Blicken betreten durfte, ein Tabu. Die Männer tuschelten schon untereinander, wer es als erster wagen sollte, sie aufzufordern. Man wollte in ihre Duftzone, eine flüchtige Berührung vielleicht. Auch Seppe hatte sie längst in seinem Visier, und auch andere Männer, gelockert vom Weingeist, vergaßen sich in stierender Andacht. Sie trug eine weiße Bluse, die Konturen ihrer Brüste durchschimmern ließ, einen blauen, luftigen Faltenrock, der bis zum Knie reichte und bei der kleinsten Drehbewegung wellig schwebte. Wenn Erna lächelte an diesem Abend, war sie das blühende Leben, so unendlich sinnvoll und üppig und süß konnte es sein. Sekunden später versank sie wieder in Gedanken, ungeduldig vom Glück, das sie erwartete, eine Braut war sie, eine heimliche Braut, die ihre Seligkeit noch nicht preisgeben durfte, noch nicht.

Dann noch ein doppelter Kirschgeist. Der Hals brannte wie Feuer. Zum Wohl, Herr Bürgermeister. Auf einen guten Rutsch, Herr Pfarrer. Der alte Nigsch war eingenickt.

Sie schloss die Augen. Die roten Sonnen schlugen Kreis um Kreis, die Musik verschwand.

Was will das Leben von uns. Keinen Aufschub, sagte es, keinen Aufschub, die Falten der nächsten zehn Jahre lauern schon unter der Haut, schöne Erna, flüsterte die Tänzerin, die Zeit wird sie bald schon ans Licht holen, du weißt, losrennen also, wir dürfen den Auftritt nicht verpassen, allein sind wir tot, nur im Blick des andern leben wir wirklich, wir wollen die Liebe begehen wie ein Hochamt. Ein Schwindel hatte sie gepackt, der Alkohol und das wirre Zeug. Tropfende Bilder rannen dazwischen, vom Tod und von damals. Papa, in seinem dunklen Sarg, in der Erde von St. Lorenzen, die Haut, schon dünnes Pergament, vom Schädel geschält, Augenhöhlen und Kiefer grinsen zum Sargdeckel. Wo ist deine Seele, Papa.

Im nächsten Atemzug Eugenios Gesicht, er lächelt, lange sieht er ihr in die Augen, sein Blick wie durch klares Wasser, er schmilzt ihr aus den Händen wie Schnee, der im Meer versinkt.

„Wo ist Eugenio?", fuhr sie auf. Ihr Mund hatte den Satz gesagt, bevor sie ihn dachte. „Wo ist er?"

„Er tanzt", sagte der Bürgermeister. „Lassen Sie ihn nur tanzen." Hilda hatte ihn aufgefordert, ganz ohne Damenwahl. Sie tanzten nah an Erna vorbei, ein Blick, ein Lächeln, sein Duft blieb nur kurz bei ihr. Kölnischwasser auf seiner Haut. Der Diaprojektor kam ihr in den Sinn und jede vertane Sekunde. Ich liebe dich, sagte sie in seinen Rücken, als er davontanzte. Bertl bearbeitete noch immer seemännisch seine Handorgel, und alles hörte auf sein Kommando, als plötzlich, es war gegen halb zwölf, zwei Soldaten die rauchige Stube betraten. Erna traute ihren Augen nicht – Maurice, der Charmeur aus Marokko, und ein dürrer Amerikaner. Die Alliierten persönlich. Beide in Uniform, der französische Sergent und Lt. Finelli, Pilot der US-Airforce, dessen Rang und Name gut leserlich in die Brusttasche genäht waren. Im Handumdrehn hatte die Reaktionswelle den hintersten Tisch erreicht, dann trat Stille ein.

Selbst Bertl, schon hitzig gespielt, verstummte. Alles starrte auf die Soldaten, die verdutzt und unschuldig in die Runde grinsten. Metzler räusperte sich lautstark, indem er eine Nase voll Schleim aus dem Rachen holte und unter den Tisch spuckte, er war schon ziemlich betrunken.

„Geschlossene Veranstaltung, nix do."

Seine Zunge schlug schwer an, und seine fuchtelnden Hände wollten die Uniformierten draußen haben. Keiner rührte sich im Raum.

Schweigen, wie im Gerichtssaal, bevor der Hammerschlag das Tribunal eröffnet. Der Bertl nahm einen kräftigen Schluck, stellte sich breitbeinig vor die Alliierten und schrie:

„Es leben die Befreier, Herrgottsakrament!"

Der Wirt nickte zustimmend. „Genau, die bleiben do!" – die Souveränität des Hausherrn auf der Stirn.

„Zum Trinken gibt's bei mir und Spiegeleier auch, wenn ihr des wollt's."

Maurice übersetzte seinem Kumpel. Der nickte. Beide wollten. Spiegeleier und Trinken. Ein freundliches Gejohle brach jetzt aus, und der Metzler samt Getreuen musste sich hineinschicken in die Niederlage.

Damit hatte sich in der Schankstube eine atmosphärische Wende ergeben, die am Ende Ausmaße annahm, die noch jahrelang in Erzählungen und wilden Gerüchten nachhallen sollten im ganzen Tal.

Der US-Pilot hatte nämlich eine ganze Ladung Schallplatten mitgebracht. Große und merkwürdigerweise auch kleine, eine Weltneuheit, die Staunen machte. Kleine farbige Platten. Die neuen Klänge von Jenseits des Atlantiks. Maurice übergab den Stapel gesammelt an den Wirt, machte den armen Mann gewissermaßen zum Maître de Plaisir.

„Die kleinen mit 45, die großen mit 33", sagte er, was immer das bedeuten mochte.

„Was 45?"

„Umdrehungen", sagte Maurice.

„Was Umdrehungen?"

„Mon Dieu, pro Minute, nur am Schalter drehen. 45 und – zack – 33 für die großen. Et voilà." Er zeigte es vor.

Der Wirt gehorchte interessiert. Die Nadel senkte sich in knallig rotes Vinyl, und alles wurde anders.

Was da aus dem Lautsprecher strömte, schien auf unerklärliche Weise den Abend, den Herzschlag, die Blonser, ja die Welt zu verändern. Die Bässe wummerten wie ein Lastenzug über den Bretterboden, Gitarren jaulten, elektrisch verstärkt, und trieben den Rhythmus, der wie ein Verbot klang, vor sich her. Einige sprangen von den Tischen auf, um sich näher an die Quelle zu machen, den älteren fielen die Jasskarten aus der Hand, „Frechheit", brüllten sie, „aufhören", und sie warfen resigniert ihr Spiel zusammen.

Ein Tumult drohte auszubrechen. Den Jungen aber stellten sich die Nackenhaare auf, sie zeigten sich gegenseitig ihre Gänsehaut. Frauen und Mädchen, die bisher scheu auf ihren Stühlen und Bänken verharrt waren, standen neugierig auf und stellten sich wippend an die Tanzfläche, die sich flottweg füllte.

„Crazy, man, crazy." So respektlos klang der Amerikaner. „Trocken wie ein Käferarsch", sagte der Wirt.

„Was is des?" Der Bertl, wie von der Tarantel gestochen, hatte zu stampfen begonnen. Es fühlte sich an wie Anarchie, und das gefiel ihm.

Der Wirt hielt ihm die Plattenhülle hin und las in Lautschrift: Haley, Bill.

„Bill was?" Der Lieutenant tippte ihm auf die Schulter, korrigierte sein Englisch: „Bill Haley, Mr. Rock'n' Roll", schrie er und riet dem Bertl beim Händeklatschen, stets die Zwei zu betonen, nur so könne er die Seele dieser Musik begreifen. Der Bertl sah ihn an, als würde ihm eine völlig neue Weltsicht abverlangt, aus dem Blauen heraus, eine Revolte, die in seinem eigenen Körper auszubrechen hatte.

So entsetzlich schwer war es und so sagenhaft befreiend, von der Eins auf die Zwei zu wechseln. Vom Krampf in die Lässigkeit. Sein Körper rebellierte noch, aber sein Kopf war schon im neuen Kapitel. Märsche und Polkas hatten ihm über Jahrzehnte Taktmuster ins Hirn gestanzt, die nun während eines einzigen Liedchens zertrümmert wurden. Das stramme Stakkato der gewichsten Stiefel, ausgehebelt vom Hüftschwung. Er verstand die Welt nicht mehr, aber was er fühlte, gefiel ihm.

„It's the backbeat", rief der Lieutenant noch einmal und tanzte ihm vor, nahm sich forsch eines der Mädchen, ließ schamlos die Hüften kreisen, sodass denen, die sich noch wehren mochten, die Röte ins Gesicht stieg. Als auch das Mädchen im Übermut seinen Hüftschwung kopierte, spritzten der Pfarrer und der alte Nigsch von ihren Sitzen auf und stürzten zur Tür, wobei sie sich mühsam durch ein Gedränge von Männern zwängen mussten, die noch tapsig, aber entschlossen wie Dschungelkrieger den Backbeat suchten. Bill Haley sang unentwegt „crazy, man, crazy", und so kam's denn auch.

Nigsch hatte die „Negermusik" bei Eugenio zwar toleriert, aber insgeheim schon immer als Kränkung des Abendlandes empfunden, überdies gehe die Berechenbarkeit der Leute dabei völlig verloren. Sein letzter Blick auf das ruchlose Gelage war ein einziger Bannfluch.

Dann knallte er die Tür hinter sich zu. Der Abgang der beiden Honoratioren wurde im Trubel kaum registriert. Ein dampfender Knäuel von Mädchen und Burschen, Männern und Frauen stampfte über den Tanzboden, noch keiner von ihnen hatte sich je solcherart zu Musik bewegt. Jetzt, da der Pfarrer das Weite gesucht hatte, wurden die Tänzer noch hitziger, als hätte ihnen der Gottesmann durch seinen Abgang allgemeinen Dispens erteilt. Die einzigen, die noch auf ihren Hintern saßen, waren der Metzler und seine Leute, die kommentarlos das wilde Treiben bestaunten. So wie bei den meisten hier steckte auch in Bertls Blut der Polkaschlag, also die Betonung auf der Eins so manifest im Fleisch wie ein rostiges Gipfelkreuz und es war kein Leichtes, die Wurzel zu kappen. Backbeat, gröhlte der Lieutenant immer wieder und klatschte wie verrückt auf die Zwei, bis schließlich alle, einschließlich Erna und der Bürgermeister, die sich nicht mehr am Platz halten konnten, auf den zweiten Schlag klatschten. Auch Eugenio war indessen aufgestanden, lehnte wippend an der Rückwand. Er litt mehr an der selbst auferlegten Zurückhaltung als an diesem Backbeat. Der war ihm, als Charlie-Parker-Jünger, längst vertraut.

Big Mama Thornton, The Crowns, Fats Domino, Ray Charles und wieder Bill Haley und wie sie alle hießen, die nächste Invasion, eine friedliche Armada von Anarchos machte Blons und die Fenster des Gasthofs „Adler" zittern und beben. Oh ja, einem Erdbeben kam es gleich, was sich in jener Nacht den Schlaf verbat. Auch Erna und Eugenio wurden allmählich angesteckt von der süßen, schweren Luft, die bald schon keine Schamesröte mehr zuließ. Maurice, übermütig von Wein und Rock, zog Erna ungefragt auf den Tanzboden und wirbelte mit ihr durchs Gedränge. Seppe, krebsrot getanzt, hopste an ihr vorbei, so oft er konnte. Die Hemmungen begannen zu bröckeln, einer zog sich schon die Schuhe aus, ein anderer gar sein Hemd, schwang es wie ein Lasso über seinem Kopf und johlte gegen die Musik an, als wär's ein Geröllsturz. Die Bässe trieben ihnen das Blut in die Schädel, die Betrunkenen dümpelten wie Treibholz um den Tanzboden. Das unermüdliche Rondo setzte sie noch mehr in Trance. Wer wollte da entkommen? So ausgelassen und verrückt wie an jenem 31. Dezember 1953 hat man die Blonser bis zum heutigen Tag nie mehr gesehen. Einige von ihnen wussten nicht, wie ihnen geschah, als führen sie aus der eigenen Haut, ganz ohne Scham. Sie waren sich selbst einen Schritt näher gekommen.

Sie genossen den Duft der Frauen, die in endlosen Pirouetten zwischen den Männern taumelten, von Arm zu Arm, sich auffangen ließen, im Flug die Partner wechselten, hübsche Mädchen aus Blons und aus Seeberg, die sich erst im elektrischen Schauer dieser Musik der eigenen Schönheit bewusst wurden. Die Alten, die noch in der Gaststube verblieben waren trotz der verstörenden Klänge und deren merkwürdiger Wirkung, fühlten die Boten der neuen Zeit, in der sie nur mehr Zuschauer sein durften, geduldet, aber ohne Funktion, und sie beobachteten das Geschehen dieser Silvesternacht mit der müden Gelassenheit von Menschen, denen das Leben bereits die Tür wies, weil es ihnen nichts mehr erzählen wollte, als wären sie schon zu lange hier. Die ausgelassene Fröhlichkeit, die um ihre Köpfe schwirrte, machte sie traurig. Die Zeit war nicht mit ihnen vergreist. Den Gefallen tut sie nie.

Unterdessen hatte sich Lieutenant Finelli, stockbesoffen, zu Eugenio gesellt, redete auf ihn ein wie auf ein krankes Ross, erzählte von haarsträubenden Blizzards in den Rocky Mountains, die er ohne einen Kratzer überlebt hatte, und von einer Jagdhütte oben in Dawson Creek, Alaska. Dabei schien er zu flunkern, dass sich die Balken bogen. Eugenio nickte nur und trank und nickte und trank und hatte nur Augen für Erna, die immer lebendiger wurde in den galanten Armen von Maurice. Ätherisch, feenleicht, umkreiste sie ihn, ein Federflug, als könnte sie sich auflösen im nächsten Moment, wenn sie nur wollte, die Stöckelschuhe unterm linken Arm, den andern Arm gestreckt wie ein Ankerseil, so fiel sie weg von ihm und hin zu ihm, aber ihre Augen waren bei Eugenio, nur bei ihm und ohne Unterlass. Maurice war stolz, und Eugenio war glücklich. Er nickte und trank, hörte kein Wort, hörte nichts vom Jagen in Alaska, aber er nickte, nickte sich die schnapsigen Sätze des Lieutenants vom Hals, war ganz bei ihr, nie war er verliebter als in jenem Augenblick. Maurice führte Erna mit geübter Hand und grinsendem Franzosenstolz, aber sie tanzte nur für ihren Geliebten, nichts war imstande, ihre verschweißten Blicke zu trennen.

Punkt zwölf, im krachenden Tumult schlich sich Eugenio hinaus auf den Gang, Böllerschüsse, zwei drei einsame Raketen, Jauchzen und Gläserklirren, ein letztes Aufbäumen der fiebrigen Gesellschaft begrüßte den 1. Jänner 1954. Auch Erna wirbelte auf den Korridor, noch immer barfuß und schweißüberströmt, fächelte sich mit einer

Plattenhülle Luft zu. Lieutenant Finelli torkelte hinterher, wollte sie ins Damenklo begleiten, aber Eugenio wies ihm schnell den rechten Weg. Kaum war Finelli hinter der „Männer"-Türe verschwunden, stürzten sich die beiden Ausgehungerten in die Arme, küssten sich gierig, hakten ihre Schenkel ineinander und lösten den schmerzenden Stau. Dann ging wieder die Tür zur Gaststube. Erna verzog sich rasch ins Damenklo. Als die Luft am Korridor wieder rein war, nahm sich Eugenio ein Herz und folgte ihr ins verbotene Abteil.

Er presste sie rücklings an die Tür, griff ihr zwischen die Schenkel. Sie stöhnten sich Worte zu, die verwegen herausbrachen, hemmungslos und frech wie rotzige Gören. Sie streifte selbst ihren Schlüpfer bis auf Kniehöhe, ließ ihn ihre Brüste kosen, ihren Hals, er überließ ihr den Kunstgriff unterm Gürtel und sie nahmen sich im Stehen. Es musste alles sehr schnell gehen und es ging auch alles sehr schnell. Sie keuchten wie Sieger, waren unverwundbar, der Himmel hätte fallen können…

Der Metzler war noch nüchtern genug, um die plötzliche Abwesenheit der Observierten zu bemerken, auch er schwankte jetzt auf den Korridor hinaus, just in dem Moment, als Eugenio aus der „Frauen"-Türe schlüpfte.

„Hoppla, Herr Lehrer, Tür verwechselt."

Eugenio verzog sich wortlos in die Gaststube. Metzler wartete eisern am Gang, bis auch Erna sich herauswagte, um die Kompromittierung zu vollenden. Ohne ihn eines Blickes zu würdigen, tippelte sie barfuß an ihm vorbei und war kurz darauf aus dem „Adler" verschwunden. Auch der Metzler-Tisch hatte sich nach diesem Zwischenspiel geschlossen zurückgezogen. Ein Teil der Männer soll geradewegs zur Mittelstation der Materialseilbahn gegangen sein, zwei von ihnen hätten sich sturzbesoffen in die Transportgondel gelegt und alles vollgekotzt, das hatte Eugenio erst Tage später in Erfahrung gebracht.

Der Zenith der lauten Feier war freilich längst überschritten. Hiesige und Fremde waren sich einig im lallenden Rausch, und als wär's ein Fingerzeig von oben, stolperten zwei betrunkene Paare gleichzeitig über Ernas Plattenspieler und rammten ungewollt die Zaubermusik aus dem Abend. Die Nadel war irreparabel verbogen, dem Venyl kein Laut mehr zu entlocken. Als hätte der Wind gedreht, fielen die Segel in sich zusammen und die Boote standen still. Mit den Soldaten verschwanden auch die neuen Töne, die erst Jahre später, und zwar auf dem Index, wiederkehren sollten, alles löste sich auf wie ein dreister Spuk. Gott weiß, ob das Rasen zum schändlichen Bacchanal ausgeartet wäre, zurück in der Nüchternheit hätten sich die Beteiligten über Wochen, ja vielleicht Jahre nicht mehr in die Augen blicken können, ohne vor Scham zu sterben. Also fiel ein gnädiger Vorhang, als der Morgen schon graute, und schickte die Müden, die wie verschnupfte Schafe davonschlichen, hinaus ins neue Jahr.

Die Gnadenlose

Wirre Träume durchzogen den Schlaf, lästig wie ein Staubwedel, der einem ins Gesicht fingert. Dutzende Male hatte er sich von einer Seite zur anderen gedreht, was ihn glauben machte, eigentlich gar nicht geschlafen zu haben, sondern nur gedöst, mit einem Amboss im Schädel, einem brennenden Hals und geschwollenen Nasenschleimhäuten. Manchmal schnarchte er kurz, was ihn jäh wieder aufweckte, und das Wälzen begann von vorn. Sein Körper konnte nicht zur Ruhe kommen. Vergeblich schmatzte er sich den säuerlichen Geschmack aus dem Mund, der Schnaps noch in den Poren und im Blut. Sein Herz schlug zu schnell. Er hörte in jeden Schlag, in der Hoffnung, dabei zu ermüden – ohne Erfolg. Der pochende Schmerz in seinem Kopf ließ ihn den Alkohol verfluchen. Bei genauerem Hinhören stellte er fest, dass das Hämmern nicht nur in ihm, sondern auch draußen an der Tür war. Ein forderndes Klopfen war es, zuerst noch mit den Fingerknochen einer Faust, dann aggressiver mit der flachen Hand.

Schon der erste Tag im neuen Jahr begann mit einer Katastrophe. Vor der Tür stand eine Abordnung des Gemeinderats, käsige, noch unrasierte Gesichter, der Bürgermeister, der Baron, der Jagdaufseher, der Senn, der Metzler und der Dünser. Der Bürgermeister hielt ein gerolltes Schriftstück in der Hand, das er verlegen gegen sein Kinn schlug.

„Eugenio … es tut mir leid, gell", begann er stockend und wollte eigentlich im Boden versinken, „so früh am Morgen … dir eine …"

„Jetzt lesen S' schon vor", stupfte ihn der Baron. Der Bürgermeister entrollte das Schriftstück. Inzwischen hatte sich auch Pia, noch im Nachthemdchen, in die Szene geschlichen, klammerte sich um Eugenios Hüften.

„Es wird dem Eugenio Casagrande", begann der Bürgermeister mit wackeliger Amtsstimme, „schwerer Diebstahl in zwei Fällen zur Last gelegt, was eine Hausdurchsuchung erforderlich macht und eine gerichtliche Anklage zur Folge haben wird."

Eugenio hörte gar nicht mehr hin, fixierte nur den Baron, dem die Süffisanz so hartnäckig im Auge saß wie ein Gerstenkorn.

Da war er also, der Fedehandschuh des Herrn von Kessel, der die Situation endgültig absurd machte, aber die Ereignisse beschleunigen sollte.

„Unterzeichnet … halt vom Gemeinderat, gell, erster Zeuge und Einleiter der Untersuchungen ist Revierinspektor Metzler, gell."

Alle drehten sich nach dem Metzler um, der wie ein Hydrant stand und vor sich hinglotzte. Schlampig adjustiert war er obendrein, die Hälfte der vorderen Knopfreihe seiner Uniform war offen, und die Koppel hatte er noch in der Hand. Ganz aus dem Gleis, der Metzler. Außergewöhnlich für den pflichttreuen Landser. Der Dünser zupfte ihn am Ärmel.

„Jetzt dreh di schon zu die Leut", sagte er. Der Metzler wies mit einer müden Kopfbewegung hinters Haus. „Da hinten." Eugenio stand leichenblass vor seinen Verleumdern. Der Bürgermeister schüttelte unablässig seinen Kopf, ungläubig, verärgert und murmelte verlegen.

„Hausdurchsuchungsbefehl … bei Anzeige kann i nit anders, gell."

„Weiß schon, Bürgermeister, tut's euch nur keinen Zwang an", sagte Eugenio, als wäre er nur Zaungast des Geschehens.

Während die Herren sich durch den taufeuchten Matsch hinters Haus verfügten, blieb er vor der Haustür, kauerte an der Eingangstreppe. Pia setzte sich neben ihn.

„Was wollen die?" fragte die Kleine.

„Mir was anhängen wollen die."

„Aber wenn man nix gestohlen hat, kann man auch nix finden."

„Genau."

Man wurde trotzdem „fündig" hinterm Haus. Zur Feststellung der Tatsachen wurde Eugenio zur Fundstelle zitiert. Zwischen Holzscheiten eingeklemmt und durch eine Gummiplane verdeckt, lag da eine fünf Meter lange Stahlschiene vom Falvkopf. Ein weiterer Träger wurde im Geräteschuppen gefunden. Die Materialseilbahn hatte den Herren offenbar gute Dienste geleistet. Wenn das der Bertl wüsste. Der Bürgermeister bebte, tätschelte Eugenio fast entschuldigend die Schulter, die Situation war ihm zu grotesk, um die rechten Worte zu finden. Selbst Pia schien die Intrige zu durchschauen.

Als Eugenio sich zu ihr beugte, um zu einer Erklärung anzusetzen, winkte sie ab, sie hatte auch so begriffen.

„Ich muss dann leider …", sagte der Bürgermeister mit einem Seufzer, „zumindest vorübergehend, gell."

Eugenio nickte müde.

Als Metzler gar Handschellen aus dem Hosensack ziehen wollte, winkte der Bürgermeister energisch ab. Auch der Dünser fühlte sich nicht wohl in seiner Haut, duckte sich weg wie ein Aussätziger, als er an Eugenio vorbeischlich, die anderen spielten Empörung und Strafgericht. „Wer gegen den Wind brunzt, bekommt nasse Hosen, Herr Lehrer, alte Bauernregel", grinste der Jagdaufseher im Gehn, die Worte flegelten ihm heraus wie windige Schlampen.

Erbärmliches Philistervolk, dachte Eugenio, und noch anderes lag ihm auf der Zunge, am liebsten hätte er eine Faust voll Galle in ihre selbstgerechten Nacken geschmissen, aber er schwieg und trottete gehorsam, mit Pia an der Hand, hinterm Bürgermeister Richtung Gemeindeamt.

Dem Gesetz entsprechend hatte man ihn in Gewahrsam zu nehmen, Diebstahl in zwei Fällen, dafür gab es den Gemeindekotter für die Zeit der Voruntersuchungen, eine kleine, ungemütliche Räumlichkeit unter dem Büro des Bürgermeisters. Höchst selten benutzt, bestand er nur aus einer Holzpritsche, einem Waschbecken, Tisch, Stuhl und einem kleinen Wandspiegel. Es roch nach dem vorigen Jahrhundert, das Türschloss war verrostet, Grünspan erzählte von leeren Stunden, die Patina war zum Greifen. Dieser Kotter sprach eine deutliche Sprache – in dieser Gegend lebten rechtschaffene Leute, sagte er, im Grunde bin ich überflüssig. Ein einziger soll hier, irgendwann während des Krieges, für eine Nacht Quartier bezogen haben, nachdem er sich im Sammelbeutel des Winterhilfswerks vergriffen hatte, und ein anderer, es muss um die Jahrhundertwende gewesen sein, hatte hier nach einer Schlägerei mit Körperverletzung seinen Rausch ausgeschlafen. Eugenio legte sich auf die Pritsche, um zu spüren, wie Verbrecher liegen müssen.

Pia setzte sich zu ihm, streichelte unentwegt seine Hand. Auf dem Stuhl, der mitten im Raum stand, saß Erna, mit hängenden Schultern.

„Den Hals könnt' ich ihm schlitzen", sagte sie abwesend.

„Ist gar nicht nötig", sagte Eugenio.

„Aber wir können doch nicht einfach herumsitzen und …"

„Abwarten … abwarten", unterbrach er sie, als gäb' es schon ein Licht am Horizont.

Oben hörte man jetzt Schritte und laute Stimmen. Erna kannte die Melodie dieses Gefechts, schon vom Tag ihrer Ankunft. Das Entscheidende war klar und deutlich zu vernehmen.

„… nein, sag ich, nicht um viel, Sie glauben doch nicht, dass ich diese Impertinenz auf mir sitzen lasse, vergessen Sie das Angebot, den Verkauf wird's nicht geben, nehmen Sie das zur Kenntnis!", brüllte von Kessel.

„Ich nehme das mit Bedauern zur Kenntnis, Herr Baron … sonst noch was?" Fast gelangweilt sagte das der Bürgermeister.

Dann krachte die Tür.

Erna sprang auf, schickte sich an, ihm zu folgen, ihn zu stellen, ihm alle Schande zu sagen. Doch Eugenio verstellte ihr die Tür.

„Das macht alles nur schlimmer", sagte er, „lass uns am Boden bleiben."

Er wiegte sie in seinem Arm, ließ sie den Zorn ausschluchzen.

Dann das schwere Stiegentapsen des Bürgermeisters.

„Ich nehme an, ihr habt mitgehört?", sagte er, nicht mehr so gelassen, wie er eben noch schien. Die beiden nickten. Erna strich sich die Wutränen aus dem Gesicht.

„Also eines ist schon klar, gell, bei aller Verrücktheit", begann der Bürgermeister, „mit seinen Anwälten kann der uns mit einem lupenreinen Prozess kommen, mit Kläger, Diebsgut, Zeugen, et cetera."

„Das ist doch völlig absurd, so ein Schmierenstück."

Erna setzte sich auf die Pritsche, nahm ihren Kopf zwischen die Arme. „Eine Farce ist das."

„Ja, eine Farce ist das, aber sowas geht mit der Juristerei", sagte der Bürgermeister.

Sie dachte sich eine Tirade übelster Beschimpfungen zusammen. Der Schädel wollte ihr platzen, so ganz ohne den Ansprechpartner. Natürlich hatte der Bürgermeister recht. Vor einem Gericht gibt es keine Farce, sondern einzig und allein zwei verschiedene Sachverhaltsdarstellungen von ein und demselben Ereignis, zwei Interpretationen einer Geschichte. Indizien und anwaltliche Raffinesse fallen stärker ins Gewicht als Unschuldsbeteuerungen, auch wenn sie noch so wahr sein mögen. Außerdem, welcher Richter ist schon gegen Willkür und Kumpanei gefeit, gab er zu bedenken. Die Wahrheit liegt meist in versprengten Koffern, zu denen die Gerechtigkeit keinen Zugang mehr hat, weil zu viel Wörterschutt dazwischen liegt, hatte schon Papa gesagt. Überdies, Von Kessels Anwälte wären schwere Artillerie, verglichen mit den dünnen Pfeilen, die Eugenio in seinem Köcher hatte. Nein, man durfte sich nicht der Illusion hingeben, auf dem Instanzenweg aus dem Schlamassel zu kommen.

„Ohne Anwalt haben wir also keine Chance", sagte Eugenio ernüchtert.

„Es sei denn", sagte der Bürgermeister, „… es sei denn, wir klopfen das schwächste Glied auf seine Tauglichkeit ab, gell."

Erna und Eugenio sahen sich an, sahen den Bürgermeister an. – Eile war geboten.

Der Metzler saß draußen im Tenn auf seinem Leiterwagen und schnitzte an einem Stück Holz, das wie ein kleiner Tannenbaum aussah, als der Baron im Scheunentor auftauchte. Offenbar hatte er es sehr eilig, war außer Atem. Er legte ihm ein Bündel Tausender auf die Deichsel.

„Guter Mann", sagte er, „guter Mann" – und sein Nicken meinte: weitermachen. Dann verschwand er.

„Jawoll, Herr Obersturmbannführer", ätzte Metzler vor sich hin, als der Baron ihn nicht mehr hören konnte, und spuckte seinen Kautabak in den Leiterwagen.

An jenem Abend zog er seine Uniform aus, als hätt' er sich die Haut vom Leib gerissen. Fein säuberlich verstaute er sie im Kleiderschrank. Die Stiefel kamen blank geputzt ins Schuhfach, alles hatte wieder seine Ordnung. Dann kritzelte er im Stehen einen Brief, den er in seine Joppe steckte. Seine Frau saß am Küchentisch und stopfte den restlichen Riebel vom Mittag in sich hinein. Die beiden hatten nebeneinander gelebt wie die Pfosten einer Pferdekoppel, man stand sich ein Leben lang gegenüber, hatte sich aber nie wirklich berührt.

„I bin beim Ross", sagte er zu seiner Frau und ging hinüber in den Schuppen, spannte den Haflinger ein, die alte Mela, und öffnete das Scheunentor sperrangelweit.

Seine Züge hatten mit einem Mal den ernsten Gleichmut eines Greises angenommen. Kein Zaudern mehr, fast lag ihm ein Lächeln auf den Lippen. Die zivilen Kleider, das grau-schwarz karierte Flanellhemd, die braune Schnürlsamthose und die schwarze Joppe machten ihn fast zum Werner, der er einmal war. Er machte einen tiefen Atemzug, strich sich noch einmal durch die Haare, als taxierte ihn die Welt ein letztes Mal, und platzierte das Briefkuvert gut sichtbar auf dem Scheitbock.

Dann stieg er auf den Leiterwagen, griff sich ein vorbereitetes Seil, das zum Binden der Heuburden gedacht war, machte es am Giebelbalken fest und legte sich eine Schlinge um den Hals. Der Gaul begann unruhig zu tänzeln, vor, zurück, seine Nüstern weiteten sich, als wüsste er, was kommt.

„Hüh, Mela … geh!" Das waren die letzten Worte, die Metzler im Diesseits sagte, dann gab er die Peitsche, das Ross legte sich ins Geschirr und stürmte gehorsam durchs offene Tor. Als der baumelnde Körper des Gendarmen sich ein letztes Mal streckte, raschelten die Tausender aus seinen Taschen wie welke Blätter. Kurz darauf ergoss sich ein Rinnsal Urin auf den Geldhaufen.

Der Bürgermeister hielt sein Gespann an, stieg vom Bock, als er in Sichtweite des Metzler-Hofes stand. Den ganzen Weg herauf hatte er schon ein ungutes Gefühl, fand aber keine Erklärung für sein Unbehagen. In der Küche brannte noch Licht. Etwa dreißig Meter vor dem Haus zog der Haflinger, ganz verloren, den knirschenden Leiterwagen durchs Gelände, blieb hie und da unschlüssig stehn, um verlegen zu grasen. Das Pferd hob den Kopf, als es sein Kommen witterte, schaute ihn kauend an, wandte sich rasch wieder ab, als wollte es sagen, zu spät. Du kommst zu spät. Der aufkommende West spielte mit dem offenen Tor, das bei jeder Bö jammernd anschlug. Er wusste, dass ein Unglück geschehen war.

Hastig, mit bleiernen Füßen, als wäre ihm alles Blut in die Zehen gesackt, ging er auf die Scheune zu. Die gestreckten Beine des Erhenkten baumelten im Wind und warfen einen langen Schatten an die gegenüberliegende Hofwand. Er nahm seinen Hut ab, blieb eine lange Weile stehen, mit Respektabstand und gesenktem Kopf. Als er schließlich näher trat, fielen ihm zunächst nur kleine Details ins Auge. Die Knöpfe von Metzlers Joppe waren korrekt geschlossen, ebenso sein Hemdkragen, selbst die Schnürsenkel seiner Schuhe, penibel gebunden wie ein Zwillingspaar. Alles in Ordnung, auch im Sterben korrekt. Noch vor der Trauer stieg dem Bürgermeister die Wut hoch. Hundertmal schon hatte er sich vorgenommen, den Metzler endlich zur Rede zu stellen, das Gerümpel aus seinem Leben zu räumen, er hätte sich angeboten in aller Diskretion und Zurückhaltung, wollte ihm helfen, seinen Kopf zu ordnen, denn er wusste, dass der Mann eine Bürde trug, die ihn langsam unter die Erde zog und seine Frau mit ihm. So war es nun gekommen, und die dunklen Geheimnisse, die ihm keiner entreißen konnte, sollten alsbald mit Metzler ins Grab fahren. Sein Soldatenleben war zu Ende. Als hätte es eine stille Übereinkunft gegeben in Blons, wurden die Schockwellen, die dem Krieg gefolgt waren, nie wirklich besprochen. Die Vorhänge blieben dicht, alle Energie blieb für die neue Zeit verwahrt, die angebrochen war.

Der Krieg war freilich im Tal kaum wahrgenommen worden, kein Schlachtenlärm, der hinter die Berge drang, bis auf vereinzeltes Dröhnen von den Flugrouten der Bomberverbände, die ihre Restlasten über Vorarlberger Gebiet ausgeklinkt hatten, hunderte Tote in Kauf nehmend, nur um leer zu landen. Letztlich blieben nur verzögerte Nachwehen, verspätete Berichte über Gefallene. Die Heimkehrer, Söhne wie Väter, schwiegen meist über das Grauen, das ihnen begegnet war, und sie machten sich an die Arbeit, um sich vom Spuk endlich zu befreien. Dem Metzler war dies nie gelungen.

Ein Schauer von Mitleid fuhr dem Bürgermeister durch die Glieder, so viel vergeudetes Leben, dachte er, ein Leben unter der Fuchtel eines andern, verloren, vertan. Wie er so vor ihm hing in seiner Zivilkluft, den sauberen Schuhen, den geschlossenen Knopfreihen, der tote Werner Metzler, von der Rüstung befreit, erst jetzt, in seinem Tod, war seine Verletzlichkeit zu sehen.

Der Bürgermeister fasste sich ein Herz, zog das Beil aus dem Scheitbock, schnitt den Toten vom Seil und legte ihn behutsam auf den Tennboden. Während er das Schreiben im Kuvert las, kam leises Schluchzen aus dem Hintergrund. Versteckt hinter einem Schubkarren kauerte Frau Metzler am Boden, die Beine achtlos ausgestreckt, gespreizt, die Hände flach auf den Boden gestützt, den Kopf schräg an die Wand gelehnt, lag sie wie ein Clochard, den die Scham schon verlassen hatte, Erbrochenes rann ihr vom Mund auf die Schulter. Der Bürgermeister klaubte das Geld vom Boden auf, trocknete es an einem Strohballen und legte es der Witwe in den Schoß. Er streichelte ihr dabei übers Haar, reinigte mit seinem Taschentuch ihr Gesicht und ihre Jacke vom unverdauten Riebel und versprach umgehend den Pfarrer und Hilfe nach ihr zu schicken. Sie sagte nichts, auch zum Nicken fehlte ihr die Kraft.

Der Bürgermeister war so weiß wie der Brief, als er vor der Kottertür stand: „Alles erledigt sich, der Metzler ist tot", sagte er betreten. Eugenio riss ihm das Schreiben aus der Hand, überflog die Zeilen, die mitlesende Erna in seinem Nacken. Beide sanken synchron auf die Holzpritsche. Metzler hatte einen letzten Akt von Kadavergehorsam hinter sich gebracht, hatte sich selbst bezichtigt und über den Auftraggeber keine Silbe verloren, in Treue fest.

„Bis in den Tod hinein hatte der Skrupel vor diesem Kerl", sagte Eugenio, und der Bürgermeister stimmte zu.

„Des glaubt man nicht, gell ... bis in den Tod."

Das Wetter der kommenden Tage entsprach der Trostlosigkeit, die dieses Ereignis um sich gebreitet hatte. Es regnete seit dem dritten Jänner in Strömen, und die aufgeweichte Erde war sattgesogen wie ein Schwamm. Jeder, der sein Haus verließ, schleppte Matsch mit sich. Die Vorplätze waren mit schmierigem Lehm gekleistert. Unselige Umstände, die den Alltag verlangsamten und die Leute in den Stuben hielten. Man saß um die Öfen und rätselte. Der Metzler hat sich umgebracht, erhängt auch noch, grauenvoll.

Überdies gab es ein unwürdiges Hin und Her wegen des Rituals der Aufbahrung und Beerdigung, denn Metzlers Tod warf, ein Novum für Blons, dramaturgische Probleme auf. Die katholische Kirche sah für Selbstmörder kein christliches Begräbnis vor. Metzler fiel auch hier durch den Rost. Ein Kompromiss musste gefunden werden, denn die Anteilnahme an seinem Dahinscheiden war doch inniger, als zu erwarten war. Offenbar hatten sich die meisten eingestanden, dass sich hinter dem martialisch auftretenden Ordnungshüter ein geknebelter Mitläufer verbarg, kein Unmensch jedenfalls, eine gequälte Seele, die nie aus der Haut fahren konnte. Die meisten schienen ihm den ungehobelten Klachel und die hemdsärmeligen Frechheiten verziehen zu haben, und so lüpfte man noch einmal den Hut zum letzten Abschied. Der Pfarrer hatte ihm in einer der langen Nächte, in denen Frau Metzler, auf dem Kanapee sitzend, Totenwache hielt, heimlich die Sterbesakramente erteilt (der erste Kompromiss) und schließlich, ihrem Wunsch entsprechend, verfügt, seinen Leichnam auf dem Friedhof des benachbarten Buchboden zu begraben. Dorthin hatte es den Metzler nämlich vor zwanzig Jahren schon verschlagen, nachdem er als achtzehnjähriger Bursche in Südtirol, als Folge einer unglückseligen Sauftour, straffällig geworden und bei Nacht und Nebel dem Zugriff der Polizei entkommen war. Der erste dunkle Fleck in seinem Leben, der aber schnell verblasst war. Die wenigsten hier kannten seine Vorgeschichte, und wer sie kannte, hielt sie für abenteuerliches Gefasel. Jedenfalls nahm er hier den Namen Metzler an und erlebte in der Exekutive als maulender Gendarm und später in der Wehrmacht, im Schatten des Barons, einen kleinen Aufstieg. De Gasperi, wie er eigentlich hieß, war also schon lange tot und sollte nun endgültig die letzte Ruhe finden.

Nicht die üblichen drei, sondern auf Grund der kirchenrechtlichen Querelen, ganze vier Tage lag er aufgebahrt in seiner Stube, und etliche Blonser waren am offenen Sarg vorbeidefiliert, um seiner Frau ihr Beileid und ihm die letzte Ehre zu erweisen. In jenen vier Tagen und Nächten hatte Frau Metzler keine Sekunde geschlafen und keinen einzigen Bissen zu sich genommen, und wenn der Dünser ihr nicht hie und da ein Glas Wasser zum Nippen gereicht hätte, sie hätte auch nichts getrunken. Wenn sie leise betete, konnte man ihren Atem sehen, die Stube war ja nicht geheizt, um den Verwesungsprozess hintanzuhalten. Am dritten Tag schon sah sie völlig verändert aus, ihre Wangen waren eingefallen, hingen schlaff und grau zum Hals, ihre Augen, glasig und merkwürdig wach, die Haare, nicht wie üblich zerzaust und ungepflegt, sondern streng zurückgekämmt und mit Spangen zu einem Rossschwanz gebunden. Ihr schwarzes Kleid, an dessen Revers eine kleine Brosche steckte, die penibel geschnürten Schuhe, das Barett, dessen schwarzer Schleier ihr Gesicht verschattete, verliehen ihr mit einem Mal Haltung und Würde, als hätte sie die Ordnung, die ihr Mann endgültig in seinen Kästen verstaut hatte, in ihr Leben übernommen. Und doch – als trüge sie den Makel auf der Stirn – sie war die Frau eines Selbstmörders.

Die allgemeine Verstörung über dieses Geschehnis hallte noch tagelang nach in den Stuben von Blons, wie der letzte Akkord einer traurigen Melodie. Der erste Tote in einer langen Reihe, die noch folgen sollte.

Am Morgen des vierten Aufbahrungstages – der Leichengeruch war schon deutlich zu spüren – hatte es mit dem Regen endlich ein Ende, und die Temperatur fiel rasch ins Minus.

Am Abend des 7. Jänner hatte sich in Buchboden ein Dutzend Männer und Frauen, unter ihnen auch Erna und Eugenio, an einem offenen Grab versammelt, um die schmuckloseste Zeremonie zu bezeugen, die an diesem Ort je stattgefunden hatte. Weniger eine Beerdigung als ein rituelles Missverständnis, ein kruder Abschied. Metzlers Leiche wurde gewissermaßen inoffiziell verscharrt. Schon die Totengräber hatten tagsüber gemault über die hartgefrorenen Schollen, die sie auszupickeln hatten, um die vorgeschriebene Grubentiefe zu erreichen. Flinker als sonst glitt das Seil durch ihre klammen Hände, als sie den schwarzen Sarg in die Grube ließen. Der Pfarrer, eine gute Seele und nicht wirklich im Reinen mit den Vorschriften des Vatikan, stand ganz hinten an der Kirchenmauer, warf mit dem

215

Streuer einen Spritzer Weihwasser und ein flüchtiges Kreuzzeichen Richtung Grab (der zweite Kompromiss), dann verschwand sein buckelnder Schatten in der Sakristei.

„Herr, gib ihm die ewige Ruhe und das ewige Licht leuchte ihm … jetzt und in Ewigkeit", sagte der Bürgermeister. Zeitversetzt wie erste Regentropfen kam ein Amen von den Trauernden, die fröstelnd aneinander standen.

Ein kräftigeres Amen auch vom Dünser, der ein paar Gräber weiter stand, mit beiden Ellbogen auf einen Grabstein gestützt, den Blick zum Boden. Sein schlechtes Gewissen drückte ihn, war er doch einer der Männer, die sich an der Materialseilbahn zu schaffen gemacht hatten. Er konnte Eugenio nicht in die Augen sehen.

Wie es der Brauch war, schippte ein jeder eine kleine Schaufel Erde auf den Sarg, bekreuzigte sich und ließ dem Metzler seine ewige Ruh'.

Die gespenstische Szene vollzog sich in fast völliger Dunkelheit, kein Kerzenschein, nur ein matter Lichtstrahl aus der Sakristei fiel auf die schüttere Trauergemeinde. Dann, als hätte der Himmel gewartet, bis der Tote unter der Erde war, begann es zu schneien.

Einer nach dem anderen blickte nach oben, als hätte jemand gerufen von dort. Vereinzelt schwebten, von Böen zum Tanzen gebracht, weiße Fetzen zur Erde. Schnell wurde daraus dichter, satter Schneefall, diesmal wirklich. Binnen Minuten war der schwarze Sarg ein weißer Sarg geworden, als wollte das Schicksal dem Metzler posthum die Unschuld wiedergeben, und die Totengräber begannen Schneedreck ins Loch zu schaufeln. Die Leute stellten ihre Mantelkrägen auf und machten sich, mit hochgezogenen Schultern, eilig auf den Heimweg, hastig wie ein aufgeschreckter Vogelschwarm, den ein grelles Signal geweckt hat.

Als sich Erna und Eugenio wenig später am Kirchplatz vom Bürgermeister verabschiedeten, war alles schon eingeschneit.

„Heut' Nacht wird noch ein Schuh dazu kommen", sagte der Bürgermeister mit Blick zum Himmel, „des schaut jetzt eher wuchtig aus, gell."

Eugenio nickte. Einen Niederschlag dieser Dimension hatte Erna ihr Lebtag nicht zu Gesicht bekommen. Ein panisches Gewimmel sank nieder auf die Welt, wabbernde, löchrige Fallschirme, die einen nicht aus dem Wirrwarr ihrer Schnüre entlassen wollten. Erna vermied es bewusst, nach oben zu sehen, da sie Gefahr lief, sich einen klaustrophobischen Anfall einzuhandeln, so dicht und undurchdringlich war die Invasion. Auch Eugenio konnte sich nicht erinnern, je solche Flocken gesehen zu haben, selbst in den üppigsten Schneewintern nicht. Das Gesicht des Jagdaufsehers hätte er gern gesehen in diesem Augenblick, ihm würde das Witzeln wohl vergangen sein, denn starr gefrorene Böden, die riesige Pulverdecken trugen, ergaben die klassische Voraussetzung fürs Unheil, würden jeden harmlosen Hügel zum Schneebrett machen. Erna fröstelte, duckte sich unter Eugenios Arm.

„Was ist eigentlich mit dem Baron?", fragte er, um das Schneethema zu neutralisieren.

Mit einer Geste bat sie der Bürgermeister unter das Vordach des Seitenportals, zog einen Brief aus der Innentasche seines Mantels und überreichte ihn Eugenio, mit verhaltenem Siegerlächeln.

„Ich wollt' nicht vor dem offenen Grab …", sagte er. „Die Sache mit dem Metzler hat den Knoten zerschlagen, der Kessel hat alles da oben verkauft … an die Gemeinde verkauft, Eugenio, um 65.000 Schilling … verspätete Weihnachten … gratuliere."

Eugenio stand sprachlos.

Sie umarmten einander stumm – alle drei. Es war eine erschöpfte, eine leise Freude, die sich warm nach innen wühlte wie ein heißer Grog. Es wäre ihnen wohl auch kein Jauchzer entfahren, wenn sie nicht ein paar Schritte von einem offenen Grab gestanden wären. Ein Pyrrhussieg war es allemal, und niemand wusste, was noch kommen sollte.

Erna, Eugenio und Pia stapften, schwer beladen mit Gepäck, über die weißen Hänge zu Eugenios Haus. Es schneite unaufhörlich, die ganze Nacht, den ganzen Tag.

Die Leute blieben in den Häusern. Nur der Bertl verkam ihnen auf halbem Weg und witzelte albern über einen aufkommenden Sturm, den er schon in seinem Seemannsgaumen spüre. Er lachte noch im Weggehen, aber Eugenio nahm ihn beim Wort. Keiner im Tal kannte die Winde besser als er, die schlafenden und die Heuler – denn die sind die Hebammen der Lawinen. Das wusste man.

Man schrieb den 9. Jänner 1954.

Eugenio hatte kurzerhand beschlossen, Erna umzuquartieren, solange sich das Wetter nicht besserte. Er hielt sein eigenes Haus für sicherer als das Lehrerhaus, und überdies war sein Kachelofen ordentlich beheizt. Der alte Nigsch war draußen im Land, auf Verwandtenbesuch, und wollte angeblich erst am Sonntag wieder zurück sein, aber selbst wenn er sie beide beim Umzug ertappt hätte, es wär' ihnen einerlei gewesen. Die wichtigen Entscheidungen waren längst gefallen, und nichts und niemand mehr konnte sie jetzt noch trennen. Pia hatte immerzu ihr italienisches Liedchen auf den Lippen, und der viele Schnee machte ihr nicht das geringste Kopfzerbrechen. Der Gehgraben, den Eugenio vorausbahnte, war so tief, dass von Pia nur noch der Kopf aus dem Schnee lugte. Sie benötigten die doppelte Zeit, um endlich das Haus zu erreichen.

Noch bevor Eugenio sich an den Ofen machte, um nachzulegen, drehte er das Radio auf, um auf dem neuesten Stand der Dinge zu sein. Immer wieder ging er ans Fenster, schaute in den Himmel, der noch immer alle Schleusen geöffnet hielt. Milliarden grauer Fetzchen sanken aus diffusem Licht. Radio Vorarlberg spielte einen passenden Straußwalzer zum Flockentanz, Eugenio hatte die Lautstärke, im Übermut, bis zum Anschlag gedreht. Das ganze Haus war Musik. Pia tollte übermütig übers Bett und half Erna zwischendurch beim Einsortieren von Wäsche und Kleidern. Aufgedreht war sie, wie ihre Puppe an Heiligabend, quasselte unentwegt, aber die Arbeit ging rasch von der Hand. Der Kasten schien groß genug für eine halbe Kompanie.

„Da hab' ich ja Platz für vier", rief Erna amüsiert durch die offene Tür.

„Genauso wär's geplant", kam es von unten, und er pfiff dabei dem Strauß schräg in die Noten. Die beiden Damen lächelten sich an. Pia fiel Erna um den Hals, und sie tanzten den Walzer huckepack zu Ende. Eugenio lehnte am Stiegengeländer, ein Bein lässig auf die dritte Stufe gegrätscht, nickte ihnen zu, als wollte er sagen – bin schon am Ziel. Ein wohliger Stich fuhr Erna ins Herz, und alle Ängste waren dahin. Sie war glücklich und voller Zuversicht, was immer auch kommen mochte.

Die nächste Musiknummer wurde nach wenigen Takten durch eine Durchsage unterbrochen. Die Signation des Senders stand im Raum. „Ici Radio Vorarlberg, ici, Radio Vorarlberg – dann ein Sprecher: „Wir bitten um Ihre Aufmerksamkeit." Erna ging mit Pia eilig nach unten, um nichts zu versäumen. Eugenio klebte schon am Gerät, er wusste, die Wettersituation war jenseits aller Norm.

„Auf Grund der massiven Schneefälle mussten bereits wichtige Verbindungsstraßen im Lande gesperrt werden. In einigen Talschaften sind über zwei Meter Schnee gefallen. Die Lawinenwarnstation am Faschinajoch meldet erste Lawinenabgänge im hinteren Walsertal. Die Verkehrssituation hat sich im ganzen Land dramatisch verschärft. Auf Grund der Vorhersagen des Lawinenwarndienstes ist auch für die kommende Nacht mit erhöhter Lawinengefahr zu rechnen. Ende der Durchsage." Dann wieder die Signation des Senders und Musik. Erna drehte leiser.

„So schnell geht das?"

Sie versuchte dabei so gelassen wie möglich zu wirken.

„So schnell geht das", sagte er und machte sich daran, die Haustür freizuschaufeln. „Schau zum Fenster!"

Die Fenster im Parterre waren schon bis zur halben Höhe eingeschneit, Pia versuchte vergeblich, ins Freie zu schauen.

„Morgen ist es hier stockdunkel, Erna, Tageslicht gibt's dann nur noch im ersten Stock, auch wenn wir schaufeln wie die Verrückten. Jetzt heißt's Kräfte einteilen, meine Lieben."

Erna trieb die Kleine mit Klapsen in ihr Zimmer hoch.

„Also Marsch ins Bett, Signorina, wenn du wachsen willst, musst du schlafen!"

„Dormi sempre ma perché, ma perché …?", sang die Kleine und kuschelte sich unter ihren Strohsack. Die Rokokopuppe stand im Übrigen an prominenter Stelle auf dem Nachtkästchen, das Lämpchen war auf den Boden verbannt. Erna setzte durch eine Drehung am rechten Beinchen die Spielmechanik in Gang, streichelte der Kleinen die Locken aus dem Gesicht.

„Du musst sehr lieb gewesen sein übers Jahr, sonst käm' das Christkind nicht auf solche Ideen."

„Bleibst du jetzt bei uns? Für immer und immer?", flüsterte Pia.

„Für immer."

Dabei legte Erna drei Finger aufs Herz. Dann löschte sie das Licht und spürte, dass Eugenio hinter ihr im Türrahmen stand. Er zog sie sanft zu sich, schickte Pia einen Gute-Nacht-Kuss, ließ die Tür den obligaten Spalt offen und schleppte Erna ungeduldig in sein Zimmer, das quer gegenüber lag. Kaum waren die beiden draußen am Gang, stand Pia wieder auf, ging zum Fenster und blickte in die weißen Schleier, die pausenlos vom Himmel fielen. Sie wusste, all die Flocken, das sind die Seelen der Verstorbenen: die rechtsfliegenden kommen direkt in die Seligkeit, die linksfliegenden ins Fegefeuer, und auf die senkrecht fallenden wartet die Hölle. Viele Selige unterwegs, heut' Nacht, dachte Pia, keine gute Ernte für den Teufel, denn auch der Bertl hatte Recht behalten, sein Gaumen hatte ihn nicht getäuscht. Wie aus dem Nichts hatte sich ein heftiger Sturm erhoben, der mit Riesenhänden gewaltige Schneewächten verfrachtete. In den Lee-Mulden von Oberblons hatten sich schon bis zu drei Meter aufgetürmt. Einige Ställe und Häuser in den oberen Hängen waren bereits mit schweren Hauben bis zur Unkenntlichkeit entstellt. Die Windstöße rissen an Fenstern und Läden und setzten immer wieder den Schlagbolzen der Kirchenglocke in Gang, ein verwirrtes Wetterläuten jammerte aus den Schalllöchern des Turms. Als die Glocke tatsächlich zur Mitternacht schlug, war an Schlaf noch lange nicht zu denken. Auch in den anderen Höfen, soweit sie überhaupt auszumachen waren im Gestöber, brannte noch Licht. Die Leute hatten begonnen, sich mit Lichtzeichen zu verständigen. Einigen hatte der Bertl ansatzweise das Lichtmorsen der Marine beigebracht, ansonsten galten simple Codes wie kurz kurz lang, oder ein Kreisschwenken der Lampe als brauchbares Notsignal. Man verließ sich aufeinander in Stunden wie diesen, und die Kommunikation musste stumm erfolgen, da jeder Laut in diesen schneesatten Hängen eine Katastrophe auslösen konnte.

Eugenio saß am Stubenfenster, Erna, in ihr Bettzeug gewickelt, auf seinem Schoß. In einer Gewaltaktion hatte er die Hälfte des Fensters blickfrei geschaufelt. So konnte Erna fasziniert die nächtliche Korrespondenz der Blonser verfolgen, die sich von Hof zu Hof austauschten. Nachrichten mit Petroleum- oder Taschenlampen ins Dunkel gekritzelt, ein Szenario, das an Flottenmanöver auf hoher See erinnerte, hell erleuchtete Schiffe in der weißen Dünung, zumal sich in immer kürzeren Abständen die neuesten Radiomeldungen ins Schauspiel mischten. Die Signation – dann kurz das Pausezeichen von Radio Vorarlberg – offensichtlich nahm es eine gewisse Zeit in Anspruch, die sich überschlagenden Meldungen der Warnstationen für die Hörer aufzubereiten. Dann endlich der Sprecher: „Es ist beim Gongschlag null Uhr. Heute ist Sonntag, der 10. Jänner. Auf Grund der anhaltend starken Schneefälle ist der Verkehr im ganzen Land völlig zusammengebrochen. Die meisten Telefonverbindungen sind tot. Alle hochgelegenen Dörfer sind von der Außenwelt abgeschnitten. Die Straßen ins Große Walsertal sind durch mehrere Schneebretter unpassierbar … Die Bevölkerung wird aufgefordert, Ruhe zu bewahren und die stündlichen …". An dieser Stelle verschlug ein undefinierbares Rauschen dem Sprecher die Sprache. Frequenzstörungen waren keine Seltenheit im Tal, insbesondere bei derlei Wetterunbill. Die Botschaft war dennoch klar. Keiner konnte mehr hinaus, keiner mehr hinein. Nichts Neues für die Einheimischen. Man hatte sich dieser Situation seit jeher mit fatalistischem Gleichmut gestellt. Bleiben wir eben zu Haus.

Erna und Eugenio lagen engumschlungen im Bett. In den Augen der Kirche und der Dörfler lebten sie jetzt in Sünde, aber keiner wusste davon, und der Schnee war ihr Wächter.

Das Licht aus der Frequenzskala des Radios, das Eugenio gleich neben dem Bett platziert hatte, warf schmale Schattenstreifen ins Zimmer. Das Programm war längst zu Ende, einzig das Pausezeichen kehrte jede volle Minute wieder. Auch Pia lag wach. Merkwürdige Geräusche hatten sie aus dem Schlaf gerufen. Das Haus hatte begonnen zu reden, nicht mit der geschwätzigen Eloquenz des Jenny-Hofs, aber verständlich genug. Ein langgezogenes Ächzen ging durchs Gebälk, es stöhnte unter der Last, die sich Zentimeter um Zentimeter auf ihm türmte. Die Dachziegel an der Nordwestseite vibrierten unter den Stößen, die Fensterläden schlugen grob ans Haus.

Mit derselben Unruhe wie Pia starrte auch Erna an Decke und Wände. Knisterndes, dumpfes Schaben vom unteren Stock erinnerte an mahlende Mühlsteine oder berstende Stahlplanken eines sinkenden Kreuzers, wenn er am Ende den Ozeanboden pflügt. Das Haus schien sich zu bewegen – oder spielte ihr ein Schwindel Streiche?

„Sieht unheimlich aus – die Lichtzeichen da draußen", sagte Erna, um sich abzulenken.

„Sie rücken zusammen, jeder braucht jetzt seine Druckgräben ums Haus."

Eugenio war nicht wirklich wohl in seiner Haut. Was er hörte, war beängstigender als der Blick aus dem Fenster, er kannte die Geräusche, die jetzt immer aufdringlicher wurden, nur zu gut.

„Das ist sie also, die Würgerin", sagte Erna und legte ihren Kopf auf seine Brust, hielt ihn fest umklammert. Sie musste an den Falkkopf-Ausflug denken und an Eugenios dramatische Schilderungen, von der Python, die ihr Kaninchen zermalmt, und den hängenden Schneeflächen, die abreißen und langsam talwärts gleiten. Offenbar war die Würgerin gerade im Begriff, ihr Werk zu beginnen.

„Ein saumäßiges Geräusch", sagte er, ging aber davon aus, dass die Steinmauern, die hangwärts standen, dem Druck standhalten würden. Er zog Erna fest zu sich, streichelte ihr beruhigend durchs Haar. Sie hob ihren Kopf, sah ihm lange in die Augen, wollte seine wirkliche Einschätzung lesen.

„Du hast gesagt, ganze Häuser hat sie vom Fundament geschoben, das hast du gesagt."

„Keine Angst, das hier ist stabil gebaut", sagte er.

Wirklich überzeugend klang es aber nicht, und sie spürte, dass auch er unsicher ins Gebälk lauschte, sie fühlte es am Schlag seines Herzens, das seine Frequenz merklich erhöht hatte. Sie versuchte sich vorzustellen, wie viel Schnee da oben, überhängend, am Dach klotzte und wie sich ein eisiger Stahlmantel unerbittlich um Mauern und Holz wand, quetschte und schob. Als wäre es ein Lebewesen, jammerte das Haus unter dem Druck, bis ins innerste Gedärm. Zwar überheulte der Sturm allmählich das Ächzen, doch die Bilder in Ernas Kopf waren bedrohlich genug, um der Platzangst auf die Sprünge zu helfen, und ihr Herz nahm stolpernd Tempo auf.

„Ich hab' Angst", sagte sie, und die innere Schwester hatte schon die Trommel in der Hand.

„Ich auch", sagte er. Er küsste sie, küsste sie, kaum dass sie Luft bekam, so innig und entschlossen. Erna sollte keine Zeit mehr bleiben für Angst.

Eugenio wusste – ab einem gewissen Punkt der Panik, in die sie jeder klaustrophobische Anfall noch gezwungen hatte, gab es kein Zurück mehr, dann musste ein offenes Fenster her oder ein weiter Himmel, um der Hysterie Herr zu werden. Zum ersten Mal aber war es jetzt ein Kuss, eine verzweifelte Umarmung, die ihren Ängsten den Wind aus den Segeln nahm. Sie begannen sich zu lieben, ganz ungestüm, entschlugen sich der Zeit, kappten die Taue, weg war die Welt, die Lust zornig und verwegen und immer heftiger, als könnte sie dem Sturm Paroli bieten. Das rücksichtslose Orchester draußen spornte sie an, war ihnen Deckung, und immer war auch der eine Seufzer Endgültigkeit dabei, sie liebten sich wie Verlorene, denen eine Gnadenfrist gewährt war.

In jener Nacht hörte die Kleine zwischen dem Heulen des Sturms auch das Stöhnen aus dem anderen Zimmer. Es machte sie sicher und ruhig und ein bisschen neugierig auch. Die Töne der Erwachsenen, sehnsüchtig, rastlos, selig. Lange lauschte sie den Liebenden, bis schließlich die raunende Sinfonie des Windes am Ende das Kommando übernahm.

Der Winter lag ungerührt, mit schweren Pranken auf dem ohnmächtigen Dorf. Alle Wege verschüttet, es gab keine erkennbaren Straßen mehr in Blons, Telefonmasten waren zum Teil geknickt oder zugeschneit, überladene Baumäste auf Dächer gesunken.

Der Glockenbolzen im Kirchturm schlug, wie von Geisterhand bewegt, immer wieder an, verzogene Jammertöne, vom Sturm vertragen.

An Schlaf war nicht zu denken. Eugenio setzte sich auf, zündete eine Kerze an. Erna zuckte zusammen, als das Halblicht den Raum kurz aufhellte – der kleine Weihwasserkessel an der gegenüberliegenden Bretterwand, das Kruzifix, das Aquarell, alles hing schief, alles im selben Winkel, schief zur Linie der Bretterdielen.

„Was bedeutet das?", fragte sie.

Eugenio brauchte eine Weile, um sich zu fassen.

„Die Sachen hängen gerade", sagte er tonlos. „Die Wand … Herrgott, es ist die Wand!"

Er zog sich hastig an und polterte ins Parterre.

„Bleib du bei Pia", rief er zurück. Man hörte Schaufeln aneinander schlagen und einen heulenden Luftzug, als die Haustür ging. Die Kleine kam schon ins Zimmer getippelt und kuschelte sich zu Erna ins Bett.

„Was ist da unten?" Ihre Stimme klang hellwach, als hätte sie noch keine Sekunde geschlafen.

„Keine Angst, Kleines, der Papa schaufelt nur den Schnee von der Tür."

Zum ersten Mal hatte sie ihn so genannt, und es klang, als wäre das Wort schon sesshaft im Haus. Dann ein berstendes Klirren von unten, der Schneedruck – das Küchenfenster. Ein Scherbenregen prasselte auf die Dielen, Schnee sackte nach, wurde wie von Turbinen ins Innere geblasen. Augenblicklich war der Boden von festgefrorenen Brocken übersät, und durch die Fensteröffnung zwängte sich die Wut des Wetters, wirbelte alles durcheinander, was nicht niet- und nagelfest war. Erna und Pia, beide im Nachthemd, wagten sich nur bis zur Stiege vor, zogen sich aber schnell wieder ins Zimmer zurück und schlossen die Tür. Eng umschlungen saßen sie am Bettrand und starrten aufs Radiogerät, die einzige Lichtquelle im Raum, Zugluft hatte die Kerze ausgelöscht. Eine Stunde oder mehr saßen sie so. Es war kurz vor zwei, als die Signation des Senders wieder über den Äther ging. Man hatte also nicht die volle Stunde abgewartet, was nichts Gutes bedeuten konnte. Der Sprecher klang besorgter als vorher.

„Lawinenwarnstufe fünf." Immer wieder nur die eine Meldung – Warnstufe fünf. Erna fühlte sich für einen Augenblick in die Kriegsjahre versetzt, der Tonfall des Sprechers hörte sich an wie damals, beim ersten Fliegeralarm, als die Bomberverbände der Alliierten angekündigt wurden. Die Angst von damals saß ihr noch immer in den Knochen.

„Die stürmischen Nordwinde dauern an", hieß es weiter, „an Leehängen sind große Schneeverfrach ..." An dieser Stelle brach der Kontakt ab. Kein Signal mehr. Alles dunkel. Es war punkt zwei Uhr früh, als im ganzen Tal der Strom ausfiel. Erna ging ans Fenster. Auch alle anderen Höfe waren stockdunkel, einzig beim Bertl, der seit jeher auf Petroleum und Tran gesetzt hatte, war die Stube hell erleuchtet.

Eugenio kam schweißüberströmt ins Haus zurück, um sich kurz zu erholen. Er schien sogar guter Dinge zu sein, hoffte mit seinen Druckgräben schon das Schlimmste verhindert zu haben. Erna kochte ihm inzwischen einen heißen Tee auf und bettete Pia auf die warme Ofenbank, wo sie binnen Minuten in einen tiefen Schlaf fiel.

Gleich bei Tagesanbruch machte sich Eugenio auf, um sich im Konsumladen seiner Schwester mit dem Nötigsten einzudecken. Die Welt draußen war völlig verändert.

Fixpunkte des täglichen Blickfelds waren verschwunden, man musste sich neue Koordinaten zurechtlegen, ganze Bäume, kleinere Ställe hatten sich aufgelöst im Weiß. Hätte man Erna vorher von derartigen Niederschlagsmengen erzählt, die zudem in kürzester Zeit niedergingen, sie hätte es für eine physikalische Unmöglichkeit gehalten. Was hier innerhalb weniger Stunden geschah, hatte von Anfang an die Dimension eines Strafgerichts.

Es schneite und stürmte noch immer ohne Unterlass. In trostlosem Staunen war man dem Schauspiel ausgeliefert. Die Männer hatten die ganze Nacht über bis zur Erschöpfung Druckgräben geschaufelt. Um provisorische Pfade ins Kirchdorf zu bahnen, legte man mehrere Ochsenpaare ins Joch und ließ sie mächtige Hornschlitten, deren Kufen mit schweren Ketten verzurrt waren, durch den Tiefschnee ziehen. Nach zwei Stunden waren auch diese Wege wieder eingeschneit.

Wie Eugenio prophezeit hatte: Im Parterre seines Hauses herrschte finsterste Nacht, alle Fenster waren mit Schnee vermauert. Erna und Pia hatten sich im ersten Stock einen Ausguck ins eisblumige Glas gehaucht und schauten kummervoll in den weißen Tag. Gleichmütig lagen bauchige Riesen auf den Häusern und drückten ganze Bäume zur Erde nieder, wie welkes Schilf. Die Männer stapften durch schmale, hochwandige Schluchten, aus denen nur die Spitzen ihrer Schaufeln ragten, im Rhythmus der Schritte, wie starre, schwarze Segel, die sich hoben und senkten über dem weißen Meer. Ein Mann mit Stange und blankem Ross voraus. Durch Fuchteln mit den Spaten oder indem man Hüte auf die Stiele steckte, konnte den Nachbarn stumm vermittelt werden, dass noch starke Arme gebraucht wurden, dass Not am Manne war. Eugenio hatte sich einer dieser Gruppen angeschlossen, um schneller in den Laden seiner Schwester zu kommen.

Auch Hilda hatte während der Nacht kein Auge zugetan. Bleich stand sie hinterm Ladentisch und erledigte Eugenios Bestellung.

„Brot, Petroleum."

„Und mein Batterieradio, sei so gut, und die Schier samt Fellen", sagte Eugenio. Während sie das kleine Radio aus der untersten Stellage hervorkramte, redete sie sich die Angst von der Seele.

„Alle Telefone im Tal sind tot, Gott bewahre, Eugenio, wenn jetzt die Leu kommt, keiner kann uns hören, keiner kann uns helfen."

Da ging die Tür, der Bürgermeister keuchte herein, auch er bleich wie die Wand.

„In Fontanella …", begann er stockend. „Zwei Tote, die Stanner-Brüder … beim Kirchgang von der Leu verschluckt, gell … passt's auf in Gott's Namen." Und schon war er wieder draußen im Sturm, der ohne nachzulassen weitertobte.

„Die Mama sollt' auch umziehen, wenigstens ins Lehrerhaus, dort ist sie sicherer. Ich pack' jetzt mein Zeug", sagte Hilda.

Eugenio nickte, umarmte seine Schwester.

„Ich hol' die Mama."

Mutter Casagrande empfing ihren Sohn mit besorgter Miene, als er seine Schi an die Hauswand lehnte. Eine Strecke, die er normalerweise in drei Minuten bewältigte, kostete ihn diesmal eine geschlagene halbe Stunde. Frau Casagrande war in der Tat beunruhigt, aber zu Eugenios Überraschung, nicht wegen des Schnees.

„Das ist das erste Mal, du liebe Güte, ein Sonntag ohne Messe. Was wird der Herrgott denken, Bub?"

„Der Allbarmherzige wird dir verzeihen, Mama. Es gibt Jüngere, die's heute nicht zur Messe geschafft haben."

Ein verschmitztes Lächeln konnte sie sich nicht verkneifen.

„Glaubst du, der Herr weiß, wie alt ich bin? Hab's ja nicht einmal deinem Vater verraten, Gott hab' ihn selig." Die Sache mit den toten Stanner-Brüdern verschwieg er ihr bewusst, wollte nicht gleich mit Todesmeldungen ins Haus fallen.

„Dann geh mit Gott, Mama, aber geh wenigstens ins Lehrerhaus." Er wusste, sie würde stur bleiben.

„Horch zu, Bub, dieses bescheidene Häusle steht hier seit 1702, und es ist nie 'was passiert." Die alte Leier, Eugenio wandte sich schon zum Gehen. Sie hielt ihn am Ärmel zurück.

„Horch zu: Im Jahr des Herrn 1717 – das kannst nachlesen in deiner Chronik – da ging die Leu ums Haus herum, so steht's geschrieben, ums Haus herum, hörst du? Der Mont Calv hat Respekt vor mir."

Er küsste sie auf die Stirn und drehte achselzuckend ab. Dagegen gab's kein Arkanum mehr.

„Dir ist nimmer z'helfen, Mama."

„Und wenn's denn sein muss, stirb i halt do", rief sie ihm etwas kleinlaut nach, aber da war er schon im Gestöber verschwunden.

Kurz bevor Eugenio sein Haus wieder erreicht hatte, lenkte ein greller Surrton seinen Blick zur Mittelstation der Materialseilbahn. Ein kalter Luftzug stach ihm in die Augen. Eine Feuersichel raste dem Tragseil entlang vom Berg auf das Häuschen zu, Funkensalven sprühten aus dem geborstenen Fenster. Das Seil schlang sich wie ein Oktopus um einen Telefonmasten, riss ihn wie nichts aus der Erde und schleuderte ihn ins Tobel der Lutz. Ein Donnern begleitete die folgende Schneewalze. In Zehntelsekunden war die brennende Talstation vom Hang gefegt. Dann Stille, als wäre nichts gewesen. Nur das sanfte Wispern des fallenden Schnees.

„Der Bertl!" war Eugenios erster Gedanke. Wer dort drinnen war, der ist jetzt tot.

Das alles geschah vielleicht 250 Meter von seinem Haus entfernt. Er stapfte rasch weiter. Jetzt schlug ihm das Herz bis zum Hals. Die Beschaffenheit des Schnees war das Beunruhigendste. Jeder Schritt, den er setzte, ließ den Pulver wie ein flaumig leichtes Granulat in seine Spur zurückkrieseln, sodass die Fußabdrücke kaum noch zu sehen waren. Auch die gebahnten Gehpfade und die Druckgräben sackten immer wieder in sich zusammen und wurden neu verschneit. Ein Schubser genügte, um die lockeren Hänge ins Gleiten zu bringen. Kleine Schneeschlipfe, wohin man auch sah.

Derart extreme Verhältnisse waren selbst für ihn ein Novum. Die nackte Angst war ihm ins Hemd gefahren.

Er schloss Erna und Pia in seine Arme. Sie hatten nur gehört, nicht gesehen, was geschehen war.

„Das ist erst der Anfang", sagte er, „der Schnee ist bester Laune."

Erna zog ihn schnell ins Haus.

„Den Bertl hat's erwischt", sagte er, „wir müssen hier weg, pack das Wichtigste zusammen."

Brot, Petroleum und das Batterieradio stellte er auf den Stubentisch. Das Küchenfenster hatte er rasch mit Brettern vernagelt. Vom Kirchdorf her drang ein wildes Sturmgeläut, diesmal gewollter Alarm. Erna schaltete das Radio wieder ein. Was für ein Segen die Batterien sind. Da war sie wieder, die vertraute Melodie des Pausezeichens, dann die alten Warnungen, nichts Neues.

Draußen hämmerte es an die Tür. Durch eine Luke im vernagelten Fenster sah Eugenio den Dünser seine Schuhe abklopfen. Metzlers Haflinger stand schnaubend an den Holzpfosten des Vordachs gebunden. Eugenio öffnete die Tür. Der Dünser nickte schüchtern zur Begrüßung.

„Reinen Tisch möcht' i machen." Sein Kopf war hochrot.

Eugenio lächelte ihn freundlich an.

„Bei dem Wetter, Dünser, 's ist doch alles geklärt."

Erna stellte sich ganz aufgeräumt zwischen die beiden.

„Kommen S' doch herein, bittschön."

„I wollt' nur", stammelte er weiter, „auch vorm Herrgott … reinen Tisch … ich war auch dabei, hab' mich hineinziehen lassen … und ich wollt' mich …" Er reichte Eugenio einen kleinen, holzgeschnitzten Tannenbaum.

„Der ist für die Kleine", sagte er.

„Danke, so kommen S' doch herein, Herr Dünser, ich mach' heißen Tee", sagte Erna. Der Dünser schüttelte den Kopf.

„Ich muss noch zum Senn, den Elektromotor holen."

„Das hat doch Zeit, bei Gott", sagte Eugenio.

„Der Vater hat ihn schon zahlt … i muss … drum is 's Ross dabei."

„Eine Tasse, kommen S'", hieß ihn Erna Platz zu nehmen. Der Dünser blieb unschlüssig im Raum stehen, während Eugenio den Ofen nachfeuerte und Erna sich an den Tee machte, dessen Wasser schon dampfend bereitstand. Pia war drüben in der Stube mit ihrer Puppe beschäftigt, die alle paar Augenblicke ihr Liedchen sang.

„Die Seilbahn ist weg", sagte Eugenio. Der Dünser nickte.

„Der Bertl … 's kommt noch was nach." Erna wandte sich beunruhigt zu ihm.

„Die Leut' sagen, Sie können Lawinen riechen, Herr Dünser."

Der Dünser winkte ab.

„Die Gäule, Frau Lehrerin … die von den alten Kutschern … die haben im Wind gelesen, wann die Leu kommt."

Erna streute die Teeblätter ins aufgekochte Wasser.

„Das wird Ihnen jetzt guttun. Frauenmänteletee … hat die Pia gebrockt."

Radio Vorarlberg fuhr dazwischen mit einem Sonderbericht. Eugenio rannte zum Apparat, drehte lauter. Die Meldungen kamen jetzt in immer kürzeren Abständen. Es war 9 Uhr 30. Nach wie vor herrsche Lawinenwarnstufe fünf, hieß es, extremer Schneefall und anhaltende Nordwinde hätten die Situation noch verschlechtert. Teilweise sei auch der Funkkontakt zu den Warndiensten zusammengebrochen. Noch während die Meldungen verlesen wurden, durchfuhr ein Luftzug die Stube. Erna und Eugenio drehten sich zur Tür, der Dünser war verschwunden. Die Haustür stand noch offen. Sie gingen zum Eckfenster, vor dem Eugenio ein Guckloch geschaufelt hatte, und beobachteten, wie er samt Ross Richtung Sennerei wankte, unter seinem eigenen Haus vorbei. Eugenio ließ den kleinen, geschnitzten Tannenbaum (im Grunde war es ja Metzlers letzte Handschrift) durch die Finger gleiten.

„Hat ihn das schlechte Gewissen so einen Umweg machen lassen", sagte er, „dabei warten seine Leut' auf ihn. Immer hat er einen, der ihn schickt …"

Für kurze Momente riss der Sturm flockenfreie Fenster in die niedersinkenden Wände, sodass Eugenio die Lichtzeichen vom weiter oben liegenden Jenny-Hof sehen konnte. Er öffnete die Haustür einen Spalt. Das Brüllen der ungemolkenen Kühe wurde in Intervallen herübergeweht. Vater Jenny und Seppe waren damit beschäftigt, einen Pfad zum Stall hinauf zu schaufeln, der bekanntlich nur zwanzig Meter über dem Haupthaus lag. Selbst für die kurze Strecke schien dies für zwei kräftige Männer eine Sisyphusarbeit, der Schnee rutschte dauernd nach. Sie winkten Eugenio um Hilfe.

Er zog sich wortlos die Joppe über und griff sich eine Schaufel.

„Die Küh' brüllen sich noch's Euter ausm Leib. Ihr bleibt's im untern Stock, ich bin gleich zurück."

Erna umarmte ihn, wollte ihn nicht gehen lassen, er musste ihre Arme um seinen Hals lösen.

„Pia, bist ein braves Mädel und hilfst der Mama beim Packen", beschied er.

Er küsste beide und ging. Erna machte ihm ein Kreuz auf die Stirn, wie sie's von Papa gewohnt war. Sie ging mit Pia gleich ans Fenster im oberen Stock, um bessere Sicht zu haben, so konnten sie abwechselnd Eugenios beschwerlichen Aufstieg und Dünsers Weg nach unten verfolgen. Beide Männer hatten jahrzehntelange Erfahrung mit den Heimtücken des Winters und ihre „Antennen" sensibel geeicht auf Warnsignale.

Eugenio blieb immer wieder stehen, horchte hinauf und hinein in den Berg, beobachtete den Wind, den Fallwinkel der Flocken, lauschte in jeden Krähenschrei und auf das Winseln der Hunde.

Dasselbe tat auch der Dünser, der ein wegvertrauter Rosslenker war, aber heute trog ihn jeder Schritt, und jedes Mal, wenn er stehen blieb, strebte der Gaul vorwärts, wollte nicht ums Verrecken innehalten, zog den Dünser mit geblähten Nüstern weiter. Am Geschirr, am Schweif, dann wieder am Stirnriemen, musste er ihn halten. Ross und Mann bis zur Brust im Schnee. Dann plötzlich blieben beide, wie auf Kommando, starr. Der Dünser hielt den Atem. Der Wind erstarb von einer Sekunde zur anderen. Nicht der leiseste Hauch. Senkrecht wie an Schnüren sanken die Flocken. Überstunden für den Teufel.

Das Ross bäumte sich auf, ganz ohne Anlass, als hätte man ihm eine Fackel in die Flanke gerammt, sank mit der Hinterhand bis zum Bauch in den Schnee. Beide schauten nach oben. Wie auf höheren Befehl kniete der Hartwig Dünser nieder: „Vater unser der du bist im Himmel, geheiligt werde dein Name…" Ein Grollen wuchs ihm zu, ein Zorn, den er kannte, „… dein Reich komme, dein Wille geschehe …".

Die Druckwelle, die auf ihn zuraste, nahm ihm Luft und Worte, und als verlösche die Zeit, riss der Hang in Stücke, ganz deutlich kamen die Bilder, als dehnten sich die Sekunden, wie zerhackt in Details, die mit ihm flogen. Mit aufgerissenen Augen hielt er darauf, konnte nicht atmen, nicht schreien vor dem schwarzen Schneemaul, das ihn wegfauchte. Samt dem Gaul flog er rücklings in hohe Wächten, von Tannenästen gefangen und wieder in den Schnee. Geköpfte Bäume sirrten wie Speere über ihm, und dann – er wusste nicht, ob ihm die Leu schon das Hirn verwolkte – flog ein Haus auf ihn zu, sein Haus, nicht einzelne Wände, oder der Dachstuhl – sein ganzes Haus, und Teile des Stalls, ein paar Meter über seinem Kopf. Er hörte die Schreie der Seinen, sah eine Kuh, vom eigenen Barren gespießt, ins Freie gerammt.

Sekunden später explodierte alles, atomisiert in dumpfem Getös. Der Nachsog holte Dünser auf eine der Schneewalzen, die in paralleler Fahrt talwärts schossen, die nachdrängenden Massen schoben eine schreiende Wolke vor sich her, trugen ihn davon, er schwamm, kraulte, rodelte am Hosenboden, strampelte, Nase und Mund vom Schnee verstopft, hustend und kotzend ritt er auf dem tödlichen Zug mehr als einen halben Kilometer weit bis ans andere Ufer der Lutz. Nur kurz hatte er während der Höllenfahrt das Bewusstsein verloren und lag am Ende, windelweich geschlagen auf einem betonharten Schneeberg, auf der Südseite des Tals, reglos, mit rasendem Herzen. Er hörte, ganz nah, das Einschlagen der Stämme und Balken in den eisigen See, den der breite Lawinendamm flussaufwärts schon gestaut hatte. Die eintauchenden Hölzer hinterließen hoch aufrauschende Fontänen. Dann war Ruhe. Die Lutz war vom Schnee begraben. Die vollkommenste Stille, die er je erlebt hatte, unheimlicher als die finsterste Gruft, er glaubte sich tot, denn der Fluss rauschte nicht mehr, kein Ton, die gute, alte Lutz schwieg wie ein Grab, das Wasser des Sees stieg leise glucksend höher, selbst dem Wind hatte es die Sprache verschlagen, nur noch ein beklemmendes Säuseln lag in der Luft, und es mischte sich bald mit den Hilfeschreien der Verschütteten. Möbel und Tierkadaver trieben im See. Menschen sah er noch keine. Er hatte Nasenbluten, ein wenig Nasenbluten nur, griff sich ab, alles da, ein leichter Schwindel hielt ihm schwarze Punkte vor die Augen, wie nach einer Fahrt mit der Hochschaubahn.

Er fror, und die Brandwunden an Armen und Beinen begannen zu schmerzen. Der gestaute See hatte schon etliche Meter Tiefe erreicht, und das Wasser stieg weiter. Das Vaterunser fiel ihm nicht mehr ein, das Vaterunser verdammt, wohin sollte er beten, der Herrgott hatte sich verzogen. Am liebsten wäre er so liegen geblieben, er hatte keine Angst mehr, jetzt wie er so lag, auch nicht vor dem lieben Gott und dem Teufel schon gar nicht, keine Angst. Der Dünser wandte den Kopf talauswärts, wollte das Wasser nicht mehr sehen, das schon an seine Schuhsohlen leckte.

Sämtliche Fenster der Ostseite von Eugenios Haus waren durch die Druckwelle in Bruch gegangen. Wie durch Schleusen gepresst, hatte der Seitensog der Lawine das Haus getunnelt, nahm Vorhänge, Kästen, Tische mit. Erna und Pia, die unter einem der Fenstersimse gekauert waren, wurden vom Staub verschüttet.

Gegen 10 Uhr 5 war's, als jemand im Kirchdorf die Sturmglocke läutete, und als wär's ein Weckruf, schaufelten sich vier zerkratzte Hände aus einer Decke von Schnee und Glassplittern. Bis auf blutende Schnittwunden waren beide unverletzt. Erna war schnell auf den Beinen und setzte Pia kurzentschlossen samt Puppe an den noch warmen Kachelofen. Jack hatte sich im oberen Stock unterm Bett verkrochen und rührte sich nicht mehr von der Stelle. Von draußen hörte man die ersten Rufe, vom Schnee gedämpfte Rufe, aus der Richtung des Jenny-Hofs.

„Hörst du?? Das ist er", sagte sie, „ich hab's gewusst, ihm tut sie nichts an, ihm nicht. Du musst jetzt tapfer sein, mein kleiner Engel. Wir sind gleich wieder bei dir."

Pia nickte, die neuen Bilder mischten sich mit den alten, die ihr schon einmal die Worte genommen hatten. Sie versuchte tapfer zu sein, stellte das Batterieradio ganz nah zu sich, wie einen kleinen Hund, den man in Streichelweite haben will.

Es war kurz nach zehn Uhr vormittags, und die Weltnachrichten kümmerten sich noch nicht um Blons und seine Opfer, noch nicht. Als wieder Musik einsetzte, einige Takte aus einer Haydnmesse (es war ja Sonntag und eigentlich Zeit für die Morgenpredigt von Pater Suso Braun), drehte Pia lauter, sehr viel lauter, um sich Mut zu machen und das ewige Heulen draußen zu übertönen.

Erna war schon durch die Tür verschwunden, die, aus den Angeln gerissen, weit offen stand.

Immer wieder sank sie bis zu den Hüften ein, rief Eugenios Namen. Der Sturm war wieder der alte, und auch der Schneefall so dicht wie zuvor, als wäre der Vorhang des ersten Aktes gefallen und der zweite in Vorbereitung. Der würde so sicher kommen wie das Amen im Gebet.

Erna ging in die Richtung, aus der sie Hilferufe gehört hatte, doch schon nach wenigen Schritten hatte sie die Orientierung verloren. Der Jenny-Hof, der ihr über viele Wochen ein Dach geboten, dem sie in nächtlichen Aussprachen ihr Herz geöffnet hatte, war nicht mehr, auch der Stall war vom Erdboden verschluckt.

Die große Buche, die einst ihren kühlen Sommerschatten über den Hof gebreitet hatte, stand hundert Meter versetzt, entwurzelt, schräg zum Himmel, wie ein gerammtes Straßenschild. An anderer Stelle, die bisher baumlos war, stand jetzt ein halber Wald mit quer ragenden Stämmen wie Kreuzen in einem aufgelassenen Totenacker. Zwei Kühe versuchten sich vergeblich aufzurichten, die zerbrochenen Barren hingen noch um ihren Hals, ihr Gebrüll war heiser und verzweifelt, die Euter prall gefüllt.

Zwischen lose taumelnden Strohballen entdeckte sie einen Arm, der sich aus dem Schnee krampfte, Eugenios Joppe, Eugenios Arm, er hatte es offenbar geschafft, sich selbst auszugraben, Erna half ihm ins Freie. Er hatte kaum Luft, ein Hustenanfall presste ihm den Schnee aus Mund und Nase.

Bis auf Kratzer war er völlig unversehrt. Erna umarmte ihn, bedeckte sein schneenasses Gesicht mit Küssen.

„Sie hat dich nicht gekriegt, ich hab's gewusst, mein Gott."

„Nur ein Streifer", sagte er. Der Falvkopf hatte den bösen Reigen eröffnet.

Der Wind trug leises Wimmern zu ihnen. Sie gingen ein paar Schritte, hörten in die weißen Haufen, die sich über zersprengtem Hausrat und Resten des Hauses getürmt hatten. Erna entdeckte einen roten Wollfaden im Schnee, nahm ihn auf, spürte Widerstand am anderen Ende, hantelte sich der roten Spur entlang. Mit bloßen Händen gruben sie, bis sie schließlich zu einer kleinen Faust gelangten. Christa Maria, die Stricknadel und Maschen noch im festen Griff, und sie lebte. Erna nahm das Mädchen und schleppte es ein Stück weit aus dem Trümmerfeld. Nach und nach offenbarten sich die Details der Zerstörung. Wie bizarre Skulpturen ragten Teile des Dachgebälks aus verdreckten Wächten, die bereits dichter Neuschnee überzogen hatte. Zwischen einer toten Kuh, Lisa war's, und einem völlig in Takt gebliebenen Porzellanservice saß Mutter Jenny auf einem Stuhl, der leicht geneigt im gepressten Schnee steckte. Der Kopf war ihr auf die Brust gesunken, aus dem Mund tropfte Blut. Der Nachsog hatte sie halb entkleidet, doch sie fröstelte nicht. Blass war sie, starrte, ohne auf Eugenios Stimme zu reagieren, auf den Rosenkranz in ihrer Hand. Ein letztes Ausatmen blähte das Blut in ihrem Mund zu einem Bläschen, das lautlos platzte. Eugenio wandte sich Erna zu, die einige Schritte weiter stand, schüttelte den Kopf.

Neben der Frau Jenny lagen dampfende Kacheln im Schnee verstreut, die Überreste des Ofens. Aus einem bröckelnden Schneeloch dahinter stieg muffiger Qualm. Eugenio sackte ungewollt durch die schmale Öffnung und hatte unversehens das Gesicht des alten Xaver vor sich. Ein enger Schacht aus gepresstem Schnee hielt seinen Körper aufrecht, er schien unverletzt, aber seine Lippen waren blau, er atmete nicht mehr. Eugenio berührte seine Hände, die noch in den Schnee verkrallt waren, sie fühlten sich an, als lebten sie noch. Direkt vor Xavers Mund hatte sein Atem eine kleine Bucht in den Schnee geschmolzen, die Kristalle waren noch warm, wie seine Wangen, in seinen Augen aber kein Leben mehr. Er musste in dieser Minute gestorben sein. Eugenio markierte die Stelle mit einem Fetzen von Xavers Kleidung, für die spätere Bergung, kletterte aus dem engen Loch und suchte weiter, noch immer mit bloßen Händen.

Erna stand wie angefroren, Christa Maria auf ihrem Arm. Vor ihren Füßen lag die ehrwürdige, alte Wanduhr, der sie so oft beim Ticken zugesehen hatte, völlig unversehrt, war um 9 Uhr 35 stehengeblieben. Sie setzte das Mädchen kurz ab, tippte einen der Zeiger an. Klack Klack, das alte, vertraute Geräusch, das Uhrwerk lief tadellos, als wäre nichts geschehen, gab der Zeit wieder ein Metrum, sagte: weiter, weiter, verweilt nicht, das ist nicht das Ende. Sie nahm Christa Maria wieder hoch und stolperte nach wenigen Schritten über einen weiteren Körper, den sie im Gestöber übersehen hatte. Der Mann steckte bis zum Bauch im Schnee. Erna rief nach Eugenio, der selbst gerade fündig geworden war.

Der Vater Jenny flüsterte Unverständliches. Erna kniete zu ihm, um ihn besser verstehn zu können.

„'s Mädel", sagte er. „Frau Lehrerin, sie schauen aufs Mädel. Das ist gut." Erna drückte die Kleine.

„Dein Papa wird leben, Christa, hörst du …"

Indessen brachte es Eugenio zuwege, seinen Verschütteten zu bergen – Seppe war's, geschockt, aber völlig unverletzt. Die Selektion hatte ihren Lauf genommen. Du stirbst, du überlebst, du stirbst, du überlebst.

Als Seppe aus seinem Schneeloch befreit war, stand er einen Augenblick lang Gesicht zu Gesicht mit Eugenio, schwer atmend, aber dankbar.

Erna hatte vergeblich versucht, Vater Jenny aus dem eisigen Schraubstock zu hieven. Als es die beiden Männer schließlich forscher angingen, sahen sie beim ersten Ruck, dass sich der Schnee um Jennys Hüften rot zu färben begann, noch ein vorsichtiger Versuch, dann war klar – seine Oberschenkel waren quasi durchtrennt, nur noch lose mit dem Körper verbunden.

Mit den Armen stützte er seinen Rumpf, um nicht aufs Gesicht zu fallen. Die Lawine hatte ihn buchstäblich in der Mitte zerbrochen. Eugenio gab Erna Zeichen, mit Christa um Himmels Willen weiterzugehen, um dem Kind das Schlimmste zu ersparen.

„Mir tut nix weh", sagte der Alte. Er nickte verklärt vor sich hin. Eugenio und Seppe standen betreten vor dem lächelnden Mann.

„Fehlen tut mir auch nix, alles in Ordnung." Während er flüsterte, ließ er keinen Augenblick seinen Sohn aus den Augen. „Mir tut nix weh, Seppe." Er sah ihn an wie eine einzige Entschuldigung. „Tut mir so leid, Bub." Dann rann alles Blut aus dem Rest seines Körpers, und er fiel kopfüber in den roten Schnee.

„Dädda, Dädda", schrie Christa Maria, sie hatte alles über Ernas Schultern mitbekommen. Erna hielt ihr die Hand vor's Gesicht und trug sie in Eugenios Haus zurück.

Seppe schlug sich mit der Faust gegen die Stirn, immer wieder. Aller Schmerz war in seinem Gesicht, aber er konnte nicht weinen. Die beiden Männer versuchten sich zu fassen, man stand in einem exponierten Lawinenhang, musste schnelle Entscheidungen treffen. Sie packten die Leichen von Vater und Mutter Jenny in eine Decke, Kopf auf Kopf, und begannen, sie den langen Weg Richtung Kirchdorf zu schleppen, den alten Xaver wollten sie aus Sicherheitsgründen erst am folgenden Tag bergen, falls es das Wetter erlaubte.

Erna, die inzwischen das Nötigste in ein Leintuch gepackt hatte, folgte mit den beiden Mädchen und Jack mit Respektabstand.

Im dichten Schneetreiben sah sie die Silhouetten der beiden Männer vor sich, die, gebeugt von der Last der Toten, immer wieder strauchelten, stürzten, die totenstarren Körper von neuem auf die Tragedecke betten mussten. Ein nüchterner, entwürdigender Leichengang. Die Jennys hätten es weiß Gott besser verdient, dachte Erna.

Frau Selma kam ihr in den Sinn, und ihr merkwürdiges Getue am Ende ihrer Seance im Jenny-Hof, ihr hastiger, wortloser Aufbruch, als hätte sie schon damals, in jener Nacht, den Untergang gerochen. Und der alte Xaver stand ihr vor Augen, der jetzt nicht mehr weinen musste um seinen Sohn. Die Alten waren vereint im Tod, und auf die Frau Selma würden geschäftige Nächte warten.

Während des ganzen Abstiegs wurde Erna von lästigen Schwindeln befallen. Die körperlichen Anstrengungen und die Aufregung machten ihr zu schaffen, sie kämpfte mit Brechreiz und kaltem Schweiß und begann den Winter zu verfluchen. Dabei hatte sie seit ihrer Kindheit den Schnee so geliebt, ihn so erhofft, ihm nachgetrauert, hatte ihn, wie alle Kinder, mit Wonne gegessen, und nichts war ihr so zauberisch erschienen wie die Reinheit einer tiefverschneiten Waldnacht unterm vollen Mond. Jetzt aber hatte ihr die Todesangst alle Idylle zerzaust, und der Schnee war ihr mit einem Mal ein unersättlicher Moloch, der sich über die Menschen hermachte ohne Erbarmen.

In den Zimmern der Kirchdorf-Häuser brannten reihum Petroleumlampen. Helle Aufregung in jeder Stube.

Die Schule, Ernas Klassenzimmer, wurde zum ersten provisorischen Auffanglager. Das ganze Haus war schon voller Menschen, als der traurige, kleine Zug von Oberblons dort ankam. Schwerverletzte, Sterbende, Tote, daneben völlig Unversehrte, Erwachsene, kleine Kinder, Greise. Erst hier wurde ihnen klar, welches Desaster der Staub vom Falvkopf angerichtet hatte.

Es dauerte Stunden, bis aus dem Chaos eine erste Schreckensbilanz gezogen war. Das Kommando in diesem Lazarett hatte im Übrigen jemand, den Eugenio nicht erwartet hätte: Mutter Casagrande, gerade damit beschäftigt, die Schreibpulte im Klassenzimmer zur Seite zu schieben und Matratzen auszulegen, hatte keine Zeit, sich groß umarmen zu lassen. Nüchtern und klar erteilte sie ihre Befehle. Glücklicherweise hatte sie Eugenios Rat doch noch befolgt und war umgezogen, denn ihr „sicheres" Haus war bis auf die Grundmauern zermalmt, ganz ohne Respekt diesmal.

Die vielen Verletzten lagen kreuz und quer auf den Gängen, auf dem Boden, im Stiegenhaus, kauerten auf Stühlen, auf der Ofenbank, am Fenstersims. Erna begann Leintücher zu zerschneiden, um daraus Verbandszeug zu fertigen. Man rückte zusammen, half einander, so gut es ging. 30 Verletzte waren zu betreuen.

Mehr als 20 Tote hatte man schon geborgen. Die Leichen wurden hinter dem Haus oder auf dem Balkon gestapelt.

Eugenio schlug vor, mindestens zehn der Schwerverletzten hinüber in die Sennerei zu schaffen, die auf Grund der Betonmauern im Untergeschoß mehr Sicherheit bot.

Da stand plötzlich der Dünser in der Tür, mit aufgerissenen Augen, die Arme wie Schwingen gebreitet. Seine Stimme krächzte erbärmlich.

„'s Haus ist …", er suchte nach dem Wort, „… geflogen … alle im Himmel … explodiert, alle sind sie weg." Er kicherte, zog ständig seine Rotznase hoch. „Tot geflogen." Er kicherte wieder.

Wie sich herausstellte, war er derjenige, der kurz nach zehn die Sturmglocke geläutet hatte. Er hatte sich in seinem Schock noch aufgerafft und war geradewegs von der Lutz ins Kirchdorf hochgestiegen, um Alarm zu schlagen.

Der Bürgermeister ging mit beruhigenden Gesten auf ihn zu.

„Jetzt dreh nit durch, Dünser … ein Haus geflogen … so ein Blödsinn. Beruhig' di jetzt amol, gell."

„Endgültig den Verstand verloren", war Seppes Diagnose.

Hatte er nicht. Eugenio wollte ihn beim Wort nehmen, führte ihn zum warmen Ofen im Klassenzimmer und reichte ihm ein Schneuztuch.

„Welches Haus, Dünser?" Er trompetete seinen Rotz ins Fazzoletto.

„Mein Haus …" Er schien wieder ganz klar, „mein Haus … alles im Himmel."

Ein Windstoß riss die Tür auf. Zwei Männer waren nötig, um sie mit aller Kraft wieder ins Schloss zu drücken.

„Es hat keinen Sinn bei dem Wetter", sagte der Pfarrer, „besser wir schaffen wenigstens die Toten an einen würdigen Platz."

Die Männer waren völlig erschöpft, die meisten hatten Verwandte oder Freunde verloren, und die Angst wurde allmählich stärker als der Mut. Ein Teil der Toten wurde in die Kirche verbracht, je zwei und zwei wurden sie in den Mittelgang gelegt, in einer langen Reihe bis vor zur Kommunionbank.

Immer neue Meldungen von Lawinenabgängen kamen herein, etliche der Verschütteten konnten sich selbst befreien und schleppten sich ohne Hilfe bis Blons/Kirchdorf. Auch von Buchboden und Seeberg hörte man schlechte Nachrichten, was Erna beunruhigte wegen ihrer Schüler. Es mangelte auch dort an allem. Keine Tragbahren, kein Verbandszeug, keine Medikamente. Erna entschloss sich kurzerhand noch vor Mittag, sobald der Sturm nachließ, zusammen mit Eugenio Richtung Buchboden aufzubrechen, denn die bisherigen Abgänge hatten hartgewalzte Schneisen hinterlassen, über die man mit Schiern zügiger vorankam. In den frühen Abendstunden wollten sie wieder zurücksein. Das Unternehmen war kein Ding der Unmöglichkeit, wenigstens einen Versuch war es wert, zumal man Pia und Christa bei Mutter Casagrande in bester Obhut wusste.

Eine Stunde später brachen sie auf, der Sturm hatte tatsächlich nachgelassen, die Sicht wurde besser. Durch das Lawinenseil an ihren Karabinern verbunden, die Rucksäcke vollgestopft mit Notbehelfen, provisorischem Verbandszeug, Wundsalben, zwei Kannen Mehlsuppe, Brot, et cetera gingen sie los. Jeder Hang, den sie querten, verlangte Maut. Viel wurde gebetet in jenen Tagen im Großen Walsertal, aber der Himmel blieb taub und verhangen, war nicht gewillt, die Schleusen zu schließen.

Alle Hänge schienen in Bewegung, allerorten rieselte es, wie luftiger Teig, der gleichzeitig aus allen Poren lief, kleinere und größere Scharmützel zerrten an den Nerven, zwei Schritte, ein Stockeinsatz im jungfräulichen Schnee, und schon sammelten sich Dutzende Kubikmeter, die talwärts gleiten wollten. Ein Windstoß, der Flügelschlag eines Vogels, ein Huster, ein winselnder Hund konnte der zündende Funke sein. Erna musste an die „Launische" denken, den rücksichtslosen Jungspund, der die Schwerkraft foppen wollte, und an die Krähe, die auf dem schneeschweren Tannenzweig gelandet und damit schon ein Todbringer war.

Zwei Lawinenschneisen hatten sie überquert auf ihrem Weg und Dutzende Spuren von Schneebrettern, das Wetter hielt sich zurück, sie hatten Glück, es war wahrlich ein Segen und ein Tedeum wert, als sie Seeberg und schließlich Buchboden erreichten. Der Betreiber der dortigen Materialseilbahn hatte in seinem Transistorradio kolportierte Meldungen aufgeschnappt, die Buchbodener seien verschollen oder gottverlassen von aller Welt abgeschnitten. Wie Samariter mussten ihm Erna und Eugenio erscheinen, als sie, zugeschneit wie Waldgeister, vor ihm auftauchten. Nach einer Schrecksekunde und ungläubigem Hinterfragen verwies er sie an den Pfarrer, der für die Verteilung von Hilfsgütern zuständig war, außerdem hatte er gute Nachrichten, was Ernas Schüler betraf. Einige Ställe seien zerstört und drei Gehöfte in Mitleidenschaft gezogen, ansonsten alles beim alten, sagte er. Eine satte Portion Fatalismus lag in seiner Stimme. Dass es in Blons schon 20 Tote gab, wollte er nicht glauben, ein solches Unglück hatte man, seit er denken konnte, nicht erlebt.

Auch der Pfarrer, in der Kirche mit einem Dutzend Unverwüstlicher zum Rosenkranz versammelt, haderte mit Gottes Allmacht und Barmherzigkeit, nachdem er die Schreckensbotschaft vernommen hatte. Seine Konzentration im Gebet war empfindlich gestört, zweimal war er im „Ave Maria" gestolpert und musste von der Frauenseite korrigiert werden. Er starrte nur geradeaus und murmelte mechanisch mit. Erna und Eugenio drückten sich zu den Betenden in die Bänke, wohl wissend, dass auch sie für den Rückweg wacher Schutzengel bedurften.

Als der Pfarrer nach dem Schmerzensreichen mit glasigen Augen ein Lied anstimmte, wurde Erna seit langem wieder warm ums Herz, und sie glaubte sich in diesem Moment in einem Gotteshaus geschützter als anderswo auf der Welt. Diese breiten Mauern hatten Jahrhunderte überdauert und würden auch diesem Winter ihre harte Stirn bieten. Eine Reihe vor ihr knieten drei ihrer Schüler, die sich immer wieder flüsternd nach ihr umdrehten. Für Augenblicke schien ein wenig Ruhe einzukehren in ihr Herz. Sie sah hinüber zur Männerseite, Eugenio spürte ihren Blick und lächelte zurück. Eine beklemmende Rührung packte sie mit einem Mal, Trauer und Überlebenswut und ihre Liebe zu ihm und Pia, alles mischte sich in ihre Stimme, als das Singen begann.

„Wir sind nur Gast auf Erden", stimmte der Pfarrer an, und zögerlich stimmten die andern mit ein, „… und wandern ohne Ruh' mit mancherlei Beschwerden der ewigen Heimat zu." In die zweite Strophe fuhr eine raunende Bö, die durch Ritzen und Spalten ihren Weg ins Kirchenschiff gefunden hatte, denn die Kerzen am Seitenaltar erloschen auf der Stelle. Erna wollte es nicht glauben, hätte der Natur den zynischen Fauxpas nicht zugetraut.

Wie aus dem Nichts: Ein Bersten, die schweren Luster über ihnen erzitterten, Heiligenstatuen fielen vom Sockel, und wie aus einem Mörser geschossen raste eine Schneewolke durchs nordseitige Kirchenfenster, schob den Mesner, der soeben zum Hochaltar unterwegs war, in die Sakristei zurück. Dann ein zweiter Schub, durch die Mittelfenster. Quer durch das Kirchenschiff leckten jetzt zwei dreckige Schneezungen, aber keiner der Beter hatte sich gerührt, stocksteif standen sie, sangen weiter, lauter, als könnten sie damit der lästerlichen Natur Einhalt gebieten.

Als das Lied zu Ende war, trudelten Schneeflocken durch die zerschlagenen Seitenfenster, über den Köpfen der Leute, ein munterer Reigen, scheinheilig und friedlich. Alle standen starr, auch der Pfarrer blieb stumm.

Jemand öffnete das Haupttor, und ein eisiger Luftzug ging durch die Kirche. Der alte Mesner, noch durchnässt von der ersten Salve, bahnte sich über die Schneehaufen und Splitter seinen Weg zum Hauptaltar. Er ging auf den Pfarrer zu und flüsterte ihm ins Ohr. Der Pfarrer nickte nur, aber er konnte offenbar nicht glauben, was er hörte.

Er schien völlig aus dem Konzept, strich sich die Haare glatt, pochte sich ein „Mea culpa" auf die Brust, als trüge er Schuld an diesem Frevel, strich sich wieder die Haare glatt, wollte sich den Irrwitz aus dem Schädel streichen, dann fasste er sich endlich und wies das geschockte Betvolk zum Seitenausgang, durch den ihm alle folgten.

Erna wurde es entsetzlich übel, nur mit Mühe konnte sie sich an Eugenios Arm aufrechthalten. Alle starrten gebannt auf die Gräber draußen vor dem Seitentor.

Ein Ausläufer der Blasenkalawine war durch den Kirchwald ins Dorf gestürzt, hatte die Friedhofsmauer durchbrochen und durch den gewaltigen Druck die Gräber geöffnet. Mit offnen Mäulern lag der Friedhof, überrumpelt und empört sah er aus. Särge, aus denen skelettierte Tote hingen, staken senkrecht im schwarzen Schnee, an Stelle der umgestürzten Grabsteine. Auch Metzlers frische Leiche, in schwarzem Anzug und Krawatte, lag wieder im Freien, die Augen halb geöffnet, steif die rosenbekranzten Hände über dem Bauch verschränkt. Schon hatte sich wieder ein leichter Schneefilm über die Groteske gelegt, denn die Flocken waren handtellergroß. Der Pfarrer wusste sich keinen Rat, als noch einmal alle Exhumierten einzusegnen.

Trotz des trostlosen Anblicks rappelte sich Erna an der frischen Luft wieder auf und sah den Männern zu, die die Toten von neuem bestatteten. Noch einmal ging der Mesner zur Sturmglocke und begann ein lahmes Geläut. Der Pfarrer hatte sich in die Sakristei verzogen und kauerte abwesend auf seinem Gebetstuhl, als die „Blonser" sich verabschiedeten. „Gott mit euch", sagte er, sein Blick ging ins Leere.

Mit ein wenig Proviant versorgt, machten sich Erna und Eugenio auf den Rückweg. Es schneite noch immer. Und bei jeder kurzen

Rast, die sie einlegten, vernahmen sie dieselbe entmutigende Melodie, die sich wie ein hartnäckiges Gewitter im Tal hielt. Alle paar Minuten brach sich das dumpfe Gestöhn des stürzenden Schnees an den Talflanken.

Alles in allem wurden in jenen Tagen über dreihundert Abgänge gezählt.

Als endlich in der Abenddämmerung die Kirche von Blons auftauchte, war sich Erna gewiss, dass der Lawinentod nicht der ihre sein konnte, ein Spalier von Schutzengeln hatte ihren ganzen Weg gesäumt.

Der Bürgermeister und der Pfarrer standen beratend vor dem Gemeindeamt, als sie im Kirchdorf eintrafen. Mit respektvollem Schulterklopfen wurden sie begrüßt und gleichzeitig in die laufenden Agenda eingeweiht, denn in diesem Ausnahmezustand reduzierte sich alles auf nüchterne Pragmatik. Seppe und einer der Müller-Buben versuchten gerade aus einer Schulbank eine Bahre zu bauen. Der Pfarrer hatte begonnen, Listen von Vermissten und Toten zu erstellen. Noch immer hatte der Himmel kein Einsehen, der Sturm war wieder stärker geworden, und alle wussten, dass jeder Bergungstrupp jetzt in der Dunkelheit einem Selbstmordkommando gleichkam. Es blieb keine Wahl, also beschloss man, einen Teil der Schwerverletzten in die Sennerei hinüberzuschaffen. Den Rest wollte Mutter Casagrande im Lehrerhaus betreuen. Ernas Schulklasse war ja längst überfüllt.

Die eine Tragbahre, die es in Blons gab, reichte naturgemäß nicht aus, also wurden die Verletzten mit behelfsmäßigen Schlitten, zersägten Bänken und wenn möglich Huckepack transportiert. Alles ging sehr rasch. Laut betend brachte die lädierte Karawane die Strecke hinter sich.

Der Senn, ein grobschlächtiger Kerl, der ordentlich zupacken konnte und seine Arbeit stets tadellos erledigte, ließ die Schwerverletzten in den ersten Stock bringen und sie mit dem Notwendigsten versorgen, während er selbst damit beschäftigt war, Wertsachen ins betonierte Untergeschoß zu schaffen.

Erna stand verwundert im Stiegenhaus, da sie dieser Logik nicht folgen konnte. Als er mit einem Porzellanservice vorbeihuschte, um es in den mit Möbeln, Lampen und sonstigem Hausrat überfüllten Keller zu bringen, tupfte sie ihn an.

„Da unten ist es sicher, nicht?"

„So ist es … keinen Kratzer kriegt das Zeug, nit amol der Lack."

„Das ist gut."

„Ja, das ist gut."

„Und die Leut'?"

„Was – die Leut'."

„Die Leut' lassen S' oben?" Ihr Ton war noch immer moderat, weil sie um seine rabiate Natur wusste.

„Die Leut' sind wohlversorgt, Frau Lehrerin, die kommen später runter, eins nach dem andern."

Entgegen ihrer Absicht begann Erna die Fassung zu verlieren.

„Da droben sind zehn Schwerverletzte, und sie bringen den Plunder in Sicherheit, das versteh einer."

Der Senn setzte das Porzellanservice ab. Man konnte sehen, wie ihm der Kamm schwoll.

„Plunder … die Zugezogene aus feinem Haus … redet vom Plunder, wissen S' was, kümmern Sie sich um Ihren eigenen Dreck. Im Übrigen steht die Sennerei seit 200 Jahr' an dem Fleck, und des hat gute Gründ'."

Dann nahm er sein Service wieder auf und zog mit dem Schuh die Tür ins Schloss.

Die Wut im Bauch hatte Erna die Angst vertrieben, für kurze Zeit wenigstens. Sie schimpfte vor sich hin wie ein Waschweib, das sich kein Blatt mehr vor den Mund nimmt. Eugenio musste schmunzeln.

„Der ist noch sturer als die Mama, kann halt nit aus seiner Haut."

Im Gänsemarsch und durch ein Seil verbunden, ging es weiter zum Lehrerhaus. Auch dort ein Zugang wie in einem Bienenstock und Mutter Casagrande als Anlaufstelle. Die Möbel in Nigschs Wohnung waren verstellt worden, um für alle Platz zu schaffen. Die oberen Räume waren ja nicht beheizt, sodass sich alles um den Kachelofen im Parterre scharte. Nigsch selber war schon seit längerem abgängig, stand auf der Vermisstenliste.

Alles war unvollständig und sehr provisorisch. Der Zustand der Schwerverletzten war beängstigend – blutende, eiternde Schürfwunden, offene Brüche, Unterkühlungen, die zu rasch aufgewärmt worden waren und durch den wohlgemeinten Hilfeakt zum Tode führten. Auch bei Kindern.

Das kalte periphere Blut schoss zum wärmeren Kern zurück und brachte die kleinen Herzen zum Stillstand.

Außerdem kämpfte man mit schweren Verbrennungen, Erfrierungen und kollabierenden Lungen. Ein hoffnungslos überfordertes Lazarett.

Draußen vor dem Lehrerhaus hatte sich der Dünser aufgepflanzt, wie ein Soldat, der seine Kaserne bewacht. Er stellte sich Eugenio und Erna in den Weg, grob fast, als wollte er ihnen an den Kragen.

„Was ist, Dünser? Geht's wieder?"

Der Dünser schüttelte den Kopf.

„Herr Lehrer ... bleib nit in dem Haus ... die Leu wird noch einmal kommen, größer ... vom Mont Calv."

Eugenio schluckte an seiner eigenen Stimme. Die meisten hier waren der Ansicht, dass das Gröbste schon herunten sei. Er schickte Pia ins Haus vor.

„Du riechst es, Dünser", sagte Eugenio. Der Dünser nickte.

Ernas Nackenhaare sträubten sich, wie damals, als sie im Stiegenschatten des Jenny-Hofs der Frau Selma zugesehen hatte und ihrem zweiten Gesicht.

Eugenio stand erneut vor dem Problem, seine Mutter zu einem Umzug zu bewegen, und wie zu erwarten, wehrte sie sich abermals mit Händen und Füßen.

„Diesmal bleib' ich", erklärte sie definitiv, „keine zehn Rösser bringen mich da raus."

„So schlecht war mein letzter Rat doch nicht. Dein unzerstörbares Haus ist weg, Mama."

Sie schüttelte den Kopf wie ein bockiger Tafelklassler. Eugenio ließ es bleiben.

„Horch zu, Bub, die meisten Verletzten hier sind nicht transportfähig. Und irgendwann können wir dem Tod nimmer davonrennen." Sie deutete dabei auf den Pfarrer, der gerade dem sterbenden Postler die letzte Ölung gab.

„Ob sie da oder wo anders sterben, macht keinen Unterschied. ... Wir tun beten, alle z'sammen."

Sie packte ihren Rosenkranz aus und begann den „Schmerzensreichen". „... der für uns Blut geschwitzt hat."

Während die Erwachsenen, einer nach dem anderen, einstimmten ins „Gegrüßet seist du Maria", stahl sich Pia ans Fenster und lauschte hinaus. Sie kannte inzwischen die Geräusche, die ein Schneebrett oder eine Lawine ankündigen. Mit einem Auge aber schielte sie hinüber zum Pfarrer, der sich in diesem Augenblick wieder die Stola umhäng-te. Diesmal war's ein Kind, dem die letzte Ölung galt, es hatte keine zwei Winter erlebt. Erna nahm Pia in den Arm, machte ihr hinterm Kachelofen ein provisorisches Nachtlager zurecht und legte sich zu ihr. Vor das Lager des kleinen Buben hatte man ein Laken gespannt, um für das letzte Ritual Intimität zu schaffen. Man sah den Schatten des Pfarrers, seine Bewegungen, die Kreuzzeichen, das Küssen der Stola, das Salben der kleinen Stirn. Pia versteinerte. Eugenio setzte sich zu ihnen, umarmte sie beide.

Du stirbst, du überlebst. Verhängnis oder Gnade, Tod oder Leben. Eine frotzelnde Auslese, die man atemlos hinzunehmen hatte. Pia schlug mit ihrem Kopf gegen das Fenster, ernst und zornig.

„Die Puppe, ich will meine Puppe."

Fordernd sagte sie das, ganz außer sich und fordernd sagte sie das: „Die Puppe, sonst kann ich nicht schlafen."

Erna und Eugenio sahen einander an. Er nickte nur und ging.

Der Schnee fiel unvermindert, aber der Wind war eingeschlafen. Trü-gerische Ruhe, das wusste man, und doch: Irgendwas zu tun war alle-mal besser als betend auf den Scharfrichter zu warten. In all der Wirr-nis war nicht viel Zeit geblieben, sich mit längeren Gedanken auf das Geschehene einzulassen. Jeder hatte Angst vor der Ruhe, die trotz aller Erschöpfung die grässlichen Bilder zurückbrachte. Innerhalb weniger Stunden war das Leben ganzer Familien ausgelöscht, über dreißig Höfe und Ställe vom Hang gerissen worden. Der Tod hat-te sich im Tal breitgemacht wie ein Kriegsherr, dem es grade gefiel, seine Vasallen zur Ernte ins Tal zu schicken. Der Schnitter begehrte Nachschub und er sollte ihn reichlich bekommen. Noch konnte sich das Leid nicht Bahn brechen, nicht in Worten und nicht in Tränen, es würgte an ihren Hälsen, nahm ihnen die Stimme, machte sie stumm. Wer noch imstande war zu helfen, der half, wer seine fünf Sinne noch beisammen hatte, fügte sich der Betriebsamkeit der Männer, die fie-berhaft an Bergungs- und Rettungsplänen arbeiteten.

Eugenio hatte schon die Felle auf seine Schier geschnallt, als auch Erna aus dem Haus kam und entschlossen dieselbe Prozedur begann.

„Erna, bitte, ich bitte dich, sei vernünftig, du bist erschöpft. … Ich bin ja gleich zurück."

Er sah an ihrer ganzen Haltung, dass Widerspruch zwecklos war.

„Pia will es so, ich soll dich beschützen", sagte sie. Er musste lächeln. Eugenio hatte starke Frauen um sich, eine wärmende Tatsache, die er gefälligst zu estimieren hatte.

„Du bist schon wie die Mama, ein G'frett ist das."

Im Grunde war er froh, dass sie mitging.

„Keine Sekunde mehr lass' ich dich aus den Augen", sagte sie. Er gab sich geschlagen, klinkte den Karabiner bei ihr ein, und so stiegen sie los, Erna in seiner Spur, an seinem Seil, Richtung Eugenios Haus.

Noch immer war es windstill und vielleicht die letzte Gelegenheit, aus dem Haus zu holen, was ihnen die erste Leu aus der Hand gerissen hatte. Unentwegt haftete Ernas Blick an seinem Nacken, sie hielt tapfer seinen Gleichschritt, versuchte in seinem Rhythmus zu atmen. Sie fror nicht, empfand kaum noch Müdigkeit, nur Zuversicht und den unbändigen Willen, ihre Liebe mit dem Siegel der Entschlossenheit ewig zu machen. Er war der Eine, sie wusste es, er und für immer, die Tänzerin, die Flüsterer, die lästigen Dämonen, alles war zu einer Erna verschmolzen, keine flapsigen Kommentare mehr, kein Einwand, sie hatte ihre Selbstzweifel aus dem Leben gestrichen.

Jetzt, im Bergaufgehen, das ihr so vertraut geworden war, holte sie sich die Bilder zurück, die ihnen keiner mehr nehmen konnte, die Spuren ihrer heimlichen Vermählungen, ihre erste Begegnung im Musikzimmer, den ertappten Freischärler hinterm Notenstapel, den Wandertag zum Falvkopf, den Silvesterball. Wenn sie heute hinaufblickte in die schwarze Nacht, die den Berg im Schatten hielt, konnte ihr bang werden. Aber sie ließ sich nicht mehr beirren, Schritt um Schritt, Zug um Zug setzte sie die befellten Schier in den trägen Pulver.

Sie hörte den Bolero, der bei ihnen war in den piekenden Strohballen, oben in der Jenny-Scheune. Ob der Papa davon wusste? Eines Tages hätte sie ihm erzählt von ihrer ganz privaten Hochzeit, die ihr heiliger war als jedes Hochamt.

Du bist der, mit dem ich leben will. Im Rhythmus seiner Schritte dachte sie die Worte, du, du. Sie hätte es schreien mögen, aber das war lebensgefährlich, also schrie sie's ihm lautlos in den Nacken: Du bist der, mit dem ich leben will, hörst du das, und wenn es sein muss sterben will, ich weiß, du kannst mich hören, Mann, wenn du mich lieb hast, hörst du mich, Schritt, Schritt, ich liebe dich, ich liebe dich, ich liebe dich. Die Wichtigkeit des Augenblicks gab den drei Worten alle Reinheit, die ihnen zustand. Ihr Schwur war stumm, aber so innig, dass er ihn hören musste. Er musste ihn einfach hören. Es gab den Plan. Und in diesem

Augenblick, da sie noch allen Taumel in den Augen trug, drehte er sich tatsächlich um, lächelte sie an, als hätte er jedes Wort verstanden, seine Baskenmütze, schon weiß von schweren Flocken. Da wusste sie, wie sehr sie sich nach einem Kind sehnte, nach seinem Kind.

Im Lehrerhaus wurde inzwischen gebetet. Mutter Casagrande saß am Kachelofen und sprach die Gesätzchen vor, trotziges Gottvertrauen in der Stimme, aber der Antwortchor der Verletzten ergab nur ein zaghaftes Echo: „… der von den Toten auferstanden ist …" Pia stand noch immer am Fenster und horchte hinaus. „Heilige Maria, Mutter Gottes, bitte für uns arme Sünder, jetzt und in der Stunde unseres Absterbens, Amen." Dann eine bewusste Pause, um zu hören, was der Mont Calv noch zu sagen hatte. Der schwieg.

Als Erna und Eugenio endlich das Haus erreichten, hatte der Wind wieder aufgefrischt. Die Böen wurden jetzt ungeduldiger und ihre Stärke nahm zu. Das Haus stand offen, die schwere Holztür pendelte hart an den Rahmen. Die Vorhänge bauschten sich, als sie eintraten. Erna musste an Schloss Gaderthurn denken und an die Abschied winkenden Stores, am Tag als Papa starb. Im Hausflur lag der Schnee schon zwei Schuh hoch, der Ofen längst aus, das Haus kalt und tot. Ein Geisterhaus. Eugenio ging ruhig von Zimmer zu Zimmer, strich dabei verstohlen über Tische, Stühle, Kästen, Bilder.

Erna hielt ihm die „Chronik des Walsertals" hin, die auf der Kommode unter dem Herrgottswinkel lag.

„Deine Chronik."

Er schüttelte den Kopf.

„Wenn das Haus untergeht, soll auch die Chronik untergehn."

Müde sagte er das, und Erna erschrak, als hätte da ein anderer gesprochen. Das passte gar nicht zu ihm. Das war nicht Eugenio. Jahrelange Arbeit, sein Herzblut steckte in diesem Skriptum.

Er nahm Pias Puppe, die am Kachelofen saß, den elektrischen Rasierapparat und das Batterieradio, packte alles in eine Decke und wandte sich zum Gehen. Erna stand vor ihm, blass und schön, und sie fröstelte ein wenig, der Wind wehte ihr vereiste Haarsträhnen ins Gesicht. So voller Anmut und Kraft war sie und ein wenig entrückt von der Erschöpfung, die sie nie verspürt hatte. Ihr Anblick rührte ihn, er ließ sein gepacktes Bündel fallen und umarmte sie lange, sein Griff schmerzte sie, nahm ihr fast die Luft, dann begann er sie zu wiegen, als tanzten sie zu unhörbarer Musik ein sanftes Hin und Her und er flüsterte ihr ins Ohr.

„Ich liebe dich auch, mehr als mein Leben lieb ich dich."

Beim Gehen ließ er die Tür offen stehen, sperrangelweit, und als Erna zurück wollte, um sie zu schließen, hielt er sie auf.

„Lass es, Erna, wir müssen's lassen."

Seine gleichmütige Gewissheit machte ihr Angst. Er war sonst kein Mann dramatischer Gesten oder Worte. Über Pathos musste er gewöhnlich schmunzeln. Sie gingen ein paar Schritte, hielten sich fest an der Hand. Durch die Öffnungen des Hauses zwängte die Zugluft ein scheußliches Lied, das plötzlich erstarb.

Im Lehrerhaus schwoll der Antwortchor der Betenden, der gemeinsame Rhythmus des „Ave Maria" wirkte wie eine wärmende Decke, die man sich über die Glieder zog.

Dann der Trommelwirbel, den alle zur Genüge kannten – Kästen, Bänke, Lampen, das Geschirr, alles bewegte sich, das Zittern erfasste das ganze Haus, Schränke öffneten sich von selbst, und die Menschen verstummten, aller Augen sahen wie auf Kommando Richtung Norden, wo der Rücken des Mont Calv sich krümmte. Mutter Casagrande hatte sich im letzten Gesätzchen festgefahren. „… der in den Himmel aufgefahren ist …"

Jeder konnte sein Herz schlagen hören in diesem eigenartigen Schweigen. „… in den Himmel aufgefahren ist."

Wie zwei Springer vor der Klippe standen Erna und Eugenio. Er drückte ihre Hand, sprungbereit.

„Jetzt", sagte er, den Rücken zum Berg. „Jetzt."

Kein Beben, kein Zittern, kein kalter Schweiß. Er drehte sich nichtmal um, als wähnte er einen alten Bekannten hinter sich, der ihm nichts anhaben würde. Erna sah ihn von der Seite an, hielt ihn noch immer fest an der Hand, mit stoischer Ruhe benickte er das dumpfe Echo, das durchs ganze Tal flog, wie aus heiseren Kehlen – eine Armada von Nebelhörnern, die allen verkündigen wollte, dass der alte Mont Calv nicht mehr gewillt war, seine Riesenlast zu tragen. Und so stieß der Berg noch einmal seinen Eisfuß in den wunden Abgrund.

Am 10. Jänner 1954, um 19 Uhr Ortszeit – tausend Meter tief die Sturzbahn.

Eugenio fiel. Erna fiel. Das Haus fiel.

Keine Gebete, keine Gnade, ein dumpfer Hieb nur, ganz ohne Gegenwehr.

Die Kälte brennt nach innen. Nach innen brennt sie. Eis klopft von allen Seiten an die Haut. Die Stille ist keine Stille. Sie summt. Die Angst jagt das Blut an die Venenwände, es pulst gegen die Schädelknochen und wütend zum Herzen zurück, hysterischer Aufruhr gegen die ungerechte Hinrichtung. Weit weg klopft einer, stumpfer Gegenstand oder so, ein leises Klopfen nur … Papa? … immer zuerst dein Gesicht, wenn alles verloren ist, wo ist der Onkel Fritz, und dann Herr Jesus, wo sind sie alle, ich hätte der Mama noch schreiben sollen, vom Totenvogel, die Gören hätte man ohrfeigen müssen, hau ab du blödes Vieh, lassen S' nur, Herr Pfarrer, lassen S' nur, der Papa hilft mir schon, damit ich wieder atmen kann, es tropft jetzt und rinnt und taut vom Gesicht, alles fließt ab, das soll der Tod sein? Aber kein Licht weit und breit. Warten werd' ich nicht. Ich nicht. Das Klopfen wird lauter jetzt und mitten im Kopf. Das Wasser aus der Nase rinnt zum Mund, die Schwerkraft zeigt die Richtung an, nach oben graben, nach oben.

Bald griff ihre Rechte ins Freie, dann die Linke, rußiger Schnee rann aus den Öffnungen. Der warme Atem taute die Mauer, schmolz die Bucht für Mund und Nase frei, wie beim Xaver. Die Schwester in der Brust war der Klopfer, die Schwester war's, ungeduldig und unduldsam, ich lass' mir den Tod nicht bieten, nicht jetzt, nicht hier, nicht so. Der Kopf ist ein summender, dunkler Saal. Dann war sie heraus in der verschneiten Nacht. Schrammen am Arm, sonst nichts.

Der halbe Dachstuhl hatte sie beide unter sich begraben, hartgepresster Schnee klebte zwischen schweren Balken und den versprengten Kacheln des Ofens. Auf allen Vieren kriechend begann sie zu graben, fiebrig wie Jack, wenn er im Fuchsbau wühlt.

„Eugenio, Eugenio", flüsterte sie, rief sie, schrie sie. Das erste, was ihr in die Hände fiel, war seine Petroleumlampe. Die Zündhölzer in ihrem Mantelsack waren nusstrocken. Sie legte ein paar zerbrochene Sparren aus Deckentäfer und Fensterrahmen übereinander, übergoss sie mit Petroleum und zündete sie an. Das flackernde Feuer, draußen auf dem wuchtigen Schneekeil, der den ganzen Dachstuhl umspannte, gab ihr einen Blick auf das Szenario. Das vollständige Dach lag, getrennt vom Haus, wie ein verwehter Riesenhut im Schnee. Sie begann schwere Holzlatten, geborstene Giebelbalken und Hausrat aus dem Weg zu schaffen, rief dabei immer wieder seinen Namen, hielt inne, um hineinzuhören in den Schneeberg. Weitergraben, weiter … die Hände schon klamm und aufgescheuert, ein Geräusch dann endlich, kein Ruf, eher wie entfernte Musik oder so, ein Xylophon und eine Mädchenstimme. Chiccolino dove sei, dove sei Chiccolino dove sei. Noch zwei Hände voll, und sie hatte Pias Puppe an der Fregattenfrisur. Beim Versuch sie herauszuziehen, stieß sie auf Widerstand, hantelte sich bis zu den Beinchen vor und traf auf seine Hand, seine warme Hand. Das Gute-Nacht-Lied, dessen Automatik durch Ernas Grabebewegungen in Gang gesetzt worden war, eierte langsam aus. Eugenio war bei Bewusstsein, er stöhnte unter der Last eines Giebelbalkens, der ihn von der Hüfte abwärts eisern im Griff hielt. Erna versuchte, das schwere Ding zu bewegen, aber es rührte sich nicht einen Millimeter von der Stelle. So schaufelte sie wenigstens seinen Oberkörper frei, der jetzt kopfüber nach unten, in ein Stück freien Raumes hing, etwa eineinhalb Meter über dem Boden, von dem ein Haufen zerbrochener Kacheln dampfte.

„Allein schaffst du's nicht Erna, hol die Männer", presste er heraus. „Das verfluchte Ding hier hält mich so lange fest."

Erna nickte eifrig.

„Tiefer fallen kann i nimmer", witzelte er. Ein ersticktes Lachen warf Blutstropfen aus seinem Mund. Erna säuberte sein Gesicht und seinen Nacken vom Schnee, überschüttete ihn mit Küssen, weinte, lachte, er lebte, Eugenio lebte, zum dritten Mal hatten sie ihr getrotzt, ihr, die sich gebärdete wie der Weltuntergang. Nicht ihre Todesart, nicht die ihre, sie blickte zum Himmel, fast wollte sie lästern im Zorn.

Dann machte sie sich auf, mit der Puppe in der Hand, wankte wie in Trance entlang der dreckigen Schneise, hinunter ins Kirchdorf.

Sie ging durch eine unbekannte Welt, nichts war mehr an seinem Platz, wo sie hinblickte – in hundert Stücke zersplitterte Höfe, vertragene Bäume, zermalmte Ställe, Viehkadaver, gehäutet bis aufs rohe Fleisch, brüllende, hinkende Kühe, denen der Barren noch um den Hals hing, geknickte Masten, die durch Stuben bohrten, keine Menschenseele. Ein jaulender Hund war das einzige Lebenszeichen, bis sie das Lehrerhaus erreicht hatte, oder das, was davon übrig war. Auch von der Sennerei stand nur noch das betonierte Untergeschoß, der hölzerne Überbau war ins Lutztobel gerast. Das Gasthaus „Adler" war dem Erdboden gleich, der Wirt vermisst. Viele der Überlebenden der Falvkopf-Lawine, die im Lehrerhaus von Mutter Casagrande versorgt worden waren, hatten den zweiten Schlag nicht überlebt. Einige lagen draußen im Freien, kalt und steif, wie weggeworfene Gegenstände, zum Teil entkleidet vom Sog, eingekeilt zwischen schwelenden Trümmern. Erna stolperte über Körper und geborstenes Holz ins Haus, immer wieder Pias Namen rufend. Aus den Resten der Eingangstür wurde gerade die Leiche des alten Nigsch getragen. „Lungenriss, war nix zu machen", sagte der Mesner, als ihm Erna im Weg stand. „Ihn hat schon am Nachmittag die Eschtobel-Leu erwischt, jetzt erst gefunden."

„Was ist mit den andern?", wollte sie wissen, er zuckte nur mit der Schulter, war schon weg, hatte keine Kraft mehr, auch noch zu beschreiben, was er gesehen hatte.

Einige hatten geschrien nach dem grausamen Gott, der das zuließ, sie starben mit dem Rosenkranz in der Hand, beteten im Zorn, in Angst oder in Ergebenheit, sie nagelten ihren Glauben heimlich ans Kreuz, um gleich wieder zu bereuen, andere sackten in eine Gleichgültigkeit, die wie eine Befreiung war. Aus den Angeln war alles. Nie war Gott so abwesend. Die Überlebenden waren ausgebürgert aus jeglicher Geborgenheit, ein Hauch von Sternenkälte über allem und Verlorenheit, nichts wärmte mehr. Und doch ertrugen sie's mit eigenartiger Fassung, wie Geläuterte, die ihre Glieder im Todeskampf aus der Asche schütteln, denen neue Kräfte wuchsen, damit das Leben Sieger blieb. Die Instinkte schwangen sich ins Führerhaus. Leben will man. Überleben.

Die Küche war bis zur Decke mit Schnee gefüllt, das Dach fast zur Gänze wegrasiert, Teile der Stube lagen im Freien. Mutter Casagrande, stöhnend unter dem gestürzten Kachelofen, noch mit dem Rosenkranz in der Hand, apathisch und steif. Als sie Erna bemerkte, kam wieder Leben in ihren geschundenen Leib.

„Du lieber Gott … hat er dich verschont, Mädel … und Eugenio … was ist mit ihm?"

„Er lebt … verletzt ist er, aber er lebt. Ich brauch' Männer, die ihn da rausholen."

Sie lächelte der alten Frau aufmunternd zu.

Mutter Casagrande küsste den Rosenkranz und nickte bestätigt, „Ein Einsehen hat der Herr … ich hab's g'wusst … der für uns Blut geschwitzt hat …"

Erna versuchte vergeblich die alte Frau aus ihrer misslichen Lage zu befreien.

„Seppe und der Dünser könnten helfen, dem Buben und mir auch", sagte die Casagrande. „Weiß der Gugger, wo die wieder sind, wenn man's braucht."

„Ich weiß, wo die sind", kam ein Stimmchen aus dem Hintergrund.

Pia stolperte Erna in die Arme. Ein paar Glassplitter in den kleinen Ärmchen, das war alles. Sie war ihr eigener Schutzengel. Die Selektion des Schneetods lieferte minütlich seine launigen Bilanzen. Daumen runter, Daumen hoch.

Lange hielten sich die beiden fest. Mutter Casagrande stöhnte ihren Schmerz in ihre Wiedersehensfreude.

„Hol einer die Männer, bittschön, seid's so gut."

Pia wusste, dass Dünser und Seppe oben im Glockenturm waren, um eine Funkanlage zu installieren. Erna schickte die Kleine allein auf den kurzen Weg zur Kirche, in der Hoffnung, dass der Mont Calv seine Hauptlast schon abgeworfen hatte. Als sie draußen vor der Türschwelle stand, gewahrte sie erst das ganze Ausmaß der Zerstörung. Das Dorf war bis zur Unkenntlichkeit verstümmelt, ein verwahrloster Friedhof, über den sich ein weißes Leichentuch zu breiten begann. Hilferufe vertrug der Wind. Wem wird wann, wem wird zuerst geholfen? Grundsätzliches marterte plötzlich das Hirn der Überlebenden. Wer hat Vorrang – Kinder, Frauen, Sterbende? Gibt es eine Prioritätenliste der Barmherzigkeit? Jede getroffene Entscheidung kam einem Urteil gleich. Weil der eine gerettet wurde, musste der andere sterben.

Wer gab jetzt die Regeln vor? Mitleid, Härte, Verzweiflung, Wut, Resignation, alles auf einen Nerv zusammengerückt im überforderten Kopf, die vertrauten Proportionen des Lebens hatten sich verzerrt, selbst die Zeit, der verlässlichste Begleiter der Lebenden, schien aus der Gleichförmigkeit gebrochen, kein Halt mehr, weil auch alle Ordnung verschüttet war.

Ja, es war Krieg, nun war er doch noch ins Tal gekommen. Ganz ohne Panzer, Kanonen und Soldaten. Die Spuren aber waren dieselben. Die Bilder glichen sich aufs Haar. Verbrannte, Erfrorene, Erschlagene, Erstickte, explodierte Häuser, verstörte Überlebende, die im Schock übers Schlachtfeld wankten, Verwüstungen wie nach einem Luftangriff. Die Leu war der Gegner, ein hinterfotziger, gewissenloser Feind, der auf keine Völkerrechtsfibeln schwören musste, den niemand zur Rechenschaft ziehen konnte. Ein Massenmörder mit weißem Herzen, das in aller Unschuld glänzte. Und es schneite noch immer.

Pia turnte geschickt über Trümmer und Schnee ins Kirchdorf, um die Männer zu holen. Die beiden kamen ihr schon auf halbem Weg entgegen, hatten den grausigen Hergang vom Glockenturm aus verfolgt. Vor dem Lehrerhaus trafen sie auf den Doktor Dobler, der die Sennerei inspizieren wollte und in seinem Schock noch nicht ansprechbar war. Bis auf einen einzigen hatte dort kein Mensch überlebt. Auch der Senn und seine Familie waren von der Lawine erschlagen worden. Das Porzellan und all der Hausrat war, wie er prophezeit hatte, unversehrt geblieben, die Betonmauern hatten gehalten, kein Kratzer im Lack.

„Der Herr sei ihnen gnädig, Jesus Maria, neun Leut' in einem Haus!!", stammelte Doktor Dobler. Dann folgte sein ärztlicher Instinkt dem Stöhnen der Mutter Casagrande. Die heißen Kacheln hatten ihr tiefe Wunden in den Rücken gebrannt, und der pickelharte Schnee, auf dem sie lag, ihre Haut schon dunkel verfärbt.

„Du lieber Gott, einen Schluck könnt' ich brauchen jetzt, hinten verbrenn' ich, vorn erfrier' ich", jammerte die alte Frau. Doktor Dobler zog einen Flachmann mit Selbstgebranntem aus seinem Arztkoffer, als Erstversorgung sozusagen, dabei hatte sie noch nie im Leben Alkohol getrunken, was zur Folge hatte, dass die Wirkung rascher eintrat, als sie hoffen konnte. Jedenfalls schien sich ihr Allgemeinzustand umgehend zu bessern.

Erna stand noch immer in der Tür, wie aus der Welt geschält, und sie dachte an Eugenio, der allein da oben lag, ihr Herz spürte sie schlagen, ihr Atem ging, sie lebte, aber es gab keine Worte für all das, sie hatte Doblers Nachricht mitgehört und wusste nun, dass bereits vierzig oder gar fünfzig Tote zu beklagen waren. Sie wandte sich dem Doktor zu, um ihm von Eugenio zu berichten, taumelte über zwei, drei Verletzte, die auf dem Boden lagen, für einen Moment schien die Kraft sie zu verlassen, sie sank in die Knie und musste sich übergeben.

„Geh schon, Doktor, kümmer' dich ums Mädel", sagte Frau Casagrande, die inzwischen von Seppe und Dünser aus dem Klammergriff des Kachelofens befreit und vom Doktor mit Brandpulver versorgt worden war.

„Kümmer' dich ums Mädel und lass' die Medizin da."

Sie genehmigte sich noch einen kräftigen Schluck.

Doktor Dobler führte Erna hinter den provisorischen Alkoven, der schon dem Pfarrer bei seiner traurigen Arbeit dienlich gewesen war. Er wollte sie sich genauer vornehmen, sie war schneeweiß im Gesicht und nahe daran zu kollabieren. Pia stand, ihre geliebte Puppe in der Hand, mit offenem Mund vor dem weißen Laken. Doktor Doblers geschäftiger Schatten setzte das Stethoskop an. Er rückte die Petroleumlampe näher, nahm Erna genau in den Blick, tastete ihren ganzen Körper ab, schüttelte den Kopf, nickte, schüttelte wieder den Kopf, als wunderte er sich über Ungereimtes. Alle, die sich in dem windigen „Raum" befanden, starrten jetzt hinüber zum Laken, auf die Schatten dahinter, als würde sich dort ein Mysterium ereignen. Der Doktor bat Erna sich wieder aufzusetzen, verabreichte ihr ein starkes Kreislaufmittel, das ihr schnell auf die Beine helfen sollte.

„Knochenbrüche find' ich keine", sagte er, „aber wenn S' mir die Frage erlauben: Wie lange sind S' schon über der Zeit?"

„Lang schon."

Erna sah ihn mit großen Augen an.

„Ja, Frau Gaderthurn, ich denke, Sie sind guter Hoffnung. Wenn ich's recht seh', nit wahr. Sie bekommen ein Kind."

Das pochende Blut wölbte Eugenio die Adern aus der Stirn, sein Atem ging schwerer jetzt, der Schädel wollte platzen. Ein merkwürdiges Hecheln hatte ihn aus einer Ohnmacht gerissen, ein ausgewachsener Fuchs machte sich an ihm zu schaffen. Die Leu hatte ihn wohl aus seinem Bau getrieben. Mit Zischlauten und seiner freien Rechten versuchte Eugenio ihn zu verscheuchen. Vergeblich zunächst, denn das Tier war hungrig, sein Instinkt wohl achtloser als üblich. Ein lästiger Bursche, denn die Müdigkeit würde Eugenio bald wehrlos machen.

Jede kleine Bewegung in dieser marternden Hängelage führte zu schneller Erschöpfung und zu kurzen Phasen der Bewusstlosigkeit. Außerdem begann die Temperatur wieder zu sinken.

Der Nordwest zog sporadisch Ziegel aus dem Dach und schlitzte Fransen in den Schnee, der durch Spalten in den Hohlraum bröckelte, in den Eugenio hineinhing. Der nachsackende Pulver streifte zuweilen sein Gesicht, holte ihn aus den Ohnmachten zurück, die sich jetzt häuften. Der Fuchs suchte erst das Weite, als sich Schritte und Stimmen näherten. Doktor Dobler, Seppe, Dünser und Erna waren endlich zur Stelle.

Eugenio hing bewusstlos ins Leere. Erna tätschelte ihn wach, küsste ihn wach. Er lächelte tapfer, als er ihr Gesicht auf seiner Haut spürte.

„Eugenio, mein Liebling, wir beide werden …"

Sie wollte schon ansetzen mit der großen Neuigkeit, die sie unterm Herzen trug, als sie Doktor Doblers Hand auf der Schulter spürte.

„Nix Aufregendes jetzt, ich bitt' Sie", flüsterte er. „Warten S', bis er frei ist."

Während Seppe und Dünser vergeblich versuchten, Eugenio vom schweren Giebelbalken zu befreien, untersuchte ihn der Doktor, so gut es die Lage erlaubte. Aus herumliegenden Balken und Bergheu aus der Sommerernte baute man rasch eine provisorische Stütze für seinen Oberkörper. Eine Maßnahme, die den gequälten Hüftmuskeln, die über geraume Zeit sein Körpergewicht halten mussten, Entlastung brachte und die Schmerzen fürs erste linderte.

„Atemgeräusche sauber da, also keine Luft im Brustraum", sagte der Doktor, während er das Stethoskop absetzte", kein Lungenriss, soweit ich das sehen kann, aber starker Blutverlust, niedriger Blutdruck. Ich kann nicht viel tun im Moment, wir müssen ihn freikriegen."

Wütend ob der verzweifelten Situation kickte Seppe seinen genagelten Schuh so hart gegen die Balken, dass ein paar Zentner Schnee nachrutschten. In diesem Augenblick hallten, frequenzgestört, aber unüberhörbar, die Anfangsnoten von „Uf da Berga isch mi Leaba" in die Nacht, das Pausezeichen von Radio Vorarlberg. Der kleine, ungewollte Schneerutsch hatte Eugenios Batterieradio in Betrieb gesetzt, das von Kacheln geschützt im Boden steckte. Erna hob das Gerät auf, platzierte es auf der provisorischen Rampe.

Alle drängten sich um die Stimme des Sprechers, wie um wärmendes Feuer. Die Telefonverbindungen in die Talschaften seien zur Zeit noch unterbrochen, hieß es, an der Behebung werde gearbeitet. Lawinenwarnstufe fünf, et cetera, alles wie gehabt. Die Hilflosigkeit draußen im Land war mit Händen zu greifen. Aus der Schweiz kamen brauchbare Zusatzinformationen zur allgemeinen Wetterentwicklung. Die Wetterwarte Graubünden meldete noch immer starke Nordwestwinde.

Seppe drückte entnervt den Ausknopf. „So ein Quatsch, wie wollen die denn an einer Behebung arbeiten, die haben ja keine Ahnung. I geh aufn Turm zu meinem Funk."

Er stapfte wütend Richtung Kirchdorf.

Doktor Dobler nickte resigniert.

„So unrecht hat er gar nicht, der Buab, die Rettung kann wirklich nur noch von oben kommen."

Dabei bekreuzigte er sich und schaute zum Himmel. Er war kein besonders frommer Mann, aber in Stunden wie diesen stieg jedem die Demut ins Herz. Die Geste des Doktors ließ Erna hochschießen. Sie nestelte hastig in ihren Taschen, außen links rechts, innen links rechts, und zog schließlich einen Fetzen Zeitungspapier hervor. Ein vergilbtes Stück „Vorarlberger Nachrichten" vom 28. August 1953.

„Von oben", rief sie, „von oben!!"

Dünser riss ihr unhöflich den Fetzen aus der Hand, sah die Telefonnummer von Maurice und die des US-Piloten.

„Ein Hubschrauber, Herrgottsakrament, und ein Stahlseil …!", rief er, packte entschlossen seine Schier und wollte unverzüglich losmarschieren.

„Aber wohin denn", rief ihm der Doktor nach, „jetzt mitten in der Nacht?"

„Zu einem Telefon, verdammt, nach Thüringerberg, ist doch alles tot bei uns!" Also talauswärts, an jenen Ort, an dem der Postbus einst Erna zurückgelassen hatte.

„Man sieht ja nix", rief der Doktor, „alles verschüttet und Warnstufe fünf."

Der Dünser blieb stehen, drehte sich um. Die Haare strotzten ihm weg vom Kopf, als stünde er unter Strom, die Trauer in seinem Gesicht war gefasst in Entschlossenheit.

„Meine Leut' sind alle tot, Herr Doktor." Seine Stimme hing schlaff im Wind, ein wenig zerfranst, aber gut verständlich drang sie allen ans Ohr. „Was soll i denn do, alle sind tot." Dann verschwand er, offenbar gewillt, seine kleinen Sünden in dieser einen Nacht abzubüßen.

Erna spürte Eugenios Hand, die wieder fester zugriff. Hoffnung und Zuversicht war in seinen Augen.

„Wirst sehn, der Dünser", flüsterte er.

Erna hätte ihm so gerne das große Geheimnis verraten, aber sie hielt sich tapfer an Doblers Rat. Eugenios Zustand war wohl zu labil für Aufregungen dieser Art. Doktor Dobler war im Übrigen schon wieder Richtung Kirchdorf unterwegs, um die anderen Verletzten zu versorgen. Die Dinge schienen sich tatsächlich zum Besseren zu wenden. Geduld, warmhalten, warten. Erna schaltete das Radio aus, um die Batterie zu schonen. Von jetzt an waren sie allein mit der Nacht.

Das Wetter begann sich zu beruhigen. Es hatte aufgehört zu schneien, von einem Moment auf den anderen, ja der Himmel klarte sogar auf. Vereinzelt funkelten Sterne zwischen den weißen, vom Mond beschienenen Cumulusriesen.

Wie ein verrutschtes, durchlöchertes Zelt erhob sich das Hausdach über dem Paar. Etliche Ziegelreihen fehlten, sodass sich dem vollen Mond eine breite Schneise bot, die er mit weißem Licht füllte. Eugenio fiel immer wieder, zuweilen auch absichtlich, in einen Dämmerzustand, um Kraft für die nächste Wachphase zu schöpfen. Jeder kurze Schlaf senkte seine Körpertemperatur, das wusste Erna, und tausendmal hatte er ihr eingebläut, dass lange Schlafphasen tödlich seien, bei dieser Kälte. Sie legte sein Gesicht in ihre Armbeuge und hörte in seinen schwachen Puls.

Dem Bürgermeister und dem Pfarrer oblag die schmerzliche Pflicht, die Bilanzlisten der Katastrophe zu erstellen. Beide standen in Ernas Klassenzimmer, über ein vollbeschriebenes Blatt Papier gebeugt. Der Pfarrer hatte einen Teil seiner Soutane salopp in die Hosen gestopft, um mobiler zu sein. Er stand am Lehrerpult und diktierte dem Bürgermeister in die Feder. Hinter jedem Namen, eine Nummer, den Geburtsjahrgang, falls bekannt, die Todesursache und ein Kreuz.

Müller Arthur, Jagdaufseher, Nr. 47 (erschlagen), Jahrgang 1883, Eugen Nigsch, Schuldirektor, Nr. 48 (Lungenriss), Jahrgang 1885, Albert Burtscher Nr. 49 (Unterkühlung), Jahrgang 1952, Erwin Burtscher Nr. 50 (Unterkühlung), Jahrgang 1951.

Dem Bürgermeister kippte die Füllfeder aus der Hand.

„Schreib du weiter, Pfarrer, i kann nimmer, gell."

Er war völlig erschöpft und seit den frühen Morgenstunden von Schreckensbildern stumpf und müde.

Der Pfarrer übernahm, schrieb den nächsten Namen, das nächste Kreuz, die Todesursachen variierten im Rondo – erschlagen, erstickt, erfroren, verbrannt. Die beiden sahen sich an, als wären sie Protokollanten eines Alptraums. Alles war unwirklich und so nüchtern zugleich. Eine lange Weile standen sie stumm und starrten auf die lange Liste, 56 Namen, ihre Hände suchten sich und hielten sich fest. Worte gab es keine.

Erna musste Eugenio immer wieder wachtätscheln, er schlotterte am ganzen Leib. Nicht einschlafen, lieber Gott, bitte mach, dass er nicht einschläft. Sie rieb ihm die Hände, die Wangen, versuchte ihn mit der Petroleumlampe zu wärmen, legte ihr Gesicht an sein Gesicht, seine rechte Hand hielt sie unentwegt. Mit der freien schaltete sie das Batterieradio ein. Ein sphärisches Knistern war zu hören, dann das Pausezeichen. Keine neuen Meldungen.

Durch das Aufklaren war es kälter geworden, der Atem kondensierte zu flüchtigen Nebeln, die um ihre Münder huschten, wenn sie sprachen.

„Nicht schlafen ... Eugenio ... bitte nicht schlafen ...“

Sie begann draufloszureden, irgendwas, irgendwie, um ihn wach zu halten. „Weißt du ... ich bin schon so gespannt wie ... hörst du mir zu ...?

Er nickte. „Ich hör' dir zu.“

„... so gespannt, wie dich ... meine Mutter aufnehmen wird. Sie hat so ihre Probleme mit meinen Männern, musst du wissen.“

Ihre Worte kamen fiebrig, in zittriger Hast.

„Mein Saxophon verkauf' ich nicht“, flüsterte er. Erna musste lächeln, strich ihm die Haare aus der Stirn.

„Weißt du, was sie gemacht hat? ... Ich muss dich vorbereiten, mein Engel. ... Hörst du mir zu?“

Seine Augen waren geschlossen, aber er nickte.

„Also was sie gemacht hat, als ich ihr damals meinen Verlobten vorstellen wollte?“

Ihre Worte trieb ein verzweifeltes Kichern voran. „Also... ich steh vor der Haustür und er neben mir ... auch ein Lehrer, wie du, aber das war ihr zu wenig. Nicht standesgemäß, musst du wissen, also, sag ich: Mama ... Betonung auf dem zweiten A.“

Er hüstelte, lachte, wieder sickerte ein kleines Rinnsal aus seinem Mund.

„Mama, darf ich dir vorstellen, sag ich also, das wär' dann mein Verlobter, wir wollen heiraten – und peng, peng, hatte ich schon zwei sitzen ... links und rechts eine, ich war schon 27, musst du wissen ... ganze 27. Ich hatte wochenlang Ohrensausen.“

„Aber du hast ... geheiratet“, würgte er heraus.

„Ja ... mit Ohrensausen.“

„Es wird weitergehn“, sagte er. Seine Worte kamen mehr gehustet als gesprochen.

„Was wird weitergehn, mein Schatz?"

„Das Ohrensausen …" Sie hielt sein Gesicht mit beiden Händen.

„War das ein Antrag?"

Er nickte und sackte für Sekunden wieder aus der Welt.

Auf den Lawinenkegeln, die St. Gerold und Thüringerberg von Blons trennten, zog der Dünser seine verrückte Spur. Wiederholt musste er die Schier abschnallen, um über geknickte, zersplitterte Baumstämme oder über mit Geröll durchsetzte Wächten zu klettern. Der volle Mond kam ihm dabei sehr zupass, er kam schneller voran als erhofft. Nach einer Dreiviertelstunde mühsamen Marsches talauswärts, endlich ein Lichtschein. Ein Rettungsanker, der letzte Kräfte mobilisierte. Er ließ das näher rückende Licht nicht mehr aus den Augen, presste sich mit jedem Stockschub das Herz aus dem Leib, denn der Schnee stöckelte klebrig an seinen Schiern.

„Hilf mir … die Sterne sehen … nach so vielen Schneewolken, endlich die Sterne", bat Eugenio. Er versuchte sein Gesicht nach oben zu richten.

Erna drehte ihn behutsam, so gut es eben ging, stellte sich mit ihrer Schulter stützend unter seinen Rücken. Zwischen den fehlenden Ziegelreihen hatte er nun die Sterne und den vollen Mond vor Augen. Er lächelte erleichtert, wie es Kranke tun, denen die Schwester das Kopfpolster zurechtgerückt hat.

„Gut … das ist gut", sagte er leise, und sein Blick wanderte dabei über die zerbrochenen Ziegelreihen. „Neues Dach ist fällig."

„Neues Haus ist fällig", antwortete Erna ganz erfroren, „willst du 's mit Kinderzimmern? Willst du das?"

„Drei … mindestens", sagte er bestimmt.

„Drei … in Ordnung … gut … also drei … und wie unsere Pia müssten sie sein … ja? wie die Pia, stark und sanft und … Bäumeklettern und …"

In diesem Augenblick fiel er wieder in Bewusstlosigkeit.

„Nicht schlafen, bitte nicht."

Sie summte ihm verzweifelt eine vertraute Melodie ins Ohr: Chiccolino dove sei, dove sei … dormi sempre ma perché …

Die beiden Beamten am Gendarmerieposten Thüringerberg trauten ihren Ohren nicht, als der Dünser seine Schier draußen an die Haus-

257

wand knallte. Irr oder betrunken musste einer sein, der es um diese Zeit wagte, dermaßen ungehobelt an die Pforte zu hämmern.

Der Postenkommandant, ein gemächlicher Bär mit teigigen Wangen, öffnete die Tür. Schlotternd mit halb gespreizten Beinen stand der Dünser draußen und kämpfte mit dem Gleichgewicht. Er stierte den Beamten an, als trüge der die Schuld an allem Unheil.

„Hilfe … telefonieren … ihr müsst telefonieren."

Er drängte sich am Kommandanten vorbei ins Haus, hielt geradewegs aufs Büro zu, aufs Telefon.

„Was, telefonieren??"

„Telefonieren, Herrgottsakrament", schrie er und raufte sich die Haare.

Der Assistent des Kommandanten tippte sehr gemächlich einen Bericht in die Schreibmaschine. Demonstrativ drehte er sich nichtmal um, als Dünser ins Zimmer polterte. Ein abgeklärter Bursche, mit kantigem Gesicht, der wusste, wie mit Besoffenen zu verfahren war. Jetzt einmal halblang, sagte er, sterben tun wir noch früh genug.

Dünser hielt dem erbosten Kommandanten den Zeitungsfetzen mit den Telefonnummern hin.

„Alles mit der Ruhe, Herr Kollege, immer der Reihe nach."

„Die Leu ist kommen … dreimal schon … über 50 Tote … Und es werden noch mehr, wenn ihr nit endlich des Telefon in die Hand nehmt's. Ein Hubschrauber muss her, ein richtiger Hubschrauber."

Noch immer hämmerte der Assistent ungerührt seinen Bericht in die Maschine.

„Der ist doch randvoll", murmelte er. Da haute der Dünser seinen verschneiten Hut auf den Schreibtisch.

„Ja himmelfix, was denkt's ihr, was i do mach. I renn' die Nacht über drei Lawinenkegel, damit ich euch a Märchen erzähl', oder was??!! Nehmt's, Herrgottsakrament, das Telefon in die Hand … und … und …"

Sein Kreislauf wollte nicht mehr. Jetzt erhob sich endlich auch der lethargische Assistent von seinem Stuhl.

„Wieviel Tote, sagst du?"

Der Dünser brachte nichts mehr heraus, klappte tonlos zusammen.

Morgendämmerung. Erna und Eugenio waren eingeschlafen. Beide. Friedlich lagen sie, Gesicht an Gesicht. Der hungrige Fuchs machte sich wieder am Dachstuhl zu schaffen. Schnee rutschte nach. Durch das Geräusch geweckt, schlug Eugenio die Augen auf.

„Das Radio ... Erna ... das Radio."

Erna erwachte, erschrocken und verärgert über ihre Disziplinlosigkeit. Sie schaltete das Gerät ein. Alle paar Minuten gingen nun die Katastrophenmeldungen über den Äther, die Welt hatte also erfahren, endlich erfahren.

Der Radiosprecher berichtete mit bewegter Stimme von der größten Lawinenkatastrophe, die den Alpenraum je heimgesucht habe. Umfangreiche Hilfsmaßnahmen seien bereits in die Wege geleitet. Mehr als 2000 Männer aus der Schweiz, Liechtenstein, Deutschland und aus Österreich stünden bereit für Rettungs- und Bergetrupps.

Auch aus dem Bregenzerwald und dem Montafon wurde von zahlreichen Opfern berichtet. Zur vollen Stunde werde eine umfangreiche Sonderberichterstattung erfolgen, hieß es. Dann getragene Musik.

Ein Gefühl der Erleichterung stellte sich ein. Man fühlte sich nicht mehr so verlassen, die ganze Welt schien plötzlich ihren Blick in dieses verlorene Tal gerichtet zu haben.

Tausende Helfer auf dem Weg zu uns, das kleine Blons, Eugenio, hörst du, die große Sensation. Erna hatte neuen Mut gefasst, ab jetzt war ihr Hoffen kein Selbstbetrug mehr. Nicht mehr lange, und es würden Kolonnen von Helfern kommen, um wenigstens den Rest der aus den Fugen geratenen Welt wieder ins Lot zu rücken.

Reden, Erna, reden, nicht schlafen, so nah am Ziel, nicht schlafen lassen, seine Hände waren klamm gefroren, konnten sie nicht mehr halten.

„Weißt du, dass deine Zukünftige eine umwerfende Köchin ist? Weißt du das? Staunen wirst du, mein Engel, das wirst du, hörst du zu?"

Er nickte, öffnete die Augen. „Gut ... du hörst mir zu ... ich werd' dir nämlich sagen, was ich dir aufkochen will, wenn das hier vorbei ist, ja? Irgendwo in einer Küche, die noch steht, wenn's recht ist. ... Wenn sie dich rausgeholt haben, mein Schatz, dann wird deine Frau auspacken, was sie gelernt hat."

Er nickte. Ihre Worte kamen noch immer durch klappernde Zähne.

„Also, da wär' dann ... da wär eine Spezialität, du magst doch Hackbraten, ja? ... Das magst du doch, ... also Fleisch vom Kalb vom Schwein vom Rind ein viertel Kilo von jedem, dann zwei eingeweichte, ausgedrückte Semmeln zweimal durchfaschieren, durchfaschieren, hörst du, was ich sag'? Feingehackte Zwiebeln und Petersilie in Fett anlaufen lassen, mein Liebling, Salz, Pfeffer, Muskat, Majoran, ein bis zwei Eier, ein Löffel Mehl, Salz."

„Haben wir schon."

„Was?"

„Das Salz haben wir schon."

Nicht geflüstert, sondern mit Ton kamen seine Worte. Erna küsste ihn, küsste ihn. „Du hörst zu, mein Schatz, recht hast, oh ja das Salz, das Salz hatten wir schon, bisschen Zitronenschale noch dazu, alles gut verkneten, hörst du?"

„Verkneten", nickte er.

„Genau, verkneten, dann zwei Rollen formen, in eine Kasserrolle damit, dann heißes Fett drüber, eine Stunde braten lassen dann …" Ein dumpfes Dröhnen nahm ihr die Worte aus dem Mund. Das Gebälk über ihnen begann zu beben, Schnee rieselte von den vibrierenden Ziegeln, der streunende Fuchs jagte davon. Beide schauten resigniert zum Himmel.

Sie legte ihr Gesicht auf seins.

Ein grelles, blechernes Knattern und ein Sturmwind fuhr durch ihren zugigen Bunker, entfacht durch die Rotorblätter eines Hubschraubers, und beiden wich augenblicks die Angst aus dem Gesicht. Eugenios Lachen wurde zum Hustenanfall, seine Augen strahlten voller Zuversicht.

„Der Dünser, ich sag's ja."

Seine klammen Hände wurden wieder lebendig, krallten sich an Erna fest.

„Und dann, mein Liebling, … wenn du frei bist, muss ich dir beichten … hörst du? Muss dir beichten!!", sagte sie.

Er sah sie neugierig an, die Farbe seiner Lippen hob sich kaum noch ab vom Weiß seiner Haut, er flüsterte ein Gebet, das er immer wieder von neuem ansetzte. „Vater unser im Himmel, Vater unser … geheiligt, geheiligt." Er lächelte, sie hatte ihn noch nie laut beten gehört, „geheiligt dein Name, geheiligt …" Er presste die weißen Lippen aufeinander, schüttelte den Kopf. Geht nicht.

Ein Schweizer Aufklärungshubschrauber kreiste über ihren Köpfen, warf an mehreren Stellen rote Orientierungstücher ab, um Landungspunkte für größere Maschinen zu kennzeichnen.

Eugenio sah voller Hoffnung nach oben, der Hubschrauber flog aus seinem Blickfeld und machte den Himmel frei. Dann war es ruhig. Es schien, als stünden jetzt die hohen Winde still, mitsamt den krausen Zirrusschäfchen, an die die Morgensonne ihr Rot verteilte, Karmesin, dann Purpur, ein Zauber war das, so eindrucksvoll an jenem Morgen. Als hätte ihm jemand auf die Schulter getippt, sieh doch, Eugenio, siehst du das, der Himmel redet. Tausendschaften kleiner glühender Kleckse legten sich in weitem Bogen übers Tal, Myriaden leuchtender Augen sahen ihm reglos ins Gesicht, und es wurde ihm bang ums Herz, denn alles um ihn schwieg, so vollkommen schwieg es, dass nur noch der Fluss seines Blutes zu hören war. Ihm galt der Aufmarsch, ihm, Eugenio, als läge er schon aufgebahrt, für alle sichtbar, im dampfenden, fliegenden Schnee, alles neigte sich ihm zu, ein Geleitzug nahm Aufstellung. Die kahlen Äste der überlebenden Buchen beugten sich, die weißen Wälder lagen geknickt auf ihrem Antlitz, wie frisch geweihte Priester, Tannen, die noch standen, schmiegten ihr schneeschweres Astwerk eng um ihren Stamm, und ihre Wipfel neigten sich zu Eugenio hin, devot fast, wie zum Abschied. Die purpurnen Zirrusaugen kamen näher, wie eine Einladung. Was wollten die alle? Nein, es war keine Drohung, eine feierliche Aura lag über allem, ein Gottesdienst, eine Inszenierung war es, denn ein Trommelwirbel setzte ein, mächtiger noch als das Brausen zuvor.

Immer stärker wurde das Beben, und ins Blau der Himmelsluke tauchte ein wuchtiger Rettungshubschrauber der US-Army. Er kreiste so knapp über ihren Köpfen, dass die Gesichter der Piloten zu erkennen waren. Am Steuerknüppel saß Lieutenant Finelli, dem selbst die Angst ins Gesicht geschrieben stand. Er hatte in allem geflunkert, der Mann aus Colorado, in allem geflunkert. In Wahrheit kam er aus dem flachen Texas, das so platt ist wie ein Omelett. Nie im Leben hatte der einen Blizzard gesehen, geschweige denn steile Bergflanken umflogen. Er saß in seinem Cockpit, als hätt' er die Hosen gestrichen voll, aber die soldatische Routine und sein Stolz ließen ihn die Arbeit tun. Gott schütze Amerika, dachte Erna, und die Schweizer obendrein. Ruckweise kam ein Stahlseil, mit einem massiven Eisenhaken an seinem Ende, auf das Dach zu. Der Lieutenant gab ihr Zeichen, den Haken unter den Giebelbalken zu schieben, sobald er in Griffnähe war. Endlich hatte der Himmel ein Einsehen. Finelli zeigte ein Okay aus dem Fenster, und mit Leichtigkeit hob sich das schwere Gebälk über Eugenio hinweg. Das Riesendach, aus dem die Ziegel segelten wie Fledermäuse, schwebte aus der Sonne, die nun prall in die Szene schien. Jetzt erst erkannte Erna das Ausmaß der Verletzung.

Eugenios Körper war von der Hüfte abwärts teilweise zermalmt. Ein warmer Blutschwall schoss aus seinem Unterleib, durchdrang ihre Röcke bis zum Schoß. Mit einem seltsamen Lächeln sank er in ihre Arme. Sein Mund formte tonlos ein Wort. Erna las ihm von den Lippen: „Beichte". Sein Gesicht wurde schneeweiß bis zur Nasenspitze, wie bei Papa, und seine lächelnden Augen wiederholten die Bitte. „Beichten musst du!"

Sie zog ihn ganz nah zu sich und ihre Blicke trafen sich, wie damals, zum Schwur in der Jenny-Scheune. „Wir bekommen ein Kind", sagte sie, rief sie. „Ein Kind, wir zwei, wir bekommen ein Baby!"

Er nickte, lächelte. Sie rief es noch einmal, schrie es, gegen den Lärm der Rotoren, brüllte es hinauf zu den Purpuraugen, die sich allmählich auflösten und ins Land tropften.

Sie presste seinen Kopf an ihre Brust, wiegte ihn wie ein Kind, über ihnen noch immer der kreisende Vogel, der den Himmel zerriss. Aus dem Cockpit reckte sich ein hochgestreckter Daumen, aber Eugenio sah von der Welt nichts mehr.

Das Leben floss aus seinem Leib, schmolz ihr aus den Händen wie Schnee, der im Meer versinkt. Alles ringsum schwieg. Die Seele geht stumm. Die Wärme ging weg von ihm, wie die Sonne vom Tag. Lange Zeit saß Erna so, mit ihm in ihrem Schoß, ohne sich zu rühren. „Chiccolino dove sei, dormi sempre", summte sie ihm ins Ohr. Der Wind spielte mit seiner Strähne. Die Haare lebten noch, bewegten sich. Sie hoben sich und sie senkten sich. Die Augen wie Eisblumen. Sie redete mit ihm, er redete mit ihr. Du bist schön, Geliebte, so schön, hatte dein Bild in meinem Koffer versteckt, bevor die Zeit dich stehlen konnte, jetzt bleibst du schön für immer. Wir hätten uns getrunken, bitter und süß, bis zur Neige, Liebstes, wie heiligen Wein vom Mund, bitter und süß, in Sorgfalt gebettet und in Sehnsucht auch. Sie wiegte ihn. Schlaf nur.

Die Morgensonne hatte die Zirruswolken wieder aufgelöst, und der Himmel strahlte in einen makellosen Wintertag, dunkel, grell und gründlich war das Blau, fast unverschämt, wie damals am Ende des Tunnels, bei der gleißenden Ankunft in Vorarlberg. Erna verlor den Halt, die Zeit, die Ordnung. Der Zug stand schon lange in der Station, aber sie war noch nicht im Stande auszusteigen.

Der Pfarrer und Doktor Dobler waren noch gekommen, zu spät diesmal, wie durch einen Schleier sah sie die beiden stehn, die Schultern hingen ihnen zur Erde. Der Pfarrer, die Soutane noch immer in der Hose verstaut, gab Eugenio die letzte Ölung, er segnete ihr Kind und ihre Liebe, als wären sie Mann und Frau.

Das Radio knisterte im Hintergrund, ein Sprecher meldete, dass Reporter der „New York Times" und großer britischer und französischer Zeitungen in Vorarlberg eingetroffen seien, um die Bilder der Katastrophe in die Welt zu tragen. In wenigen Minuten würden die ersten Helfer und Reporter vor Ort ihre Berichte an die Sender liefern. Erna schaltete das Radio aus.

Nach einer kleinen Ewigkeit schloss sie Eugenio die Augen und ließ ihn ins Stroh gleiten. Noch einmal beugte sie sich zu ihm, wie sich die Gräser und die Wälder gebeugt hatten, damals im November. „Ich liebe dich", flüsterte sie ihm ins Ohr, „mein Geliebter, mein Mann … deine Frau bin ich … mit dir lebe ich … bis zum Schluss … mit dir."

Lange blieb sie mit ihrem Mund auf seiner Wange, die schon blutleer war und kalt, hielt den Atem an, wie sein Herz, wenn das Leben geht für immer. Ihr Herz schlug weiter.

Sie erhob sich, sah dem Tau zu, der in sein Gesicht tropfte. Seine schwarze Baskenmütze, die draußen im Schnee lag, steckte sie in ihre Manteltasche und stapfte, aufrecht wie ein Soldat, durch ein brüchiges, schwelendes Feld. Zwischen den schwarzen Rauchsäulen brennender Tierkadaver, die von Männern in Schutzanzügen mit Flammenwerfern angefacht wurden, ging sie, zwischen Leichen, die wie Holz gestapelt wurden, ging sie. Ausgehöhlte Häusergeripp wuchsen links und rechts aus dem Schnee. Startende und landende Rettungshubschrauber lärmten über Blons.

Halbtote Kühe wurden, an den Hörnern zusammengebunden und auf dem Rücken liegend, aus der Todeszone geschleift, zum Abtransport in die Seifenfabriken des Allgäu. Erna passierte hunderte Helfer, Kameraleute und Journalisten mit geschulterten Tonbandgeräten. Die Welt war da, plötzlich und vollzählig. Von all dem hatte sie nichts wahrgenommen. Aufs Kirchdorf hielt sie zu, die Welt war ausgeblendet.

Brenzelnde Moderluft ging um, nach rußigem Schnee roch es, und nach verbranntem Tierfleisch, dem Brennöl der Flammenwerfer und dem Gulasch der Soldaten, die in langen Kolonnen die Unglückshänge bestiegen. Die letzte Sturzbahn hatte eine Schneise geschlagen von den Gipfeln bis ins Wasser der Lutz, und die Blonser standen tagelang ratlos vor ihrer besudelten Welt. Angesichts der vollständigen Zerstörung glotzte ihnen ihr gerettetes Leben wie Hohn entgegen. Die Hände tief in den Hosensäcken, den Kopf gesenkt, kickten sie den Schutt ihres Hausrats vor sich her, verloren wie streunende Hunde, entseelt und ungeeignet zum Weiterleben.

Auf halbem Weg hielt Erna inne. Pia und Jack kamen ihr entgegen. In Ernas Gesicht und in ihren Kleidern konnte die Kleine lesen, was geschehen war. Sie begann zu laufen, wollte an Erna vorbei, hinauf zum Haus, zu ihm. Doch Erna hielt sie auf, nahm sie hoch. Der Papa ist tot. Das Haus ist tot. Pia klammerte sich wie ein Äffchen um sie, kraftlos und ließ sich wieder talwärts tragen, vergrub ihr Gesicht in Ernas Haar, kein Schluchzer kam ihr aus.

In den ersten Tagen trocknete der Schock den meisten die Tränen aus, als gäb's nur leergeweinte Herzen hier. Das Grauen, das so plötzlich in ihr stilles Leben gebrochen war, hatte alles auf den Kopf gestellt, ihre Häuser, ihr Vieh, ihre Wälder, ihre Gefühle. Die Tränen wurden erst später geweint, als sich die Reporter schon verzogen hatten. Hinter den Rauchschwaden der verbrannten Viehkadaver tauchte dann die Trauer auf, wie eine leere Insel, auf die man sich zurückzog, auf der man sich einrichten musste, für Jahre.

Der Besucher

Die Blutbuche hinter dem planierten Feld, auf dem das Lehrerhaus gestanden war, trotzte noch immer, kahl und ungebeugt, schaute in die Tobel, die gepflastert waren mit den Gebeinen der Höfe und Ställe. Die gestaute Lutz hatte sich durch die Schneemauern gefressen und schob nun kräftig ins Land hinaus, was sich nicht halten konnte – Geschirr, Besteck, Puppenhaar, Stühle, Kästen, Uhren, Lampen, Kruzifixe, Mäntel, Matratzen, Schuhe, Sensen, Barren. Das Lebenszeug der Blonser. Der Fluss räumte auf.

Die Tage vergingen im Trott. Zu bergen gab es bald nichts mehr. Die vielen Trupps, Freiwillige, Soldaten, die Rot-Kreuz-Leute werkten wie eine wohl organisierte Armee, brachten Ordnung ins Chaos. Wer von den Blonsern zupacken konnte, tat es. Jeder Militärkommandant wäre froh gewesen, solche Soldaten zu haben. Erna half Mutter Casagrande und den andern Frauen beim Bekochen der Hilfsmannschaften und beim Herrichten der Verwundeten für den Abtransport in die Krankenhäuser.

Ein verirrtes Schwein wurde geschlachtet, um den kargen Speiseplan der Helfer aufzubessern. Ansonsten war man genügsam und mit allem zufrieden. Die Menschen rückten zusammen, wie immer, wenn der Tod über die Felder ging. Es gab noch zu viel zu tun, um nachzudenken.

Dann kam der 24. Jänner 1954, ein Samstag, mit angemessen bleichem Himmel, der nur haarfeine Lichtbahnen durchließ. Dreitausend Menschen waren gekommen an diesem bittersten Tag, standen in vereinter Trauer um ein Massengrab, das man an der hinteren Friedhofsmauer ausgehoben hatte, um Platz zu schaffen für den Tod. Einzelbestattung wäre unmöglich gewesen, da der ganze Friedhof von eineinhalb Metern Schnee bedeckt war. In großen Gruppen standen die Trauernden, auch auf Mauern, und Zäunen, dicht gedrängt um ein großes Dreckloch, das die Opfer erwartete. Fünfzig der insgesamt achtzig Toten des Großen Walsertals wurden an jenem Tag in Blons begraben.

Nie zuvor hatten Lawinen im Alpenraum in einem vergleichbaren Ausmaß Menschenleben und Werte zerstört wie in jenen Jännertagen des Jahres 1954.

Sie waren in Leinensäcke genäht oder in Decken gewickelt und glitten über eine Rutsche in ihre letzte Ruhestatt. In drei Längen lagen sie, zu je drei nebeneinander, vier Schichten übereinander, Kleinkinder in den Zwischenräumen. Erna stand am vorderen Rand der Grube, hielt Pia vor sich, wie ein Schutzschild. Sie roch den Lehm und den Weihrauch und den süßlichen Brodem, der aus den Leichensäcken drang. Papa kam ihr in den Sinn, als die ersten zu Grab gelassen wurden, ob sich seine und Eugenios Seele schon begrüßt hatten? In der Warteschleife drüben, so wie die Männergrüppchen am Kirchplatz das Leben besprechen. Welches Resümee hat man gezogen? Gibt es die Seligkeit für euch, für uns? Auch Frau Selma hatte ihren Ozean bis ans Ende durchpflügt, keine Antwort. Jetzt lag sie da unten, und wir wissen wieder nichts. Alles nur Fäulnis und Staub, Frau Selma? Die Botschaft war geschlossen, versiegelt. Wo ist deine Seele, Papa?

Erna verfolgte, wie betäubt, das langwierige und kraftraubende Procedere der Männer, die mit der Schichtung der Leichen betraut waren. Zwei unten in der Grube, drei oben. Erna hatte mitgeholfen beim Einnähen der Toten, konnte also an der Musterung verfolgen, wo Eugenio zu liegen kam. Seine über der Brust gefalteten Hände und die Fußkappen der Schuhe zeichneten sich unter dem Leinen ab. Zwischen Vater Jenny und den Senn legten sie ihn, der alte Nigsch kam neben Frau Metzler, die Türtschers, die Doblers, die Müllers, die Burtschers, nebeneinander, übereinander, alle vereint im Tod und ohne das Gerümpel ihrer Fehden. Dazwischen die Kinder.

Ohne den Schutz der Särge würden die Würmer und anderes Getier wohl schneller an sie gehen, dachte Erna. Nase an Nase lag er mit dem Senn, sie hatte es genau beobachtet. Dieselben Nager würden ihnen das Fleisch von den Knochen holen, dieselben Würmer durch die Schädelhöhlen kriechen, wenn der Erddruck und die Feuchtigkeit das Leinen erst durchscheuert haben werden. Und später würden ihre Skelette ineinander sinken wie ein Liebespaar, du lieber Himmel. Eugenio und der Senn. Einen dummen Augenblick lang schmerzte sie die Vorstellung, wollte sie doch eines Tages unter der Erde, an seiner Seite liegen, als seine Frau und die Mutter seiner Kinder. Nichts versteigt sich so verquer wie die Eifersucht, macht nichtmal vor den Toten halt. Ist es albern, solche Dinge zu denken? Jeder denkt doch solche Dinge, irgendwann im Leben, und wenn es alle denken, dachte Erna, kann es doch nicht albern sein. Das stumpfsinnige Karussell hielt sie aufrecht, lenkte sie ab von dem, was hier vor tausenden

Augen geschah. Die Beine knickten ihr ein, nur kurz, dann straffte sie sich, reiß dich zusammen, keine Blöße jetzt vor all den Leuten. Sieh den Dünser an, wie ein Fels steht der, wie ein Fels. Sie hatte nichts gegessen, nichts getrunken. Der Magen eine Faust. Der Schleier in ihrem Gesicht duftete noch vom Weihrauch aus St. Lorenzen. Ein leichter Schwindel erfasste sie, sie hüstelte vor sich hin, um irgendwie Blut in den Kopf zu kriegen. Papa sah ihr über die Schulter, es gab Zeiten, Kind, da sind Menschen in solche Gruben geschossen worden, ohne Requiem und Gebet, acht Jahre erst ist's her. Sie schneuzte sich, um den Schwindel zu vertreiben. Es dauert lange, sehr lange, bis fünfzig Leichen übereinander gestapelt sind, und es ist schwer, die Gedanken, die türmen wollen wie Gefangene, weil sie am Verrücktwerden sind, an der Kandare zu halten. Als die Männer begannen, schneevermatschten Dreck in die Grube zu schaufeln, rissen die Wolken kurz auf, und die Sonne lag gleißend auf dem weißen Tuch, das über die fünfzig gebreitet worden war. Mit zynischen Kommentaren war die Natur ja rasch zur Hand.

Erna hatte das Gefühl, als stünde sie irgendwo anders, neben sich oder gegenüber, auf der andern Seite der Grube oder oben auf dem Kirchdach, auf der Mauer drüben, weiter weg jedenfalls und sie wunderte sich, wie ihr Körper einfach weiterlebte, ganz ohne ihr Zutun, ohne Kontrolle, das Blut rann wohl durch die Adern, und das Herz schlug, bis auf kleine Krisen stand sie ja fest, Pia gab ihr Halt, der schwarze Schleier strich ihr über die Nase, erinnerte sie ans Haltungwahren, aber sie war nicht wirklich anwesend, nicht in ihrer Haut, lag schon unten bei ihm, bereit, ihm nachzusterben. Kein Gran Todesangst war mehr in ihr. Lass mich zu dir. Lasst mich. Ihre Schultern machten eine fröstelnde Abwehrbewegung. Keine Tröster. Pia, die vor ihr stand, hielt sie an beiden Händen fest, stemmte sich mit dem Hinterkopf gegen Ernas Brust, da sie überzukippen drohte. Vom Rand der Grube rutschte schon Erde nach.

„Eugenio!" Erna rief nach ihm, stumm, so wie an jenem Abend, als sie am Seil hinter ihm hergestiegen war, ihr Schwur in seinem Nacken. Er hatte damals verstanden und sich nach ihr umgedreht. „Eugenio!", rief sie wieder. Sie rief und rief nach ihm, rief seinen Namen. Stumm.

Die Tage und Wochen schleppten sich durch den Winter, der satt war. Alles verging ohne Bedeutung, alles war müde, selbst der Wind.

Ernas Leben war leise, beiläufig, ein Plätschern unterm schmelzenden Dach. Der knarrende Leiterwagen, der um sieben die Milch brachte, half ihr beim Aufstehn. Das Aufwachen war der größte Schmerz. Jeden Morgen kamen die Bilder zurück, jeden Morgen starb er aufs neue. Jeden Morgen die große Lücke, die pünktlich klaffte, unter ihr, bodenlos. Seine Stimme fehlte ihr so sehr, sein Duft, der nur als Ahnung in den Kästen hing, jeden Moment musste er um die Ecke biegen, sich lässig ins Zimmer lehnen, eine Hand am Rahmen, die andere an der Türschnalle, und ihr eine Verrücktheit ins Ohr flüstern, dann seine Hand an ihrer Hüfte, die tägliche Sehnsucht, die sich wie ein Geschwür zum Herzen bohrt. Die Zeit heilte nicht. Sie heilte nicht. Aber Pia war da. Das war ein Segen.

Man hatte die beiden notdürftig im Naturkundekabinett der Schule einquartiert. Eine Matratze in der Ecke, Tisch, Stühle, ein kleines Kanapee, die ausgestopften Gänse und Eichhörnchen auf den Kästen, die Kreuzottern in den Einweckgläsern, dazwischen an der Wand eine Fotografie von Eugenio, von vertrockneten Rosenblüten umkränzt (Pias Werk) und sein Saxophon – man hatte es Tage nach dem Unglück in den Zweigen eines Wacholderstrauchs gefunden, ohne Makel. Es wirkte wie ein dezenter Schrein, der ihr täglich das Herz klopfen machte. Auch seine „Chronik" hatte überlebt, unter Ofenkacheln und schmutzigem Schnee. Die ersten zehn Seiten waren an den Rändern versengt, die restlichen durchnässt, aber lesbar, jedes Wort. Ein halbes Jahr später wurde sie veröffentlicht und erlebte eine Auflage nach der andern. Bis zum heutigen Tag.

Die paar Schritte hinüber zum Friedhof gingen Erna und Pia zweimal täglich, Kerzen kontrollieren, Blumengebinde adjustieren, beten, reden.

Besonders bei abendlichen Besuchen, im Flackerschein des Seelenlichts, wurde Erna redselig, erzählte Eugenio vom Tag und den vielen Gedanken, die ihr aus den Zügeln liefen. Während sie erzählte (sie hatte einen ausrangierten Melkschemel dabei, um sich bei längeren Geschichten ans Grab setzen zu können), saß Pia ihr gegenüber, auf der südseitigen Friedhofsmauer, ließ ihre Füße baumeln, die mit der Rückseite der Schuhsohlen unermüdlich an die Steine trommelten. Dadum dadum. Und Erna erzählte und erzählte, auch von einem kleinen Wunder erzählte sie, das den Blonsern fast schon den Glauben ans Leben zurückgegeben hätte. Der Bertl war nicht tot. Das war das Wunder. Der Bertl lebte. Unter einem zerfetzten

Streuschopfen der Mittelstation, eingeklemmt in einen Hohlraum, hatte man seine dumpfen Rufe gehört. Nach geschlagenen 62 Stunden. Hungrig war er und heiser, getrunken hatte er den Schnee aus der Faust. Kein Kratzer hatte ihn entstellt.

„Ist ziemlich was los z' Blons", habe er gesagt, als sie ihn aus dem Loch zogen. Die internationale Presse hatte Tage lang von den traurigen Ereignissen in Vorarlberg berichtet, und von Bertls wundersamer Rückkehr ins Leben wusste man in London, Frankfurt und Paris. Den Wirt hingegen hat man nie gefunden, auch nicht im Sommer, nicht im Herbst. Verschluckt vom Geschiebe der Lutz für alle Zeit. Erna saß versunken auf ihrem Schemel, der Mund war ihr schon trocken. Das Seelenlicht stand wie eine Säule im Glas.

Ach ja, vom Baron gab's zu berichten. Durch Zufall hatte der Mesner beobachtet, wie von Kessel einen Tag nach der Beerdigung einen riesigen Kranz mit Trauerflor an die nördliche Friedhofsmauer gelehnt hatte, um dann mit seinem vollbepackten Zweispänner talauswärts zu fahren. Schuldzuweisungen wurden nach der Katastrophe tunlichst vermieden, denn jeder wusste, dass die Kette der Sünden über viele Generationen zurückreichte.

Binnen kürzester Zeit hatte der Baron sein Jagdschloss und sämtlichen Besitz im Tal veräußert. Gerüchte wollten wissen, dass er in der Nähe von Freiburg im Breisgau einen Landsitz erworben hatte, um sich der Pferdezucht zu widmen. Jedenfalls ward er seitdem nie mehr gesehen und seine Edelsteine, das Collier, der Ring – die Lutz weiß Bescheid.

Von Mama kam wenig Neues. Ihr Kondolenzschreiben war verspätet eingetroffen, sie selbst war unpässlich, eine hartnäckige Grippe hatte sie in Innsbruck ans Bett gefesselt.

Das Griffigste für Eugenio waren die Fortschritte der Lawinenkommission, davon gab es ausführliche Berichte. Sie erzählte ihm von wichtigen Regierungsleuten, die das Schutzprogramm, das er und der Bürgermeister seit Jahren reklamiert hatten, endlich umsetzen wollten. Plötzlich gab es Mittel für Aufforstung, Terrassierungen und hunderte Stahlschneebrücken, Auffangdämme, Gleitschutzblöcke, Schneenetze und andere Schutzbauten. Die vielen Toten hatten tatsächlich Geldhähne zum Sprudeln gebracht. Ein Pyrrhussieg de luxe. Auf den Stolz hätte Erna gerne verzichtet. Sein Name, die vielen Namen, 57 in Stein gemeißelt – ein Fingerbreit Ehre in Granit. Ein Kreuz, ein schlichtes Kreuz und am Jahrestag die Segnung. Seine

Schultern hätte sie gebraucht, seine Hand in der ihren, seine Stimme, sein Herz, das schlug, für sie.

Sie lebte jetzt mit Pia, wuchs mit ihr, wäre zerbrochen ohne sie. Pia war ein starkes Mädchen. Sie legten ihre Hände ineinander, wenn sie schliefen, so war man eine Kraft, die alles aushielt.

Die Tage wurden länger, in den Schnee fiel linder Regen. Erna hatte sich eingerichtet auf der Insel, mit Pia, trotzig und gefasst. An Unterricht war noch nicht zu denken. Etliche der Schüler waren tot, ein großer Teil irgendwo draußen im Land, bei Verwandten oder Bekannten. Das Dorf war quasi verwaist. Über ein Drittel der Einheimischen hatte resigniert, sich entschlossen, abzuwandern, hinaus in den Walgau oder ins Rheintal, wo Fabriken standen und der Schnee nicht tödlich war. Auch Christa Maria und Seppe kehrten nicht mehr nach Blons zurück, sie hatten bei Verwandten des alten Nigsch in Hohenems ein neues Zuhause gefunden.

Das Leben hatte sich aus den Tobeln davongemacht wie ein verschreckter Hund. In den Köpfen derer, die geblieben waren, fuhr an den langen, stillen Tagen noch immer der dumpfe Zug über die Hänge. Selbst als sie längst ausgeapert waren, hing noch der Nachklang der kranken Melodie im Tal. Aber Erna wollte bleiben. Hartnäckig wie der Moschusduft auf Schloss Gaderthurn. Hier in Blons war sie zu Hause. Eugenio lag nur Schritte entfernt, was sollte sie anderswo.

Der Hund machte Erna Sorgen, wollte nichts fressen, selbst Delikates rührte er nicht an. Das Rudel war nicht mehr vollzählig, die Familie nicht komplett, das machte ihn apathisch und krank. Erna hatte gelernt, ein Hund liebt und trauert radikal, ist nur glücklich, wenn alles im Bau ist. Sie war auf seiner Seite.

Der März kam und mit ihm die Vögel, die Primeln, die Krokusse und eine Prise Lebensmut. Der Kopf traute sich wieder auf kleine Reisen. Erna begann sich im Spiegel wiederzuerkennen.

In den ersten Wochen nach dem Unglück war sie nicht mehr vorhanden gewesen, sie aß kaum, trank nur, wenn Pia sie verzweifelt am Ärmel zupfte. Wenn sie für die Kleine gekocht hatte, blieb das schmutzige Geschirr stundenlang im Herdschiff liegen, und ihre Gedanken klebten zwischen den Essensresten. Manchmal vergaß sie, nach der morgendlichen Lüftung das Fenster zu schließen, und Pia schabte den Raureif vom Radio. Als Zorn und Wut Ernas Trauer verlassen hatten, brach sie ein, wie dünnes Eis.

Ihr Äußeres wurde ihr gleichgültiger von Tag zu Tag, ihre Fingernägel hatten schwarze Ränder von der Graberde, in der sie täglich einen kleinen Brief vergrub, ihre Haare standen wild und spröd vom Kopf, als wollten auch sie aus der Haut. Es gab Morgen, an denen sie weder Gesicht noch Hände wusch, verwahrlost sah sie aus, wie ein vergessenes Haus. Pia machte sich große Sorgen.

Erst Ende Februar begann sich ihr Zustand allmählich zu bessern, der Unterricht sollte wieder auf provisorischer Basis fortgesetzt werden. Als Erna nach dieser langen, gesichtslosen Zeit wieder vor dem Rest ihrer Schüler stand, in ihre Augen blickte, schämte sie sich ihrer Schwäche und Nachlässigkeit, und sie schloss jedes Kind einzeln in ihre Arme, wie ein Heimkehrer seine Familie.

Die Blonser, deren Verletzungen in den umliegenden Krankenhäusern draußen im Land kuriert werden konnten, tröpfelten nach und nach ins Tal zurück, verstörte, scheue Besucher, Fremdlinge in der eigenen Stube. Der schmelzende Schnee aber und ihre wiedergewonnene Kraft hatten ihnen neuen Mut gemacht. Trotz allem ein schöner Flecken Erde, sagten sie störrisch und entschieden sich aufs neue, ihren Trotz aus dem Ranzen zu holen und sich der Natur zu stellen. Ihre Blicke waren weicher geworden, der Händedruck länger. Der dreiste Fatalismus früherer Tage kam ihnen nur noch zaghaft über die Lippen. Es begann eine neue Zeit, die noch keine Kleider hatte, noch warten musste, bis der Schutt verräumt war.

Immer wieder schälte sich das Land den Winter vom Leib, Sonne, Regen und Schnee wechselten den Dienst. Der März gebärdete sich wie der April, als Ernas Tage endlich heller wurden.

Es war der 12. März 1954, ein stürmischer Morgen ohne Wolken, der Mond lag wie eine Messingsichel im hellen Himmel, und Erna lag im Bett, als es klopfte. 9 Uhr 15.

Sie erinnerte sich so genau an die Uhrzeit, weil sich dieses Ereignis über lange Zeit wiederholen sollte, akkurat zur selben Zeit, jeden Morgen, wie ein ersehnter Jour fixe.

Ein junger, galanter Herr war's. Immer dasselbe vorsichtige Klopfen, eine leichte Verneigung, gute Kinderstube, dachte Erna, vornehm beinah, unauffällig angezogen, so unauffällig, dass ihr nicht ein einziges Detail im Kopf geblieben wäre, sehr wohl aber seine Augen, grüne Taubenaugen, als wären sie noch vom Schlaf verklebt, hohe Stirn, schütteres Haar, obwohl er doch sehr jung schien, jedenfalls ließen seine Bewegungen, die noch eckig, ja fast unbeholfen wirkten, darauf schließen. Sie verstanden sich von Anfang an. Meist setzte er sich mit ihr aufs Kanapee, und zwar in nahezu zeitgleicher Bewegung, Erna musste schmunzeln, wusste sie doch, dass diese vertraute Synchronität (ein Handschuh fällt, beide greifen danach) nur Liebespaaren oder sehr verwandten Seelen zugeschrieben wird. Erna wollte so vieles wissen von ihm, er war ja wildfremd und vom ersten Kontakt an so spannend wie ein neues Buch, das man nicht weglegen konnte, aber bei jeder Frage, die sie ansetzte, winkte er ab, keine Fragen, bitte. Er war derjenige, der die Fragen stellte, und wenn es um seine Person ging, so gab es Auskünfte nur übers Nötigste, und auch das nur, wenn ihm danach war. Er war eifersüchtig auf Ernas Trauer. Hatte er keine Lust für tiefe Gespräche oder gar Monologe, schwieg er einfach, beobachtete Erna bei ihren täglichen Verrichtungen, zuweilen sogar bei ihrer Morgentoilette, beim Geschirrwaschen, beim Abtrocknen, da stand er oder hockte verträumt zwischen Pia und Erna und sagte kein Wort. Pia empfand ihn langweilig, das sagte sie auch frei heraus, nicht dass er ihr auf die Nerven ging, sie ignorierte ihn einfach. Ihm machte das nichts aus, solange er mit Erna in gutem Einvernehmen war. Seit wann er denn hier im Tal sei, wollte sie wissen. Keine Fragen, sagte er, nein er sagte es nicht, er deutete es. Zum vollständigen Verständnis dieses Mysteriums muss angefügt werden – er sprach nur mit den Händen, seltener auch mit den Füßen, vornehmlich die Hände beherrschten eine Art Zeichensprache, ähnlich der Fingerschrift oder der Gebärdensprache der Taubstummen.

Eines Morgens, die Sonne schien so mild wie damals, als Erna zum ersten Mal ihr Klassenzimmer betreten hatte, entschloss er sich tatsächlich, einige Vorhänge über seinem Geheimnis zu lüften. Seine Hände begannen zu erzählen – seit November sei er nun im Tal, kritzelten die Finger in die Luft, genau genommen seit dem 10. November. Er kenne sich schon recht gut aus hier, sagte er, und es gefalle ihm, ein wirklich schöner Flecken Erde, sagte er. Jetzt nicht mehr so ganz, sagte Erna. Doch doch, ein schöner Flecken Erde. Trotz der Lawinen, sagt er das, dachte Erna, vermied aber eine Frage, um sich keine weitere Abfuhr zu holen. Ob er denn hinterm Mond lebe, fragte sie sich selbst, ob ihn das Unglück denn gar nicht tangiere, wollte sie einfach wissen, und wie es denn sein könne, dass ein Mensch so ein Desaster derart ungerührt hinnehmen kann. Fragen über Fragen, die sie nicht stellen durfte. Er sah sie von der Seite an, mit einem

Lächeln, das ihr den Schweiß auf die Stirn trieb, als sagten die grinsenden Augen, ich weiß ja, was du wissen willst. Er setzte sich aufs Kanapee, zusammen mit Erna, synchron wie ein Eistanzpartner und er sagte, weißt du – sie duzten sich von Anfang an, schon vom ersten Morgen an, da er aufgetaucht war, duzten sie sich, und Erna empfand es nicht im mindesten als unhöflich, sondern als natürliche Selbstverständlichkeit – weißt du, sagte er also, ich schäme mich ein wenig, nicht zu Tode, aber doch sehr, denn ich habe dieses Unglück verschlafen, ja verschlafen. Es dauerte eine Weile, bis das Wort heraußen war. Draußen sind die Menschen gestorben, erfroren und erstickt, und ich hab' drinnen geschlafen, warm und eingewickelt in meine Watte – nein, sie fragte nicht.

Sie tätschelte nur seinen Kopf, auf dem sich kleine Büschel zum Himmel spreizten. Auch wenn er sie manchmal ärgerte mit seinen Eigenheiten und seiner anstrengenden Gestenschrift, so mochte sie ihn doch sehr und eigentlich immer mehr und mehr, zumal sie – aber das war wohl Einbildung – das Gefühl nicht los wurde, dass ihr der Duft, den er verströmte, vertraut war. Jedesmal, wenn er mit ihr aufs Kanapee niedersank, blieb ein Hauch davon in Nasenhöhe zurück, und wenn er wieder aufstand mit ihr, verhing sich ein Rest im Stoff des Überzugs.

Wahrscheinlich werd' ich noch verrückt, dachte Erna, oder ich bin's schon. Trauer und Schmerz haben schon stabilere Kaliber ins Irrenhaus gebracht. Es gibt ja auch hysterische Lähmungen und ähnliche Unwirklichkeiten. Die Sehnsucht spinnt sich ihre Hirnbilder zusammen, und so sah sie eben, immer noch und in jedem Winkel, Eugenio. War es das? Die Zeichen mehrten sich. Manchmal war's nur ein Summen in ihrem Leib oder draußen in den Ästen. Wenn sie das Haus verließen, um den Friedhof aufzusuchen, tänzelte der kleine Herr mit ihr über die Stiege, wie nur er es getan hatte, dagadam dagadam, immer zwei Stufen zugleich. Gut, auch nur Zufall. Er war seit November hier, hatte Eugenio nur gehört, nie gesehen. Aber Erna wollte aus genannten Gründen nicht weiterbohren. Am Grab dann klemmte er sich frech zu ihr auf den Melkschemel und hörte ihren Geschichten zu, immer unter ihrem Herzen, das war sein Lieblingsplatz, dabei wippte er mit dem rechten Fuß, auf die Zwei, nahm Erna an, jedenfalls swingte es, und sie fuhr ihm mit der flachen Hand über die kleine Stirn, als wollte sie sagen, gib nicht so an, Kleiner, lern erst

273

reden, dann sehen wir weiter. An jenem Tag lachte sie mit ihm, sie lachte mit ihm an Eugenios Grab, und sie wussten beide, Eugenio hat mitgelacht, und er hätte diesem Bengel jede Schandtat verziehen. Genau das war der Punkt, man konnte ihm nicht böse sein, obwohl er im Gesicht und um die Stirn schon so erwachsen wirkte, als wüsste er Bescheid über die Menschen.

Die Backenknochen wölbten die blasse Haut unter seinen Augen, der milde Mund, die Strähne, der Duft, alles fügte sich zusammen, und schließlich, im Laufe der Wochen, die sich auflösten wie Wolken im Föhn, ließ sie sich führen von ihm, er benahm sich wie ein Engel. Ob er denn nichts essen wolle, hätte sie gern gefragt, aber er war immer schon satt, wenn er zu ihr kam. Er stellte sich mit ihr vor den Spiegel, frontal, dann von der Seite, am liebsten von der Seite. Der wuchtige Mond, der sich aus dem Kleid wölbte, gefiel ihm. Er wollte der Mond sein. Er war der Mond. Ein Stück parfümierter Gaderthurnseife und ein halbes Glas Bier war da, um ihr die Haare zu waschen, weich und seidig mussten sie sein, wie früher, er reichte ihr den Kamm, und sie gab ihm Recht, er half ihr beim Abtrocknen, wenn Pia nicht da war, assistierte ihr beim Nähen der Vorhänge fürs Klassenzimmer. Selbst während des Unterrichts war er bei ihr, kauerte seelenruhig unterm Pult, drehte Daumen oder wippte mit dem Fuß auf die Zwei. Manchmal, wenn sie abends vom Friedhof zurückkamen, hielt er ihr das Schminkzeug hin, den Lippenstift, die Puderdose, er wollte ihre Schönheit glänzen sehen, wie sie früher war, er habe sich's verdient, sagte er, sah sie von der Seite an, durch die Strähne hindurch, und sie konnte seinem Charme nicht widerstehen. Ein reiner Samariter war er, ein kleiner Atlas, der für sie die Welt wieder in die Angeln hob und sie zum Drehen brachte, ohne dass Erna ein Schwindel befiel.

Die Tage waren wieder angeräumt mit Pflichten und Haltegriffen zum Aufrechtgehn. Volle Tage tun nicht so weh. Sie trank jetzt ihren Kaffee nicht mehr hastig über der Abwasch, sondern am Tisch, wie andere Leute auch. Zwei Zucker, wie immer?, fragten seine Hände. Sie wusste, wenn er nur ein Wort sagt, eines Tages, ein richtiges Wort, mit Stimme und Klang und Nachklang, er wird ihr Herz fassen und ihre Seele für alle Zeit. Ganz aufrecht, die Rechte ins Hohlkreuz gestützt, stand sie vor dem Spiegel, um ihren Bauch in Balance zu halten. Ein prächtiges Bild, fand Pia, und als sie schließlich bemerkte, dass der Kleine offensichtlich schon lange, womöglich von Anfang an, auch die Nächte hier verbracht hatte, stutzte sie kurz und überlegte, zuckte aber schließlich mit der Schulter und legte, wie jeden Abend ihre Hand in Ernas Hand, zum Einschlafen, so war man eine Kraft, die alles aushielt.

Es wurde wärmer. Die Märzstürme erlahmten. Auch am 2. April klopfte es, sehr laut diesmal, und Pia ging hin. 9 Uhr 15. Pünktlich wie immer. Sie tastete nach ihm, zum ersten Mal. Wollte ihn berühren. Sie legte ihr Ohr sanft an die gewölbte Tür, die ihm Schutz bot, und sie lächelte, das Klopfen wurde heftiger, sie spürte jeden Schlag im Ohr, durch die gespannte weiche Haut, in der sich blaue Äderchen verzweigten wie der Amazonas. Sie musste weinen, obwohl sie das gar nicht wollte. Sie konnte und wollte ihn nicht mehr ignorieren. Er gehörte zur Familie. Er war schon verschmolzen mit Erna. Lange schon, wie eins. Und auch Erna liefen die Tränen über die Wangen und sie hielt die beiden fest im Arm. So blieben die drei liegen im Bett und verschliefen den Samstagvormittag. Es war die Zeit, als der Jack Russel wieder begann, seinem Hundealter gemäße Rationen zu fressen, und die Sonne war endlich stark genug, um die Hänge von matschigen Zungen zu räumen. Man konnte den Flieder wieder pflücken fürs Lehrerpult und die schweren Mäntel verstauen. Der Winter hatte tiefe Wunden geschlagen, und als er sich endlich davonmachte, von der Sonne über Spitz und Berg verjagt, warf man ihm böse Flüche hinterher. Der Frühling hatte es eilig mit dem Aufdecken der Narben und Schwielen, dort wo die Wälder und Höfe einst standen, und ebenso eilig die Spuren zu überwuchern. Schmutziger Rost fraß schon an verlassenen Pflügen. Die Natur hatte die verrotteten Geripp e der Häuser in Beschlag genommen mit Stachelwerk, dichtem Gestrüpp und fetten Moosen. Binnen weniger Wochen hatte sie dem Tal einen frischen Umhang verpasst, der selbst den Ruinen eine letzte Würde verlieh.

In den Mai- und Juniwochen begann Ernas Zeit zu fliegen, und das Stiegensteigen wurde ihr schwer. Ihr kleiner Partner nahm sich wie gewöhnlich kein Blatt vor den Mund, er wusste, dass eine neue Zeit anbrechen würde, für ihn, für Erna, für Pia, für Blons und für die Welt. Das pfiffen die Vögel von den Dächern. Und die im Radio wussten es auch.

Das Nachrichtenjournal zu Mittag war Erna ein treuer Begleiter geworden. Die fixen Zeiten, an denen Stimmen aus dem Äther von der Welt sprachen, brachten eine gewisse Ordnung in die Koordinaten des Alltags, die Zeit schnitt den Tag in überschaubare Happen, er wurde leichter verdaulich, man begann Fuß zu fassen, sah wieder hinaus über den Tellerrand.

Die Russen redeten mit den Österreichern, in Moskau und sonstwo in Europa, und die Diplomaten aus der zweiten Reihe schoben bereits Vertragswerke hin und her. Die Ratifizierungen zogen sich noch hin, aber in der Heimat war man guter Dinge.

Die ersten Gelder flossen aus Entschädigungsfonds und Spenden für die Lawinenopfer. Die ersten Häuser wurden eilig hochgezogen, frech an den alten Plätzen, aber durch obligate Lawinenschanzen (bis zum Dachgiebel reichenden Erdhügeln) geschützt. Man zeigte wieder Flagge. Schon mutig – Rotweißrot.

Das Schuljahr ging zu Ende, das Leben begann von vorn.

Nach dem Schulabschlussgottesdienst defilierten die Dorfbewohner, wie es der Brauch war, diesmal an Erna vorbei, wie früher am Nigsch, schüttelten ihr die Hand und gratulierten mit Respekt der neuen Frau Direktor zur Beförderung und zum Nachwuchs, der sich ihnen stolz entgegenwölbte. Eine diplomatische Finte des Pfarrers hatte potenzielle Bedenken diesbezüglich schon im Keime erstickt. Noch vor Monaten wäre eine unverheiratete, hochschwangere Frau den Dörflern in die Glieder gefahren wie das Ende der Welt, doch auch der Pfarrer, ein wahrhaft heiliger Mann, kannte die Mechanik der Verdammung und streute das Gerücht, die Beziehung der beiden und ihre Frucht noch vor Eugenios Tod gesegnet und somit legitimiert zu haben. Die äußeren Umstände galten selbst dem strengen Blick der Frömmler als angemessene Entschuldigung für die liturgischen Mängel dieser Vermählung.

Der Bürgermeister, Mutter Casagrande, der Pfarrer, der Seppe, der Bertl, der Mesner, der Doktor Dobler, der Dünser, die Hilda, die verbliebenen Schüler und ein schütterer Rest der Überlebenden dieser Geschichte standen der Erna Spalier, der Erna, die geblieben war, hartnäckig wie der Moschusduft auf Schloss Gaderthurn – Spalier für Erna Casagrande.

Die Wochen und Monate verwehten wie nichts, es gab viel zu tun, kaum Zeit zum Verweilen. Der Falvkopf und der Mont Calv wurden im Lauf der Jahre mit dicht gesetzten Schutzbauten zur Räson gebracht.

Vier Winter kamen und gingen, ohne erwähnenswerte Vorkommnisse, die Natur hielt sich zurück, als hätte sie ein schlechtes Gewissen.

Man schrieb das Jahr 1958, Juli, Schulschluss. Schon recht selbstbewusst trat die neue Zeit mit grellen Farben aus den Schatten der Vergangenheit. Seit drei Jahren kein Sergent mehr im Land und kein Lieutenant, kein Ivan und kein Tommy. Österreich war klein und Österreich war frei, so wie der Knirps, der Erna ständig aus den Zügeln lief.

Eine pralle Sommerwiese zog sich unterm neu errichteten Lehrerhaus wie ein bunter Teppich bis zur Lutz, der kleine Herr mit guter Kinderstube watschelte an Pias Hand auf eine Blutbuche zu, die alles gesehen hatte.

Er stolperte, kicherte, blickte sich um. Die grünen Augen, der weiche Mund, die Strähne in der Stirn. Erna stand am offenen Fenster, winkte ihm zu.

„Eugenio, du Lauser", rief sie, „was hat die Mama g'sagt!"

Er glückste vor Vergnügen.

„Nicht so schnell, nicht so schnell."

Sie wusste, es war für den Wind. Lauser, du, flüsterte sie, und ihr Ärger war ein glücklicher Ärger. Die beiden rannten schneller weiter, noch viel schneller, denn Mama war schon außer Hörweite. Eine schwarze Baskenmütze flog steil in die Luft, verfing sich im Geäst der Buche. Erna konnte sie sehen, die Mütze, ganz oben in der Krone hing sie. Sie setzte sich aufs Fensterbrett, ließ ein Bein ins Freie baumeln, ließ Charlie Parker auf dem Teller seine Runden drehn, wippte auf die Zwei und fasste dabei den schroffen Gipfel am Horizont ins Auge, zu dem sich der Winter zurückgezogen hatte, auf Abruf. Scharfer Wind blies eine mächtige Schneefahne über die Gipfelkante hinaus, weit ins dunkle Blau hinein, ins gründliche, unverschämte, als wär's der Atem des Himmels.

Anhang

Bündten	*Wiesen*
Bürchen	*Schweizer Brötchen*
Deckentäfer	*Deckentäfelung*
Frassen, Mont Calv und Falvkopf	*Berge*
Gaden	*Kammer*
Gedmer	*Ställe*
Gugger	*Kuckuck*
Heuburden	*gebundene Heuballen*
Lewe, Leu	*Lawine*
Schneeschlipf	*kleiner Schneerutsch*
Streuschopfen	*kleiner Stadel, in dem Streu gelagert wird*
Tobel	*enge (Wald-)Schlucht*
Vallentschina	*Ortsteil des Blonser Gemeindegebiets*

Inhalt

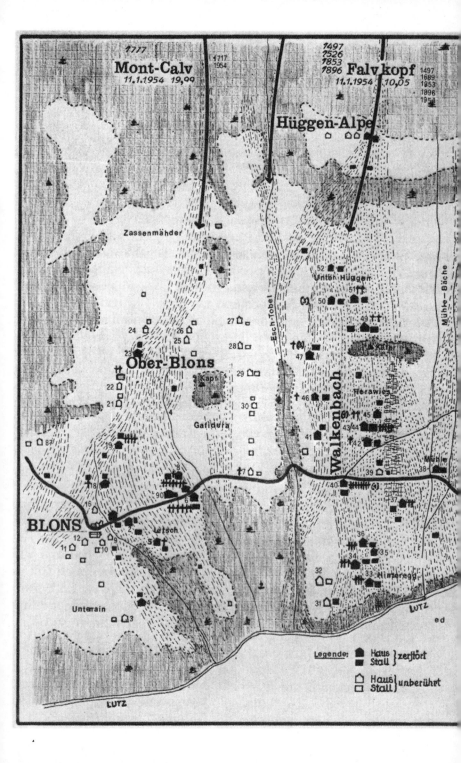